수상한 퇴근길

수상한 퇴근길

초판 1쇄 인쇄 2025년 3월 20일
초판 1쇄 발행 2025년 4월 1일

지은이 한태현
펴낸이 김경표
책임편집 전수은
디자인 공중정원
펴낸곳 ICBOOKS
출판등록 2021년 9월 8일   제 2021-000137호
주소 경기도 파주시 신촌 2로 10
이메일 ic-books@naver.com
블로그 https://blog.naver.com/ic-books
인스타그램 www.instagram.com/icbooks21

ISBN 979-11-976271-4-9 03810

수상한 퇴근길

한태현 지음

ICBooks

◈ 차례

남편이
수상하다

"너 만나서 내 인생 바닥 쳤다! 너랑 결혼하기 전에는 나 엄청 잘나갔어! 너 때문에 다 망했어. 너 때문에!"

안녕하세요, 청취자 여러분! 깜짝 놀라셨나요? 오늘 민아정의 FM라디오 문화초대석 코너는 애청자분께서 사연과 함께 추천해 주신 책 표지에 있는 문장으로 시작해 봤는데요. 어떠셨나요? 아주 강렬하죠? 이 책은 저도 신혼 새댁이라 재밌게 본 책인데요. 내용 중 결혼 생활이 힘든 이유가 자기도 몰랐던 자신의 끔찍한 밑바닥 모습을 배우자를 통해 보게 되기 때문이라는 부분이 특히 인상적이었어요. 아무래도 결혼하면 함께 있는 시간이 많고, 몇십 년 동안 다르게 살아온 사람과 그렇게 붙어 있으니 계속 다툼이 생길 수밖에 없는 것 같아요. 그런데 그 다툼이 같은 이유로 반복되다 보니, 그 과정에서 자신도 몰랐던 본인의 최악의 면을 마주하게 되고, 그 최악을 보게 한 배우자에 대한 미움이 커지는 악순환이 반복된다는 거죠. 어떠신가요? 공감이 되시나요? 자, 그러면 여기서 잠시 쉬어 갈 겸 신청곡 하나 듣겠습니다. 책 추천과 함께 신청해 주신 노래입니다. 가수 이하이가 부른 「한숨」, 같이 들어 보시죠.

라디오를 가만히 듣던 나는 움찔한다.

진행자가 읽어 준 사연 때문인지, 흘러나오고 있는 노래 때문인지는 모르겠다. 어쩌면 이렇게 홀로 식탁에 앉아 한숨만 쉬고 있는 나 때문인지도 모르겠다.

요즘 남편이 수상하다.

야근과 회식으로 매일 늦게 오던 남편이 얼마 전부터 매일 같이 칼퇴근한다. 그렇게 집에 와서는 같이 저녁을 먹고, 안 하던 설거지까지 해 준다. 그러고는 뭘 하는지 저녁 내내 서재에 틀어박혀 나오질 않는다. 딸의 동네 친구 엄마들은 그 컴퓨터 안에 분명 국가별 야동이 들어 있을 거라고, 어떻게 남편들은 결혼해서도 애처럼 그런 거나 보는지 모르겠단다. 언제 날 잡고 정말 컴퓨터를 뒤져 봐야 하나 진지하게 고민 중이다.

이뿐만 아니라, 얼마 전에는 남편의 구두에 흙먼지가 잔뜩 묻어 있었고, 얼굴에는 어디서 잠이라도 자고 온 건지 침 자국이 그대로 있기도 했다. 핸드폰으로 전화해도 연결할 수 없다는 기계음만 돌아올 뿐이었다. 진짜 이해할 수 없는 건, 며칠 전에는 남편 정장 바지에서 최근 개봉한 영화표가 나왔다는 거다. 그것도 평일 낮 상영 시간으로 말이다.

뭘까?

설마 내 남편이 바람이라도 난 걸까?

안 하던 짓을 하면 죽을 때가 된 거라던데, 혹시 무슨 죽을 병에라도 걸렸나?

그것도 아니면, 설마 몰래 도박이나 코인 같은 걸 하다 빚때려 맞아 미리 용서받으려는 수작?

뭘까?

도대체 남편이 갑자기 왜 저럴까?

모든 게 수상하다. 그런데 그중 가장 수상한 건, 어느 날 갑자기 앞으로는 본인이 직접 쓰레기 분리수거를 해 주겠노라며 큰소리를 떵떵 치기까지!

도대체 뭘까?

아무리 봐도 남편이 수상하다.

잘려서
미안해

엘리베이터 문이 닫힌다.

―고 대리 나중에 꼭 한잔하자. 연락해!

깨톡 메시지가 온다. 고 대리는 그래도 마지막까지 자신을 챙겨 주려 했던 주 과장의 마음을 알기에 그에게 미안하고 고마운 마음이 든다.

'언젠가 보답할 날이 오겠지…. 그나저나 나는 과장도 못 달아 보고 만년 대리만 하다 잘리네….'

그렇다. 고 대리는 오늘 회사에서 잘렸다.

아니, 뭐 정확히 말하자면 희망퇴직이다.

퇴직을 희망하란 걸까,

희망 있는 퇴직이란 걸까.

'희망 있는 퇴직이라… 3개월 치 월급에 6개월 실업 급여 정도 받게 되었으니, 그 정도면 그래도 희망 있는 퇴직인 걸까? 희망퇴직 신청 시기를 놓친 주 과장은 그나마도 못 받는다고 했으니… 뭐 이 정도면 희망적이긴 한 건가?'

현대 사회의 평범한 직장인 중 한 명인 고 대리에게 '희망퇴직'이라는 네 글자는 참 잔인한 단어로 다가온다.

'희망? 자의든 타의든 그동안 영혼까지 갈아 넣으며 몸 바쳐 일한 곳에서 잘리는데 희망을 운운하는 게 도대체 다 무슨 말인지…. 잘리는 날까지도 정상 업무 시간인 18시를 꼬박 채우라고 하는 이따위 회사에 더 이상 안 다녀도 됨에 감사라도 해야 하나….'

엘리베이터에서 내려 익숙한 회사 정문을 나서니 밖은 아직 해가 쨍쨍하다.

'아, 그런 노래 있지 않았나? 햇살이 너무 밝아서 눈물이 안 났어…. 뭐 이런 노래?'

고 대리는 딱 그런 느낌이다. 너무 슬픈데, 너무 날이 좋아 눈물도 나지 않는 그런 날.

'아내에게는 어떻게 말해야 할까?'

밝은 햇살을 마주하니 괜히 아내 생각이 난 고 대리가 자신도 모르게 한숨을 내쉰다. 고 대리는 아내에게 잘린다는 얘기를 하지 않았다. 아니, 못했다. 7살 된 딸에게도 당연히 말하지 못했다. 잘린다고 하면 예쁜 색의 종이를 자르는 줄만 아는 아이에게 인생이 도려 나가는 그 잘린다는 의미를 어떻게 설명할 수 있을까? 내년이면 초등학교에 들어간다고 벌써부터 눈을 반짝이며 설레어하는 아이에게 아빠인 그가 무슨 말을 할 수 있을까?

회사에 희망퇴직을 신청한 그날부터 매일 출퇴근하는 지하철 안에서 아내와 아이에게 퇴직 소식을 말하는 연습을 해 봤지만, 기어코 퇴사일인 오늘 아침까지도 아무 말 못 한 채 그저 애써 웃는 얼굴로 "갔다 올게." 한마디만 남길 뿐이었다. 고된 육아에 지쳐 푸석푸석한 모습으로 졸린 눈 비비며 문 앞까지 배웅해 주는 고마운 아내. 고 대리의 입술은 그런 아내에게 잘렸다는 말을 내뱉는 것을 허락하지 않겠다는 듯 굳게 다문 채 기어코 열리지 않았다.

결혼 전에 잘나가는 승무원이었던 고 대리의 아내는, 결혼하고 아이를 낳아 키우느라 본인의 꿈을 송두리째 포기한 채 전업주부가 되어 버렸다. 그럼에도 아내는 집안의 부족한 수입을 메꾸고자 간혹 아르바이트라도 하겠다고 먼저 나섰다. 물론 고 대리는 그런 아내가 내심 고마웠지만, 괜히 자기 능력이 부족한 게 뜨끔해 탐탁지 않은 척했다. 그런 부족한 남편임에도 항상 '내 남편 최고!'라며 환한 웃음과 함께 쌍 따봉을 척! 펼쳐 보이는 고마운 아내.

"후~"

고 대리는 그런 아내에게 도저히 잘렸다는 말을 할 수 없다는 생각이 들어 다시 한번 한숨이 새어 나온다.

물론 잘린 게*잘못은 아니다.

다만 남들과 비교해서, 그래, 그 잘난 평균들과 비교해서 조금 이른 나이에 이렇게 됐다는 것이 고 대리는 뭔가 잘못된 것처럼 느껴진다. 그가 잘못됐든, 세상이 잘못됐든.

어느새 어둑어둑해지는 퇴근길, 고 대리는 지친 한숨들로 가득 찬 지하철에 올라선다. 고 대리의 눈에 지하철 안의 그와 같은 검정 차림의 수많은 직장인이 들어온다. 그들도 자신처럼 많이 지쳐 보인다. 그래서인지 이 지하철이 어서 빨리 몸과 마음을 쉬게 해 줄 집으로 데려다주길 재촉하는 눈치다. 비록 한 번도 직접 보지 못한 액수의 대출로 가득한 집이라서 정말 자신의 몫은 화장실 변기 한 칸 정도뿐인 그런 집이겠지만, 그래도 온종일 영혼을 갈아 넣게 하는 회사보다는 나을 거라는 믿음의 눈빛들이다.

'이들은 이렇게 힘들어하면서도 내일도 다시 출근길에 오르겠지… 그게 맞나? 아니, 오늘 잘린 내가 걱정할 건 아닌가? 이제 나는 어쩌지….'

길을 잃은 고 대리의 한숨이 지하철 안을 가득 채운다. 그러고는 갈피를 잃은 그의 시선이 멍하니 지하철 창밖을 향한다. 지하철이 빠르게 한강을 가로지르고 있다. 해는 어느새 뉘엿뉘엿 지고 있고, 창밖에 비친 빨간 하늘이 그의 눈동자에 물들어 간다.

그래도, 3개월 치 월급도 받았고, 6개월이나 실업 급여도 받을 수 있어!

그래도, 어차피 전염병 때문에 그 회사 오래 못 다닐 거라 내가 먼저 선수 친 건 잘한 걸 거야!

그래도, 걱정하지 마! 나 몰라? 이 시대의 차도남! 능력자고 대리라고! 금방 이직 자리 오퍼가 팍팍 들어올걸?

그래도, 금방 괜찮아질 거야. 그러니까 제발… 괜찮다고, 괜찮을 거라고… 해 줘….

그래도….

이 '그래도'라는 세 글자는 이미 잘린 퇴직자에겐 아무런 의미도 되지 못하는 공허한 단어로 남는다. 그래서 고 대리는 이 '그래도' 뒤에 오는 모든 단어는 단지 불확실성만 가득한 단어이며, 닿지 못할 꿈으로만 남을지도 모른다는 불안감만 가득한 애석한 단어로 느껴진다.

'그래도… 힘을 내자. 아내와 딸을, 우리 가정을 지켜야지. 가장은 원래 고독한 법이니까, 가장인 내가 힘내야지!'

빨간 하늘을 따라 어느새 촉촉하게 빨개진 눈을 끔뻑이며 고 대리는 마음을 다잡아본다.

'잘렸다고 말하면 아내는 과연 뭐라고 할까?'

공허하게 맴도는 질문에 그의 머릿속은 백지장같이 하얘지며 아무 답도 내놓지 못한다.

결혼식 할 때만 해도 "신랑, 입장!" 소리에 씩씩하게 발을 크게 내디디며 스스로가 세상 다 가진 멋진 남자로 느껴졌다. 하지만 결혼 생활이 시작되고 언젠가부터 아내에게 미안한 마음이 조금씩 들기 시작하더니, 이제는 이런 자신과 사는 아내에게 미안함만 남은 남편이 된 기분이다.

'늘 미안한 사람… 내 아내.'

고 대리는 자신이 그런 아내에게 잘렸다고 말할 수 있는 용기 있는 남편이 절대 못 된다는 걸 잘 안다. 잘린 게 자신의 잘못도 아니건만, 과연 당당하게 "나 잘렸소!"라고 말할 수 있는 남편이 얼마나 될까?

'그래도 3개월 치 월급은 받았고… 많진 않지만… 퇴직금도 있고… 그러니까 그동안 어떻게든 다른 이직 자리를 찾으면 되겠지. 일단 이직 자리를 찾을 때까지만 비밀로 하지 뭐. 옮길 곳 확실해지면 서프라이즈로 말하는 거야!'

고 대리는 일단 아내에게 숨기는 쪽으로 마음의 매듭을 짓는다.

하지만 그때까지만 해도 그는 알지 못했다. 나름 가볍지 않은 마음으로 했던 결심이었지만, 이 결심이 아내에 대한 미안함으로 그렇게 깊이, 또 그토록 오래 이어질 줄은.

'이런 날은 그저 누군가와 술이라도 거나하게 마시고, 잔뜩 취한 채로 집에 기어들어 가서 바로 잠들어 싹 다 없던 일로 잊어버려야 하는 건데….'

하지만 고 대리는 잘 알고 있다. 무참하게 세월에 점령당한 채 하루 벌어 먹고살기 바쁜 우리네 인생엔, 같이 술 한 잔 기울일 친구, 그런 누군가를 찾는 것조차 쉬운 일이 아니라는 걸. 다들 먹고살기 바쁘고, 그걸 서로 잘 알기에 굳이 말하지 않아도 암묵적으로 서로의 상황을 이해한다. 그렇다고 동네 편의점에 들러 소주 한 병 사다 집 방구석에 혼자 쭈그려 앉아 먹기엔, 그런 모습을 가족에게 보이는 게 괜히 더 미안해질 것 같다. 회사에서 잘렸다는 사실만으로도 이미 미안한 마음이 가득한 고 대리에게 최소한 더 이상의 미안한 짓은 하면 안 되는 거 아니냐고 그의 이성이 타이른다. 그렇게 그의 마지막 퇴근길은 수상한 비밀을 담은 채 평소와 다름없이 아내와 딸이 있는 집으로 향한다.

문 앞에 도착한 고 대리는 현관 초인종을 누를까 잠시 고민하다 왜인지 미안한 마음이 들어 차가워진 손가락으로 비밀번호를 눌러 현관문을 연다. 현관문이 다 열리기도 전에 안쪽에서 목소리가 들려온다. 평소와 같은 목소리인데도 오늘은 이상하게 그 목소리가 더 따뜻하게 느껴진다.

"오빠 왔어? 오늘도 고생 많았지? 씻고 와. 저녁 먹자!"

"와! 아빠 왔다!!!"

밝게 맞아 주는 아내. 그리고 해맑은 웃음으로 아빠를 향해 달려오는 딸. 그런 딸을 품에 꼭 안아 올리며 아내의 얼굴을 마주한 고 대리는 생각한다.

'누가 그랬더라? 남편들의 마음 한편엔… 언제나 아내에 대한 미안함이 있다고… 이유는 모르지만….'

그는 남편이다.

그리고…

그래서 아내에게 늘 미안하다.

그래, 이유는 모르지만….

같이 저녁 못 먹어서
미안해

저녁 먹자는 아내의 평범한 말에도 괜히 마음이 울컥해지는 걸 보니, 고 대리는 오늘 자신이 잘린 게 맞긴 맞나 보다, 하는 생각이 든다. 그리고 문득 현대에 사는 요즘 사람들에게 평범한 일상, 보통의 날을 지켜낸다는 건 쉬운 일이 아니라는 생각도 든다. 이 차가운 진실을 온몸으로 마주하게 될 때 비로소 진짜 어른이 되는 것일까? 어른이 되길 원하든 아니든 말이다.

"오늘은 웬일로 일찍 왔네? 일찍 오니까 같이 저녁도 먹고 얼마나 좋아? 우리 딸내미도 이렇게 행복해하고. 앞으로는 일찍 와서 평일에도 같이 저녁 먹고 그러자, 오빠. 알았지? 자~ 그럼 먹자!"

"맞아, 아빠. 난 아빠 편이긴 하지만, 이건 엄마 말이 맞아. 아빠! 어제 엄마랑 둘이 저녁 먹으면서 내가 유치원에서 배운 타로카드 봐 줬는데, 엄마가 뭐 뽑았게~? 히히."

고 대리는 그동안 야근과 회식 때문에 늦게 와서 저녁 식사도 같이 못 한 자신을 혼내는 두 여자의 목소리가 싫지 않다.

"우리 딸내미~ 타로카드도 할 줄 알아? 음… 엄마가 뭘 뽑았을까? 운명의 수레바퀴?"

딸의 타로카드란 말에 그는 문득 어릴 적 드라마에서 봤던 운명의 수레바퀴 카드가 떠올라 아는 척해 본다.

"땡! 틀렸어. 엄마가 뽑은 카드는 식탁에서 혼자 밥 먹는 카드였어! 아빠, 너무 웃기지? 히히."

그 순간 딸의 밝은 웃음소리와 어울리지 않는 어색한 공기가 식탁을 메운다. 웃기려 한 아이의 말에, 고 대리 옆에 앉아 있던 아내도 순간 당황해하는 기색이 느껴진다. 아이의 쾌활한 웃음이 이어지지 않았다면 너무 슬펐을 말이라고 대리는 가슴이 서늘해진다.

'내가 미안해할까 봐 아내는 말하지 않았겠지.'

아내의 마음을 너무 잘 알기에 고 대리는 아내에게 또다시 미안해진다.

고 대리는 직장 생활을 하는 동안, 특히 전염병이 터지고는 평소 같이 저녁을 먹은 기억이 거의 없는 것 같다. 전염병 상황이 심각해지면서 그가 일하던 회사의 매출은 순식간에 곤두박질쳤고, 거래처들은 하루가 멀다고 폐업 소식을 전해 왔다. 그리고 거래처가 망해서 없어졌다는 건, 그 거래처를 관리하기 위해 뽑은 고 대리 같은 사무직원도 더 이상 필요 없어졌다는 걸 의미했다. 자기만 살겠다고 하는 회사의 장래는 어두울 수밖에 없다. 어느 회사든 거래처가 잘되면 본인들도 좋은 거고, 거래처가 망하면 고 대리에게 한 것처럼 직원을 희망퇴직이라는 네 글자로 포장된 날 선 해고로 정리하곤 한다. 그렇기에 고 대리는 가족보다는 회사를 우선할 수밖에 없었다.

'뭐, 그래도 잘린 덕분에 가족이랑 저녁 식사를 같이할 수 있게 됐으니 좋아해야 하나….'

고 대리는 애써 태연한 척하려 했지만, 아내에게 미안한 마음이 드는 건 어쩔 수 없다. 신혼 때도, 아기가 태어나고도, 그저 보통 다른 집들이 너무나 평범하게 누리는 그 일상의 행복을 지키려고 회사에 나가 치열하게 돈을 벌었다. 그런데 그러다 보니 정작 돈 버는 이유인 이런 보통의 행복을 놓치고 살았다. 아이러니하게도 잘리고 나서야 이렇게 가족과 저녁 식사를 함께할 수 있게 되었다.

어색해진 분위기를 느낀 딸아이가 안절부절 눈치를 보다가 분위기를 바꿔 보려고 그 작은 입으로 유치원에서 있었던 일을 미주알고주알 말하기 시작한다. 유독 같은 이름 하나가 자꾸만 나오길래, 대뜸 남자 친구냐고 물으니 얼굴이 빨개지며 그런 거 아니라고 소리를 빽 지른다. 태어난 지 얼마 되지 않아 트림도 잘 못 시키는 아빠 품에 안겨 캑캑대며 힘들어했던 아이가, 이제는 혼자 씩씩하게 밥도 잘 먹고, 저 예쁜 입으로 재밌는 이야기도 하며 남자 친구 얘기에 부끄러워하는 게 새삼 신기하다.

'언제 이렇게 컸을까? 나는 그대로인 것 같은데⋯, 애들은 참 금방 큰단 말이지.'

그런 아이의 모습을 보고 있으니, 아내와 아이에게 늘 당당한 남편, 멋진 아빠이고 싶었는데 회사에서 잘려 무능해진 자신의 현실이 갑자기 서글프게 느껴진다. 하지만 그런 서글픈 마음이 무색하게 아이의 웃음소리가 식탁 위를 채운다. 그리고 그의 눈에 그런 아이의 얼굴을 보며 미소 짓고 있는 아내의 얼굴과 아내 등 뒤로 벽에 걸려 있는 결혼사진이 보인다. 사진 속 새초롬한 얼굴로 웃고 있는 아내의 얼굴이 어딘지 모르게 지쳐 보이는 지금의 얼굴과 겹쳐 보인다. 사진 속 철없이 웃고 있는 저 신랑은 신부를 세상 누구보다 행복한 여자로 만들어 주고, 명품 가방 하나 정도는 우습게 턱턱 안겨 줄 수 있는 그런 멋진 남편이 될 거라고 믿어 의심치 않았을 것이다. 그리고 이렇게 회사에서 잘리고 같이 밥을 먹으며 마주한 아내의 얼굴 앞에 알 수 없는 먹먹함이 마음속 가득 차게 될 줄은 전혀 몰랐을 것이다.

"엄마 아빠, 잘 먹었습니다!"

쾌활한 아이의 목소리와 함께 먹먹했던 저녁 식사가 끝이 났다.

"여보, 오늘 설거지는 내가 할게."

미안한 마음이 조금이나마 씻기길 바라며 고 대리가 말을 꺼낸다.

"엥? 오빠가? 웬일이서? 무슨 일 있는 거 아니지? 사람이 갑자기 바뀌면… 다이(Die)…?"

아내가 손으로 자기 목에 선 긋는 동작을 하며 환한 웃음으로 고 대리에게 농담을 건넨다. 하지만 그 웃음에 밝게 대꾸해 줄 수 없는 고 대리는 서둘러 고개를 돌리며 싱크대로 발걸음을 옮긴다.

'보통 사람들에게 너무도 흔한, 평범한 저녁 식사를 같이 했을 뿐인데… 왜 나는 미안한 마음부터 드는 걸까? 다른 남편들도 이럴까? 분명 열심히 살았는데… 이 먹먹한 미안함은 도대체 뭘까….'

고 대리는 서글퍼지는 마음을 애써 감추며 빨간 고무장갑을 손에 낀다.

"아빠, 아빠, 내가 설거지하는 거 도와줄게! 나 완전 잘해!"

언제 왔는지 딸아이가 키높이 발판을 고 대리 옆에 내려놓고 천진난만하게 웃으며 말한다. 고 대리는 괜히 코끝이 시큰거리고 눈시울이 붉어져 딸의 웃음을 애써 외면한 채 싱크대에 쌓여 있는 설거지 접시로 시선을 옮긴다. 너무도 눈부신 평범한 행복 앞에, 고 대리는 한참이나 고개를 들 수가 없었다.

야동 생각에
미안해

　—나 오늘 퇴사함. ㅎㅎ

　침대에 누운 고 대리는 무심하게 손가락을 움직여 근처 동네 사는 친구에게 깨톡을 보내 본다. 가장 가까운 가족인 아내에게는 차마 못 했던 말이 그 친구에게는 너무도 쉽게 가 닿는다.

　—올? 드디어 너도 대 퇴사의 시대에 합류하는 거?ㅋㅋ 축하 축하ㅋㅋㅋ

　—뭔 놈에 축하... 당장 백수 됐구먼. 어떻게 살아야 할지 모르 겠다. 하!

　—야! 그래도 요새는 퇴사했다고 하면 일단 축하한다고 하는 게 국룰이여~

―됐다 야. 하! 막막하다, 막막해. 아내한테 아직 말도 못 꺼냄... 어째야 할지 모르겠어.

―야야야, 내 와이프 샤워한다. 나 자는 척해야 해ㅠㅠ 또 연락하자!

'여전하네, 얘는….'

축하한다는 말만 달랑 남기고 사라져 버린 친구와의 깨톡 창을 멀뚱히 보던 고 대리는 친구의 결혼 때가 생각난다. 친구 부부는 결혼 당시 아기를 낳지 않는 조건인 딩크족으로 사는 것에 서로 동의했다고 했다. 그래서 그들에게 부부 사이 잠자리 관계라 하면 아기 계획과는 무관한, 그저 본인들의 로맨스와 쾌락을 위한 수단일 뿐이었다. 그리고 그들과는 달리, 아기를 원했지만 오랜 시간을 난임으로 고생했던 고 대리 부부에게 그들의 딩크 생활은 이해하기 어려운 대상이었다.

그런데 고 대리의 눈에 덩그러니 남아 있는 도망치는 듯한 친구의 깨톡 메시지처럼 언제부턴가 이 친구는 입버릇처럼 부부 관계가 부담스럽다며 고민이라고 했다. 물론 여전히 아내를 사랑하고, 관계 그 자체는 아주 만족스럽지만, 하루 종일 직장 생활에 지쳐 집에 돌아오면 아무것도 안 하고 얼른 자고 싶은데, 그런 자신의 고뇌을 아는지 모르는지 밤이 깊어지면 샤워하고 오겠다는 아내의 코맹맹이 가득한 한

마디가 그렇게 무섭다고 했다.

직장 생활의 피곤함, 나이가 들며 젊을 때와는 확연히 달라진 체력, 그리고 아내를 만족시키지 못하면 어쩌나 하는 고민까지. 그렇게 세월이 가며 당연하다는 듯 비뇨기과를 찾는 친구들이 많아졌다. 그리고 어디 병원이 좋다더라, 어디 의사가 잘 본다더라, 어떤 약이 좋다더라, 어떻게 하니 어떻다더라 등등 수컷 친구들의 모임에 가면 빠지지 않는 주제는 바로 부부 관계에 관한 것이었다.

친구와의 깨톡 창을 닫은 고 대리는 핸드폰을 침대 머리맡에 내려놓는다. 그러고는 다시 옛 생각에 빠져든다.

고 대리는 결혼하고 꽤 오랜 시간 동안 아이가 생기지 않아 상상하기 힘들 만큼 괴로운 시간을 보냈다. 그래, 언제부턴가 주변에서 참 흔하게 들려 흔해진 듯 보이지만 결코 흔하면 안 될 그 난임. 그건 겪어 보지 않으면 이해할 수 없는 정말 힘든 고통이었다. 아기를 갖기 위해 고 대리 부부는 좋다는 한약, 소문난 점집 같은 끝도 없고 답도 없는 미신과 유명한 난임 전문병원 같은 첨단 의학 사이에 끼여 한참을 고통 속에 보내야 했다. 물론 고 대리는 그저 병원 한편에 마련된 작은 방에 들어가 부끄러운 듯 가지런히 정리된 책상 위 갑 티슈, 그리고 "안녕? 이런 데는 처음이지?" 하며 당차게 말 거는 듯한 모니터를 마주하고, 그 화면 속에 어서 너의 취향을 고르라며 떠-억하니 폴더별로 정리되어 있는 각종 국가별 야동을 보며 잠시 현자의 시간을 보내고 나오면 그만이었다. 하지만 아내는 수없이 많이 날카로운 주사 바늘을 제 손으로 자기 배에 꽂으며 시퍼렇게 멍든 배를 끌어안고 지내야 했다. 고 대리는 여리기만 한 아내의 몸에 행해지는 그러한 합법적인 고통의 시술들을 보고만 있어야 하는 현실이 너무 고통스러웠다. 언제 찾아올지 모르는, 아니 오기는 오는 건지 확신도 없는 아기 천사를 위해 시퍼런 멍으로 사느니, 지금 옆에서 고통스러워하는 아내를 아프지 않게 하는 게 맞는 거 아닌가, 하는 의심만 깊어지던 날들이었다.

"난 괜찮아, 오빠."

그때마다 아내는 고 대리를 향해 당차게 말했다. 하지만 고통스러워하는 얼굴로 괜찮다는 말을 간신히 내뱉는 아내를 보며, 고 대리는 도대체 왜 우리에게 이런 시련이 생긴 건지, 남들은 쉽게만 갖는 아기인데 왜 우리는 이렇게 힘든 건지 원망할 수 있는 건 모조리 다 원망했다. 그렇게 왜냐고 묻고 따지고 원망이라도 해야 간신히 그 고통을 참을 수 있을 것 같았다.

"그래도 포기만 안 하면 언젠간 생긴다더라."

고 대리 부부의 난임 소식을 알게 된 대부분의 주변 사람은 그렇게 위로했다. 하지만 그들은 모른다. 하루가 멀다고 시퍼렇게 멍든 아내의 배를 지켜만 봐야 하는 남편에게 그 말은 상처로 남는다는 것을. 하루에도 수십 번씩 포기하고 싶은데, 그 포기를 하지 말아야 한다니. 그것도 언제 생길지도 모르는데 그저 '언젠가' 세 글자로 싸잡아 묶어 버리는 희망 고문이라니….

그렇게 포기하고 싶은 마음을 이 악물고 참고 나니, 그들의 그 위로처럼 그 '언젠가'는 찾아왔고, 마침내 고 대리 부부도 예쁜 아기 천사를 품에 안을 수 있었다.

그러나 그때의 고통 때문이었을까? 아내는 자궁에 나을 수 없는 상처가 생겼고, 첫 번째 천사 이후 다른 천사는 더 이상 맞이할 수 없는 몸이 되고 말았다. 그리고 당연하게도 그 이후로는 둘 사이 부부 관계도 신중하고 조심해야 하는 일이 되어 버렸다. 그런데도 아내는 괜찮다며 오빠도 사람이니까 본능을 해소해야 하는 건 당연하니 야동 같은 거라도 보라며 고 대리를 향해 세상 인자한 웃음을 보여 줬다. 하지만 그 말을 듣는 남편의 마음은 무너진다.

"오빠 자? 오늘 피곤한가 보네. 나 샤워하고 올게."

침대에 누워 가만히 눈을 감은 채 옛 생각에 잠겨 있는 고 대리를 향해 아내가 말한다. 그 말에 고 대리는 아무런 미동도 없다. 친구는 아내의 샤워한다는 이 말이 무섭다고 했지만, 고 대리는 아내의 이 말이 아무렇지도 않다. 하지만 그래도 수컷은 수컷인지, 아내의 샤워한다는 말을 곱씹고 있으니 마음 한편에 문득, '야동이나 볼까?' 하는 수컷의 욕망이 스멀스멀 피어오른다. 결국 욕망에 점령당한 그의 오른손이 야동으로 인도해 줄 핸드폰을 향해 슬쩍 다가서지만, 오늘따라 잘 닿지 않는다. 그러나 오랜만에 활짝 핀 욕망을 포기할 수 없다는 듯 손은 핸드폰을 움켜쥐기 위해 계속 애를 쓴다. 마침내 핸드폰이 손에 들어오고, 고 대리의 눈이 번쩍 떠진다. 바로 그때 그의 이성이 그에게 한마디 툭- 던진다.

'너 생각이 있는 놈이냐, 인마! 미안하지도 않냐?'

아이를 갖기 위해 몸이 망가진 아내를 생각하면 그러면 안 되는 걸 알면서도, 남자라고 야동 생각을 한 자신이 밉고, 그러다 또 아내를 향한 미안한 마음이 쏟아져 내린다. 이상하게도 미안하다는 생각은 끝도 없이 드는데, 왜 정작 미안하다는 말은 입 밖으로 안 나오는지 모르겠다.

'잘린 것도 미안한데 야동 볼 생각이나 하다니… 어휴! 나는 언제쯤에야 아내에게 미안하다고 말할 용기가 생길까? 그날이 오면 마음이 좀 나아질까? 마음이 나아지는 그날이 오기나 할까….'

고 대리는 어렵게 손에 넣은 핸드폰을 머리맡에 아무렇게나 내동댕이친다. 그러고는 다시 눈을 질끈 감고 잠을 청해 본다. 깜깜해진 눈앞에 샤워하고 오겠다는 아내의 말이 공허하게 맴돈다.

K-직장인도 못 돼서
미안해

어스름한 아침, 잠들었던 고 대리가 눈을 뜬다. 평소에는 핸드폰 알람 소리를 듣고도 한참 있다 간신히 일어났는데, 회사에서 잘린 후 첫날인 오늘은 알람이 울리기도 전에 눈이 떠지는 게 참 아이러니하다. 눈을 뜬 채 가만히 침대에 누워 있던 고 대리는 언젠가 은퇴해서 회사를 출근할 일이 없어지면 "아이고, 잘 잤다! 출근 안 하니까 너무 좋다! 너무 너무 좋아!" 소리치며 늘어지게 하품하고 새집 진 머리나 긁적이며 여유롭게 일어나겠노라고 다짐했던 때가 생각난다. 그리고 마침내 마주한 회사에 나갈 필요가 없어진 아침, 고 대리는 그 생각이 얼마나 경솔했는가 하는 생각에 몸이 으스스해지는 것 같다.

고 대리는 서둘러 몸을 일으켜 평소처럼 씻고 아직 곤히 자는 딸아이의 이마에 작은 뽀뽀를 남긴 후, 잠에서 덜 깬 채 현관문 앞에서 "조심히 다녀와, 오빠." 하며 배웅해 주는 아내의 인사에 차마 대답할 용기를 내지 못하고 조용히 뒤돌아 문을 쿵! 닫고 길을 나선다.

가장은 그런 거 아닐까? 잘렸어도 회사든 어디든 뭘 하러 가든지 일단 집에서는 나가야 하는….

아침 출근길, 아내에게 차마 잘렸다는 말을 못 한 그로서는 집에서 늦잠을 잔다거나 하는 잘린 티가 나는 아침을 맞이할 수는 없기에, 그를 내동댕이치듯 내쫓고도 평소와 다를 바 없이 잘만 돌아갈 그 회사로 향하는 지하철에 무심하게 올라선다.

조금 이른 시간임에도 지하철 안은 벌써 수많은 직장인들로 가득하다. 고 대리의 눈에 자리를 차지하고 앉아 꾸벅꾸벅 졸고 있는 검정 정장 차림의 사람들이 보인다. 몸을 잔뜩 웅크린 채 졸면서 직장으로 향하는 그들을 물끄러미 쳐다보고 있자니, 저들도 자신처럼 마음속에 회사에서 받은 상처가 한두 가지는 있을 것 같다는 생각이 든다. 그러자 그들이 입은 검정 정장이 마치 그런 상처를 감추려 꽁꽁 싸맨 시커먼 붕대인 것처럼 느껴진다. 그리고 한 자리씩 차지해 편해 보이는 그들과는 달리, 그 앞에 구두 코가 맞닿을 듯 가까이

선 다른 검정 정장들은 '앞에 앉아 졸고 있는 이 사람은 언제쯤 내리나, 양옆에 앉아 있던 다른 사람들은 다 잘만 내리는데 내 앞에 이 사람만 왜 안 내리나….' 하는 표정으로 가련한 손잡이에 매달려 지하철의 덜커덩 물결에 치이며 오늘도 직장으로 향하고 있다.

고 대리는 빼곡하게 들어찬 검정 정장들 때문에 숨이 막혀서인지, 아니면 자신이 회사에서 잘리든 말든 세상은 평소와 똑같이 흘러간다는 사실 때문인지 당장이라도 구역질이 날 것 같다. 결국 얼마 못 가 평소라면 빨리 지나가기만 바랐을 생경한 지하철 환승역에 내린다.

"어차피 잘렸으니 회사 가는 지하철을 탈 필요도 없지, 뭐…."

낯선 역의 이름이 적혀 있는 표지판 앞에 멀뚱히 선 고 대리가 중얼거린다. 하지만 이내 그렇게 내려도 갈 곳이 없다는 걸 깨닫고는 고개를 숙인다. 그러자 바닥에 굳게 붙어 있는 구둣발이 그의 눈에 들어온다.

"그래도 어디든 가야 하지 않겠어? 다시 집으로 갈 순 없잖아!"

구둣발이 놀려대며 자신을 올려다보는 것 같다. 그래서 고 대리는 회사 가는 방향이 아닌 다른 플랫폼으로 가서 들어오고 있는 아무 열차에 구둣발을 내디뎌 몸을 싣는다. 아무 열차는 이미 그가 '아무나'라는 걸 눈치챘다는 듯 아무 곳을 향해 달리기 시작한다. 고 대리는 서서히 밝아 오는 아침 햇살이 들어찬 지하철 창에 비친 자신의 모습이 낯설게 느껴진다. 거기에는 회사에서 잘려 갈 길을 잃어버린 검정 붕대 차림의 낯선 남자가 새빨간 아침 햇살을 맞으며 차가운 현실을 견디고 서 있었다. 마치 그것밖에 할 수 있는 게 없다는 듯.

그렇게 한참을 아무렇게나 잘도 달려가던 지하철이 갑자기 멈춰 선다.

'응? 뭐지?'

승객 여러분께 불편을 드려 죄송합니다. 금일 새벽 발생한 지하철 사고로 인해 열차 운행이 지연되고 있습니다. 승객 여러분의 양해를 바라오며, 우리 열차는 정시 운행을 위해 최선을 다하고 있사오니….

'어디서 사고가 났나?'

지하철 안에 울려 퍼지는 안내 방송을 들은 고 대리는 현대 사회의 현대 문물을 잘도 이용하는 현대인답게, 주머니에서 핸드폰을 꺼내 초록 창을 열고 무심한 손길로 '아침 지하철 사고'를 검색해 본다. 화면이 빠르게 바뀌고 이내 관련

뉴스들이 앞다퉈 화면을 채워 나간다. 고 대리의 눈에 제일 위에 떠 있는 기사가 들어온다.

〈지하철 열차에 치인 70대 노인 사망… 극단적 선택 추정〉

'사람이 죽었나 보네. 그래서 지연되는 거였어? 회사에 늦 겠는데…. 아니 가려면 혼자 곱게 가시지 왜 남한테 피해를 주는 거야 대체?'

여전히 기사에 눈이 머문 채로 고 대리는 생각한다. 그리 고 생각이 채 끊기기도 전에 바로 다음 생각이 머릿속에 떠 오른다.

'아, 맞다! 근데 나 회사에서 잘렸지. 지각할 일은 없겠네. 다행이라고 해야 하나, 이거 참….'

핸드폰 화면에서 눈을 떼고 주변을 둘러보니 9시 땡 출근 시간을 맞추지 못할 것을 직감한 검정 정장 직장인들의 초 조함이 보인다.

동료에게 전화해서 지각 이유를 설명하는 검정 정장 1.

상사에게 최대한 빨리 가겠다며 연신 죄송하다고 말하는 검정 정장 2.

좀 늦을 것 같으니 그 자료 뽑아서, 그 회의실 책상 위에 올려놓고, 그 사람한테 말 좀 잘해 달라는 검정 정장 3.

'근데 저렇게 말하면 듣는 사람이 저 그, 그, 그가 뭔지 다 알아듣기나 할까?'

고 대리는 주변의 동요에 그저 그런가 보다, 하고 다시 시선을 돌려 해가 떠오르고 있는 창밖으로 시선을 옮긴다. 그런데 그 순간, 그는 등골이 오싹해진다. 무언가 중요한 것을 놓치고 있다는 싸한 느낌이 그의 뒤통수를 때린다.

'사람이 죽었는데 직장에 늦을 걸 먼저 걱정하고, 거기다 잘리는 바람에 늦을 직장이 없어서 안심하고 있다니… 이게 과연 정상인 걸까? 그 사람이 왜 죽었는지, 어쩌다 사고가 난 건지, 그 사람에 대한 애도의 찰나도 허락하지 않고 당장 9시까지 완주하지 못할 직장 출입문부터 걱정하는 세상이라니….

어쩌다 세상이 이렇게 됐을까.

어쩌다 우리 어른들은 이렇게까지 된 걸까.

아니, 이런 생각 자체가 직장을 잘린 덕에 하게 된 가치 없는 생각일 뿐인 걸까.'

얼마 전 장마로 물 폭탄이 수도권을 강타했을 때, 지하 땅굴 이곳저곳으로 뚫려 있는 지하철도 당연하다는 듯 침수되었다. 그래서 우리의 검정 정장 어른들은 구두를, 힐을, 양말을 벗고 물살을 헤쳐 걸어가 직장으로 향했다는 기사를 봤다. 기사 제목은

〈역대급 물난리로 침수된 서울 수도권. "무사 출근 다행"

안도하는 자랑스러운 K-직장인들〉

누구나 그렇듯 당시 고 대리도 핸드폰 화면 위의 기사 내용은 스크롤로 주룩주룩 패스하며 계속 내리고 내리다가, 문득 눈에 스친 댓글 하나에 손가락 스크롤을 멈췄다.

＊ID혹사살자: 월급 이삼백짜리 K-직장인이 용쓴다 용써. 폭우 뚫고 출근하는 게 자랑스럽냐? 정상이야?

갑자기 얼마 전 봤던 뉴스 댓글이 떠올라서 고 대리는 멍하니 눈을 끔뻑이며 생각한다.

'물 폭탄에 길이 막혀도, 그리고 지하철 사고로 사람이 죽어 나가도, 아니, 그것보다 더한 일이 벌어져도 우리의 검정 K-직장인은 어떻게든 9시 땡 출근 시간에 맞춰 사무실의 내 자리에 앉아 있어야 한다니… 이게 과연 정상인가? 이상하다는 생각이 드는 내가 이상한 건가? 아니, 이젠 잘려서 그런 K-직장인 흉내도 내지 못하게 되니 이제야 정상적인 사람으로 돌아오게 된 건가?'

입안이 씁쓸해진다. 고 대리의 머릿속에 또다시 대학 시절 봤던 뮤지컬 공연 중 한 장면이 스쳐 간다.

"미친 세상에서 나도 미쳐야만 정상이 되는 세상!"

당시 무대 위 배우들이 신나게 소리치는 그 대사를 들으며 뭔가에 머리를 세게 맞은 듯한 큰 충격을 받았던 기억이 난다. 그 말이 왜 그렇게까지 자신에게 큰 충격이었는지 스스로 의아해하고 있던 그때, 답이라도 하듯 한 배우가 말을 이었다.

"왜냐고? 세상은 이미 미쳐 돌아가고 있고, 그 세상 속 모든 사람이 다 미쳐서 사는데, 나만 정상인처럼 살려다간 그 미친 사람들한테 나만 미친 사람 취급당하게 된다고! 내 말이 틀려?"

무대 위 배우의 날카로운 일갈이 지하철 안에서 멍하니 눈을 끔뻑이고 있는 고 대리의 머리에 울려 퍼지는 것 같다. 그는 고개를 좌우로 돌려 다시 주변을 둘러본다. 이 지하철 안의 그 누구도 지금 그가 생각하는 그 정상적인 생각을 하는 사람은 없어 보인다. 그저 다들 여전히 출근 시간 내에 도착하지 못할까 봐 불안, 걱정, 초조에 사로잡혀 죽어 나간 사람에 대한 원망과 비난만 가득한 눈치다.

"미친 세상에서 미쳐야만 정상이 되는 세상이라…."

고 대리가 들릴 듯 말 듯 혼잣말을 중얼거린다. 갑자기 주변 공기가 무겁게 느껴지고 세상이 무서워진다. 저렇게 사는 게 K-직장인이라면, 어쩌면 잘린 게 다행 아닌가 하는 안도감이 든다. 창에 비친 검정 정장 재킷, 검정 바지, 검정 구두로 꽁꽁 싸맨 자신의 모습이 마치 검정 붕대 미라 같다는 생각이 든다. 잘린 주제에 지하철 안 다른 K-직장인을 흉내라도 내보려 아침부터 검정 정장 붕대로 치장한 자신이 초라해 보인다. 그러다가 이렇게라도 버티며 살아가야 하는 삶의 이유이자 버팀목인 가족의 모습이 창가에 아른거려 기어코 미친 군중 속에서 정상이고 싶은 고 대리의 눈물 한 방울이 소리 없이 새어 나온다.

그리고 바로 그때, 그의 눈물방울을 용납하지 않겠다는 듯 지하철 안에 안내 방송이 우렁차게 울려 퍼진다.

열차 운행에 불편을 드려 대단히 죄송합니다. 현재 해당 역 사고가 수습되어 정상 운행을 시작하도록 하겠습니다. 다시 한번 열차 운행에 불편을 드려 승객 여러분께 죄송하다는 말씀을 드리오며….

소란스러웠던 지하철 안이 삭막한 기계 속 안내음으로 적막만이 남는다. 덜커덩 소리와 함께 열차는 아무 일 없었다는 듯 다시 정상 운행을 시작한다.

'정상 운행? 뭐가 정상이란 걸까… 과연 정상인 세상인걸까?'

영끌족이라
미안해

"어? 너 K-직장인 아니네? 검정 정장만 흉내 냈네? 나가!"

정상 운행을 시작한 열차는 몰래 출근하는 척하려던 고 대리를 무심하게 쫓아낸다. 매일 아침 출근하던 길이 아닌, 엉뚱한 곳에 서 있는 자신이 스스로도 어색한지 그의 구둣발이 갈 길을 잃고 낯선 길 한복판에 멈춰 있다.

'어디로 가야 하나….'

일단 무작정 걸어 본다. 아까 지하철 안에 같이 갇혀 있던 검정 정장들은 이미 9시 땡! 본인들의 자리를 잘도 찾아갔는지 한결 한적해진 도심 광경이 고 대리의 눈에 들어온다. 이 시간에 사무실이 아닌 길바닥에 이렇게 있어 본 적이 오랜만이라 그런지 아침 공기가 낯설게 느껴진다.

'정말 내가 잘리긴 잘렸나 보네….'

어리둥절한 채 길바닥에서 뭘 해야 할지 모르겠는 고 대리를 대신해 그의 구둣발이 일단 앞으로 걷기 시작한다. 그의 발걸음을 따라 좌우에 아침 햇살을 무시무시하게 반사해 대는 삐까번쩍한 빌딩들이 스쳐 지나간다. 그렇게 한참을 걷던 그는 유명 브랜드의 아파트 단지를 보며 생각한다.

'이 아파트도 우리 아파트와 같은 브랜드네. 다만 여기는 주변이 휘황찬란한 서울이고, 내가 사는 곳은 창밖 가득 논밭만 보이는 게 다르긴 하지만….'

그리고 그 말은 같은 브랜드의 아파트여도 어마어마한 가격 차이가 있다는 걸 의미한다.

'언제부터 서울 살기가 이렇게 힘들어진 건지…. 서울이 아닌데도 온통 대출이 덕지덕지 붙어 있는 내가 사는 그 아파트에서 정말 내 몫이 있기나 한가? 신발장 바닥 한 칸? 아니, 화장실 변기 정도는 내 몫이려나? 아, 그러고 보니 이자 빠져나갈 때가 된 것 같은데… 은행 선생님들은 내가 잘리든 말든 매몰차게 이자를 빼가시려나?'

불현듯 이자 생각이 난 고 대리가 핸드폰을 꺼내 본다. 은행은 약속된 그 날이 다가오면 기가 막히게 잊지 않고 이번 달 적용되는 금리와 상환액을 알려 준다. 그러고는 분명 고 대리의 계좌인데도 마치 은행 것이라도 되는 양 따박따박

원금과 이자를 잘만 빼간다. 안 그래도 가련한 계좌 속 숫자들이 순식간에 줄고 또 줄어든다. 은행 안내 문자를 마주하니 마음이 답답해진 고 대리는 습관처럼 초록 창을 열어 '영끌' 두 글자를 검색해 본다.

〈치솟는 금리. 이자 부담에 영끌족도, 무주택자도 "더 이상 못 버텨"〉

'금리가 또 올라? 죽을 맛이네. 내일모레가 상환일인데…그때 아내 말대로 고정 금리로 갔어야 했나….'

고 대리는 영끌족이다. 몇 년 전 영끌도 능력이라 생각하며 정말 영혼까지 끌어모을 기세로 꾸역꾸역 돈을 마련해 수도권 외곽에 위치한 작은 아파트를 하나 구입했다. 물론 누군가는 그마저도 못해서 가만히 있었을 뿐인데 벼락 거지 신세가 되었다고 한탄하기도 했다. 하지만 집값이 올랐다 한들, 옆집, 그 옆집, 그 앞집, 그리고 뒷집까지, 그렇게 주변 동네 모두 같은 시세만큼 오른 상황에서는 고 대리처럼 실거주 목적인 1주택자들에겐 의미 없는 숫자들일 뿐이었다.

애당초 아내는 집 사는 걸 반대했었다. 아내는 아이를 돌보느라 전업주부로 있어서 고 대리의 월급이 전부인 그들의 가정 경제 구조, 그리고 금수저 물고 태어난 이들과는 달리 시댁이든 친정이든 힘들 때 비벼볼 기회조차 없는 흙구덩이 같은 현실에서 집 구입은 무리라고 했다.

하지만 고 대리의 생각은 달랐다. 아이가 점점 커 가는데 자신이 그래도 나름 탄탄한 항공사에서 잘 나가고 있을 때 집은 꼭 하나 마련해 둬야 한다고 믿었다. 그리하여 주택 담보 대출은 물론, 신용 대출, 회사 노동 조합원 대출, 그리고 언제라도 다이너마이트처럼 터지겠다고 소리쳐 대는 마이너스 통장까지, 그렇게 영혼의 대출을 있는 힘껏 끌어모아 간신히 지금 살고 있는 아파트를 계약했다.

그리고 그때만 해도 대출할 때 고정 금리와 변동 금리를 택하라 하면 당연히 변동 금리를 택하는 분위기였다. 그때는 지금 같은 전염병도 없었고, 전쟁도 터지지 않았다. 그래서 고 대리는 적어도 누추한 이 한 몸 관짝에 누울 때까지는 늘 그랬듯 이 세상의 그 평화가 당연할 것으로 믿어 의심치 않았다.

하지만 그의 아내는 그렇지 않았다. 집 구입 자체를 반대했고, 그래도 꼭 구입해야 한다면 반드시 고정 금리로 하고 싶다고 했다. 촉이 그렇다나? 하지만 고 대리는 여자의 날카로운 그 촉을 가볍게 무시한 채, 남들도 다들 그러하니 당연하다는 듯 변동 금리 계약서에 쿨하게 사인했다.

'그때 아내의 촉을 믿었어야 했는데….'

얼마 전까지만 해도 우리나라, 그리고 세계를 이끌어가는 선진국도 금리에 이렇게 박하진 않았다. 그런데 유행하던 전염병이 잠시 잠잠해지자 시장 경제가 활성화되면서 물가가 가파르게 오르기 시작했고, 그 물가를 잡겠다며 미국의 연방 준비 제도 이사회를 비롯한 선진국들이 하루가 멀다고 자이언트 스텝, 그레이트 스텝 등을 떠들어 대며 금리를 올려 대고 있다.

'젠장! 뭔 놈에 스텝? 언제까지 금리를 올리려는 건지… 나 같은 영끌족은 어떡하라고.'

그리고 당연히 우리나라도 그러한 선진국의 대세를 따라 이에 질세라 냅다 금리를 올리고 있다. 아주 보기 좋게 영끌에 올라탄, 그것도 당시 변동 금리를 당차게 선택했던 자기 잘못을 스스로 책임지라는 듯 지금의 고 대리를 계속해서 괴롭히고 있다.

'물가 상승을 막기 위해 금리를 높여 시장에 풀린 현금을 거둬들인다.'

대학 때 배웠던 따분한 경제학 강의 속 한 문장이 지금 자신의 현실을 이렇게 옭아맬 줄 몰랐다. 한가지 다행이라면 아내는 이런 걸 모르는 눈치라는 점이랄까.

'뭐, 회사까지 잘린 마당에 다행인 건 아니지만… 그래도 일단 희망 퇴직금으로 받은 3개월 치 월급으로 버텨 보고,

046

그다음에는 실업 급여로도 좀 버텨 보고… 그리고… 가능할 지 모르겠지만… 은행에 마이너스 통장 한도도 좀 더 늘릴 수 있는지 알아보고….'

고 대리는 어릴 적엔 작고 귀여운 손으로 잘도 저금하러 가곤 했는데, 언젠가부터 은행이 무서워졌다. 분명 자신의 이름 석 자가 새겨진 통장임에도 은행은 눈 부릅뜨고 "고객 님, 이건 앞으로 저희가 관리하겠습니다."라고 통보한 채, 마 치 은행 것인 양 벌어오는 돈을 더 잘 알고 그들이 원할 때 보란 듯 통장을 털어 간다. 그뿐만 아니라 얄밉게도 매달 높 아진 금리 변동 안내와 언제까지 반드시 상환하라는 통보를 아주 잔인하게 친절한 말투의 문자로 알려 준다.

고 대리가 핸드폰 화면 한편에 숨어 있는 은행 앱을 터치 하자, 0을 향해 세차게 줄어들고 있는 통장 잔고가 "어서 와. 이런 숫자는 처음이지?"라며 그를 향해 비웃고 있는 것 같 다. 화들짝 놀란 고 대리는 서둘러 앱 화면을 닫는다. 텅 비 어 버린 핸드폰 화면 배경에서 활짝 웃고 있는 아내가 고 대 리를 쳐다보고 있다.

'아내에게 어떻게 미안하다고 해야 할까? 누가 그랬더 라… 미안하다는 말은 미안하지만 결국 아무것도 바꾸지 않 겠다는 무책임하고 이기적인 말이라고. 그래서 내가 아내에 게 미안하다고 말하지 못하고 있는 거라면, 그건 핑계일까?'

문과여서
미안해

찝찝해진 마음을 애써 뒤로 하고 고 대리는 핸드폰을 검정 바지 주머니에 욱여넣는다.

'자, 이제 어디로 간담?'

어린 시절 기억이 시작되는 언젠가부터 항상 어딘가에 소속되어 있었기에, 이렇게 소속이 없는 텅 빈 시간이 비현실적으로 느껴진다. 지독한 취업난에 허덕이던 복학생 시절과 비슷하다고나 할까? 아니, 비슷할 순 없다. 지금은 아내와 딸이 있는 어엿한 한 집안의 가장이니까. 부담스럽기만 한 책임감이 그를 짓누른다. 뚜벅뚜벅 낯선 길을 거닐던 고 대리의 눈에 횅한 운동장의 초등학교가 보이고, 그 옆에 시립 도서관이 보인다.

'도서관?'

갑자기 그의 구둣발이 자연스럽게 도서관 문 앞으로 그를 인도한다. 고 대리는 잠시 문 앞에 서서 문이 열렸는지 살짝 밀어 본다. 그의 염려와는 달리 문이 쉽게 열린다.

'그래도 이제 문을 열긴 하나 보네? 얼마 전까지만 해도 전염병으로 인해 임시 폐쇄된 도서관이 꽤 많다는 기사를 봤던 터라 당연히 닫혀 있을 줄 알았는데… 열람실까지 개방되어 있다니… 다행이다.'

다행이란 생각과 함께 도서관 안에 들어서자 고 대리는 갑자기 울컥한다. 중·고등학교, 대학교, 복학생, 취준생 시절에 잘도 포장했던 '꿈'을 좇기 위해 참 열심히 다녔던 도서관. 그런데 세월이 지나 검정 정장 구둣발 차림의 자신이 갈 길을 잃고 헤매다 기껏 당도한 곳이 그때와 같은 도서관이라는 현실이 너무 허망하고 참담하게 느껴진다.

'어디서부터 잘못된 거지? 나는 분명 학교에서 하라는 대로 하며 정말 열심히 살았는데… 왜 난 지금 이 모양 이 꼴이 된 거지….'

학창 시절 고 대리는 나름 모범생이었다. 공부하라기에 공부했고, 어느 정도 우수한 성적을 놓치지 않았다. 하라는 대로 했고, 하지 말라는 건 안 했다. 어렵지 않은 일이었다.

문제는 바로 그 '하라는 대로 했다'라는 거였을까? 그저 학교에서 하라는 대로, 선생님들이 하라는 대로 그렇게 학교로, 학원으로, 도서관으로 다녔다. 그리고 수능을 마치고 대학 입학 지원을 앞둔 그는, 대부분의 주변 수험생이 그랬듯 정작 자신이 하고 싶은 게 뭔지도 모른 채 대학 전공을 선택했다. 그의 선택은 '경영학과'. 이유는 단순했다. 그는 문과생이었고, 하고 싶은 게 뭔지 모르는 문과생에게 경영학과는 뻔한 선택지 중 하나였을 뿐이었다.

그렇게 흔하고도 흔한 경영학과를 졸업한 그는 평범한 회사원이 되었다. 취업난에 빠져 버린 취업 준비생이었기에 회사원이 된 것만으로도 다행이란 생각이 들었다. 그래서 취업 뽀개기에 성공해 입사한 회사에 몸과 영혼을 갈아 넣으며 밤낮으로 열심히 일했다. 그러자 회사는 그 대가로 그를 잘랐다. 아니, 표면적으로는 그가 퇴직을 희망해 제 발로 나왔다고 하겠지만.

'문과… 거기서부터 잘못된 거였을까?'

언젠가 뉴스에서 본 적이 있다. 요즘 '20대, 여성, 그리고 문과생'은 정말 갈 회사가 없다고. 그리고 고 대리는 20대도 아니고 여성도 아니다. 하지만 문과생이었다. 그럼 정말 단지 문과를 선택했었단 이유만으로 이렇게 된 건가, 하는 생각에 고 대리는 어처구니가 없다.

고등학생 시절 이과와 문과 둘 중 하나를 선택하라고 해서 고 대리는 너무도 당연히 문과를 선택했다. 이유는 수학을 못했고, 과학이 싫어서였다. 특히 물리. 분명 사과도 좋아하고 뉴턴도 좋아했는데 물리 시험 문제는 자신을 싫어했다. 아니, 정확히는 시험 문제의 답이 자신을 잘도 피해 다녔다. 분명 배운 대로 문제를 풀었는데 다 틀리는 아이러니라니! 이럴 수가 있나? 그러다 나중에는 그냥 통째로 외워 버렸다. 이해고 나발이고 냅다 암기해 버렸다. 그리고 당연히 그 결과는 처참했다. 근데 이게 웬일? 문과에 가면 물리고 수학이고 뭐고 심화 이과 과목에서 해방되게 해 준단다. 그럼 안 갈 이유가 없지! 그래서 고 대리는 문과생이 됐다. 그리고 경영학과에 갔으며, 그렇게 회사원이 되었다. 그런데 어제 그 회사에서 잘렸다.

'이 모든 게 고등학생 때 가벼운 마음으로 선택한 문과에서 비롯됐다니… 그 선택이 이렇게 중요한 것인지 누가 알았나? 참나.'

괜히 입안이 씁쓸해진다. 도서관 안에 들어선 고 대리의 구두는 처음 와 본 곳임에도 이런 데는 뻔하다는 듯 도서관 이곳저곳을 기웃거린다. 그의 눈에 제일 먼저 건물 한쪽에 있는 정기 간행물 코너가 들어온다. 벽 한쪽에 오늘의 신문이 신문사 별로 진열되어 있다. 신문 앞에서 고 대리는 천천히 걸으며 신문들을 훑어본다. 그때 기사 제목 하나가 그의 눈을 사로잡는다.

〈반도체 시장 사상 최대 실적 전망! 핫한 IT업계 끝없는 고액 연봉 이어져…〉

평소라면 관심도 없었을 기사를 제목에서부터 내용까지 유심히 살펴본다. 읽어 내려갈수록 부러운 마음이 든다.

'문과가 아닌 이과에 갔으면, 흔해 빠진 경영학이 아닌 이렇게 온 세상이 핫하다고 소리쳐 대는 잘난 이공계를 갔으면, 나도 지금 이런 신세는 안됐을 텐데….'

퇴사한 지 고작 하루 지났을 뿐인데 학창 시절부터 이어 온 성실했던 자신의 삶이 통째로 부정당하는 것만 같다. 선택의 갈림길에 있던 철부지 그때, 더 깊게 고민하고 먼저 인생을 살았다는 그 잘난 선생님들과 더 진지하게 상담했다면 지금 이렇게 도서관에서 헤매진 않았을 텐데, 하는 후회와 자책이 그의 마음을 가득 채운다. 그러다 그 후회와 자책이 돌연 화와 분노로 돌변한다.

중학교 시절부터 정말 열심히 도서관을 들락날락했다. 그 때도 학교 아니면 갈 곳이 없어 도서관에 있었는데, 20년도 더 지난 지금도 이 모양 이 꼴로 도서관에 서 있는 자신의 모습이 너무 처참하게 느껴진다.

이것도 문과생의 특징이라면 특징인 걸까? 지금껏 살아온 삶의 절반 이상을 도서관에 다녔는데도 이 망할 세상은 살아남고 싶으면 계속해서 이런 도서관에 와서 그 잘난 공부를 해야 한다고 채근하는 것 같다. 도대체 이 망할 공부는 언제까지 계속해야 남들처럼 평범하게 살게 되는 건지 알 수가 없다.

마음이 울컥해진 고 대리는 구석 한편에 무심하게 놓여 있는 빨간 의자에 앉아 잠시 몸을 등받이에 기댄다. 그렇게 잠시 앉아 쉬다 보니 도서관 천장에서 새어 나오는 시원한 에어컨 바람이 느껴진다. 사람이 간사한 게, 시원한 바람에 괜스레 이 도서관이 고맙게 느껴진다.

'도서관이 참 시원하긴 해. 그래도 잘린 내가 갈 수 있는 곳, 내 이 비루한 한 몸을 잠깐이라도 편히 쉴 수 있게 해 주는 곳이 있다는 게 어디야?'

눈을 잠시 감고 의자에 기대서 쉬던 고 대리의 귀에 저 멀리 웅성웅성 소리가 들려온다. 눈을 떠 보니 어느새 점심시간이 되었는지 열람실에 있던 학생들이 도서관 지하 식당으로 향하고 있다.

꼬르륵—

'회사에서 잘린 주제에 점심밥은 먹고 싶은가 보지?'

고 대리의 배꼽시계도 기다렸다는 듯 어서 먹을 걸 내놓으라고 요동치기 시작한다. 배고픔에 사로잡힌 그도 어쩔 수 없이 그 학생들의 뒤를 따라 지하 식당으로 내려가 본다.

'이게 뭐야? 운영 중단 안내문?'

식당에 다다르니 식당 문 앞에 전염병으로 인해 당분간 식당을 운영하지 않는다는 손글씨가 적힌 종이가 덩그러니 붙어 있다.

'그럼 이 사람들은 왜 여기로 우르르 몰려온 거지?'

고 대리는 계속 울려대는 꼬르륵 배꼽 소리를 간신히 감춘 채 자신을 속이고 앞서 내려간 사람들을 째려본다. 그런데 그들은 이미 알고 있었다는 듯 자연스레 식당 테이블에 삼삼오오 자리를 잡고 앉더니 주섬주섬 무언가를 테이블에 꺼내 펼쳐 보인다.

'저건 뭐야? 도시락? 아! 도시락을 싸 와서 먹는 거였어?'

당연하다는 듯 도시락을 꺼내 먹기 시작하는 그들의 모습을 보고 있자니, 엄마가 싸 준 도시락을 꺼내 먹던 그의 어린 시절이 그리워지면서 괜히 서글퍼진다.

'그때는 주변 친구들이 모두 똑같은 고민을 하고, 똑같이 힘들어했기 때문이었을까? 그때는 도서관에서 공부하고 밥 먹고 하는 게 힘들긴 했어도 재밌었던 것 같은데…. 그럼 지금 내가 서글픈 것도 배고파서가 아니라, 그때와 달리 이런 마음을 나눌 친구 하나 없이 혼자여서인 걸까?'

꼬르륵—

고 대리의 배는 참 고맙게도 회사에서 잘리든 전염병이 유행하든 지구 반대편에서 전쟁이 터지든 관심 없다는 듯, 정확히 밥 먹을 때만을 계속해서 알려 준다. 고마워서 눈물이 쏟아질 지경이다. 배가 너무 고파져서 초조하게 흔들리던 고 대리의 눈은 식당 구석에 있는 작은 매점을 발견한다. 다행히도 간단한 먹을거리를 팔고 있다. 그는 서둘러 컵라면 하나와 삼각김밥을 집어 든다.

삑— 삑—

배꼽시계를 달래는 경쾌한 바코드 소리와 달리, 화면에 보이는 가격은 무시무시하다. 그래도 이 세상 꽤 잘 살아왔다고 자부했는데, 세상 물가는 언제나 그의 예상을 보란 듯이 깨부순다. 그러다 보니 그도 언젠가부터 '옛날이 좋았지. 라떼는 말이야…' 따위나 중얼거리는 라떼 꼰대가 된 것 같다.

고 대리가 컵라면의 아직 설익은 면을 크게 한입 빨아들인다. 그러고는 면을 입에 가득 넣은 채로 뜨거운 라면 국물을 후루룩 들이켠다. 뜨끈한 면과 국물이 입안에서 콜라보를 일으키며 목구멍을 지나 뱃속으로 달려들어 한참을 꼬르륵하고 울어 대던 배꼽시계를 달래 준다. 그런데 갑자기 눈에 눈물이 핑– 돈다.

'내가 지금 여기서 이게 뭐 하고 있는 거지?'

분명 어제까지만 해도 반짝반짝 빛나는 큰 유리창이 있

는 사무실 책상에 앉아 한가로이 커피나 마셔 대고 있었는데, 회사에서 잘리고 나니 하루아침에 어딘지도 모르는 도서관에서 점심을 혼자 대충 컵라면으로 때워야 하는 현실이 차갑게만 느껴져서 당장이라도 눈물이 왈칵 쏟아질 것만 같다. 그러다 이런 초라한 자기 모습을 누가 알아볼까 무섭고, 혹시 그 누군가가 아내는 아닐까, 하는 말도 안 되는 걱정이 들어 덜컥 겁이 난다. 컵라면 연기 때문인지 아니면 눈에 가득 들어찬 눈물 때문인지 이미 잔뜩 뿌예진 고 대리의 눈에 아내에 대한 미안한 마음이 아른거린다.

'그때… 문과를 선택한 게 잘못이었던 거겠지? 아니, 이제 의미 없나?'

어린 시절 아무것도 모른 채 마냥 행복한 희망의 꿈만 키웠던 도서관에서, 검정 정장을 입은 어른이 된 고 대리는 여전히 앞으로 어떻게 살아야 할지 모르겠다는 절망을 꾸역꾸역 삼켜 내고 있다. 그의 인생에서 절반의 시간을 묻었던 관(棺), 바로 그 도서관에서.

Episode 07

본캐도 엉망이라
미안해

괜스레 서글퍼진 마음과는 달리, 직장 생활 점심시간에 잘도 적응해 버린 배꼽시계 덕분에 고 대리는 컵라면이 식기도 전에 말끔히 클리어 해 버렸다.

'회사 다닐 때였다면 이제 배도 부르니 나가서 거래처 만나 커피나 한잔 때리면서 잘난 비즈니스 한답시고 업계 얘기, 요즘 이슈 얘기나 하며 시간을 때웠을 텐데….'

하루밖에 지나지 않았는데도 너무나 달라진 현실이 고 대리는 당최 믿기지가 않는다. 밥도 먹었고, 딱히 할 일도 없고, 갈 곳은 더더욱 없고. 도서관 밖으로 나가자니 검정 정장붕대를 입은 고 대리는 작렬하는 햇볕을 도저히 견딜 자신이 없어 시원한 에어컨이 빵빵하게 나오는 도서관에서 시간을 더 때워야겠다고 다짐한다.

'음~ 책 냄새 좋다. 여긴 어디지? 종합대출실?'

자신의 키보다 훨씬 높게 꽂혀 있는 수많은 책이 고 대리의 눈에 들어온다. 고 대리는 학창 시절 적어도 한 달에 책한 권은 꼭 사서 읽고, 대학에서는 인문학 독서 모임에도 참석하곤 했었다. 그런데 취직하고 결혼하고 나서는 회사 다니랴 애 키우랴 이런저런 일상에 등 떠밀려 살다 보니, 책을 사기는커녕 제대로 한 권을 완독한 적이 언제였는지도 기억나지 않는다. 그렇게 꽤 오랜 세월 책을 접하지 못하고 살았는데, 이렇게 고풍스러운 책 내음을 맡을 수 있는 공간에 서서 수많은 책에 둘러싸여 있으니 괜스레 기분이 좋아진다. 한참 서가를 거닐며 책을 구경하던 고 대리의 구둣발이 '이달의 신간' 서가 앞에 멈춰 선다.

'뭐, 이미 다 대여 중일 테지….'

분명 '이달의 신간'이라고 떠-억하니 써 있건만, 역시나 신간 베스트셀러 책은 한 권도 보이지 않는다. 어린 시절에도 그랬다. 고 대리는 도서관 서가에 꽂혀 있는 신간 도서를 구경해 본 적이 없다. 워낙 인기가 많아서 대여 경쟁이 치열했으니까. 물론 대여를 원하는 경우 미리 예약을 하면 된다는 건 알고 있었다. 하지만 고 대리는 예약하기 보단 그냥 책을 사서 보는 걸 택했다.

'언제 기다려? 너무 보고 싶은데….'

그런 어린 시절 습관이 몸에 배어서였을까? 대학생이 되어서도 밥값을 아끼려고 학생 식당에서 제일 싼 밥을 먹을지언정, 책값은 비싸더라도 굳이 사서 보려고 노력했다. 밀레니엄 운운하며 당시 한창 유행하던 디지털로 가득 채워지던 현실에서, 책만큼은 그래도 나름 고독한 아날로그의 향기를 머금고 있는 것 같다는 생각이 들었다. 그리고 그 향기가 한 장 한 장 배인 책장에 손가락이 닿는 감촉이 특히 좋았다.

옛 향수에 젖어 신간 서가를 둘러보던 고 대리는 서가 위쪽 칸에 덩그러니 놓여 있는 책 한 권을 발견한다. 눈부신 초록 풀빛 배경에 분홍 벚꽃이 휘날리는 표지가 그의 눈을 사로잡는다.

『우리 회사만 쓰레기야?』

'책 제목이 뭐 이리 과격해? 예쁜 표지랑 딴판이네. 그나저나 이런 제목은 일단 손이 갈 수밖에 없지 않나?'

고 대리는 오른손을 높게 뻗어 과격한 제목의 그 책을 집어 들어 구해 낸다. 그러고는 책 표지를 조심히 넘기며 한 자 한 자 읽어 내려가기 시작한다. 내용을 살펴보니 주인공인 대기업 부장이 요즘 흔히 MZ라고 불리는 신입 직원들의 회사 생활에 관한 이야기를 쓴 것 같다. 그리고 글쓴이는 전업 작가가 아닌 현직 회사원인 듯하다. 책 뒷면에 유명 연예인들의 추천사가 보이고, 제일 위에 "이 세상 모든 직장인이 공감한 화제의 베스트셀러!"라는 문구가 빨간색으로 강렬하게 쓰여 있다.

'베스트셀러?『우리 회사만 쓰레기야?』이딴 게?'

책 표지와 뒷면을 훑어보던 고 대리가 인상을 쓴다. 마음이 괜히 울컥하고 뭔가 거슬린다.

'전업 작가가 쓴 것도 아니고, 직장 다니면서 썼는데 대박이 났단 말이지? 될놈될? 될 놈은 뭘 해도 된다는 건가?'

물론 이 책을 쓴 작가가 어떤 사람인지, 어떤 삶을 살아왔는지는 당연히 모른다. 다만 그냥 딱 보이는 것만 봐선 본캐인 대기업만 다녀도 어제 잘린 자신보다는 훨씬 풍요롭게 살 것 같은데, 그런 사람이 자비도 없이 부캐 놀이나 할까 싶어서 그냥 책 한번 써 봤는데 그 책이 베스트셀러가 됐다는 사실, 본캐도 부캐도 대박이라는 그 사실이 고 대리는 마음에 들지 않는다.

'나는 본캐도 엉망진창 폭망인데, 누구는 부캐까지 대박이라고? 나도 문과 나오고, 학창 시절 코 찔찔 묻은 돈 아껴 가며 굳이 책도 사 보면서 책을 얼마나 사랑했는데! 그랬던 나는 책을 내는 건 고사하고, 책 볼 시간도 없이 일만 하다가 회사에서 잘리고, 도서관에서라도 컵라면이나 퍼먹을 수 있

어 다행이라고 생각하는 처지인데. 뭐? 본캐는 대기업 직원, 부캐는 베스트셀러 작가? 하! 열 받아.'

이렇게 자기 탓, 회사 탓, 세상 탓을 해도 달라질 건 아무 것도 없다는 걸 잘 알지만, 우연히 마주친 책에서조차 현타를 얻어맞고 휘청대는 자신이 초라해 보여서 고 대리는 탁- 소리와 함께 손에 있던 책을 서가에 아무렇게나 던져 내려놓는다. 초면에 나한테 왜 그러냐는 듯 원망스러운 눈빛으로 책 제목이 고 대리를 쳐다보고, 한참 눈싸움을 하던 고 대리는 문득 출판사 소개 글귀를 보게 된다.

〈작고 소중한 보통의 삶을 출간합니다.〉
-도서출판 예랑북스-

'응? 이름 있는 출판사는 아닌 거 같은데… 내 삶도 나름 작고 소중한데… 혹시 내 이야기도 말해 보면 책으로 내주려나?'

고 대리는 내려놓았던 책을 다시 손으로 집어 든다. 그러고는 작고 소중하다는 소개 글귀가 특이해서인지 꽤 한참을 출판사 소개에서 눈을 떼지 못한다.

'뭐, 좋아! 일단 이 몸이 한 번 읽어 주지! 나도 신입 사원 시절이 있었고, 부장은 못 달았어도 대리는 달아 봤다고! 어

디 얼마나 잘난 사람인지 한번 보자고!'

고 대리는 책을 품에 안고 왠지 비장해진 걸음으로 종합 대출실 입구 우측에 한가로이 앉아 있는 사서를 향해 걸음을 옮긴다.

"이거… 대출하려고 하는데요…."

비장한 걸음걸이와는 달리, 오랜만에 해 보는 책 대출에 의기소침해진 목소리로 고 대리가 말을 꺼낸다.

"회원 카드 주시거나 회원 번호 알려 주세요."

책을 내려놓고 멀뚱멀뚱 서 있는 고 대리에게 사서가 냉랭한 목소리로 말한다.

"네? 회원 번호…요? 음… 따로 없는데요…. 음… 혹시 바로 가입할 수 있나요?"

당황한 고 대리가 되묻는다. 이깟 책이 뭐라고 악착같이 대출하려고 하는 건지 자신이 괜히 원망스럽다.

"아~ 처음 오셨어요? 저쪽 옆에 컴퓨터 보이시죠? 저기서 도서관 사이트 들어가셔서 회원 가입하시고 다시 저한테 오시겠어요?"

사서의 말에 고 대리는 어린아이라도 된 듯 고분고분 컴퓨터 앞에 앉아 자신의 소중한 개인 정보들을 차례차례 낱낱이 입력하기 시작한다. 한창 입력을 이어가는데 갑자기 화면 위에 '에러' 알림 창이 계속해서 번쩍인다.

"여기요! 이거 주소 쓰고 나면 에러가 계속 뜨는데요?"

짜증 섞인 목소리로 고 대리가 사서를 향해 소리친다.

"혹시 주소지가 이 동네 맞으세요?"

사서가 여기서 이런 일은 비일비재하다는 듯 고 대리에게 받아친다.

"네? 집은 이 동네가 아니라…."

"아! 여기는 주소지가 이 동네여야 가입이 가능해요. 음… 그러면 혹시 회사가 이 근처면 일단 회사 주소 입력하시고 명함 하나 주시면 처리해 드릴게요."

사서가 검정 정장 차림의 고 대리를 위에서 아래로 한 번 훑는가 싶더니 걱정 없다는 듯 명랑한 말투로 방법을 알려 준다.

'아… 책 한 권 대출하려는데도 회사에 다녀야 하는 거야?'

어제부로 한순간에 회사가 사라진 고 대리는 사서의 명랑한 한마디에 말없이 일어나 책을 조용히 집어 들고 원래 있던 서가로 가져다 놓는다. 왠지 서가에 눕혀진 이 책이 서울에 살지도 못하고, 회사도 잘린 자신을 비웃는 것 같다. 고 대리는 괜히 책을 다시 들어 사람의 손길이 닿지 않는 서가 구석진 곳에 뒤집어 놓는다. 마치 작은 복수라도 하겠다는 듯이. 그러고는 자신을 쳐다보며 어리둥절해하는 사서의 눈길을 애써 무시한 채 조용히 종합대출실을 빠져나온다.

도서관 복도를 따라 걷기 시작한다. 얼마나 걸었을까? 눈앞에 열람실이 보인다. 조심스레 열람실 문을 열고 들어간다. 어린 학생들이 조용히 책상에 고개를 파묻고 있다. 고 대리는 그들과 최대한 멀리 떨어진 곳에 있는 아무 책상 자리를 골라 의자에 주저앉는다. 그렇게 앉아 잠시 숨을 고른다. 열람실이 조용해서 그런지 조금 전 사서의 속 모르는 명랑한 목소리가 고 대리의 귓가에 맴돈다. 다시 한번 회사에서 잘린 자신의 비참한 현실이 온몸으로 느껴진다. 마른 한숨이 새어 나온다. 의자 등받이에 고개를 뒤로 꺾어 기대 본다. 하얀 천장이 보인다. 고개를 조금 돌려보니 열람실 한쪽 벽의 커다란 창문을 통해 파란 하늘이 보인다.

'난 이렇게 엉망진창 우중충한데, 그러거나 말거나 창밖세상은 날도 좋네. 내 속도 모르고.'

아직도 날은 밝고, 갈 길 잃은 한숨만이 고 대리의 주변을 맴돌고 있다.

마중 못 가서 미안해

츄릅—

언제 가져왔는지 두꺼운 책을 볼 밑에 깐 채 잠이 들었던 고 대리가 볼과 책 사이에 눌어붙은 침을 슬쩍 훔치며 눈을 뜬다.

'언제 잠들었지? 역시 옛날부터 열람실은 숙면 취하기 딱 좋다니까.'

잠이 덜 깬 눈으로 민망한 침 자국이 선명하게 남은 책을 무심히 내려다보던 고 대리는 언제부터 책의 가치가 이렇게 되었나, 하는 미안한 마음이 든다. 잠도 깰 겸 천근 같은 눈꺼풀을 간신히 들어 올려 아직도 환하기만 한 창밖을 멍하니 바라본다. 창문 너머 파란 하늘 아래로 크지도 작지도 않은 초등학교 건물이 보이고, 자기 몸보다 커 보이는 가방을 등에 메고 학교 운동장을 가로질러 신나게 정문을 향해 달려 나가는 작고 귀여운 아이들이 보인다.

'내가 잘리긴 잘렸구나….'

평소 같으면 회사에 있을 시간이라 절대 볼 수 없었을 평화로운 풍경을 마주하고 있으니 회사에서 잘린 게 다시 한번 실감 나 울컥함에 가슴이 울렁거린다.

'응? 근데 왜 저기 사람들이 몰려 있지?'

울렁거리는 마음을 애써 추스르려 노력하는 그의 눈에 학교 정문 앞에 모여 서 있는 자기 또래 정도의 사람들이 보인다.

'뭐지? 학부모 같은데… 애들 마중 나온 건가? 그나저나 저 아빠들은 직장도 안 가나? 이 시간에 왜 저러고들 있대? 아니면 오늘 비라도 온다고 했나?'

대부분 엄마인 것 같은데 중간중간 아빠로 보이는 남자들도 꽤 보이자, 고 대리는 고개를 갸웃한다. 그의 어린 시절 기억에 저렇게 부모님들이 아이를 교문에서 기다리는 건 비가 오는데 아이가 우산을 안 챙겨 갔을 때밖에 없었기 때문에 자연스레 비가 오려나 하는 걱정부터 든다. 하지만 그런 걱정이 무색하게 하늘은 여전히 너무도 새파랗게 맑다. 그리고 자세히 보니 그들의 손에도 우산 같은 건 없다. 대신 한 손에는 핸드폰, 다른 손에는 커피가 담겨 있을 것 같은 컵 하나만 쥐고 있을 뿐이다. 그들은 주로 핸드폰을 보고 있다가 아이들이 교문을 나오면 힐끗 한 번 쳐다보고는 자신의 아이가 아니면 다시 무심하게 핸드폰으로 시선을 옮긴다. 그렇게 몇 번을 반복하다 핸드폰보다 귀한 자신의 아이가 교문을 나오면 당연하다는 듯 아이가 등에 메고 있는 가방을 벗기고는 자기 어깨 한쪽에 둘러멘다. 마치 조그마한 아이의 어깨와 등에 어떤 부담도 주지 않겠다는 듯이. 모든 세상 고난을 부모인 자신이 짊어지겠다는 듯이 말이다. 가만히 그 광경을 지켜보던 고 대리는 그러한 일련의 모습들이 유독 어색하게 느껴진다.

'비가 오는 것도 아닌데 저렇게 학교 앞에 서서 아이를 마중한다고? 가방은 뭐 하러 들어 주는 거지?'

그의 어린 시절엔 볼 수 없었던 광경이다. 물론 가끔 저런 부모들이 있긴 했다. 하지만 지금처럼 날 좋은 파란 하늘이 아닌 먹구름에 장대비 쏟아지는 그런 날, 우산을 안 가져간 자식들을 혼내는 부모들이었으므로 지금의 저 풍경과는 많이 달랐다.

어린 고 대리도 그런 때가 있었다. 우산을 안 가져갔던 비 오던 어느 날, 혹시 엄마가 오셨을까 하는 기대를 품으며 교문 앞에 서 있는 어른들 얼굴을 하나하나 살펴봤다. 하지만 입버릇처럼 먹고살기 바쁘다고 하시던 엄마의 얼굴은 그곳에 없었고, 그럴 때면 그저 작은 실내화 가방 하나 머리에 쓰고 그 어른들 틈을 비집고 빠져나가야 했다. 마음 한편에 그런 자신의 모습을 본 어른들이 혹시나 자기를 불쌍하게 생각하는 건 아닐까, 하는 묘한 불안감에 애써 빗속을 열심히 내달렸다.

고 대리는 교문 앞 애먼 풍경에서 빗속에 파묻혔던 어린 시절의 기억이 떠올라 괜히 마음이 불편해진다.

'설마 요새는 부모들이 다 저렇게 기다리나? 요즘 세상이 온갖 범죄로 흉흉해서? 아니면 저 초등학교 애들은 단체로 어깨를 다쳐 가방을 못 메게 되기라도 한 건가? 참나….'

직장에 다닐 땐 이 한가로운 오후 시간에 우연히 마주한 학교 광경이 이럴 줄은 생각지도 못했다.

'근데 그러면 저들처럼 마중 나오지 못하는 부모의 애들은 어떡해?'

그러다 문득 이 시간에 회사에 있는 부모들의 아이들은 어떨지 궁금해진 고 대리는 막연한 눈길로 교문 밖을 나오는 아이들을 하나하나 관찰한다. 그렇게 한참을 지켜본 그는 자신의 질문에 대한 두 가지 사실을 발견한다.

하나, 그냥 간다. 마음속으로야 마중 나오지 못한 엄마, 아빠를 원망하거나 아니면 쿨하게 '난 다 큰 어린이니까 혼자서도 갈 수 있어!'라고 소리치며 뚜벅뚜벅 걸어가는 건지도 모르겠다. 하지만 고 대리의 눈에 그 아이들은 그냥 발걸음을 재촉해 교문 앞에 모여 있는 다른 부모들에게서 최대한 빨리 멀어지려는 것으로만 보인다. 마치 다른 부모가 혼자 교문을 나서는 자신을 불쌍하게 볼까 봐 걱정하는 것처럼. 그들의 잰걸음에서 어린 시절 빗속을 내달렸던 자신이 보이는 것 같다.

다른 하나는, 학원으로 간다. 대부분 아이들이 당연하다는 듯 아무렇지 않게 학교 다음 코스인 학원으로 가는 노란 버스에 올라탄다. 영어, 수학, 줄넘기, 발레 등 정말 다양한 학원 버스들이 보인다. 그중 하얀 도복에 새까만 검은색 띠를 허리에 감아 본인의 위엄을 뽐내는 태권도 학원의 사범님으로 보이는 젊은 청년에 눈길이 멈춘다. 그 청년은 익숙한 몸짓으로 교문을 나오는 십여 명 되는 아이들을 멈춰 세워 두 줄로 나란히 서게 하더니, 학생 수를 체크하고, 군대 제식 하듯 손을 번쩍 들게 하고 버스에 아이들을 탑승시킨다.

'아, 마중 나오지 못하는 부모의 역할은 학원이 대신해 주고 있구나….'

평소 사교육이라면 소중한 내 노동력을 갈아 넣어 벌어온 돈을 악착같이 뺏어가는 도둑놈들이라고만 생각했던 고 대리에게 그 광경은 사뭇 충격적이었다. 고된 밥벌이의 무게를 견디느라 자신의 아이를 마중 나가지 못하는 부모에게 학원이라는 사교육이 이런 식으로 부모 역할까지 대신해 주고 있다는 사실은 정말 생각도 못 해 봤기 때문이다.

가만히 버스에 올라타는 아이들을 바라보던 고 대리의 머릿속에 자연스럽게 내년 초등학교 입학을 앞둔 딸내미의 모습이 떠오른다. 그리고 언젠가 아내가 딸의 첫 학교 입학식에 대해 고민하던 기억이 난다. 그때 아내가 말하길, 요즘 초등학교는 입학식뿐만 아니라, 학부모 참관 수업이라고 해서 학부모가 학교에 가서 수업 시간에 수업을 직접 하는 경우도 있다고 했다. 그러면서 아내는 고 대리에게 넌지시 아빠가 가면 딸이 더 좋아할 것 같다는 말을 덧붙였다. 그리고 당시 고 대리는 당연하다는 듯 아내의 그 말을 대수롭지 않게 못 들은 체하고 넘겼다. 고작 애 초등학교 입학식이나 참관 수업 따위에 참여하기 위해 회사에 연차 휴가를 쓰겠다고 말하는 건, 그가 살던 세상에서 당연히 말도 안 되는 짓이었기 때문이었다. 물론 마음 한편이 찝찝하긴 했지만, 그렇다고 고민해 봐야 답도 없는 걸 계속 부여잡고 있는 건 비효율적일 뿐이었다. 그리고 효율성을 중요시하는 지극히 평범한 회사원답게 고 대리는 아내의 그 말을 송두리째 잊어버렸다.

고 대리는 갑자기 아내의 그때 그 말이 떠올라 얼굴이 화끈거린다. 언젠가부터, 아니 어쩌면 처음부터 고 대리에게 아이든 아내든 가족은 언제나 직장보다 뒷순위였다는 걸 새삼 깨닫는다. 회사 다닐 적에는 잘난 월급과 성과, 승진 같은 회사 생활과 그 잘난 사수, 선배, 후배, 팀장 같은 사람들 눈치를 먼저 챙기는 거야말로 가장의 책임을 다하는 것이라 믿었다. 이렇게 하루아침에 잘리고 그 모든 게 무용지물이 될 줄은 몰랐다.

'그래도 잘렸으니 이젠 딸내미 입학식이든 참관 수업이든 가 볼 수는 있겠네… 아! 아닌가? 곧 이직을 알아봐서 다시 출근하게 되면 결국 여태 빌어먹은 전 직장 경력을 살려서 같은 업계에 떠돌 텐데… 그럼 나는 내 딸에게 저 교문 앞 부모들처럼은 못 해 줄 텐데… 어쩐다….'

고 대리는 생각이 여기에 미치자, 불현듯 교문 앞에 서서 마중 오지 못한 아빠를 애타게 찾을 딸내미의 모습이 상상되어 마음에 미안함이 가득 차 버린다. 그리고 이전과 다를 바 없을 암담한 자신의 미래가 보이는 것 같아 숨이 막혀 온다. 분명 가족의 행복을 지키기 위해 회사 생활 열심히 하며 충성했던 건데, 아이러니하게도 그 직장이 "응, 이젠 아냐." 하며 자신을 걷어차고 나서야 가족의 행복을 돌아보게 되는 차가운 현실이 그를 쓸쓸하게 만든다. 그저 한가로운 초등학교 풍경을 봤을 뿐인데, 직장에 잘리고 나서야 그 광경에 공감하게 되는 자신이 바보 같기만 하다.

'그래도 먹고 살려면 이직을 하긴 해야 되는데… 이런 작은 것도 못 해 주는 아빠가 되긴 싫고… 어떡해야 할까….'

고 대리는 여전히 창밖 학교를 바라보며 차가워진 손을 무심하게 턱밑에 괸 채 생각에 잠긴다. 그렇게 얼마의 시간이 지나고, 어느새 창밖엔 텅 빈 학교 풍경만이 남았다.

혼자 영화 봐서
미안해

'아직 두 시간이나 남았네…. 회사 다닐 때는 영업 나간답 시고 거래처랑 노닥거리다 보면 시간이 훌쩍 갔었는데 말이 야….'

도서관 창밖을 멍하니 바라보던 고 대리는 평소 회사 퇴 근 시간인 오후 6시까지 남은 시간을 어떻게 보낼지 고민하 고 있다. 회사에서 잘리고 나니 퇴근 시간까지 밖에서 시간 을 때우는 게 무척 어려운 일임을 새삼 깨닫게 된다. 열람실 책상 밑으로 반짝거리는 검정 구두가 눈에 들어온다. 그러 고 보니 아침부터 딱딱한 구두 속에서 구겨져 있는 발이 불 쌍하게 느껴진다. 혹여 누가 볼까 조심스레 구두를 벗어 고 생한 발에게 자유를 허락한다.

'한결 편하다. 진작 벗을 걸 그랬네. 근데 발가락이 좀 민폐인가? 뭐 어때? 보는 사람도 없는데. 음… 그나저나 두 시간이라… 갈 데도 없고… 여기서 계속 뭉개야 하나? 뭐하지?'

오랜만에 도서관에 하루 종일 앉아 있으려니 예전과는 달리 좀이 쑤시고 몸이 고달프다. 책상 위 아무렇게나 던져두었던 핸드폰을 집어 든다.

'뭐 재밌는 거 없나? 아, 그래! 영화나 볼까? 영화 한 편이 두 시간 정도 하지 않나? 딱이네, 딱이야! 내가 이런 생각을 하다니! 대박!'

핸드폰 화면 구석에 한가로이 둥둥 떠 있는 영화관 앱 아이콘이 눈에 띈다. 몇 번의 터치로 순식간에 근처 영화관을 찾아내고, 요새 가장 인기 있는 영화를 예매한다.

그러고는 고 대리는 침 자국이 선명하게 남아 버린 불쌍한 책을 집어 들어 원래 있던 자리에 가지런히 꽂아둔다. 오늘 처음으로 할 일을 부여 받아 기분이 좋은 그의 구둣발이 도서관을 나서며 걸음을 재촉한다.

얼마 걷지도 않았는데 영화관에 도착한다. 도서관 코앞에 영화관이라니. 그는 역시 서울이 살기 좋긴 좋다는 생각이 든다. 그러고 보니 서울살이가 좋은 것 중 하나는 마음만 먹으면, 아니 거기에 약간의 시간과 돈만 충분하다면 본인이 원하는 걸 바로 즐길 수 있다는 것 같다. 물론, 과연 그 시간과 돈이 얼마나 많아야 충분하다고 느낄지는 모르겠지만.

'왜 이리 한산해? 요즘 사람들은 영화도 안 보나?'

평일 오후여도 대학가 근처여서 사람들이 좀 있을 거라고 예상했는데, 의외로 텅 비어 버린 영화관 분위기에 사뭇 놀란다.

깜깜한 상영관에 들어선 고 대리는 큰 화면에서 한 번씩 번쩍이는 광고 화면을 불빛 삼아 더듬더듬 좌석 위치를 찾아간다. 마침내 찾아낸 좌석에 그의 고된 엉덩이가 털썩 주저앉는다. 여기까지 오는데 고생한 걸 다 안다는 듯 아늑한 좌석이 위로를 건네는 것 같다. 기분이 좋은 건지 힘든 건지 묘하다.

'그러고 보니 이렇게 혼자 영화관에 오는 건 처음인 것 같은데… 늘 아내랑 같이 왔으니까….'

문득 혼자 있다는 느낌이 들어 고개를 돌려 주변을 둘러본다. 근데 이게 웬일? 아무도 없다. 정말 그 큰 상영관에 고 대리 혼자만 덜렁 앉아 있다.

'와~ 실화임? 아무리 전염병 때문이라고 해도, 아무리 평일 낮이어도, 이렇게 아무도 없을 수가 있나? 이왕 보는 거 일부러 큰 화면으로 보려고 무려 이천 원이나 더 주고 더 큰 상영관으로 왔건만.'

텅 빈 상영관의 큰 화면에서는 깔깔 웃는 사람들로 가득한 광고가 흘러나오고 있다. 뭐가 저렇게 신날까, 문득 이런 생각이 든다. 그런데 그 순간 고 대리의 눈에 갑자기 눈물이 그렁그렁 고인다. 큰 화면에서 쏟아져 나오는 선명한 하얀 불빛이 고 대리의 눈 속 물방울에 비쳐 흐릿하게 흩어져 보인다.

'혼자… 나는 혼자구나….'

그래도 아내랑 연애할 때는 영화관도 자주 오고, 나름 영화에 대해 진지한 대화도 많이 하곤 했었다. 하지만 결혼 후에는 직장 다니랴 아기 키우랴 정신없이 세월을 살아내느라고 가족들과 영화관에 온 적이 없었다.

"아빠 회사 가야 해서 안 되는 거 알지? 미안. 아빠가 돈 많이 벌어야 우리 딸내미 예쁜 인형 또 사 주지! 대신 다음에는 꼭 같이 갈게, 약속! 미안, 미안."

예전 언젠가 영화를 보고 싶다고 조르던 딸에게 아무렇지 않게 했던 약속이 떠오른다. 그 잘난 돈을 벌어야 한다는 핑계 앞에 속절없이 무너져 내렸던 그 약속. 고 대리는 자신이 딸과 한 그 약속을 지킨 적이 단 한 번도 없다는 걸 깨닫는다. 그리고 그 아이를 돌보느라 이런 영화관에 오는 건 꿈도 못 꾸는 아내의 지친 얼굴이 떠오른다.

'그런데… 나는… 그래, 회사도 잘린 나는… 뭐 잘났다고 혼자 여기 와서… 뭐 재밌을 거라고 여기서 이러고 앉아 있는 건지… 뭐 잘했다고….'

고 대리의 눈이 한 번 깜빡인다. 그 한 번의 무참한 깜빡임에 고여 있던 눈물이 얼굴을 따라 흐른다. 미안함이 그의 눈을 비집고 나와 온몸으로 흐른다.

그 순간, 그의 눈물을 감춰 주기라도 하듯이 하얀 불빛이 잠시 깜깜해지더니 무심하게 영화가 시작된다. 그렇게 상영관 전체가 어둠 속으로 빨려 들어간다. 그는 그 어둠이 혼자 제물처럼 덩그러니 앉아 있는 자신을 잡아먹을 것만 같다.

'영화 한 편 보면 딱 좋을 두 시간이라고… 시간 때우는데 아주 기특한 선택을 했다며 좋다고 달려왔는데… 이 눈물을… 이 미안한 마음을… 대체 어떻게 해야 하나….'

고 대리는 자신이 정말 최악인 것 같다는 생각이 든다. 그런데 더 최악인 건, 그런 미안한 고통을 느끼면서도 무려 이천 원이나 더 낸 영화 푯값이 아까워 차마 좌석에서 일어나지 못하고 있다는 것이다.

그렇게 마스크를 뒤집어쓴 새까만 정장 차림의 남자가 혼자 앉아 멍하니 화면을 바라보고 있다. 얼굴 가득 흘러내리는 눈물을 차마 닦지도 못한 채.

능력도 노력도 어중간해서
미안해

'후~ 푹 자 버렸네.'

언제 끝났는지 영화의 엔딩 크레딧이 올라가고 있다. 상영관 불이 환하게 켜지고, 고 대리가 눈을 뜬다. 영화가 시작할 때만 해도 그렁그렁 새어 나오던 눈물이 무색하게 영화 상영 내내 잠이 들었나 보다. 좌석에서 일어나 아무도 없는 상영관임에도 정장 재킷 매무새를 가다듬는다. 엔딩 크레딧이 열심히 올라가고 있는 화면을 지나 상영관을 빠져나온다. 다음번 영화관에 올 때는 꼭 아내와 딸과 함께 오겠다는 다짐을 해 본다. 물론 그날이 언제가 될지, 아니 오기나 할는지 모르겠다는 생각이 들긴 하지만. 그럴 리가 없건만, 혹시나 누가 자신을 알아볼까 봐 괜히 구둣발을 재촉해 서둘러 영화관 건물 밖으로 나온다.

아직도 날이 밝다. 오늘 하루 그렇게나 기다렸던 오후 6시가 거의 다 되었음에도 아까 도서관에서 나올 때와 다를 바 없이 하늘이 참 밝다. 세상은 여전히 잘린 그에게 아무런 관심이 없는 것 같다. 고 대리는 또다시 서글퍼진다. 그러나 그 마음을 애써 외면한 채 주변 차가운 빌딩에서 쏟아져 나와 퇴근길에 오른 검정 물결 직장인들 틈바구니에 자연스레 합류해 지하철역 땅속으로 내려간다. 어릴 적 장난삼아 지켜봤던 땅속 개미들처럼 새까만 사람들이 끝도 없이 땅속으로 내려간다. 지구는 둥그니까 자꾸 걸어 나가면 온 세상 사람들 다 만나고 올 것 같다는 어린 시절 동요가 떠오른다. 고 대리는 왜 우리가 이렇게 지하로, 끝없이 지하로 기어들어 가야 하는 삶을 당연하다는 듯 살고 있는 건지 이해가 되지 않는다. 특히 회사에서 잘린 자신이 왜 이 검정 물결에 치이며 아래로 쏟아져 내려가야 하는지 정말 모르겠다.

'칼퇴하는 사람들이 이렇게나 많았다니…'

승강장에 들어선 고 대리의 눈에 미어터질 듯 가득 사람들이 줄을 서 있는 모습이 보인다. 6시 땡 퇴근하는 사람들이 이렇게나 많다는 사실이 사뭇 놀랍다.

'이 사람들은 집에 이렇게 일찍 가서 뭐 하지? 아니, 이렇게 칼퇴하면 회사에서 눈치 안 주나? 나 때는…'

고 대리는 그저 어릴 때부터 배워 온 대로 성실히, 그래 정말 성실하게 이 사회에 적응하려 했을 뿐인데, 어느새 세상은 그를 뒷방 늙은이 취급하는 것 같아 씁쓸하다. 자신의 경험, 배워 온 지식, 그리고 사회생활 꿀팁을 전해 줄 새도 없이 세상은 그딴 거 너나 가지라는 듯 자신을 아무짝에도 쓸데없는 구닥다리 취급을 해 버리는 것만 같다. 그리고 이에 질세라 초롱초롱한 맑은 눈빛을 가진 신입 젊은이들은 '이래야만 능률이 오릅니다만?'을 속삭이며 개인주의라는 명목으로 포장해 경력자의 배려를 단칼에 썩-둑 손절해 버린다.

'이렇게 무례한 개인주의라니!'

플랫폼으로 들어오며 속도를 늦추고 있는 지하철 창에 비친 자기 모습이 꼰대가 되어 버린 것 같아 고 대리는 깜짝 놀란다. 그리고 누가 볼세라 서둘러 생각을 멈추고 이미 가득 차 있는 지하철 안 사람들을 힘차게 밀며 몸을 안쪽으로 밀어 넣는다. 간신히 몸이 지하철 안으로 들어가는 데 성공한다. 이미 사람들로 가득 찬 지하철인데도 그의 뒤에 줄 서 있던 사람들이 끝도 없이 지하철 안으로 몸을 욱여넣는다. 칼퇴근이 이렇게 고된 일이었나 하는 생각이 든다. 어찌어찌 들어가서 반대쪽 문 앞 구석 한편에 몸을 구겨 서서 자리를 잡는다.

오늘 하루가 너무 고되다. 회사에서 잘린 것도 힘들고, 잘려서 온종일 갈 곳이 없었던 것도 힘들고, 간신히 6시 땡 시간 맞춰 지하철에 몸을 싣는 것도 힘들다.

'아무것도 안 했는데도 힘드네. 아니, 아무것도 안 해서 힘든 건가? 내일은 약속이라도 만들든가 해야지.'

회사에서 잘린 첫날, 갈 곳 없는 발걸음을 부여잡고 길바닥에서 하루를 보낸다는 건 온갖 스트레스의 회사 생활만큼이나 힘든 것이라는 생각이 든다. 끼인 사람들의 틈 사이로 창밖에 해가 빨갛게 지고 있는 한강이 보인다. 지하철이 어느새 한강을 건너 열심히 집을 향해 달리고 있다. 해가 지고 있는 한강을 건너 퇴근하는 게 얼마 만인지 모르겠다. 야근에 회식에 그렇게 고된 직장 생활에 시커멓게 타들어 간 속처럼, 고 대리는 늘 까만 밤하늘과 그런 밤을 배경 삼아 반짝이던 한강을 건너는 늦은 퇴근이 익숙했다. 그리고 그가 살던 그 세상에선 그게 당연했다. 그래서인지 지금 그의 눈에 보이는 지는 해에 빨갛게 물들고 있는 한강의 모습은 너무 어색하기만 하다.

'왜 잘린 걸까? 그렇게나 열심히 일했는데… 회사는 나를 왜 자른 걸까?'

새빨갛게 물들어 가는 한강을 한참 바라봐서인지 그의 마음마저 빨갛게 타들어 가는 것 같다. 그리고 그 마음이 물어오는 것 같다. 고 대리는 그렇게나 열심히 회사 생활을 했던 자신이, 도대체 왜, 지금 이 시간에, 결국 이 모양 이 꼴로, 이딴 질문이나 고민을 하고 있어야 하는지 비참하고 괴롭다.

'내가 뭘 잘못한 걸까? 능력이 없어서? 이 나이 먹도록 만년 대리라서? 아냐, 그저 그 망할 전염병 때문이겠지? 나만 잘린 게 아니고 직원 반 이상이 잘렸으니까… 나는 그저 재수 없게 그 무리에 휩쓸렸을 뿐인 거지. 아니 아니지! 오히려 나는 그 와중에 그래도 내 손으로 희망퇴직을 신청해서 추가 퇴직금에 실업 급여까지 야무지게 받아 챙기고 나왔으니까 훨씬 나은 거지!'

고 대리는 자신의 빨개진 마음을 부여잡고, 아무도 듣지도 해 주지도 않을 위로를 스스로 해 본다. 마음을 식혀야겠다는 생각에 고개를 들어 깊은 한숨을 내뱉어 본다. 그러다 지하철 창 위에 쓰여 있는 광고 문구 한 줄을 발견한다.

〈인생은 한강 뷰 아니면 한강 물이다.〉

요즘 우리네 현실을 이만큼이나 탁월하게 꼬집은 표현이 또 있을까? 고 대리는 그동안 누구보다 회사 생활을 열심히 했다. 하지만 언젠가 무슨 일로 주변 동료들보다 자신의 능력이 부족한 거 아닌가 하는 의심이 싹텄는데, 그 작은 의심의 싹이 시간이 갈수록 확신의 나무로 굳건하게 커지며 그를 괴롭히기 시작했다. 그리고 그 나무를 잘라내기 위해 그는 끊임없이 더 열심히 일했다.

신입 시절엔 실력이 모두 고만고만 비슷했던 동기들이 연차가 쌓이며 승진이라는 문턱을 잘도 넘어갔다. 결국 대부분의 동기가 과장을 달았을 때도 고 대리는 뒤에서 수군거리는 만년 대리 소리를 못 들은 척해야 했다. 그리고 처음 들어온 직속 후배에게 정말 열심히 자신의 모든 업무 노하우를 알려 줬는데, 어느 날 그 후배가 대형 프로젝트를 성사시켜 버리더니, 특별 승진 명단에 자신보다 높은 과장으로 이름을 올렸다. 그때도 그저 자기가 잘 가르쳐서 그렇게 된 거라며 괜찮은 척 웃어내야 했다. 그리고 자기보다 능력이 없어 보여 내심 무시해 왔던 선배가 사내 정치 하나 잘해서 광속 승직하는 걸 보면서도 그는 내심 저렇게까지 살아야 하나며 깔보고 모르는 척하고 말았다.

괜찮아. 언젠가 이 회사도 내 능력을 알아봐 줄 거야.

괜찮아. 언젠가 후배보다 내가 더 잘나갈 날도 오겠지.

괜찮아. 저렇게 눈치 보며 정치질만 하다가 언젠가 저 선배도 나락 갈 거야.

열심히 일하는 자신보다 이상하게 잘 풀리는 주변 동료들을 보면서 고 대리는 스스로가 능력이 없어 보였다. 사내 정치도 제대로 못하고, 그렇게 뭣하나 제대로 하는 게 없는 것만 같아 때로는 자책하고, 때로는 위로하며 회사 생활을 버텼다. 하지만 결국 그들의 이름은 없는 희망퇴직 명단에 열심히 일한 자신의 이름 석 자가 올라가 있는 현실을 마주하고 나자, 왠지 자신의 능력 없음이 회사 만천하에 떠벌려진 것 같았다. 비참했다. 〈인생은 한강 뷰 아니면 한강 물이다.〉라는 광고 문구에서 눈을 뗄 수가 없다. 마치 몸 바쳐 열심히 했던 자신의 회사 생활을 부정하는 것만 같다. 밤낮없이 일만 했던 그 모든 노력들을 조롱하듯.

'나는 정말 능력이 없었나? 혹시 내 알량한 자존심 때문에 정치질을 못해서? 아니면 그저 만년 대리에 만족하며 내가 자기 계발을 안 해서? 그것도 아니면 그냥 어영부영 눈치만 보다 이 모양 이 꼴이 된 건가? 아니겠지… 결국 능력이 없어서였겠지. 그 잘난 능력이 없어서 나는 지금 이 시간에 새빨갛게 물들어 버린 한강만 바라볼 수밖에 없게 된 거겠지….'

한강 물 타령을 해 대는 광고 문구를 보던 고 대리의 고개가 바닥으로 푹 꺼진다. 창밖에 더 빨개진 한강이 보인다.

"잘 아네. 네가 능력이 없어서 잘린 거야. 능력 있어 봐, 그 회사가 널 그렇게 뻥! 내쫓았겠어? 회사에서 돈 더 주고 제발 남아달라 사정하지. 자기 계발? 사내 정치? 눈치? 웃긴다 정말. 다 핑계야, 그거!"

빨갛게 물들어진 창문에 비친 검정 정장 입은 자신이 속삭이는 것만 같다.

"인생은 한강 뷰 아니면 한강 물이라…."

새빨간 한강이 눈 속에 가득 차 빨개진 눈시울을 깜빡이며 고 대리는 한참을 혼자 중얼거렸다.

인간관계가 이 모양이라
미안해

'휴! 이 망할 놈에 지옥철! 정말 지긋지긋하네.'

전후좌우, 사방팔방 5센티 이내 검정 퇴근러들에 둘러싸여 있던 지옥철에서 고 대리가 탈출에 성공한다.

'이제 여기서 버스 한 번만 더 타면 드디어 집이네. 와, 근데 여기도 사람이 장난 아니네!'

다시 한번 느끼지만, 칼퇴근하는 직장인들이 이렇게 많다는 사실이 정말 놀랍다. 간신히 지옥철에서 탈출했나 싶었더니만, 버스 정류장에도 버스를 갈아타려는 사람들로 인산인해를 이루고 있다.

'이래서 역세권, 초역세권, 초초초 역세권 타령을 하나 보네. 버스는 탈 수 있으려나, 이거….'

고 대리는 초조한 마음으로 긴 줄의 끝자락에 선다. 잠시 후 버스가 정류장에 들어온다. 그런데 바로 그 순간, 그동안 줄 서 있던 게 다 무슨 소용이었는지, 버스가 채 정차하기도 전에 마치 좀비 영화의 한 장면처럼 버스를 기다리던 수많은 사람이 버스의 앞문과 뒷문으로 뛰어 올라가며 서로 자리에 앉겠다고 맹렬하게 몸싸움을 벌인다. 마치 하루 종일 시달린 회사 스트레스를 여기서라도 풀겠다는 듯, 남녀노소 가릴 것 없이 좌석을 차지하려고 난리가 난다.

'이게 다 무슨 일이래? 그래도 자리에 앉아서 다행이네!'

안타까운 건 고 대리도 그 좀비 중 하나였다는 것이다. 물론 좌석 차지하기에 성공한 좀비긴 했지만. 방금 치열했던 좀비들과의 혈투가 무색하게 푹신한 버스 의자에 앉으니 나른한 행복감이 느껴진다. 지하철에서 옴짝달싹 못 하고 내내 끼여서 올 때는 능력이 없어서 회사에서 잘린 것 같았는데, 이렇게 의자 한자리를 차지하고 나니 스스로가 괜히 능력 있는 사람이 된 것만 같다. 버스가 우렁찬 부르릉 소리와 함께 버스에 오르지 못해 좌절하며 서 있는 정류장의 사람들을 뒤로하고 출발한다. 고 대리가 습관처럼 버스 창을 활짝 열어젖힌다. 시원한 바람이 들어와서인지 긴장이 풀린다. 회사에서 잘려서 상사 눈치 볼 필요 없고, 업무에 빠쳐서 눈 돌 필요 없고, 성과에 주눅 들 필요 없었던 그렇게 자유로웠던 하루였지만, 자신도 모르는 새 회사에서 잘린 첫날에 대한 알 수 없는 긴장이 있었던 것 같다는 생각이 든다. 그런데 바로 그때, 갑자기 머리가 띵- 울린다.

'음… 뭘까? 뭔가 찝찝한 하루인데. 꼭 생각이 날락 말락 하면 결국 안 나더라. 뭔가 잊은 게 있는 것 같은데….'

긴장이 풀려서인지 고 대리는 갑자기 뭔가 잊은 게 있는 것 같다. 그렇게 잠시 고민해 보지만, 결국 생각해 내지 못할 자신을 잘 알기에 무심한 손길로 핸드폰을 꺼내 본다. 습관처럼 화면 제일 앞에 떠 있는 깨톡을 터치한다. 깨톡 대화창이 여럿 보이는데 텅 비어 있다. 평소라면 빨간색 숫자로 새로 온 메시지가 잔뜩 쌓여 어서 읽어달라며 아우성치고 있을 텐데, 오늘은 아무런 표시가 없다.

'아! 내 퇴사 소식에도 아무도 연락이 없구나….'

버스가 급정거한 것도 아닌데 누가 뒤통수를 세게 후려친 것처럼 고 대리는 갑자기 머리가 얼얼해진 것 같다. 찝찝했던 이유는 핸드폰이 오늘 하루 종일 울리지 않아서였다.

고 대리는 희망퇴직을 신청하고, 회사를 진짜 그만두게 된 마지막 날까지도 업계 거래처 누구에게도 퇴사 소식을 알리지 않았다. 왜냐하면 그는 그동안 직장 생활을 하면서 주변 많은 사람의 퇴사 소식을 접할 때마다, "저 인제 그만둬요." 라는 말을 내뱉는 침통한 얼굴의 상대방에게 어떤 말을 해

쥐야 할지 난감한 적이 많았다. 그랬기에 자신도 회사에서 잘려 나가게 되어 누군가에게 퇴사 소식을 전하는 게 괜히 부담스럽게 느껴졌고, 그래서 결국에는 마지막 날까지 굳이 알리지 않았다. 게다가 또 결국 이 업계 어딘가의 뻔한 회사 중 한 곳으로 이직하게 될 것이고, 결국 그 나물에 그 밥, 이 업계에서 굴러먹으려고 돌아올 텐데 굳이 퇴사한다고 알릴 필요가 있을까 싶었다. 단지, 이른 시일 내에 이직에 성공하면, 그때 가서 "그냥 그렇게 됐어요." 하고 넘어가면 될 뿐이었다.

'뭐, 잘린 걸 누가 알아서 좋을 건 없으니까. 그래도 희망 퇴직으로 잘 포장하고 나와서 그나마 다행이지 뭐.'

생각이 여기에 미치자, 그는 그래도 희망해서 퇴직한 게 천만다행이란 생각이 든다. 혹시 누군가 물어봐도 "내가 내 발로 그만둔 거야. 망할 회사 더러워서 때려쳤지, 하하!" 하고 웃으며 말할 수 있을 테니까. 뭐, 속이야 쓰리긴 하겠지만.

'근데… 아무리 그래도 그렇지, 이렇게 연락 한 통 없을 수 있나? 오늘 다들 정상 근무를 했을 테니까 업무 담당자가 바뀌었다는 걸 거래처도 다 알게 됐을 텐데. 회사 내부 사람들이야 퇴사하던 날 엘리베이터에서 세상 어색하게 다신 보지 말자는 마지막 인사를 했으니 그렇다 쳐도… 그동안 그렇게 웃고 떠들며 세상 친한 척했던 거래처 사람들이 이렇게 연

락 하나 없다니! 내 비즈니스 인간관계가 고작 이 정도였다니!'

고 대리는 핸드폰 화면 한가운데 떠 있는 명함 관리 앱을 세상 쿨하게 터치한다. 그동안 땀 뻘뻘 흘리며 거래처 만나 비즈니스하면서 모아 온 500개가 넘는 명함이 저장되어 있다.

'이렇게 500명 넘게 알고 지냈는데, 내가 퇴사한 첫날 아무도 안부 인사도 안 한다고?'

마음이 순식간에 이글이글 불타오른다. 이러다가는 당장이라도 아무 명함이나 눌러 전화해서 소리라도 빽- 지를 것만 같다. 고 대리는 마음을 진정시켜야겠다는 생각에 서둘러 명함 앱을 화면에서 꺼 버리고 핸드폰을 주머니에 쑤셔 넣는다. 시원한 바람이 들이치는 버스 창밖으로 시선을 옮긴다. 그새 많이 어두워졌다. 달리는 버스 속도를 따라 순식간에 뒤로 사라져 버리는 불빛들을 보고 있자니 괜스레 마음이 적막해진다. '적막'이라는 단어가 새삼 지금 자신의 마음을 참 잘 표현해 주는 것 같다.

'참 아무 의미가 없네. 뭐, 풍요 속 빈곤, 관계의 적막이 이런 건가? 허무하네.'

그 더운 여름 뙤약볕에 검정 정장을 꽁꽁 싸매 입고 땀 뻘뻘 흘리며 열심히 영업을 다녔고, 진심으로 거래처를 응대해서 나름대로 신뢰를 쌓았다고 철석같이 믿었건만. 회사에서 잘린 첫날 느낀 허무한 적막 앞에 고 대리는 도무지 어떻게 해야 할지 모르겠다. 그 잘난 비즈니스 한답시고 늘 소홀하기만 했던 아내와 딸의 얼굴이 떠올라 미안한 마음에 버스 창을 더 활짝 열어젖힌다. 그렇게 하면 창밖 바람이 더 불어와 가족을 향한 미안한 마음이 다 날아가 버리기라도 한다는 듯이.

하지만 그 바람에 간신히 짓누른 이글이글 타오르던 마음 속 불길에 다시 불이 붙었는지, 고 대리는 거친 손길로 핸드폰을 다시 꺼내 깨톡 앱을 연다. 이제는 아무런 의미도 없어 보이는 여러 비즈니스 깨톡 대화 목록이 눈에 들어온다. 무언가를 찾는 듯 고 대리가 세차게 스크롤을 내리자 대화 목록들이 빠르게 올라간다.

〈영원한 찐동생^^〉

갑자기 고 대리가 손을 멈추고 대화 목록 중 하나를 터치해 깨톡 창을 연다. 역시나 오늘은 아무런 메시지가 오지 않았다.

"형님, 우리 오늘부터 죽어도 살아도 형 동생 하는 거예요! 아셨죠? 하하!"

수년 전 인연을 맺었던 업계 동생이 술에 취해 크게 웃으며 멋대로 고 대리의 핸드폰을 가져가더니 자기 이름을 저렇게 저장했던 기억이 떠오른다. 어제까지만 해도 괜찮았는데 지금 보니 글자 옆 웃음 표시가 아주 가증스럽게 느껴진다. 괜히 분한 마음이 든다.

　—퇴근했냐

　깨톡 창에 평소보다 꾹꾹 강하게 힘을 줘 분노의 네 글자를 입력한다. 네 글자 뒤에 물음표를 붙였다 이내 지워 버린다. 물음표를 붙이면 자신의 활활 타는 분노가 괜히 작게 보이는 것 같아 과감히 빼기로 한다. 그러다 문득 그래도 분노를 티 내지 않는 게 맞지 않나, 하는 고민이 돼서 잠깐 3초 정도 망설인다. 하지만 기어코 물음표를 빼고 쿨한 손길로 〈보냄〉 버튼을 누른다. 그와 동시에 상대방이 읽었는지 여부를 표시해 주는 숫자 '1'이 〈영원한 찐동생^^〉이라고 저장되어 있는 가증스러운 웃음 표시 아래 메시지와 함께 떠오른다. 그 숫자가 바로 없어지는지 잠시 기다려 본다. 계속 떠 있다. 안 없어진다.

　'물음표 붙일 걸 그랬나? 너무 정 없어 보였으려나….'

　핸드폰을 다시 주머니에 넣는다. 왠지 그 숫자 '1'이 영영 사라지지 않을 것 같다는 불안한 마음이 든다.

친구 하나 없어서
미안해

'이 버스는 내릴 때도 전쟁이네.'

끼익- 소리와 함께 버스가 정류장에 멈춰 선다. 고 대리
는 버스 탈 때와 마찬가지로 서로 먼저 내리겠다고 밀어 대
는 사람들 틈바구니에 휩쓸려 간신히 탈출에 성공한다. 잠
시 걸음을 멈추고 숨을 고른다. 칼퇴근이 이렇게 힘든 일인
걸 또다시 깨닫는다. 그리고 이렇게 힘든 칼퇴근을 왜 직장
인들은 기를 쓰고 하려는 건지 당최 이해가 안 된다. 집으로
향하려던 고 대리는 하루 종일 생경한 길바닥을 헤매느라
흙먼지가 잔뜩 묻은 구둣발을 내려다본다.

'집에 가서 구두 좀 깨끗이 닦아 줘야겠네.'

오늘 하루 함께 고생한 구둣발에게 고맙고 미안한 마음에

집에 가서 닦아 줄 생각을 해 본다. 하지만 분명 집에 들어서는 순간 잊어버릴 게 뻔하다.

사실 고 대리는 어려서부터 옷이나 신발 같은 패션에 관심이 없는 편이었다. 그래서 어릴 때는 엄마가 입으라는 대로 대충 입었고, 결혼해서도 그 역할이 아내로 바뀌었을 뿐이었다.

"멋진 내 남편! 비즈니스 하는데 멋지게 하고 다녀야지!"

아내는 늘 이렇게 따뜻한 숨결로 패션 감각이 없는 그를 티 나지 않게 위로해 주곤 했다. 이 구두도 아내가 바꿔 준 지 얼마 되지 않았다. 그때도 아내는 좋은 신발이 좋은 곳으로 인도해 주는 거라며 그를 향해 활짝 웃어 주었지만, 그는 새 구두를 신고 어색하게 웃어 보이며 그런가 보다 하고 별관심이 없었다. 그런데 잘려서 그런지 별 볼 일 없어진 것 같은 자신과 오늘 하루 종일 함께해 준 구두가 새삼 고맙게 느껴진다. 마치 머리부터 발끝까지 엉망인데, 아내의 이 구두 덕분에 오늘 하루도 씩씩하게 살아낸 것 같다. 아내를 향한 고마움, 그리고 자연스레 뒤따라오는 애석한 미안함이 마음속에 뒤섞인다.

고 대리는 직장 생활 열심히 해서 돈 많이 벌어 서울 명동에 있는 백화점 명품 매장을 멋지게 거닐며 아내에게 명품 가방이든 명품 반지든 척척 안겨 줄 수 있는 멋진 남편이 되고 싶었다. 그런데 열심히 일해도 돈은 늘 부족했다. 분명 때에 맞춰 월급, 연봉은 꾸준히 조금씩이라도 올랐는데 이상한 일이었다. 그러다 보니 과연 앞으로 자신이 만족할 수 있는 '충분한' 돈을 벌 수 있는 날이 오기나 할지 의심이 들었다. 충분한 돈, 과연 그게 어느 정도일까?

갑자기 언젠가 유튜브 강연을 봤던 게 떠오른다. 하나도 평화롭지 못한 얼굴을 한 강연자가 마음의 행복을 위해서는 남과 비교하는 것을 멈추라고 했다. 그의 화려한 말발에 깜빡 속아 그때의 고 대리는 '아! 맞아, 그래야지.' 하며 다짐했었다. 그러고는 인스타그램을 가벼운 마음에 클릭했는데, 거래처 지인 하나가 삼각별이 빛나는 벤츠로 새 차를 바꿨다며 자랑질을 해 놓은 것이 아닌가. 그 순간 고 대리는 부러워서 괜히 지하 주차장에 얌전히 자고 있는 자신의 차가 싫어졌다. 그렇게 또 아무렇지 않게 잘나가는 주변 사람과 비교에 비교를 해 댔다. 지금 와서 보니 인간은 하지 말라고 하면 더 하는, 굳이 고통스러울 걸 알면서 불구덩이 속에 빠져드는, 그리고 그렇게 늘 누군가와 비교해 대며 고통 속에서 헤매는 무기력한 동물이라는 생각이 든다. 그리고 회사에서 잘렸을 뿐인데 인간과 동물을 고민할 만큼 철학적인 사람이 된 듯한 자신이 우습게 느껴진다.

그는 이제 흙먼지 때문인지 무겁게 느껴지는 구둣발을 떼며 정류장을 떠나 오늘의 마지막 도착지인 집으로 향한다. 그러다 또다시 불쑥 잊어버린 게 기억났다는 듯 주머니에 있는 핸드폰을 꺼낸다. 〈영원한 찐동생^^〉 아래 숫자 '1'이 사라졌는지 확인해 본다. 아직도 그대로 있다. 망할 놈. 저장된 이름에서 웃음 표시를 지워 버리고 싶다. 아니, 아예 차단해 버리고 싶은 마음도 든다.

'나 잘렸다고 무시하나? 설마… 아니겠지?'

고 대리는 여전히 자신을 놀리듯 웃고 있는 찐동생 깨톡창을 애써 닫는다. 찐동생에게 거절당한 마음을 위로해 줄 누구 없나, 하는 생각에 손가락이 깨톡 〈친구〉 목록의 스크롤을 내리기 시작한다.

'누구라도 불러 한잔하고 싶은데… 어디 누가 좋을까… 하나, 두울, 세엣, 네엣… 하! 열둘? 친구가 열둘밖에 없다고?'

얼마 되지 않아 스크롤이 멈춘다. 깨톡 〈친구〉 목록에 남아 있는 이름이 열둘밖에 안된다는 사실에 그는 깜짝 놀란다. 그리고 그런 당황스러운 마음을 누구에게 들킬까 봐 겁이라도 나는 듯 황급히 〈비즈니스〉 목록을 터치한다. 목록에 있는 이름들을 스크롤 하며 내려 보기 시작한다. 열둘만 덩그러니 놓여 있던 〈친구〉 목록과는 달리 한참을 내리고 내려도 끝도 없이 내려간다. 그제야 마음이 안심된다. 그렇게 한참을 내려 목록의 끝자락에 다다르자 스크롤이 멈춘다. 그런데 이상하게도 쓸쓸하다. 분명 500개가 넘는 이름이 있는데 누구 하나 자신을 위로해 줄 사람이 없다. 아니, 위로는 바라지도 않는다. 그저 술이나 한잔 같이하고 싶을 뿐인데 아무도 자신과 먹고 싶어 하지 않을 것만 같다. 회사에서 잘린 자신은 하루 만에 그 사람들과 아무런 관련이 없는 사람이 되어 버렸다. 마음이 서글퍼져 애꿎은 깨톡 창 스크롤을 다시 올려 버린다. 결국 아무도 자신의 곁에 남은 사람이 없는 것 같다.

'이렇게 인간관계가 다시 한번 정리되는 건가?'

사실 그는 인간관계에 있어 마음이 아주 여린 편이었다. 늘 사람 좋은 척 거래처 사람들을 만나고 다녔지만, 누군가에게 자신이 가치 없는 사람이 되는 걸 견디기 힘들어했다. 그래서 누군가에게 버림받을 바에는 자신이 먼저 그 사람을 정리해 버리는 식의 비뚤어진 인간관계에 익숙해져 버렸다.

'나 때문에 지금 깨톡 〈친구〉 목록에 열둘밖에 안 남은 거겠지…. 내가 언제부터 이렇게 됐지?'

가만 생각해 보니 대학 때 이런 습관이 생긴 것 같다. 대학에 입학하고 얼마의 시간이 지나자 대학 친구들은 고등학교 시절 친구들과는 다르다는 걸 깨달았다. 뭐랄까, 대학 친구들은 자신에게 도움이 되면 친하게 지내고, 아니면 상대를 아싸(아웃사이더)로 낙인찍고 손절해 버리는 것 같았다. 그리고 당시 고 대리의 눈에 그것은 순수한 마음으로 친구를 사귄다기보단, 달면 삼키고 쓰면 퉤 - 하고 뱉어 버리는 지저분한 이해관계로만 보였다. 그 이해관계로 인해 고 대리는 마음이 아팠고, 그래서 그런 인관관계를 받아들이는 게 쉽지 않았다.

물론 그때의 경험이 시간이 지나 회사에 입사하고 사회생활을 하면서 도움이 되기도 했다. 순수한 마음으로 주변 사람들에게 무언가를 기대하는 것이 부질없다는 걸 배웠달까? 그렇다 보니 고 대리는 대학 생활, 회사 생활같이 주변 환경이 바뀔 때마다 인간관계를 한 번씩 정리해 버리기 시작했다. 대학 시절 배운 그대로 필요하면 남기고, 필요 없으면 버린다는 논리를 적용했다. 그런 차가운 인간관계가 싫고 마음이 아팠지만, 마음이 아파도 사회생활이, 인간관계가 그런 것이라면 해내야 한다고 믿었다. 그저 '남들도 다 그렇게 한다.'라는 한 문장으로 자신의 아픈 마음을 애써 위로하며 인간관계를 정리하고 또 정리해 댔다. 그만의 정리 방법은 간단했다. 깨톡 창에 있던 상대방의 이름을 굳이 〈숨김〉 혹은 〈차단〉 목록으로 이동시켜 보이지 않게 하면 그만이었다. 상대방은 자신이 숨겨졌는지 차단되었는지 알 길이 없다. 하지만 고 대리는 더 이상 필요가 없어진 그들을 보지 않아도 된다. 고된 인간관계를 이렇게 쉽게 정리할 수 있다니, 정말 아이러니한 세상이다.

그리고 이제 회사에서 잘렸으니 또다시 필요에 의해 이 〈비즈니스〉 목록 안 500개의 이름도 정리를 해야겠다는 생각이 든다. 곧 이직하게 될 테니 그때까지는 일단 그대로 두겠지만, 결국 그들 대다수가 〈숨김〉 혹은 〈차단〉 목록으로 이동될 것이다. 다시 필요해지지 않는다면.

고 대리의 손가락이 〈친구〉 목록을 다시 연다. 여전히 열둘의 이름만이 덩그러니 떠 있다. 스크롤을 위아래로 움직여 본다. 술 한잔 같이하자고 불러낼 친구가 없다. 지난날 자기 손가락으로 〈숨김〉, 〈차단〉 목록으로 강제 이동시킨 이름들이 어렴풋이 떠오른다.

'열둘이라… 내가 왜 이렇게 됐을까? 나보다 잘나가는 친구들을 볼 자신이 없는 그런 자격지심인 걸까? 아니면 그냥 나 먹고살기도 힘든데 그들까지 챙길 여력이 없어서? 그것도 아니면 어차피 나한테 연락 한 번 없는데 굳이 내가 목록에 남겨 둘 필요가 없으니까?'

나지막이 한숨이 새어 나온다.

'어쩌면 그저 학교를 졸업하고 사회생활을 하면서 생각하는 바가 달라지고 관심이 달라져서일까?'

고등학생 때는 주변 친구 중 크게 다른 생각을 하는 친구는 없었다. 그저 정해진 교육 체계 안에서 비슷한 선생님에게 비슷한 걸 배우고, 같은 반 친구들과 같은 고민만 하며 지내다 보니 서로 비슷한 생각을 할 수밖에 없었을 것이다.

하지만 학교를 졸업하고 사회생활을 하면서 자신은 물론, 친구들도 모두 다른 생각을 하며 살게 되었다. 부동산, 주식, 코인, 창업, 승진 등등 정말 다양한 분야로 관심사가 바뀌고, 결혼한 친구, 싱글인 친구, 아기 낳은 친구, 최근에는 돌싱 친구까지 모두 각자의 상황이 달라졌다. 그렇게 학창 시절 비슷하게 자란 친구들임에도 관심과 상황이 바뀌면서 점점 생각이 달라졌다. 그리고 생각이 다르니 만나서 이야기를 나눠도 대화가 잘 안 통했다. 그러다 점점 생각이 다른 친구들은 안 보게 되었다. 대학 시절에 배운 대로 필요가 없어진 것 같았다. 물론 그렇게 생각하면 마음이 아팠다. 하지만 내 삶도 퍽퍽한데 친구의 빡빡한 생각을 들어 주기에는 안 그래도 퍽퍽한 삶이 더 피곤해지는 것 같았다. 그렇게 날카로운 그의 손가락 칼날을 피하지 못한 친구들이 〈숨김〉 또는 〈차단〉 목록으로 스러져 갔다. 하지만 여태껏 고 대리에게 쓸쓸하다거나 서글프다거나 하는 마음은 들지 않았다. 직장 생활 때문에 바쁘다는 핑계로 그저 모른 척 덮고 살면 그만이었으니까. 누구나 그렇듯.

그런데 이상하다. 지금은 〈친구〉 목록에 열두 명의 이름밖에 없는 현실이 너무 쓸쓸하다. 그리고 그 열둘의 이름 중 불러내 마음 터놓고 술 한잔 기울일 친구가 없는 건 더욱 서글프다.

'뭐가 달라진 거지? 달라진 거라곤… 회사에서 잘린 거밖에 없는데.'

회사에서 잘리고 보니 알겠다. 친구 하나 없는 쓸쓸함이 무엇인지. 마음 터놓을 친구 하나 남지 않았다는 서글픔이 어떤 것인지. 아이러니하게도 잘리고 나니 자신의 마음이 이렇게나 여렸다는 걸 새삼 깨닫게 된다. 그리고 지난날 아무 죄 없는 사람들을 손가락 하나로 너무나 가벼이 숨기고 차단했다는 사실에 가슴이 저미어 온다.

'가족에게 소홀하고, 친구도 남지 않았는데, 이젠 거래처 사람들도 정리하려고? 대체 내가 왜 이 모양이 된 걸까.'

남들 다 그러듯이 지난 세월 열심히 살아왔는데, 결국 이렇게 덩그러니 홀로 남았다.

'내가 잘못 살아온 걸까? 세상이 잘못된 걸까? 남들도 다 그렇게 사는 거 같은데, 다들 아무렇지도 않나?'

아무도 대답하지 않는 텅 빈 질문이 그의 머릿속에 울려 퍼진다. 이제라도 잘해 볼까 싶은 마음에 누구에게라도 깨톡을 보내보기로 결심하며 열둘의 깨톡 창 중 하나를 열어 본다. 이전 대화가 무려 석 달 전임을 표시하는 알림이 보인다. 너무나 무심했던 지난날의 자기 모습이 보인다. 필요할 때만 연락하는 건 염치가 없는 것 같다. 깨톡 앱을 닫고 핸드폰을 주머니에 넣는다. 멈칫했던 구둣발이 그런 그의 마음을 이해한다는 듯 집으로 걸음을 서두른다.

"어머, 매번 이렇게… 도와주셔서 정말 감사해요. 오늘은 버려야 할 게 좀 많네요. 에고….”

고 대리가 아파트 정문을 지나 집에 거의 다다랐을 무렵, 단지 내 분리수거장 쪽에서 익숙한 목소리가 들려온다. 아내의 목소리다.

"허허, 이리 주세요, 사모님. 가만 보면 사모님은 맨날 직접 하시는 것 같아요. 다른 집은 보통 남자들이 하는데… 남편분이 많이 바쁘신가… 허허.”

아내 목소리에 이어 낯선 남성의 굵은 목소리가 들린다.

'누구랑 얘기하는 거지?'

갑자기 말초신경이 곤두서면서 심장이 빠르게 뛴다. 낯선 남자와 대화하는 아내의 목소리를 들은 고 대리는 이상하게 숨소리를 줄이게 된다. 그리고 자연스럽게 몸을 분리수거장 옆 어두컴컴한 곳에 숨기고는 귀를 쫑긋 세운다.

'누구지? 허허? 웃음소리 한번 무지하게 거슬리네.'

외면해서
미안해

"아니거든요! 원래 울 아빠가 다 하는데 오늘만 못 오신 거거든요, 아저씨!"

낯선 남성의 호의에 불편한 기색이 역력한 고 대리의 분신 7세 딸아이의 앙칼진 목소리가 분리수거장 안에 울려 퍼진다.

"도와주신 분한테 그렇게 말하면 안 되지!"

당황한 목소리의 아내가 딸을 향해 낮은 목소리로 말한다.

"에고… 죄송해요. 딸아이가 오늘따라 이러네요. 정말 안 도와주셔도 되는데… 매번 이렇게… 감사해요."

아내가 말을 잇는다.

'딸내미가 속 시원하게 말 잘했는데 왜 사과를 한대? 흥!'

아내의 말에 괜히 뽀로통해진 고 대리는 여전히 몸을 숨긴 채 속으로 구시렁댄다.

"엄마! 다 한 거지? 얼른 가자! 근데 오늘도 아빠랑 같이 저녁 먹을 수 있는 거야?"

자신을 향해 허허 웃어 주는 낯선 이의 시선을 불편해하며 딸아이가 아내를 조른다.

"응? 글쎄… 아빠가 오늘도 일찍 오시려나? 집에 가서 전화 한번 해 볼까? 일찍 오시면 또 같이 맛있는 거 해 먹자."

한 손에는 쓰레기 분리수거 봉투를 들고, 다른 한 손에는 음식물 쓰레기의 짙은 빨간 물이 물들어 버린 듯한 고무장갑을 낀 채 아내가 아이를 향해 말한다.

고 대리는 멍하니 아내와 아이가 점차 멀어지는 모습을 바라본다. 왠지 바로 따라가 같이 걸을 수가 없다. 가로등 아래 비친 아내의 뒷모습을 보고 있자니 연애 때의 풋풋했던 모습은 온데간데없이 사라지고, 고된 삶의 흔적만 덕지덕지 붙은 엄마의 모습만 남아 있다.

'아무것도 없는 내게 시집와서 이제껏 같이 산 세월이 얼만데… 나는 아직도 고생만 시키는구나….'

오늘 하루에도 수십 번 느꼈던 아내에 대한 미안함이 또다시 그를 괴롭힌다. 직장 다닐 적에는 일이 바쁘다는 핑계로 마음 한편에 묻어 두고 외면했던 가족에 대한 미안한 죄책감이 '그래, 오늘 너 잘 걸렸다.'라는 듯 작정한 것처럼 쏟아져 나온다.

   결혼 전, 고 대리의 아내는 유명 항공사의 승무원이었다. 고 대리도 같은 항공 업계이긴 했지만, 그 안에서도 승무원이란 존재는 특별하게 인식되는 경향이 있었다. 뭔가 닿을 수 없는 존재 같다고나 할까? 그래서 당연히 그때만 해도 아내는 고 대리보다 잘나갔다. 유창한 영어 실력은 기본에, 불어까지 출중해 외국계 대형 항공사에서 스카우트 제의가 끊이지 않았다. 아내는 그렇게 반짝 빛나는 은색 캐리어 가방을 돌돌 굴리며 온 세상 곳곳의 밝고 화려한 공항을 날아다니던 멋진 승무원이었다. 그리고 그렇게 멋진 승무원과 결혼까지 하게 된 고 대리는 자신이 정말 성공한 남자라는 생각이 들었다. 그래, 이렇게 멋진 여성과 결혼한다는 게 실감이 안 나 얼빵이 같은 표정으로 결혼식에서 "신랑, 입장!" 소리와 하객들의 환호에 싱글벙글 웃으며 걸어 들어가던 신랑이 바로 고 대리였다. 그리고 당연히 앞으로는 핑크빛 행복만을 그녀 앞에 펼쳐 주겠노라고 믿어 의심치 않았다. 하지만….

   "몸도 아프고, 친정도 그렇고, 아이를 대신 봐주실 분도 없어서 그냥 내가 직장 잠깐 쉬면서 아이를 돌보는 게 맞는 거 같은데… 오빠 생각은 어때?"

직장 생활 동안 너무 잦은 비행을 했기 때문이었을까? 아니면 출산의 여파였을까? 아이를 낳은 지 얼마 지나지 않은 어느 날, 출산 휴가 중이던 아내가 어두운 표정으로 말을 꺼냈다. 당시 아내는 저 말 말고도 많은 이야기를 했지만, 고 대리의 귀에 '직장 잠깐 쉬면서'라는 아내의 말이 닿는 순간 그는 화들짝 놀랐다. 그리고 그 순간부터 아내의 말에 집중할 수가 없었다. 그저 어서 아내의 저 직장 쉬겠다는 말을 없던 말로 만들어야 한다는 생각으로 가득했다. 그리고 그렇게 조급해진 그는 아내에게 너무나 감정적인, 그래서 이기적이기만 한 말을 쏟아 내고 말았다.

"그래, 나도 알지. 나도 아는데… 그래도 우리 맞벌이해야 해. 잘 알잖아, 우리 형편. 근데 그렇게 약한 소릴 한다고? 너무 이기적인 거 아냐?"

아니, 어쩌면 더 심한 표현을 했을지도 모르겠다.

그때는 왜 가장 사랑하는 이에게 그렇게나 모질게 대했을까. 지금 생각해 보면 아내에 대한, 그것도 아이를 출산한 지 얼마 되지도 않은 아이 엄마에 대한 배려가 하나도 없었다. 그저 날카로운 현실이 당장이라도 그의 목을 찌르기라도 할 것처럼 외벌이를 감당할 자신이 없는 남편의 일방적인 부담만 울부짖듯 쏟아 냈다. 만약 그때 고 대리 자신이 그런 소리를 듣는 입장이었다면 상대방에게 서운하고 화가 나 소리를 빽– 질렀을 것이다. 하지만 그의 그런 모진 말에도 아내는 그저 창백해진 낯빛으로 잿빛 미소만 지을 뿐이었다. 고 대리는 아내의 그 미소가 긍정이었는지, 부정이었는지 알 수 없었다. 다만 한 가지 확실한 건, 그때 고 대리의 얼굴엔 '왜? 내가 틀린 말 했어? 요새 맞벌이 안 하면 어떻게 살아? 당연한 거 아냐?'라는 자기 합리화를 위한 뻔뻔함만 가득했을 거라는 사실이다. 안타깝게도 핑크빛 앞날을 호언장담하며 신나게 결혼식 입장을 하던 신랑은 더 이상 없었다. 그저 날카로운 현실에 난도질당해 그 부끄러운 모습을 감추려고 애쓰는 못난 남편만 있었을 뿐.

그렇게 고 대리의 아내는 당시 여직원들에게 그나마 허용되던 3개월의 출산 휴가만 사용하고 바로 복직하였다. 그리고 백일을 갓 넘은 세상 조그만 아이는 강제로 아빠, 엄마의 손길을 떠나 고된 주름 가득한 고 대리의 어머니가 돌보기 시작했다. 복직한 아내는 그 후로도 수십 차례 해외 항공 스케줄을 소화했다. 하지만 얼마 못 가 결국 건강이 나빠져 회사를 그만두게 되었다. 고 대리는 몸이 아픈 아내가 걱정되긴 했지만, 그것보다 외벌이가 되었다는 사실이, 혼자 벌어 가족을 부양해야 한다는 현실이 너무 부담스러웠다. 그리고 그 부담감이 자신을 짓누를 때마다 징징대는 어린애처럼 매번 아내에게 자신이 얼마나 힘든지, 고된지, 괴로운지를 쏟아 내고 또 쏟아 냈다. 당신이 일을 안 해서, 나만 일을 해서, 나만 돈을 벌어야 해서 이렇게 힘든 것이라는 원망도 빠지지 않았다. 그럴 때면 아내는 그의 옛 기억 속 언젠가처럼 늘 별말 없이 옅은 미소만 지어 보였다. 하나도 괜찮지 않으면서 애써 그에게 괜찮다고 다독이는 듯한 소리 없는 잿빛 미소를.

분명 가로등 불빛은 주황색인데 이상하게도 잿빛에 둘러싸인 것처럼 보이는 아내의 뒷모습에 고 대리는 깊은 한숨이 난다. 아내는 머리, 어깨, 팔, 등, 무릎, 발걸음까지 고된 삶의 흔적들이 덕지덕지 붙어 있는데도 늘 괜찮다며, 다 잘될 거라며 미소를 지어 주었다. 그런 아내의 그 뒷모습을 보고 있자니 미안함과 고마움이 뒤엉킨 감정이 그의 마음을 어지럽힌다. 문득, 만약 직장에서 안 잘리고 승승장구해서 잘나가고 있었다면 아내의 저 뒷모습도 당연하게 여겼을 것 같다는 생각이 들어 어지러운 마음 한가운데 구멍이 나는 것 같다. 구멍 난 마음에 바람이 들어갔는지 한숨이 계속 난다. 아무리 한숨을 쉬어도 구멍 난 마음이 메꿔지지 않는 기분이다. 왜 회사에서 잘리고 이 모양 이 꼴이 되고서야 자꾸만 이런 게 보이고, 그래서 이런 미안한 감정이 폭발하듯 터져 나오는 건지 스스로 화가 치밀어 오른다.

그렇게 한참을 어둠 속에서 한숨을 쉬던 고 대리의 머릿속에 불현듯 아까 아내와 대화하던 낯선 남성이 떠오른다. 그러자 당장 그놈의 정체를 알아내야 한다는 생각이 든다. 반사적으로 벌떡 일어나 아내와 딸이 떠나고 없는 분리수거장 안으로 뛰어 들어간다. 하지만 이미 텅 비어 있다.

'그새 사라졌네. 잡았어야 했는데. 감히 내 아내한테 ….'

아쉽고 분한 마음에 고개를 좌우로 세차게 흔들며 어두컴컴해진 분리수거장 안쪽을 살펴본다. 그곳엔 쓰레기 냄새만이 텅 빈 그의 주변에 남아 있을 뿐이다. 어쩔 수 없이 그냥 분리수거장 밖으로 빠져나온다. 아직 저 멀리 잿빛에 둘러싸인 채 걸어가고 있는 아내와 딸이 보인다. 뭐가 그렇게 재밌는지 까르륵 소리를 내며 웃는 둘의 소리가 고 대리의 귀에 닿는다. 그런데 갑자기 그 행복한 소리와는 전혀 다른 날카로운 불안감이 구멍 났던 그의 마음속으로 푹 - 찔러 들어온다.

'혹시 아내가 나 잘린 걸 알게 되면, 나 버림받는 거 아닐까? 이혼이라도 당하면 어떡하지….'

고 대리는 저 행복한 웃음소리에 자신이 낄 곳은 없는 것 같다는 생각이 든다. 그 불안감이 자신의 마음을 가득 채워 당장이라도 뺑! 하고 터뜨릴 것만 같다. 그렇게 가장 소중한 존재들에게 자신이 아무것도 아닌 게 될 것만 같아 두려워진다.

'이제 직장도 없어진 이런 나를 아내가 과연 이해해 줄까? 예전 내가 그랬듯 아내가 직장이 없어진 나를 원망하고 무시하진 않을까?'

마음속 불안감이 점점 커져 삽시간에 자신을 칠흑보다 더 새까맣게 물들이는 것 같다. 그러자 그 암흑에 잡아먹히지 않으려는 듯 그의 머리가 세차게 돌아가기 시작한다.

'안 돼! 그럴 순 없어! 안 되겠어. 내일 당장 이직을 알아봐야겠어. 아니, 지금 당장 업계 누구한테라도 연락해서 이직 자리를 부탁해 봐야겠다.'

직장이라도 있어야 아내와 아이가, 가장 소중한 가족이 자신을 봐 줄 것 같다. 그래야 자신을 버리지 않을 것 같다. 그래야지만 저 웃음소리에 자신이 낄 자리가 있을 것 같다.

'월급 한 푼도 못 벌어 온다면… 그것조차 못한다면… 도대체 내가, 나란 존재가 왜 필요할까… 필요하기나 할까….'

바로 그때, 깨톡 알람이 울린다.

—아이고~ 형님!! 제가 급한 비즈니스를 하느라 연락이 좀 늦었습니다!!

〈영원한 찐동생^^〉의 메시지가 고 대리를 비웃는 듯한 웃음을 지어 보이고 있다.

쓸데없이 자존심만 부려서
미안해

"아빠~~~! 오늘도 일찍 왔네! 최고최고!!!"

자신을 향해 귀엽게 소리치며 달려 나오는 딸아이를 고대리가 힘껏 끌어안아 올린다. 언제 들어도 자신을 행복하게 만드는 7세 딸아이의 목소리에 분리수거장에서의 구멍 난 마음이 순식간에 메워지고, 칠흑으로 물들었던 자신에게 밝은 빛이 쏟아지는 기분이다.

"여보 왔어? 안 그래도 언제 오나 연락하려던 참이었는데. 저녁 아직이지? 씻고 나와. 금방 차릴게. 거의 다 됐어."

주방 안쪽에서 아내의 목소리가 들려온다. 그런데 그 소리에 분리수거장에서 낯선 놈과 대화하던 아내가 생각나서 갑자기 기분이 가라앉는다.

"됐어! 나 오늘 속이 좀 안 좋아서 저녁 안 먹어. 나 회사 일 봐야 할 게 있어서 서재에 있을게. 필요한 거 있으면 불러!"

퉁명스러운 목소리로 고 대리가 아내에게 대답한다. 말을 내뱉고 돌아서자마자 자신이 왜 이렇게 좀팽이가 되어 버렸는지 후회가 된다.

"엥? 뭐야? 아빠 일찍 왔는데 같이 밥 안 먹어? 힝~ 그런 게 어딨어! 하루 종일 기다렸는데!"

아빠와 엄마 사이의 싸한 공기에 끼어 버린 딸이 세상을 다 잃은 듯 아쉬운 목소리로 말한다.

"아, 그래? 에이, 아쉽네… 같이 먹으면 좋을 텐데…. 어쩔 수 없지. 우리 공주님은 일루 오세요~ 아빠 회사 일 더 하셔야 하나 봐. 엄마랑 밥 먹자. 오늘 저녁은 우리 공주님이 제일 좋아하는 스팸 계란말이랍니다~."

아내는 아쉬워하는 목소리로 칭얼대는 딸을 황급히 달랜다.

"와~ 스팸 계란말이? 나 얼마 전에 유치원에서 스팸 요리하는 거 배웠어! 내가 할래, 내가!"

고 대리는 자신이 괜히 옹졸한 좀팽이가 돼서 눈에 넣어도 아프지 않을 딸과 사랑하는 아내와의 소중한 저녁 식사 기회를 날리게 되어 울적하다. 꼬르륵―. 그리고 사실 배도 고파서 더 울적하다.

'나도 스팸 계란말이 좋아하는데… 배가 너무 고파서 머리가 어떻게 됐나? 별 이상한 걸로 쫌팽이처럼 왜 그랬지?'

그는 자신이 뱉은 말이 너무 후회된다. 하지만 이미 서재로 향하기 시작한 그의 발걸음은 멈출 기색이 없나 보다. 그냥 지금이라도 아무렇지 않은 척 다시 뒤돌아서 속없는 웃음 헤헤- 지으며 같이 먹고 싶다고 하면 될 일인데. 이런 아무짝에도 쓸모없는 자존심.

끼익— 탁. 고 대리는 서재로 들어가 문에 가만히 등을 대며 밀어 닫는다.

'아휴… 나는 도대체 왜 이 모양일까….'

한숨과 자책이 뒤섞인다. 그렇게 한참을 문에 기댄 채 서 있는다.

꼬르륵—

모른 척했던 뱃속 고동 소리가 고요한 서재에 우렁차게 울려 퍼진다. 혹시나 소리가 주방까지 새어 나가진 않을지 걱정부터 된다. 정말 아무짝에도 쓸모없는 자존심이다. 가만히 생각해 보니 오늘 하루 종일 먹은 거라고는 아까 낮에 도서관에서 먹었던 컵라면이 전부다. 그러니 당연히 배가 이리 화를 낼 수밖에. 발걸음을 떼 서재 의자에 걸터앉는다. 혹시 먹을거리가 있는지 주변을 매섭게 살피던 고 대리의 눈에 책상 위에 아무렇게나 굴러다니고 있는 영양바가 보인다. 날쌘 손길로 낚아채 순식간에 뜯어 입안에 우걱우걱 집어넣고 씹기 시작한다.

"아야! 거참 더럽게 딱딱하네. 아휴~ 이건 얼마나 오래된 거야?"

스팸 계란말이를 놓친 그가 애꿎은 영양바를 나무란다.

아내와 동네 분리수거장 남자의 아무 의미 없는 대화를 엿들었을 뿐인데, 대체 무슨 놈의 상상의 날개를 어디까지 펼쳤길래, 굶주린 배가 그토록 소리쳐 원하는 스팸 계란말이도 걷어차고 여기 이렇게 혼자 궁상맞게 앉아 철근 같은 영양바나 씹어 먹고 있는 건지, 자기 자신이 기가 막혀 한숨이 절로 나온다.

'꼭 필요할 땐 안 나오고 엄한 데서나 튀어나오는 아무짝에도 쓸모없는 자존심… 어휴!'

깨톡—

아까 분리수거장에서 들었지만 바로 그 자존심 때문에 바로 읽지 않았던 깨톡이 다시 한번 고 대리를 재촉한다.

〈영원한 찐동생^^〉

'아까 버스에서 그렇게 읽음 표시가 없어지길 바랐을 때는 눈 부릅뜨고 노려보며 잘도 떠 있더니, 뒤늦게 참 지독하게도 울려 대는구나, 너. 너도 때와 장소를 못 가리네. 분위

114

기 파악도 못하고, 나처럼 말이야.'

고 대리는 괜히 분한 마음이 들어 무심한 손길로 깨톡 창을 연다. 떠 있던 숫자 '1' 읽음 표시가 순식간에 사라진다.

—형님 소식 들었습니다. 안 그래도 연락드리려 했는데... 어찌 우리 사이에 먼저 말씀도 안 해 주시고, 다른 사람 통해 이런 소식을 전해 듣게 하십니까? 서운합니다, 정말!

'서운했으면 오늘 전화라도 한 통 하지 않았을까, 찐동생님? 영원한 찐동생이라구? 영원하긴 개뿔.'

분노에 찬 그의 손가락이 금방이라도 자신의 서운한 속마음을 깨톡 창에 쏟아 낼 것만 같다.

—엉. 뭐 자랑은 아니니까. 뭐 하느라 답장도 늦어? 아직 회사?

고 대리는 평소의 자신과 달리 아무런 이모티콘도 붙이지 않은 쌩 건조체로 답장을 보낸다. '그래, 나 삐졌다. 나 삐졌다고!' 하는 마음을 적나라하게 드러내고 싶었다. 마음 한편에 아까 분리수거장에서의 일을 생각하면 당장이라도 혹시 어디 이직할 회사 없냐고 부탁해야 한다고 생각하면서도, 또 아무짝에도 쓸모없는 자존심이 튀어나왔다. 후배한테까지 없어 보이는 사람이 되고 싶지 않다는 그 알량한 자존심이 말이다.

—아이고~ 제가 미쳤습니까, 아직 회사에 있게요. 급! 비즈니스 미팅 좀 했습니다. 시차 때문에 외국 시간에 맞추다 보니까 좀

늦어졌네요. 이제 집에 가는 길입니다.

　—비즈니스 미팅? 이 밤에? 해외 파트너인가 보지? 요새 전염병 때문에 시장 다 죽어서 해외 거래처들도 다 죽을 맛일 텐데.

　고 대리는 '그래도 나 아직 안 죽었어!'라는 은근한 마음을 담아 자신이 알고 있는 잔바리 정보를 던져 본다.

　—아, 회사 관련은 아니고요. 안 그래도 조만간 만나서 말씀드리려고 했는데, 말 나온 김에 좀 말씀드리면, 저 예전에 영상 만드는 프로그램 배웠던 거 있잖습니까? 사실 제가 그거 배워서 그동안 유튜브 채널을 만들어 틈틈이 영화 리뷰하는 영상을 올려 봤거든요. 근데 운 좋게도 그게 조금 잘 풀려서 외국 영화 제작사에서 협찬 광고 홍보, 뭐 그런 거 좀 하고 싶다고 미팅하자 해서요.

　'뭐? 얘가 지금 뭐라는 거야? 지금, 이 타이밍에, 감히 이딴 톡을 보낸다고? 미쳤네, 미쳤어. 정말 미친 거 아냐?'

　깨톡을 읽어 내려가던 고 대리의 눈동자가 떨린다. 갑작스레 분노가 치밀어 오른다. 분명 자신이 어제 회사에서 잘린 걸 잘 알고 있으면서, 본업보다 잘나가는 부업을 자랑질해 대는 찐동생이 당최 이해되지 않는다.

　'뭐? 영원한 찐동생? 어휴, 뭐 이딴 게 다 있어? 하여튼 요즘 것들 버르장머리란….'

　당장 저 망할 영원한 찐동생의 저장 이름을 바꿔 버리고 싶다.

'〈숨김〉 처리해서 싹둑 관계를 정리해 버릴까? 아니, 〈차단〉 해 버릴까?'

그렇게 눈앞에서 영원히 지워 버리고 싶다.

'너 그러면 안 되는 거 알지? 이직 자리 부탁해 봐야 하잖아. 영원한 찐동생 능력 좋은 거 잘 알잖아? 쓸데없이 자존심 피우지 말고….'

하지만 그의 마음 구석 어딘가에서 만류하는 소리가 들려오는 것 같다. 가만 생각해 보니 예전에 찐동생이 말했던 게 기억난다. 넉 달 전쯤이었나? 이 찐동생이 대뜸 회사에서 야근만 하지 말고 구디(구로디지털단지)에 있는 컴퓨터 학원에 같이 다니자고 난리를 쳤던 적이 있었다. 뭐라더라? 무슨 뭐 유튜브를 배워야 한다나? 본인이 『부의 추월차선』인가 하는 책을 읽었는데, 바로 거기서 고달픈 샐러리맨이 부자가 될 수 있는 방법을 배웠다던가? 그러면서 하는 말이 당장 무자본 수익 창출이 가능한 유튜브를 시작해야 한다고 그렇게 난리를 쳐 댔었다. 그리고 그 말을 듣던 고 대리는 헛소리 그만하고 술이나 마시라고 했었다. 당시 전염병으로 인해 회사뿐만 아니라 업계 전체가 워낙 힘들었던지라, 자신과 같은 일개 회사원이 할 수 있는 거라고는 그저 회사 눈치 보며 숨죽이고 버티는 것밖에 없었기 때문이다. 그리고 당연히 그는 야근은 물론, 아니 그 야근을 넘어서는 슈퍼 풀 야근을 더 해 가며 눈치를 챙겨야 했기에, 저녁 6시 땡 칼퇴근해서 그딴 걸 배우자는 찐동생의 그 말이 세상 물정 모르는 어린애 투정 같다고만 생각했다. 그때 이후로 별말 없길래 그런가 보다 하고 넘어갔는데, 애는 기어코 그때 컴퓨터 학원에서 그걸 배웠나 보다.

'근데… 뭐? 그때 배운 유튜브가 대박이 나서 외국 협찬 미팅을 했다고? 나는 회사에서 잘려 오늘 하루 종일 잉여 짓하며 방황하다 이 모양 이 꼴로 철근 같은 영양바나 부셔 먹고, 스팸 계란말이도 못 먹고 이러고 앉았는데, 뭐? 넌 부업까지 대박이 났다고 자랑질을 해대? 참나!'

고 대리는 이 세상이 정말 불공평하다는 생각이 든다. 순식간에 새빨간 울화가 치밀어 오른다.

'이건 정말 내가 속이 좁은 게 아니야! 누구라도 이런 상황에는 배알이 꼴릴 수밖에 없는 거 아냐? 내가 이상한 거야?'

꼬르륵—

그가 울화통이 터지거나 말거나, 그의 굶주린 배는 자신이 할 일을 해야겠다는 듯 계속 울어댄다.

그놈의 회사에 충성만 해서
미안해

읽음 표시 숫자 1이 사라진 영원한 찐동생과의 깨톡 창이고 대리의 답장이 입력되길 기다리고 있다. 하지만 찐동생에게 화가 잔뜩 나 버린 고 대리는 무슨 말을 할지 고민하고 있다. 너무 속 좁게 보이기도 싫고, 괜찮은 척하기도 배알이 꼴린다. 그렇다고 없어 보이는 건 더 싫다. 어떻게 할지 고민하며 깨톡 창을 보고 있노라니 찐동생과 처음 만났던 때가 떠오른다.

고 대리는 찐동생을 거래처 파트너로 처음 만났다. 그때 찐동생은 협력 업체에 갓 들어온 생초짜 신입 사원에 불과했다. 그에 반해 자신은 이미 업계 경력이 좀 됐기에, '무려'

그런 자신과 만나는 중요한 비즈니스 미팅에 이런 핏덩이 신입 나부랭이를 내보낸 거래처가 우리 회사를, 그리고 자신을 우습게 보는 것 같아 기분이 나빴다. 그러니 당연히 찐동생의 첫인상이 불쾌할 수밖에 없었다.

"영어는 할 줄 알죠? 진행해 보세요. 이번 미팅에서는⋯."

그래서였는지 고 대리는 해외 거래처 바이어들이 다 같이 앉아 있는 미팅 자리에서 아주 거들먹거리는 목소리로 '햇병아리 신입, 너 알아서 해 봐!'라는 식으로 찐동생에게 말을 처음 건넸었다. 대개의 초짜 신입처럼 망신이나 당했으면 좋겠다는 마음을 가득 담아.

그런데 웬걸? 찐동생은 고 대리의 말이 채 끝나기도 전에 엄청나게 출중한 영어 실력을 뽐내며 그야말로 완벽한 기획으로 짜인 프리젠테이션을 발표했다. 거기다 무려 해외 거래처를 한눈에 사로잡는 유머까지 해내는 게 아닌가? 당시 자신이 진행했으면 절대 찐동생 만큼 못했을 것 같다는 좌절감이 살짝 들 정도였다. 그리고 왜 그 협력 업체에서 저런 햇병아리를 당당히 이런 전쟁터에 혼자 내보냈는지 단박에 이해됐다. 나중에 알고 보니 이 찐동생은 어릴 적 해외로 조기 유학을 떠나 해외 유명한 경영대학원 MBA까지 섭렵한 해외파 인재였다. 발표가 순식간에 마무리되자 고 대리는 저런 찐동생에게 초면에 감히 영어나 할 줄 아느냐고 비아

냥댔던 자신이 한없이 부끄러웠다.

'요, 요, 요, 요놈의 경솔한 혓바닥…'

그 이후로도 왜인지 찐동생과는 업무상 자주 마주하게 되었고, 첫 만남의 부끄러움 때문인지 아니면 해외파에 대한 막연한 부러움 때문인지 고 대리는 찐동생과 은연중에 친해지고 싶었다. 그리고 그렇게 알고 지내던 어느 날, 찐동생이 먼저 형, 동생 하고 싶다며 자신을 추켜세워 줬고, 찐동생의 그런 제안에 고 대리는 기다렸다는 듯 좋다며 술잔을 짠- 부딪혔다. 그날 고 대리의 깨톡 창에는 이 찐동생의 이름이 〈영원한 찐동생^^〉으로 저장되었다. 그렇게 더 친해질 수 있는 기회를 먼저 제안해 준 찐동생에게 고마움까지 밀려올 정도였다. 그리고 시간이 지나자, 찐동생은 햇병아리 시절이 언제였냐는 듯, 아니 그런 시절이 있기나 했냐는 듯 회사 중책으로 올라 임원들의 신임을 한 몸에 받고 있다는 소문이 업계에 파다했다.

될놈될! 될 사람은 뭘 해도 된다는 게 이 찐동생을 두고 한 말이 아닐까, 하는 생각이 들었다.

'만약 이 찐동생이 나랑 같은 회사, 내 아래 직원이었다면… 과연 내가 견딜 수 있었을까? 해외 경험이라곤 대학 시절 고작 1년도 안 되는 교환 학생 경험이 전부인 나와는 비교도 안 될 정도의 엄청난 영어 실력에, 외국 경영대학원의 최신 논문을 바로바로 적용해 버리는 무자비한 프리젠테이션에, 거기에 유명 개그맨 저리 가라 하는 유머에, 기가 막히게 상대방의 관심사를 캐치해 내는 센스, 그리고… 키도 크고, 옷발도 좋고, 심지어… 머리숱까지 많아! 젠장! 과연… 그런 아래 직원과 함께였다면 회사에서 내가 감당할 수 있었을까?'

고 대리는 은연중에 회사 연차가 차오를수록 그런 찐동생 같이 능력 있는 후배들이 생각보다 많이, 그리고 빨리 늘어남을 느끼고 있었다. 그리고 그건 만년 대리에 갇혀 있던 그에게 큰 부담으로 다가왔다. 그렇게 점점 초조해졌다. 그래서 희망퇴직 대상 명단에서 자신의 이름을 마주했을 때 사실 내심 알 수 없는 안도감이 들기도 했다. 뭐랄까, 아무리 발버둥 쳐도 그런 자신을 비웃듯 늘 자신보다 잘난 사람들이 넘쳐 나는 이 지옥 같은 경쟁 속에서 초조해하며 헤어나지 못하고 있던 자신을 구해 주겠다며 그럴싸한 핑계가 제 발로 찾아와 준 것 같았다. 집에서는 아내와 딸에게 늘 바쁜 회사 생활을 과시하며 잘난 척이나 해 대던 그가, 회사에서는 경쟁에서 밀리고 낙오되어 금방이라도 나락으로 떨어질 것 같은 보잘것없는 만년 대리 나부랭이에 불과했으니까.

'이젠 뭐? 취미 삼아 했던 유튜브도 대박이 났다고? 나는

본캐도 엉망인데, 너는 부캐도 대박이 나셨어? 하!'

아까 낮에 도서관에서 봤던 그 책 작가처럼 부캐 마저 대박인 사람이 이렇게나 가까이 있다는 사실에 고 대리는 이 빌어먹을 세상이 정말 불공평하다는 것을 다시 한번 깨닫는다. 스팸 계란말이 대신 입에 쑤셔 넣고 있는 싸구려 영양바가 입으로 들어가는지 코로 들어가는지 모를 지경이다.

─엉. 잘됐네. 조만간 한번 보자. 언제 시간 돼? 내일 콜?

고 대리는 최대한 괜찮은 척 무심하게 깨톡 답장을 보낸다. 물론 아무런 이모티콘도 없이 초 건조체로. 그러고는 멀뚱멀뚱 깨톡 창을 쳐다본다. 읽음 표시 숫자 1이 사라지지 않는다. 자신과 대화 중인데 감히 깨톡 방을 닫고 딴짓하는 것 같아 기분이 언짢아진다. 바쁘고 잘라신 찐동생과 더 이상 깨톡 하기가 싫어진다.

'왜 바로 안 읽는 거야? 나 참. 그나저나 이 망할 영양바는 배도 안 부르고, 뭐 이딴 게 다 있지? 이놈이나 저놈이나 다 맘에 안 들어.'

괜히 부아가 치민 고 대리가 남은 영양바를 책상 밑 구석 쓰레기통에 던져 버린다. 그런데 쓰레기통을 보니 불현듯 또 분리수거장이 떠오르는가 싶더니, 생각이 아까 그 망할 낯선 목소리의 분리수거 남으로 이어진다. 그리고 아내에게 버림받지 않기 위해서는 이직 자리를 빨리 찾아야 한다는 그때의 조바심이 다시 그를 괴롭히기 시작한다.

깨톡—

—안 그래도 찾아뵈려고 했죠, 형님! 그럼, 내일 저녁에 봬요!
연락드릴게요!

언제 사라졌는지 읽음 표시가 사라진 깨톡 창에 찐동생의
거만한 메시지가 고 대리를 향해 거들먹거리고 있다. 고 대
리는 아무런 답장도 하지 않은 채 깨톡 창을 서둘러 닫아 버
린다.

'읽기만 하고 답장이 없으면 열 받겠지? 어디 한번 당해
봐라!'

분명 소심한 복수를 했다는 생각에 기분이 좋을 줄 알았
는데 이상하게도 마음이 씁쓸해진다. 고 대리는 핸드폰을
책상 한편에 아무렇게나 던져두고 팔을 목뒤로 감아 깍지를
낀 채 서재 의자 등받이에 등을 푹-기댄다. 그러자 책상 위
새까만 컴퓨터 모니터 화면이 눈에 들어온다.

'그때 찐동생이 말한 대로 그 구디 컴퓨터 학원에 같이 다
녔다면 어떻게 됐을까? 그때 회사 눈치만 보며 그렇게 무
식하게 충성만 할 게 아니라, 찐동생처럼 내 살길을 찾았다
면… 그랬다면 지금 이렇게 막막하진 않았을 텐데…. 찐동
생이 입에 달고 살던 그 잘난 〈부의 추월차선〉에 올라타 돈
많이 벌어 일찍 은퇴한다는, 전설로만 들려오던 파이어족

이 되어 나만의 불을 활활 태우며 신나게 살 수 있지 않았을까?'

고 대리는 부캐도 대박 났다는 찐동생의 깨톡이 머릿속에서 떠나질 않아 생각이 많아진다.

'회사에 충성하던 그때의 내가, 그렇게 목매고 믿었던 회사에서 목 잘린 채 내쳐진 지금의 내 모습을 봤다면, 과연 어떻게 했을까? 당장 회사 눈치 보며 충성하는 망할 헛짓거리 그만두고, 사랑하는 아내와 아이를 위해 당장 6시 땡 치면 그 망할 회사에서 탈출하지 않았을까?'

고 대리는 회사에 입사할 때부터 희망퇴직을 신청하고 그렇게 회사 엘리베이터에서 쫓겨나던 마지막 그 순간까지도 회사 눈치만 보던 자신의 모습이 너무 초라하게 느껴진다. 그러지 말고 찐동생처럼 자기 살길 치열하게 찾아보고 더 잘난 회사를 찾아 떠났어야 했는데. 그 잘난 찐동생도 끝없이 자기 살길 찾아다니는데, 능력도 없는 자신은 도대체 왜 그렇게 회사에만 목매었는지 화가 난다.

'도대체 나는 왜 이 모양일까…'

똑똑—

"오빠, 나 잠깐 들어가도 돼?"

복잡해진 머릿속을 흩뜨리는 노크 소리와 함께 조심스러

워하는 아내의 목소리가 들린다. 지금처럼 시궁창 같은 생각에 빠져 허우적거릴 때면 늘 먼저 다가와서 그를 건져 올려주던 목소리, 그렇게 건져 내서 언제나 오빠가 최고라고, 우리 집 멋진 가장 힘내라고 토닥여 주던 그 목소리가 문밖에서 그를 부르고 있다.

학원비가 겁나서
미안해

서재 책상을 사이에 두고 고 대리와 아내가 마주하고 있다. 아내가 먼저 서재의 고요한 적막을 깨며 조심스레 말을 꺼낸다.

"오빠, 혹시 내일 휴가 좀 낼 수 있어? 엄마가 그때 넘어진 데가 며칠째 아프다고 하셔서 병원에 좀 모시고 가려고⋯. 근데 애 데려가긴 좀 힘들 거 같아서 오빠가 하루만 애를 좀 봐줬으면 하는데⋯."

시궁창에 허우적대던 자신을 늘 건져 응원해 주던 목소리인 건 분명한데, 고 대리는 그 목소리에 이상하게 심기가 불편해진다.

"뭐? 휴가? 아니 그걸 이제 얘기해? 퇴근 다 했는데 인제 와서 회사에 어떻게 말해? 참나."

고 대리는 불편한 심기 그대로 날것의 불만을 아내에게 쏟아댄다. 회사 다닐 때 영업 다니면서 거짓말만 늘었는지 아주 자연스럽게 회사에서 잘리지 않은 내색을 잘도 해내며 슬쩍 아내의 눈치를 본다.

'회사 잘려서 내일 종일 할 것도 없으면서… 아, 아니지! 내일 저녁에 그 찐동생과 약속이 있긴 하지. 맞아! 그것도 무려 이직 부탁을 해야 하는 중요한 약속이라고!'

고 대리는 애써 아내를 향한 자신의 거짓말을 합리화해 본다.

"내일은 안 돼. 저녁에 중요한 거래처 회식도 있고 말이야. 그냥 장모님께 모레 가면 안 돼? 내일 회사 가서 모레라도 휴가 가능한지 알아볼 테니까."

여전히 뽀로통한 목소리로 고 대리가 말을 건넨다.

"엄마가 내일 병원에 예약이 되어 있다고 하셔서…."

아내가 들릴락 말락 하는 목소리로 말한다.

"그래서, 내일 꼭 가야 한다고? 그럼 그냥 애 데리고 같이 갔다 오면 안 돼? 장모님도 오랜만에 애 보면 좋아하실 텐데."

고 대리는 그런 아내가 답답해서인지 목소리를 높인다.

"서울 나가야 해서 그렇지. 지하철도 타야 하고… 애 힘들

128

어할까 봐…."

아까보다 더 작아진 목소리로 아내가 말한다.

"아니, 그러면 어떡하라고! 나더러 회사 가지 말란 거야 뭐야? 어휴! 요즘 회사 상황 어떤지도 모르고. 그럼 그냥 내가 돈 줄 테니까 애 데리고 택시 타고 가, 됐지?"

자기 힘든 상황을 전혀 이해해 주지 않는 아내에게 서운해진 고 대리가 소리를 버럭 지른다. 그 소리에 아내가 깜짝 놀라고, 소리를 지른 고 대리 자신도 놀란다.

'따끈따끈 어제 갓 회사에서 잘린 자의 자격지심 때문일까? 아니면 아내가 분리수거 남과 은밀한 대화를 해서? 그것도 아니면 스팸 계란말이를 못 먹은 서러움에? 어휴… 도대체가 난 왜 이 모양인 걸까.'

뒤늦은 자책이 따라왔지만, 이미 늦었는지 아내의 안색이 어두워져 있다.

"알았어, 내일 내가 알아서 할게. 신경 쓰지 마. 회사 일로 피곤할 텐데… 여기 너무 오래 있지 말고 얼른 와서 자. 나 애 재우면서 먼저 잘게, 오빠."

풀이 죽은 목소리로 아내가 말한다. 그러고는 뒤돌아서 서재 문을 향해 걸음을 옮긴다.

고 대리의 머릿속에선 넘어지셨다는 장모님은 괜찮으신지, 갈 때 몸에 좋은 삼계탕이라도 한 그릇 사서 가라고 지친 아내의 어깨를 다독이며 말해 줘야 한다고 소리치고 있는데, 머릿속 생각이 주둥이까진 내려오지 못하는지 뒤돌아선 아내에게 아무런 말도 하지 못한다.

"아! 오빠, 그리고…"

서재를 나가기 위해 문을 열던 아내가 잊은 게 있다는 듯 다시 뒤돌아 고 대리를 향해 말을 꺼낸다. 고 대리는 괜히 움찔한다.

"다름이 아니고, 다음 달부터 애 발레 학원 보낼까 하는데, 어떻게 생각해? 친한 친구들은 다 발레 학원 가는데 자기만 못 가서 속상해하는 눈치더라고. 알아보니까 학원비는 15만 원 정도 하나 봐. 그래도 발레 학원치고 저렴한 편이긴 하던데… 괜찮지?"

아내의 말에 회사에서 잘려 가뜩이나 답답한 가슴이 콱 막혀 온다.

'괜찮을 리가! 나 회사에서 잘렸다고! 3개월 치 급여 받은 게 전부고, 그다음은 실업 급여인데… 그것도 제대로 나올까 모르겠는데… 대체 날 왜 이렇게 힘들게 하는 거야! 대체 왜!'

아무것도 모르는 아내가 답답하지만, 자신이 잘렸다는 말은 차마 할 수 없는 고 대리는 꾸역꾸역 화난 마음을 감춘 채 아내에게 말한다.

"휴~ 발레? 그거 꼭 보내야 해? 아니, 이제 와서 발레 가르친다고 발레리나가 되는 것도 아니고. 우리나라가 언제부터 발레까지 시켰다고, 나 참! 여보, 요즘 우리 회사 상황 안 좋아. 무급으로 돌리느니 마느니, 월급 삭감을 하느니 마느니 말이 많다고…."

회사 상황을 말하던 고 대리는 더 말하면 자신이 잘렸다는 얘기를 소리치게 될까 봐 황급히 말끝을 흐린다.

"오빠, 내가 계산해 봤는데, 그래도 우리 생활비면 학원 하나 정도는 더 보낼 여유 있어. 어차피 내년에 애 초등학교 가면 또 좀 아낄 수 있을 거고…, 그리고…."

웬만하면 고 대리의 말을 잘 이해해 주는 아내였지만, 아이 교육 문제여서 그런지 질 수 없다는 듯 말을 계속 이어간다. 열심히 설명하는 아내의 얼굴에서 순간 딸아이의 얼굴과 목소리가 겹쳐 보인다. 친구들 다 가는 발레 학원에 가고 싶다고 아빠인 자신을 열심히 설득하는 딸아이의 모습이 보여 마음 한편이 너무 아려 온다. 주둥이가 아내에게는 잘도 말해 대더니, 딸의 얼굴이 겹쳐 보이자 말하기를 망설인다. 하지만 회사에서 잘려서 때 되면 꼬박꼬박 나오던 월급이 이제는 없다는 현실을 깨달은 주둥이가 아내의 말을 단박에 끊어 버린다.

"아니, 지금도 유치원, 피아노, 학습지, 영어, 거기에 미술 학원까지, 그렇게 학원비만 매달 백만 원 그냥 우습게 나가는데, 거기에 발레까지 하자고? 여보, 나 좀 살려 주라. 회사에서도 죽겠고, 이러다 집에서도 죽겠어… 엉?"

그의 주둥이는 이제 아내에게, 아니, 아내의 얼굴에 가려진 딸아이에게 사정하기 시작한다. 그런 그의 말을 들은 아내는 아무런 말도 하지 않고 서재 문 앞에 선 채로 책상 뒤에 몸을 숨기고 앉아 있는 고 대리를 내려다본다. 아무도 아무런 말이 없자, 서재에 다시 적막만이 남는다. 끝내 할 말을 찾지 못한 아내가 말없이 뒤돌아서 서재 문을 연다. 금방이라도 문을 쾅! 닫고 나갈 것만 같은 아내를 향해 다급한 목소리로 고 대리가 말한다.

"여보! 일단… 다음 달은… 좀 있어 봐. 회사 사정 좀 보고 다시 얘기하자."

그 망할 놈의 회사 사정.

'그 망할 회사는 내 사정은 절대 안 봐주는데, 왜 나는 망할 회사 놈의 사정을 이렇게까지 봐줘야 하는 건지….'

고 대리는 그 망할 놈의 회사가 도대체 이해가 안 된다. 고 대리의 말을 들은 건지 아닌지, 아내는 뒤도 돌아보지 않고 걸음을 서재 밖으로 옮긴다.

"아! 그리고… 당분간 나 퇴근 빨리할 수 있을 거 같아. 그래서 말인데… 그… 쓰레기 분리수거는 앞으로 내가 할게!"

서재 문을 닫던 아내가 불쑥 터져 나온 고 대리의 말에 깜짝 놀라 눈을 치켜뜬다. 아내의 알 수 없는 눈빛이 고 대리의 눈빛과 부딪힌다.

'뭐야? 왜 저렇게 놀라? 진짜 그 망할 분리수거 남이랑 뭐 있던 거 아냐? 이것들이 진짜!'

고 대리의 아무짝에도 쓸모없는 자존심으로 무장한 고장 난 레이더 촉이 발동한다.

"갑자기? 왜? 오빠 혹시 회사에 무슨 일 있는 거 아니지? 요즘 일찍 퇴근하는 것도 그렇고…."

아내의 말에 혹시 자신이 잘린 걸 아내가 눈치챈 건 아닌가 하는 걱정이 앞선다. 고 대리는 최대한 자연스러운 말투로 대답한다.

"아니… 별 건 아니고, 그냥… 회사 후배가 그러는데… 나중에 나이 먹고 집에서 삼시 세끼 잘 얻어먹으려면 젊을 때 잘해 줘야 한다고 그러더라고. 그런 거지 뭐. 회사는 똑같아. 별일 없어."

완벽하다. 고 대리는 자기 주둥이가 이렇게나 자연스럽게 뺑쳐 댈 수 있다는 사실에 다시 한번 놀란다. 그 망할 놈의 회사에서 그래도 주둥이 뻥튀기 스킬이라도 하나 건지고 나온 것 같다는 생각에 괜히 뿌듯해진다.

"그래? 뭐, 분리수거 해 주면 나야 고맙긴 한데… 알았어."

끼익— 탁.

"휴~"

다행이다. 회사에서 잘린 걸 아내가 눈치채진 못한 모양이다. 아내가 나간 걸 확인한 고 대리가 쓰러지듯 책상 위에 엎어져 버린다.

우냐고? 아니다.

배고파서 쓰러졌냐고? 아니다.

도대체 왜 늘 따뜻한 목소리로 시궁창에서 허우적대는 자신을 구해 주는 아내에게 이런 되지도 않는 뺑에, 뺑에, 뺑을 치고 있는지, 고 대리는 자신이 이해가 안 된다. 이런 자신이 너무 한심하고 초라해서 책상 위에 고꾸라져 버린 고개를 차마 들 수가 없다.

"아야!"

그렇게 책상에 한참을 엎드려 있는데 갑자기 오른쪽 위 치아가 아프다. 언제부턴가 스트레스를 심하게 받으면 이 치통이 매번 고 대리를 괴롭혀 댔다.

'예전에 아내가 말할 때 진작 치과 갈걸. 이번엔 너무 아픈데….'

치통을 겪어 본 사람은 잘 안다. 그 고통은 상상을 초월한다. 고 대리는 아내와의 대화고 발레 학원이고 나발이고 생각하기를 포기하고 엎드린 채, 어서 이 치통이 사그라들길 간절히 빌어 본다. 하지만 아무리 빌어도 치통은 쉽게 사라지지 않는다. 결국 고 대리는 어쩔 수 없다는 듯 다급히 서재 문을 열고 거실로 달려 나간다. 거실 구석 서랍장에서 약상자를 찾아 부들부들 떨리는 손으로 평소 먹는 진통제 2알을 꺼내 입안에 황급히 털어 넣는다.

'아, 젠장!'

물이 없다. 입안에 약을 문 채 물을 마시러 주방으로 달려간다. 혹시나 자고 있는 아내와 딸이 깰까 봐 최대한 발을 살금살금 움직인다. 그런 그의 태도가 마음에 안 들었는지 약의 쓴맛이 혀를 통해 입안에 강하게 퍼진다. 너무 써서 서둘러 물을 입안에 부어 넣는다. 하지만 입안 쓴맛도, 치통의 날카로운 통증도 쉬이 가시질 않는다.

치료 안 받아서
미안해

"원장님께서 치아 하나는 발치해야 할 것 같다고 하시네요. 최대한 아직 남은 치아 부분으로 살려 보긴 하겠지만, 워낙 많이 썩은 상태라 쉽지 않을 것 같다고 하셔서요. 어떻게 바로 발치하시겠어요?"

치과 간호사가 환히 웃는 얼굴로 아무렇지 않게 고 대리의 썩은 치아에 사망 선고를 내린다.

"네? 바로요? 아… 아니요! 다음에 할게요. 오늘은 그냥 치통 줄여 주는 약이나 좀 처방해 주세요."

사망 선고를 받아든 고 대리가 다음을 기약한다. 여전히 친절한 간호사는 안타까워하는 건지, 불쌍하게 보는 건지, 좀체 알 수 없는 얼굴로 병원 문을 나서는 고 대리를 배웅한다. 그러면서 최대한 빨리 결정해서 다시 오라는 말을 덧붙인다. 그 말에 고 대리는 사망한 치아 부분이 다시 욱신거리는 것 같다.

'그나저나 요즘은 의사랑은 아예 말할 일이 없네….'

오랜만에 치과를 방문한 고 대리는 요즘은 대부분 간호사가 환자와 상담을 진행하고, 의사는 환자와 말 한마디 섞지 않고 본인이 의사로서 해야 할 진료만 쓱쓱 하고 사라진다는 것을 깨달았다. 아까 옆자리에 누워 스케일링하는 걸 슬쩍 훔쳐보니 이제 스케일링 같은 건 아예 의사가 하지 않고 간호사가 대신 하는 것 같았다.

'치과 말고 다른 병원도 이러려나?'

어릴 적 기억엔 병원에 가면 하얀 가운을 폼나게 걸쳐 입고, 얼굴의 반은 마스크로, 또 나머지 반은 금테 안경으로 감춘 의사 선생님이 어린 환자인 자신에게 궁금한 건 없는지 물어보고, 있으면 대답도 직접 해 주시고 그랬던 것 같은데, 이제는 그런 게 아예 없어진 것 같아 괜스레 마음이 쓸쓸해진다.

고 대리는 사실 치아에 콤플렉스가 심한 편이다. 어릴 때부터 분명 양치질을 열심히 한다고 했는데 뭐가 잘못된 건지, 매번 치과에 갈 때마다 교무실에서 혼나는 학생처럼 의사에게 양치질하는 법을 배워야 했다. 그리고 그건 나이가 들어서도 마찬가지였다. 다 큰 어른이 치과 접수대에 구부정하게 서서, 자기 머리통만한 치아 모형에 칫솔로 이쪽저쪽 닦는 방법을 하나하나 배우고 있는 건 꽤 불쾌한 일이었다.

아마도 누구나 그렇겠지만, 고 대리는 어릴 적부터 치과를 싫어했다. 아니 경멸했다. 어릴 때는 치과라면 치가 떨려서 부모님 말씀 안 듣고 도망가기 일쑤였고, 좀 커서는 치과는 보험이 안 되니까 돈이 많이 들어서 늘 '나중에'라는 핑계를 대며 안 갔다. 그러다 보니 그의 치아는 점점 만신창이가 되어 갔고, 전체적으로 치아를 손보려면 몇백만 원은 우습게 깨진다는 진단을 받았다. 그리고 당연하게도 그에게는 치아에 그런 몇백을 들일 만큼의 여윳돈은 없었다. 학생 때는 학생이라서, 직장 다니면서는 생활비의 여유가 좀 생기면 치과 치료를 한 번에 싹 하고 말겠다는 다짐만 주야장천 해대다가 지금의 이 지경까지 이르게 되었다. 그리고 이 치통이란 게 아플 때는 죽을 것처럼 아프긴 하지만, 진통제 좀 먹고 버티면 견딜 만했던 것도 한몫했다.

'회사 다니며 돈 벌 때도 못 했는데, 직장도 잘린 판국에 치과 치료할 돈이 어딨어? 그냥 진통제나 좀 먹으면 괜찮아지겠지. 나중에 한 번에 싹 고쳐야지. 나중에… 여윳돈이 좀 생기면…. 아휴~ 아파도 돈 걱정이 먼저 드는 신세라니….'

사실 기회는 있었다. 결혼한 지 얼마 되지 않았을 때 아내는 그런 고 대리의 치아 상태를 보고 한동안 치과 치료를 먼저 하라고 권했었다. 물론 그도 할 수만 있다면 당장 치아를 다 뜯어내 고쳐 버리고 싶었다. 하품할 때면 언뜻 보이는, 값이 싸다는 이유 하나만으로 아무렇게나 치아를 덕지덕지 뒤덮어 버린 새까만 아말감을 볼 때마다 어릴 적 가난의 흔적들이 느껴져 괴로웠다. 하지만 당시에도 형편이 넉넉하지 못해서 그저 나중에 여유가 생기면 한 번에 하겠다는 식으로 일관하고 말았다. 이런 그의 마음을 잘 알고 있던 아내였기에 계속해서 그를 위로하며 설득하기 위해 노력했다. 아내가 알고 있는 의학 지식에 의하면, 충치가 있으면 치아와 잇몸 사이 썩은 틈으로 바이러스가 침투하는데, 그 신경이 뇌와 가깝게 연결되어 있어 노년에 치매든 뭐든 뇌 쪽에 악영향을 준다는 말도 덧붙였다.

　"아니, 어떻게 충치가 치매까지 연결돼?"

　그런 아내의 설득에 고 대리는 늘 이렇게 당당하고 무식하게 대꾸했다. 그러면서 아내가 치과 치료를 계속 권할 때마다 아내가 꼼짝 못 하는 현실적인 집안 경제를 들먹이며, 나중에 회사에서 보너스 좀 나오면, 나중에 승진해서 월급 좀 오르면, 이번에 꾼 꿈이 기가 막혔는데 로또가 되면, 그렇게 나중에 언젠가 돈이 많아지는 그 '나중'이 되면 제일 먼저 치과 치료를 하겠다고 아내에게 큰소리를 떵떵 칠 뿐이었다.

하지만 오늘 간 치과에서 그의 불쌍한 치아 중 하나에게 발치라는 사망 선고를 내리고 말았다.

고 대리도 잘 안다. 아내 말처럼 치매에 걸리든 아니든 얼른 치아를 고치는 게 자신에게 좋다는 걸. 그리고 당연히 고 대리도 치아를 싹 고쳐 버리고 싶다. 입안에 늘 머금고 있는 이 지긋지긋한 비린 맛 아말감도 싹 걷어 내고, 자기 치아 색이랑 똑같이 만들 수 있다는 레진으로 싹 때워서 하품도 당당히 쩍- 하고. 그렇게 자신의 속을 만천하에 활짝 다 보여 주고 싶은 마음이 정말 굴뚝같다.

하지만 돈이 없다.

당연히 그럴 여유도 없다.

그렇게 늘 '나중에 돈 많이 벌면', '여유가 좀 생기면' 하며 미뤘지만, 그는 잘 알고 있다. 그런 날은 절대 오지 않는다는 걸.

우리는 끊임없이 자신을 남들과 비교하고, 그렇기에 늘 돈이 부족하다고 느낀다. 하루가 멀다고 인스타그램이나 틱톡 같은 허세 가득한 세상 속 이름 모를 누군가는 끝없이 자신의 부를 과시해 대고, 그런 부를 쌓지 못한 평범한 아무개인 우리는 늘 돈이 부족하다고 생각할 수밖에 없다. 그리고 그 누군가처럼 언젠가는 자신도 부유해질 것이라는 희망 고문을 해 대며, 그저 몸이 아파도 출근하고, 약을 꾸역꾸역 삼키며 버티고 또 버틴다. 그렇게 병을 참 잘도 키워 결국 손 쓸 수 없는 상황이 되고서야 비로소 흔해 빠진 비극 드라마의 주인공처럼 한마디 내뱉고 만다.

"내 잘못이 아니야! 난 아파도 참고 정말 열심히 살았어! 내 몸이 갈기갈기 찢겨져도 열심히 살았다고! 근데 내 인생은 왜 이래? 왜 이 모양 이 꼴로 끝나야 하는데? 억울해! 너무 억울해! 왜 나만 이래야 하는 건데!"

어쩌면 주인공도 못 되고 환자 1로 불리는 엑스트라쯤 되려나? 분명히 초반에 '나 아파!'라고 보내는 몸의 신호를 외면하지 않고 동네 병원이라도 가서 진찰만 받아도 그렇게까지 되지 않을 텐데, 평범한 아무개인 우리는 늘 온갖 핑계를 대며 그렇게 병을 키우고 만다. 거기에 직장까지 잘린 상황이라면 더 말할 것도 없다.

'나도 그 찐동생이 추천했던 『부의 추월차선』인가 하는 그 책이나 한 번 볼까….'

자신도 비참하게 쓰러지고 마는 엑스트라가 될지도 모른다는 생각에 덜컥 겁이 난 고 대리는 예전에 찐동생이 추천했던 책이 생각난다. 찐동생이 그 책을 읽고 나서 지금은 저렇게 부캐까지 성공해서 잘나가는 걸 보면 분명 괜찮은 책

일 수도 있다는 생각이 든다. 그리고 고 대리 자신도 그 책을 보고 나면 한낱 엑스트라가 아닌 인싸 주인공이 돼서 돈을 펑펑 써 대며 살 수 있지 않을까, 하는 기대감이 마음속에 스멀스멀 피어오른다.

'근데 그런 자기 계발서는 막상 읽어 보면 너무 뻔한 말들만 써 놨던데….'

마음속에 피어오르던 기대감이 차가운 이성의 한마디에 와장창 부서진다. 정말 많은 사람이 그런 책들을 참 많이도 사서 본다. 그리고 너무도 쉽게 의지하고, 믿고, 반성하고, 때로는 위로도 받는다. 그러고는 놀랍게도 그 책 속 내용과 달리 아무것도 바꾸지 않은 채 다시 똑같은 보통의 하루를 살아간다. 그건 고 대리도 마찬가지였다. 대학 시절 고 대리도 한참 자기 계발서를 보며 열정을 불사르던 때가 있었다. 하지만 그런 책을 보면 볼수록 이상하게도 현실과 괴리감만 느껴질 뿐이었다. 결국 고 대리의 기억 속 자기 계발서는 뜬구름 잡는 소리로만 남았다.

'뭐… 그 책은 나중에 기회가 되면 한번 사 보는 걸로 하고. 아, 그나저나 발치하려면 치과를 또 가야 할 텐데… 싫다 싫어.'

최대한 빨리 결정해서 다시 오라고 한 치과 간호사의 마지막 말이 고 대리의 귓가에 맴돈다. 하지만 그는 당연히 갈 생각이 없다. 직장에서 잘린 고 대리는 돈이 점점 없어질 것이다. 그리고 그의 생각보다 더 빨리 통장 잔고는 '0'을 향해 질주할 것이다. 그런 그에게 치과 치료를 할 돈이, 언제나 평계 댔던 그 망할 여윳돈이 당연히 생길 리 없다. 도대체 왜 치과는 보험 적용이 안 되는지 어릴 때부터 궁금했는데, 직장에서 잘리고 나니 더 간절하게 궁금해진다.

'뭐, 이번에도 약 먹고 버티면 괜찮겠지….'

그렇게 그는 별수 없다는 말로 그의 이성을 마비시키고, 어쩔 수 없다는 합리화의 틀에 스스로를 가둬 버린다.

딸랑—

이런저런 생각을 하며 걷다 보니 어느새 집 근처에 도착한 고 대리가 편의점 문을 열고 들어간다. 자연스레 냉장고 앞으로 걸어가 막걸리 한 통, 네 캔에 만 원인 맥주들, 그리고 과자 한 봉지까지 야무지게 집어 든다. 그렇게 고 대리는 계산을 마치고 무슨 귀한 선물이라도 되는 양, 검정 비닐봉지에 정성스레 담아 들고 편의점 밖으로 나간다.

'아무리 아파 봐라, 내가 치료 받나! 술이나 더 사 먹지! 어디… 몇 시나 됐나?'

고 대리가 핸드폰을 열어 시간을 확인한다. 아직 점심시간이 한참이나 남은 것을 본 그는 괜히 기분이 좋아진다.

'이게 얼마만의 자유인가! 얼른 집에 들어가서 일단 요 녀석들이랑 낮술로 회포를 좀 풀어야겠다. 유부남의 휴가는 소중하지, 암암! 이 모든 걸 할 수 있게 친정에 가 준 아내와 장모님께 감사를 표합니다!'

신이 난 고 대리가 검정 봉지를 흔들어 대며 걸음을 재촉한다. 어제는 길바닥에서 갈 곳이 없어 헤매기만 했던 그의 구둣발이 오늘은 갈 곳이 분명해서인지 씩씩하게 앞으로 향한다.

삐삐삐삐—

집에 도착한 고 대리가 현관문 비밀번호를 누르고 경쾌한 손놀림으로 문을 벌컥 열어젖힌다.

'응? 뭐야? 누가 있나? 이 시간에? 그럴 리가 없는데?'

이상하다. 분명 아무도 없어야 할 집 안에서 사람 목소리가 들려온다.

'혹시 아내가 친정 안 간 거 아냐? 그럼 안 되는데! 나 잘린 거 걸리는 거 아냐?'

깜짝 놀란 고 대리가 큰 잘못이라도 한 새끼 고양이 마냥 발소리를 죽인 채 살금살금 집 안으로 들어선다.

낮술 때려서
미안해

"캬~ 쥑이네! 아무도 없는 집! 커다란 통창 너머로 보이는 파란 하늘! 그리고 그 아래 펼쳐진 뻥 뚫린 논밭 뷰! 거기에 아늑한 거실 소파에 앉아 얼음 가득 채운 막맥(막걸리+맥주)을 호로록 마시는 이 기분! 캬! 바로 이거지! 아주 좋네! 최고다 최고!"

어느새 얼굴이 벌게진 고 대리가 손에 들고 있던 유리잔 속 막맥을 원샷 하며 소리친다.

"뭐, 잘리지만 않았다면 훨씬 더 행복하겠지만…."

막맥 유리잔을 손을 들고 창 너머로 맑은 하늘을 올려다 보던 고 대리가 중얼거린다. 자신과 달리 세상 태평한 하늘을 보고 있자니 머릿속 복잡한 고민을 저 하늘에 다 내려놓고 싶어진다.

"그나저나 아까는 누가 있는 줄 알고 깜짝 놀랐네."

현관문을 열고 집에 들어설 때 집 안에서 인기척이 느껴져 순간 혹시 아내가 있나 하는 불안감이 엄습했다. 잘린 게 걸릴까 봐 무서웠다. 하지만 다행히 그 인기척의 주인공은 거실에 틀어 둔 라디오였다. 아내는 언젠가부터 집에 혼자 있는 게 무섭다며 아이가 있음에도 라디오를 꼭 틀어 놓곤 했다. 그 사실을 까맣게 잊고 지냈는데, 요즘에도 낮에 라디오를 틀어 놓는 모양이다.

안녕하세요, 청취자 여러분! 민아정의 FM라디오 오늘도 이렇게 문을 열었습니다. 오늘 출근길에 오랜만에 하늘을 올려다봤는데 유독 파랗더라고요. 요즘 공기도 참 맑고요. 저는 참 기분 좋은 출근길이었는데, 여러분의 출근길은 어떠셨나요?

파란 경치가 눈에 가득 물들고, 시원한 얼음 막액이 온몸을 휘젓고 다녀 오랜만에 극락의 기쁨을 느끼고 있는데, 들려오는 라디오의 출근 안부 멘트에 갑자기 기분이 풀썩 주저앉아 버린다.

'회사 안 다니는 사람은 라디오 듣기도 무섭네, 무서워!'

고 대리가 괜히 짜증이 나 거친 손길로 라디오를 눌러 꺼 버린다. 픽- 소리와 함께 라디오가 꺼지자 삽시간에 집 안 이 조용해진다. 고요해진 거실. 얼마 만에 느껴 보는 혼자만 의 시간인지. 집에서도, 직장에서도, 출퇴근 길에서도 늘 시 끄러운 소란이 당연하다 생각했다. 그런데 늘 딸내미와 아 내의 참새 같은 재잘거림이 가득했던 이 거실에 혼자 덩그 러니 남으니 차분한 고요함이 이렇게나 가까이 있었다는 사 실이 새삼 놀랍다.

'오늘은 뭘 해 볼까? 일단 저녁에는 유튜버 찐동생 놈을 만나야 하고. 그전까지는 아내도 친정 가서 없으니까….'

고 대리의 머리에 불현듯 어젯밤 분리수거 남과 대화하 던 아내의 목소리가 떠오른다. 그러자 그 목소리가 회사에 서 잘린 그에게 어서 이직해야 한다는 조바심을 다시 끌고 온다. 그렇게 지금 당장 서재로 뛰어가 컴퓨터를 켜고 이직 자리를 찾아봐야 한다는 생각과 정말 오랜만에 간신히 갖게 된 유부남의 이 짜릿한 휴가를 만끽해야 한다는 생각이 충 돌한다. 우주가 폭발하는 빅뱅 같은 충돌 한가운데에 끼여 버린 그는 오도 가도 못한 채 그저 거실 소파에 걸터앉아 연 거푸 막맥을 입안으로 때려 넣는다.

'확실히 낮술은 빨리 취하는 것 같단 말이지. 음… 어떡할 까? 서재로 가야 하나, 어휴! 이 좋은 기분으로 서재에 처박

혀 이직 자리나 찾아봐야 한다니⋯ 이 나이 먹고 또 이러고 있을 줄이야⋯.'

이성은 당장 일어나 이직 자리를 찾으러 가라고 그를 닦달해 댄다. 하지만 이미 취기에 젖어 흐느적거리는 그의 팔다리는 가만히 자리에서 일어나 거실 서랍장 맨 아래 숨겨 놓은 플스5(플레이스테이션5) 게임기를 꺼낸다. 그리고 소파에 자리 잡고 앉아 영화관만큼 거대한 화면을 자랑하는 TV를 켠다. 손에는 어느새 게임 조이스틱이 들려 있다. 제일 먼저 그의 눈이, 다음은 조이스틱을 움켜쥔 손가락이, 그리고 그다음은 온몸이 게임 속으로 빨려 들어간다. 조금 전까지만 해도 마음 한편을 괴롭혔던 '이직'이라는 두 글자는 순식간에 사라지고, 그는 게임 속의 신나게 뛰어다니는 주인공이 되어 스트레스를 깨부수고 있다. 그의 왼손은 주기적으로 막맥이 담긴 유리잔을 자연스럽게 들어 마치 차에 기름을 넣듯 그의 입안에 취기 가득한 행복을 채워 넣는 것도 잊지 않는다.

'이 얼마나 완벽한 낮술의 휴가란 말인가!'

그렇게 고 대리는 시간이 어떻게 흘러가는 줄도 모른 채 계속 게임 화면에 집중한다.

'아, 그래도 이따 나가긴 해야 하는데⋯ 가서 그 잘나가는 찐동생 놈 발목이라도 부둥켜 잡고 좋은 이직 자리 부탁해 봐야 하는데… 그래야 다시 돈 버는 당당한 가장이 돼서 우리 가족을 지킬 수 있을 텐데… 그래야 분리수거 남 따위한테도 꿀리지 않을 테고 말이야…. 또 죽었네, 망할! 근데 게임 속 주인공은 왜 저리 쉽게 죽지? 내가 게임을 이렇게 못했다니! 아니, 저 주인공은 죽었다가 어찌 저리 계속 살아날 수 있는 거지? 아, 나도 다시 태어나고 싶다. 도대체 왜 내 현실은 숨이 턱턱 막히는지. 이게 현실인지 저게 현실인지….'

아까 치통 때문에 먹은 약기운이 도는 건지, 막맥에 취해서인지, 아니면 자꾸 죽는 게임 속 주인공 때문인지 그의 머릿속에 온통 뒤죽박죽 꼬인 생각들이 가득 차오른다. 막맥 유리잔을 집어 든다. 이렇게 머리가 복잡할 때는 역시 막맥으로 지워 버려야 한다는 생각이 든다.

"그렇지! 그럴 때 바로 나! 막맥을 마셔 보라고! 이렇게 파란 하늘이 좋은 날엔 더 술술 넘어갈걸? 오죽하면 내 이름이 '술'이겠어?"

고 대리는 유리잔 막맥이 자신을 향해 아주 탁월한 선택을 했다며 칭찬을 쏟아 내는 것 같다는 생각이 든다. 그리고 그 칭찬에 보답이라도 하겠다는 듯 남아 있는 막맥을 시원하게 입안으로 털어 넣어 버린다. 오랜만에 낮술을 해서 그런지 스멀스멀 잠이 온다. 잠들면 안 된다는 생각이 0.3초

그의 머릿속을 스쳐 가지만, 어느새 두 눈은 반쯤 감겨 있다. 그렇게 손에 조이스틱을 든 채로 꾸벅꾸벅 잠에 빠져들기 시작한다. 그 바람에 길 잃은 게임 화면 속 주인공만 홀로 남아 계속 죽고 살아나기를 반복하고 있다.

부품 1밖에 안돼
미안해

"허-억!"

고 대리가 화들짝 놀라 눈을 뜬다. 주변을 살펴보니 자신은 거실 소파 위 아무렇게나 널브러져 있고, 파란 하늘로 가득했던 창밖이 어느새 어둑어둑해지고 있다. 다급히 핸드폰을 꺼내 시간을 확인한다. 아무리 생각해도 지금 당장 출발해도 찐동생과의 약속 시간을 맞출 수 없을 것 같다. 초조한 손길로 깨톡 창을 열어 메시지를 보낸다.

—갑자기 일이 생겨서 조금 늦을 거 같아. 한 30분 정도. 기다릴 수 있지?

그래, 볼일. 우리는 늘 그 볼일이 있어야 한다. 그래야만 스스로가 바쁜 사람임을 과시할 수 있고, 그래야만 자신이 이렇게 바쁜 사람인데도 '무려' 시간을 내서 널 만나주는 것이라 어필할 수 있다. 물론, 낮잠 잔 게 그 볼일이었다는 것을 찐동생은 모를 테고, 절대 알아서도 안 되겠지만.

메시지를 보낸 고 대리는 잠시 깨톡 창 화면을 바라본다. 읽음 표시 숫자 1이 바로 사라지지 않는다.

'또 바로 안 읽네. 하! 얘가 언제부터 나를 이렇게 취급했지? 내가 잘렸다고 무시….'

더 생각하다가는 기분이 울적해질 것 같아 서둘러 깨톡 창을 닫아 버린다. 어서 나갈 준비를 해야겠다는 생각에 소파에서 일어난다. 그러자 옆에 어수선하게 널브러져 있는 막걸리 통, 맥주 캔, 게임 조이스틱이 눈에 들어온다. 혹시라도 아내가 돌아올 수 있으니 치워야겠다는 생각이 들어 쓰레기들을 주섬주섬 손에 집어 주방 한편에 있는 분리수거 통에 대충 쑤셔 넣는다.

'오늘은 분리수거 못 하겠는데… 첫날이라 해 보려고 했는데….'

그는 자신의 막무가내 손길 때문인지 엉망이 되어 있는 분리수거 통이 눈에 들어오자 잠시 생각에 잠긴다. 어젯밤 당분간 분리수거를 하겠다는 자기 말에 놀란 눈으로 쳐다보던 아내의 눈빛이 떠오른다. 그의 안에서 아내에게 첫날부터 실망을 줄 수 없다는 마음과 약속에 늦어서 이직 자리 놓치면 분리수거고 나발이고 버림받을 거라는 마음이 싸우기 시작한다.

'뭐, 매일 할 필요는 없겠지? 이직이 중요하지! 당연한 거 아냐?'

그렇게 그는 분리수거 통을 외면한 채 허둥지둥 외출 준비를 한다.

'이 늦은 시간에 이 검정 정장을 또 입고 있네….'

기분이 묘하다. 그냥 캐주얼하게 입고 갈지 잠시 고민했지만, 그랬다가는 정말 자신이 무직자가 됐다는 걸 잘나가는 찐동생에게 적나라하게 보여 주는 것만 같아 굳이 정장을 꺼내 차려입었다. 그리고 현관문 앞 신발장에 서서 구두를 신는다. 구두가 이 시간에 웬일이냐며 의아하게 자신을 올려다보는 듯하다. 문을 나서기 전 괜스레 조용한 집 안을 둘러본다. 그러다 아까 외면했던 분리수거 통과 또다시 눈이 마주친다. 애써 고개를 돌려 다시 외면한다. 쓰레기가 처다본다고 해서 그 쓰레기를 당장 어떻게 해 줄 필요는 없다. 회사 다닐 때 배운 인간관계 꿀팁을 이렇게 진짜 쓰레기를 보며 다시 깨닫게 될 줄 몰랐다. 고 대리는 어깨를 한 번 으쓱하고는 현관문을 나서 지하철역으로 향한다.

지하철역에 도착한 그는 지하철에 몸을 싣는다. 평소에는 아침에 출근하느라 서울 방향 전철을 탔었는데, 오늘은 남들 다 퇴근해서 돌아오는 시간에 자신만 출근 방향 전철을 타는 게 영 어색하게 느껴진다. 그리고 지하철 안에 생각보다 검정 정장 직장인이 별로 없어서 마치 자신만 시간을 착각해 헤매는 직장인이 된 것 같다.

'왜 나는 분명 창밖을 보고 있는데, 내 눈은 그 창에 비친 나를 보고 있는 걸까?'

어색하기만 한 가짜 직장인의 모습을 한 자신의 모습이 지하철 창에 비친다. 애써 외면하기 위해 핸드폰을 꺼내 깨톡 창을 확인한다. 읽음 표시가 사라졌다.

　─형님, 저 주변 도착했습니다. 도착하시면 연락주십쇼.

역시 본캐도 부캐도 완벽한 현대인이어서 그런 걸까, 시간 약속까지 완벽하게 지켜내고야 마는 찐동생의 깨톡에 고 대리는 괜히 뜨끔한다. 낮술 퍼먹다 늦잠이나 퍼질러 잔 엉망진창 가짜 직장인과는 확실히 다르다. 뜨끔한 마음을 감추고 싶어진 고 대리는 걸음을 옮겨 한산한 지하철 출입문 귀퉁이 의자에 앉아 본다. 매일 아침 타던 출근 지하철은 꾹꾹 눌러 담은 직장인들로 가득 차 숨쉬기도 힘들었는데, 남들 퇴근 시간에 출근하는 지하철을 타니 사람도 별로 없고, 심지어 지하철도 더 빨리 달리는 것 같다.

'편하고 좋네. 회사에서 출퇴근 시간을 이런 식으로 좀 다르게 운영하면 안 되나? 그럼 직장인들이 한결 편할 텐데.

아! 그 잘난 유연근무제가 있지. 또 뭐라더라? 시차 출퇴근제? 참… 웃기는 소리하고 앉았네. 회사에 그런 거 하겠다고 신청했다간 그냥 평생 유연하게 살라면서 그만 나오라는 통보 받고 쫓겨날걸?'

자리에 앉아서 가니 몸은 편한데, 또 머릿속은 복잡해진다. 이래서 회사들이 유연근무제 그런 거 안 하고 직장인들을 고생시키는 건 아닌가 하는 생각도 든다. 몸이 편하면 이렇게 딴생각이나 하니까, 딴생각 못 하게 하려고.

순식간에 목적지 지하철역에 도착한 고 대리는 익숙한 발걸음으로 역 근처 허름한 닭볶음탕 가게로 들어간다. 제일 먼저 매콤하게 알싸한 향이 그의 코를 자극한다. 그리고 테이블마다 놓인 수많은 닭볶음탕에서 피어오른 수증기가 가게 안을 가득 채우고 있다. 삼삼오오 둘러앉은 검정 물결 직장인들이 방구석 단합 대회라도 하는 듯 잔뜩 술에 취한 채 시끌벅적 술잔을 부딪친다.

"형님! 여기요!"

소란스러운 가게 한가운데 홀로 앉아 자신을 향해 손 흔들며 소리치는 찐동생이 보인다.

'쟤는 맨날 가운데 앉더라. 난 가운데 싫은데….'

고 대리는 구석에 앉는 걸 좋아한다. 회사 다닐 적 회식 자리에서도 늘 구석에 앉았다. 가운데 앉으면 왠지 분위기를 이끌어야만 할 것 같고, 제대로 못하면 넌 그것밖에 안되나며 소리 없는 질타가 자기를 두들겨 패는 것 같은 기분이 들어서다. 하지만 늦게 온 주제에 자리까지 구석으로 옮기자고 하면 눈치가 보여 말없이 쩐동생 앞으로 가 자리에 앉는다.

"여기도 오랜만에 오네."

괜히 머쓱해하며 고 대리가 중얼거린다. 테이블 위 팔팔 끓고 있는 닭볶음탕이 눈에 들어오니 예전 생각이 난다.

'회사에서 잘나갈 땐 자주 왔었는데…. 함 전무님, 서 부장님은 잘 지내시나….'

희망퇴직 명단에 고 대리의 이름이 올라간 그날부터, 회사 사람들이 자신을 마치 유행하는 그 전염병에라도 걸린 환자 취급을 하며 알아서들 사회적 거리 두기를 해 버리던 불편한 기억이 떠오른다. 그리고 그것은 그가 회사 생활 내내 자존심 다 버리며 믿고 따랐던 함 전무, 서 부장도 예외는 아니었다. 고 대리는 아무런 잘못을 한 게 없는데도 그들 모두가 고 대리를 피해 다녔다. 단지 희망퇴직 네 글자에 포함되었던 이유만으로. 그렇게 회사에서 잘린 이후, 여전히 그들에게서, 아니, 회사 그 누구에게도 아무런 연락이 없다.

마음이 답답해진 고 대리는 속이라도 뻥 뚫리길 바라는 마음으로 닭볶음탕 뚜껑을 활짝 열어젖힌다. 냄비 안에서

꾹 참았던 뜨거운 수증기가 확 피어오른다. 그는 수증기를 멍하니 올려다본다. 위로 향하던 수증기가 아무런 흔적도 남기지 못한 채 공중에서 흩어져 사라지고 만다. 그 모습을 보니 자신도 이 수증기처럼 그 회사에 아무런 흔적도 남기지 못한 채 사라진 것 같다는 생각에 씁쓸해진다.

'결국 돈을 목적으로 시작한 사이에서 끝이 좋을 수만은 없는 거겠지… 서로 원해서 시작된 관계도 아니고.'

흩어진 수증기 너머로 함 전무와 서 부장의 얼굴이 떠오른 고 대리는 그저 어쩔 수 없는 일이라고 자신을 다독여 본다. 하지만 마음 한편에는 사라지지 못한 그들을 향한 원망과 서운함이 남는다.

'그래도 함 전무님은 진짜 너무 한 거 아냐? 내가 본인을 위해 그동안 자존심 다 죽여 가면서 얼마나 애쓴 줄 뻔히 알면서… 나이도 나보다 어린 게 말이야, 흥! 그리고 뭐? 마지막에 뭐랬더라?'

"일이 이렇게 돼서 안타깝네요. 그동안 수고 많으셨고, 뭘 하시든 원하시는 바 다 잘 되시길 빕니다."

고 대리는 퇴사 전날 그래도 그동안 지낸 정이 있고 해서 마지막 인사라도 하는 게 도리라고 생각해 굳이 찾아가 작별 인사를 건넸는데, 그게 함 전무의 마지막 인사였다.

그때 생각이 나자 마음이 울컥한다.

"너 아니어도 그만이야. 일하고 싶어 하는 애들 널렸거든. 당연히 너보다 능력도 좋고."

회사에 남은 그들의 비웃음 소리가 들리는 것만 같다.

'나에게 직장 인간관계가 참 덧없다는 생각을 심어 준 장본인, 함 전무님. 아니지, 이젠 함 전무 놈이라고 해야지. 망할 함 전무 놈! 필요할 땐 날 그렇게 잘도 써먹더니, 다신 안 볼 사이처럼 그렇게 차갑게 손절해? 결국 부품 1밖에 안됐다 이거지? 쳇!'

닭볶음탕이 매콤해서인지 수증기에 눈이 매워서인지 고 대리의 얼굴이 붉으락푸르락해진다. 우리의 사회생활 만렙 찐동생은 그런 고 대리의 표정 변화를 눈치채고는 분위기 전환을 위해 술을 권한다.

"형님! 한잔하시죠! 어서 잔 드세요! 짠! 캬~ 여기는 언제 먹어도 맛있단 말이죠. 그쵸, 형님? 하하!"

그래도 찐동생만은 자신의 마음을 알아주는 것 같아 고 대리의 마음이 조금 풀어진다. 낭랑한 짠- 소리와 함께 부 딪힌 술잔을 힘껏 들어 올려 시원하게 소주 한 잔을 목 안으 로 들이켠다. 분명 아까 낮술을 해서 속이 조금 거북했는데, 또 이렇게 청량한 소주가 들어가니 뱃속에선 쾌재를 부르며 좋아한다. 거기에 완벽한 술안주인 닭볶음탕과 피어오른 수증기가 몽실몽실하게 들어찬 가게 안, 그리고 시끌벅적 소란스러운 분위기까지.

'이런 날은 취하지 않을 수 없지! 암, 그렇고말고. 모르겠다! 일단 마시자 마셔!'

그렇게 소주가 한 잔, 두 잔, 석 잔, … 한 병, 두 병, 세 병 계속 테이블에 쌓여 간다. 이렇게까지 마실 생각은 아니었는데 분위기에 취해 잔뜩 마셔 버린다. 시간이 흐르고, 취기 가득한 고 대리는 남은 정신 줄을 간신히 붙잡고, 오늘 찐동생을 만난 목적을 조심스럽게 꺼내 본다.

"아~ 그리고 당분간 좀 쉬려고 했는데, 일하다 안 하니 몸이 근질근질해서 말이야. 바로 이직 좀 하려고."

슬쩍 찐동생의 눈치를 살펴본다. 아무런 반응도 없다.

"항공사 하는 일은 뻔하니 별로 재미가 없고, 수출 회사 쪽으로 커리어 좀 확장해 볼까 생각 중이야."

회사 다닐 적 항공사 화물 운송 영업을 담당했던 고 대리는 자기 주 거래처였던 수출 회사들이 전염병 시대에도 잘 버티고 있다는 걸 알고 있었다. 아니, 오히려 항공사는 비행기 운항 편수가 줄어들고, 최근에는 단항 되는 경우도 많아 점점 경영난이 심각해지는 반면, 수출 회사들은 오히려 가격을 높게 받아 가며 훨씬 수익이 나아지고 있었다. 그래서 은연중에 당연히 항공사는 이직이 힘들 것이고, 수출 회사에 오히려 기회가 있을 거란 생각을 하고 있었다.

"에이~ 형님 정도 되는 경력에 수출 업체 쪽으로 가면 적응하기 힘드시지 않겠어요? 항공사 일에 비하면 거기는 그야말로 지옥일 텐데… 분명 힘드실걸요?"

고 대리도 안다. 너무도 잘 안다. 영원한 찐동생이 고 대리를 정말 걱정해서 한 말이란 걸. 하지만 해고당한 옹졸한 퇴직자에겐 그저 '너 나 무시하냐?'라는 자격지심으로만 남는다. 사회생활에서 이런 못난 자격지심을 절대 밖으로 티 내면 안 댄다는 걸 잘 알면서도, 술이 잔뜩 들어가서인지 기어코 고 대리는 찐동생을 향해 버럭 소리친다.

"야! 너 나 무시해? 네가 뭘 알아? 나야 나, 고 대리. 거래처들 명함만 500개가 넘고, 나 그만둔단 소식 듣고 오늘도 전화통이 불이 났다고! 하! 그래서 내가 그 볼일 보느라 오늘도 늦은 거 아니냐!"

고 대리는 순간 자신이 너무 지질하게 느껴진다. 거래처들 명함 500개 이야기는 하지 말아야 했었다는 후회가 바로 든다. 하지만 고삐 풀린 주둥이는 멈추지 않고 계속 고래고래 소리를 질러 댄다.

"형님, 그러지 마시고… 우리 회사는 어떠세요? 이번에 우리 차장님이 보직 변경하셔서 해외 지사로 옮겨 가셨거든요. 그래서 사람 뽑고 있는데, 형님 연차 정도면 괜찮을 것 같은데요. 제가 추천해 드릴 테니 걱정 마시고…."

'분명 오늘 내 목적을 저 잘나신 찐동생이 알아서 먼저 술술 말해 주는데도 나는 왜 저놈 말이 이리 불편할까.'

가만히 찐동생이 하는 말을 듣던 고 대리의 눈에서 불편한 심기가 가득한 불똥이 튄다. 그리고 역시나 사회생활 만렙인 찐동생은 그 불똥을 놓치지 않고 말을 잇는다.

"아니, 그런 의미가 아니고요, 형님…. 물론 형님이랑 우리 전무님이 불편한 관계인 건 알지만, 그래도 그런 수출 회사에 가서 고생하시느니 익숙한 항공사 업무가 편하지 않으시겠어요?"

"야! 미쳤냐? 이게 좀 잘나간다고 뵈는 게 없나? 내가 니네 그 망할 박 전무 진짜 극혐하는 거 몰라? 그놈 우리 회사 있을 때 내가 얼마나 당했는데! 미쳤다고 또 그놈 밑으로 기어들어 가냐? 나 고 대리야, 고 대리! 아무리 지금 내가 잘려서 이 모양이어도 그놈 밑으론 절대 안 가!"

고 대리의 입에서 결국 잘렸다는 단어가 나오고 말았다. 끝까지 찐동생 앞에선 잘린 자신의 처지를 입 밖으로 내고 싶지 않았는데, 잘 버티던 주둥이가 소주에 절여져 결국 취해 버렸나 보다.

찐동생이 꺼낸 그 박 전무와의 악연은 고 대리가 입사한

지 얼마 안 되었을 때로 거슬러 올라간다. 그리고 고 대리는 그때만 해도 그렇게 능력 없고 도덕적으로 하자 있는 전무 놈보다 자신이 훨씬 훌륭한 직장인이라고 믿어 의심치 않았다. 그런데 지금은?

지금도 그런가?

쉽게 답이 나오지 않는다. 예전엔 참 당당히 그렇다고 말할 수 있었는데….

"하~ 이 새끼. 야! 일어나, 이 새끼야! 네가 잘 막았어야지! 너 다른 거 다 못해도 상관없으니까 저거나 잘 맡으라고 몇 번을 말했냐? 어? 너 때문에 내가 회사에서 이딴 꼴을 보여야겠어? 야야! 고개 들어 봐. 저 옆에 창문 보이지? 그냥 저리 뛰어내려라, 이 못난 새끼야!"

박 전무가 사무실이 떠나가라 소리쳤다. 그리고 아직 일개 신입 사원에 불과했던 그때의 고 대리는 그의 앞에서 아무런 말도 못 한 채 바들바들 떨고 있었다.

Episode 20

택시비 쥐어 줘서
미안해

"형님, 혹시 아까 제가 괜히 얘기 꺼내서 마음 상하신 건
아니시죠?"

택시 정류장에 서 있는 고 대리에게 난처한 목소리로 찐
동생이 묻는다.

"잘 들어가. 이거 택시비하고."

고 대리는 찐동생의 물음에 답하지 않은 채 그의 손에 신
사임당이 그려진 5만 원짜리 지폐 한 장을 쥐어 준다. 그러
고는 앞에 서 있는 택시 뒷좌석 문을 열어 올라탄다. 닫힌
창문 너머로 곤란해하는 표정의 찐동생 얼굴이 보인다. 순
간 창문을 열어 괜찮으니 신경 쓰지 말라고 말할까 고민한
다. 하지만 그러거나 말거나 관심 없다는 듯 택시가 무심하

게 출발해 버린다.

'아! 택시비가 꽤 나올 텐데… 회사도 잘린 내가 이렇게 택시를 타도 되는 건가? 그리고 쟤한테 택시비 하라고 5만 원이나 준 건 좀 오버한 거 아닌가? 그런 거 안 챙겨 줘도 나보다 더 잘나가는 동생인데… 없어 보이긴 싫고…, 아휴! 신사임당 어르신 5만 원권이 안 나왔다면 만 원만, 아니 그래, 인심 써서 한 3만 원 정도만 쥐여 줬어도 됐을 텐데….'

텅 빈 지갑만큼이나 마음이 텅텅 비어 버린 고 대리가 한숨을 내쉬며 택시 창문을 연다. 택시 기사가 언짢은 듯 룸미러를 통해 뒷좌석에 앉은 자신을 째려보는 게 느껴진다.

'어쩔 거야? 내가 손님이고, 내가 돈 내고, 내가 답답해서, 내가 창문 좀 열겠다는데!'

회사에서 잘린 후 자꾸만 속이 옹졸해지는 것 같고, 별것 아닌 거에도 내 존재를 내보이고픈 이상한 자격지심이 생긴 것 같다. 마음이 답답해진 고 대리가 창밖에서 불어오는 바람을 맞으며 가만히 눈을 감는다. 눈앞이 깜깜해지니 예전 자신의 신입 시절이 머릿속에 떠오른다.

고 대리와 박 전무는 처음부터 명백히 악연이었다. 고 대리가 잘린 그 회사에 처음 입사했을 때, 당시 박 전무는 지금의 함 전무의 전임자로 근무 중이었다. 어떻게 해서 능력도 없는 박 전무가 무려 회사의 넘버 쓰리인 전무까지 올라 갔는지 모를 일이었다. 회장의 혼외자라는 소문이 있었지만, 넘버 쓰리에게 사실 여부를 물어볼 강심장을 가진 직장인이 있을 리 만무했다. 그건 당시 신입으로 입사했던 고 대리도 마찬가지였다. 그런데 고 대리가 처음 발령받은 부서가 바로 그 넘버 쓰리, 박 전무의 부서였다. 그리고 안타깝게도 고 대리의 담당 업무는 박 전무의 업무 보조였다. 고 대리는 회사 넘버 쓰리를 보좌하는 게 정말 신입의 업무가 맞나 하는 의구심이 들었지만, 이상하게도 당시 발령받았던 부서 내에 선 당연하다는 듯 이제 막 들어온 신입 사원인 고 대리에게 전무 보조라는 막중한 업무를 부여했다.

'지금 생각해 보면 다 나쁜 놈들이지 진짜! 신입 사원한테 전무 직속 보조 업무를 시키는 게 말이 되냐고. 지들 하기 싫으니까, 지들 더러운 꼴 당하기 싫으니까 아무것도 모르는 신입 막내한테 다 떠넘긴 거지. 어휴! 거지 같은 놈들…'

그때 생각이 나자, 택시 안 고 대리의 한숨이 깊어진다. 밤이 돼서 그런지 택시 창밖에서 불어오는 바람이 쌀쌀하게 느껴지지만, 창문을 올리면 분한 마음이 폭발할 것 같아 그대로 열어 둔다. 뜨거운 택시 기사의 눈빛이 다시 한번 룸미러를 통해 느껴진다.

그렇게 직장 생활을 시작해 그 부서에서 근무하는 동안, 고 대리는 직장 내에서의 이런 불합리한 일은 비일비재하게 일어난다는 것을 알게 되었다. 특히 뭐든 열심히 하려는 열정으로 똘똘 뭉친 신입 사원에겐, IMF가 터지기 전 우리네 보통 아버지들이 그랬듯 '이 회사 아니면 안 돼. 죽어도 이 회사에 뼈를 묻어야지!' 하던 마음가짐을 그대로 물려받아 버린 막내에게는 더욱 최악인 업무가 할당되는 법이다. 왜냐고? 자기네는 그러면 편하니까.

가련한 막내가 그 업무에 치여 스트레스로 죽어 나가든 말든 그들은 관심이 없었다. 아니, 오히려 잘도 포장해 댔다. "비즈니스 세계는 원래 이런 거야. 이것도 못 참아? 넌 아직 멀었구나. 어리네, 어려." 그렇게 무시해 버리기 일쑤였다.

'야! 니들도 원래 이랬냐? 진짜 이게 맞아? 정말?'

그리고 한동안 고 대리는 출근해서 책상에 앉으면 속으로 이렇게 따져 물었다. 당연히 마음 한편에는 당장이라도 벌떡 일어나 눈앞에 멀쩡한 척 평화롭게 앉아 있는 그놈들을 향해 버럭- 소리치고 싶었지만, 그러면 당장 그 책상과 함께 자신도 그 회사에서 순식간에 사라지고 말 것이라는 생각에 그저 매일 매 순간을 참아내기 위해 노력할 뿐이었다.

그리고 그렇게 지쳐 가던 신입의 어느 날 아침, 그 일이 터졌다.

"야! 니네가 어떻게 그럴 수 있어? 박 전무님 나오시라고 해! 니들 다 알면서 나한테 이럴 수 있어? 어? 이럴 수 있냐고!!!"

그날도 고 대리는 그저 평소처럼 오늘 하루도 열심히 참아 보자는 생각을 하며 책상에 멍하니 앉아 있었다. 그런데 사무실 문 쪽에서 알 수 없는 여성의 찢어지는 듯한 소리가 들렸다. 깜짝 놀란 고 대리는 무슨 일인가 싶어 자리에서 벌떡 일어나 문 쪽으로 고개를 돌렸다. 그의 눈에 다 때려 부술 듯한 기세로 뛰어들어 오며 고함을 지르고 있는 한 여성이 눈에 들어왔다. 그리고 그녀를 본 순간 고 대리는 한눈에 알아차렸다.

'아! 저 여자구나!'

그 부서에 발령받아 처음 면담했을 때, 박 전무는 고 대리에게 자기 책상으로 가까이 오라고 하더니, 모니터를 가리키며 잘 보라고 말을 꺼냈다. 화면에는 하얀 블라우스에 검정 정장을 단정하게 걸쳐 입은 단발머리 여성의 증명사진이 떠 있었다. 무슨 말인지는 모르겠지만, 신입 특유의 뭐든 열심히 하는 기세로 뚫어져라 사진을 쳐다보던 고 대리에게 박 전무는 이 여자가 사무실에 절대 들어오지 못하게 막으라고, 다른 일 다 못해도 괜찮으니 이 여자만 막으라며 그게 고 대리의 주 업무라고 신신당부해 댔었다. 고 대리는 뭐 이런 걸 시키는지 이해가 안 됐지만, 역시나 신입 특유의 기세로 크게 고개를 끄덕이며 맡겨만 주시라는 눈빛으로 박 전무에게 답했다.

그리고 바로 그 어느 날 아침, 사진 속 그 여성이 회사에 와서 날카로운 목소리를 빽빽 질러 대며 사무실 집기를 내던지고 깽판을 쳤다.

그래, 어쩌면 흔히 직장 생활에서 일어나는 뻔한 이야기.

불륜녀, 그리고 불륜남 이야기.

사연인즉슨, 그 여성은 고 대리가 입사하기 직전 해고당한 그 부서의 계약직 직원이었다. 그리고 그녀는 박 전무랑 그렇고 그런 관계의 상대인 불륜녀였다.

박 전무는 '전무'라는 타이틀에 있는 권위를 앞세우고, 계약직 직원은 계약직이라는 불안정함을 등에 업을 수밖에 없었던 현실. 그렇게 회사에서 다들 "쟤네 그렇고 그런 사이래."라고 수군거리는 걸 뻔히 알면서도, 본인들은 세상 거창하고 가련한 로맨스로 포장한 채 뻔뻔하게 얼굴 들고 회사에 나왔다.

'내로남불 쓰레기들. 그래, 사내 연애? 뭐, 좋다 이거야. 근데 문제는 그거지. 둘 다 각자의 가정과 애도 있었다는 거.'

그랬다. 박 전무는 고등학생 아들 둘을 둔 가장이었고, 계약직 직원도 이제 막 유치원에 다니는 어린아이를 키우는 엄마였다. 그런데도 그 둘은 회사에서, 자기네 표현에 의하면 운명 같은 로맨스에 빠져서 허우적대는 비련의 남녀 주인공들이었다. 거기서 멈추지 않고 더 나아가 서로의 배우자와 언제까지 이혼하고, 그 이후 다시 언제까지 본인들 로맨스의 완성인 재혼을 해서 죽을 때까지 희희낙락 행복하게 살겠노라는 구체적인 계획을 잘도 짰단다.

하지만 우리는 안다. 세상에 그따위 되먹지 못한 로맨스가 감히 그렇게 아름답게만 흘러갈 리 없다는 것을.

먼저 계약직 여성이 계획을 실행했다. 신혼 내내 함께 행복을 그렸던 남편과 아직 엄마밖에 모를 유치원 아이에게 냉정한 이별을 고했고, 당연히 양육권도 남편에게 흔쾌히 넘겨 버렸다. 그래야 본인이 그린 여주인공답게 홀가분하게 재혼할 수 있을 테니까. 그렇게 하루, 이틀, … 한 달, 두 달, 석 달을 지고지순하게 아침 드라마 속 비련의 여주인공처럼 남주인공인 박 전무의 이혼 소식만을 기다렸다.

그러던 어느 날 그런 그녀에게 떨어진 청천벽력같은 통보. 그건 누군가는 정말 믿고 열심히 기다렸겠지만, 그 누군가를 제외한 주변 모두는 매일같이 수군거리며 예상했던 통보였다.

"진짜 미안한데… 난 이혼 못 할 것 같아. 그게… 그렇게 됐어….."

바로 박 전무의 이혼 불가 통보. 그렇게 주저리주저리 꼴

사나운 수컷의 핑계가 이어졌다. 본인도 물론 얼른 이혼해 버리고 로맨스의 여주인공과 재혼하고 싶지만, 배우자가 이혼해 주지 않는다는 뻔한 남 탓이었다. 그리고 위자료를 감당할 자신이 없다는 못난 자기 탓도 추가했다. 그래서 아쉽지만 이혼할 수 없으니, 우리의 안타까운 로맨스는 여기까지 해야 할 것 같다는 차분하지만 잔인한 말뿐이었다. 그리고 거기에 기가 막힌 타이밍으로 계약직이었던 여주인공을 향한 재계약 불가 통보, 그렇게 이제 다 끝났으니 그만 나가 달라는 통보가 날아들었다.

그 잔인한 통보를 받아 든 여주인공, 아니 그 계약직 여성은 눈이 돌았다. 한바탕 난리가 났고, 어쨌든 그 여성은 표면상 이유인 '계약 종료'로 회사에서 나갔다. 아니, 쫓겨났다. 그리고 얼마 지나지 않아 신입 사원인 고 대리가 그 부서에 발령받게 된 것이었다.

'아니, 그래도 같이 일했던 동료인데 어떻게 다들 그렇게 매몰차게 내쫓을 수 있지? 그래서 일면식도 없는 내게 그 업무를 전담시킨 건가? 지들은 더러운 일 안 하려고?'

당시 고 대리도 이런 사실을 잘 알고 있었지만, 어쩌겠는가? 회사에서 월급 나오기만 기다리는 노비 1은 거부할 힘이 없는 것을. 그렇게 평온한 아침에 홀연히 나타나 저렇게

다 때려 부수며 깽판 치는 그 여성을 보고, 고 대리는 한 가지를 깨달았다.

'아, 조졌네….'

결과적으로 고 대리는 여성을 막는 데 실패했다. 지고지순한 여주인공인 자신을 배신한 쓰레기 같은 불륜남을 처단하고야 말겠다는, 그 완력은 어마어마했다. 당연히 고 대리도 막으려고 시도는 했다. 충실한 노비 1답게. 하지만 여주인공의 분노 한방에 고 대리는 얇고 힘없는 종잇장처럼 사무실 바닥으로 나동그라질 뿐이었다.

'사무실 바닥이 이렇게 푹신했나?'

바닥에 한쪽 볼이 닿은 채 엎어져 있는 고 대리는 생전 처음 조우한 사무실 바닥과 인사를 나누며 생각했다.

쾅!

'안 돼!!!!'

푹신한 바닥의 아늑함을 뿌리치고 어서 일어나야겠다는 생각을 하던 찰나, 고 대리의 눈에 전무실 문을 발로 쾅! 차고 달려들어 가는 여성의 뒷모습이 보였다. 그렇게 전무실의 문이 활짝 열렸다. 아주 씩씩하게 전무실에 입성한 여성은 돌연 벽 한쪽에 있던 새빨간 소화기를 집어 들더니 저 멀리 의자 등받이에 편하게 기대앉아 있던 박 전무를 향해 내동댕이쳐 버렸다.

'와! 개 멋있어!'

여전히 바닥에 딱! 붙어 그 광경을 보던 고 대리는 깜짝 놀라면서도 그 여성의 모습이 무척이나 멋져 보였다. 하지만 안타깝게도 여주인공의 활약은 거기까지였다. 놀랍게도, 평소 이런 일이 비일비재하게 일어나기라도 한다는 듯이 어느새 달려온 경비분들이 여주인공의 양팔을 잡고 번쩍 들어 올리더니 발길질 한 방에 나동그라졌던 전무실 문을 가볍게 지나, 타이밍 맞게 띵! 소리와 함께 도착한 엘리베이터에 욱여넣어 상황은 종료되었다. 남은 건 다 부서진 사무실 집기와 전무실의 살벌한 공기, 그리고 죽은 척해야 하나를 잠시 고민하고 있던 바닥 위 고 대리뿐이었다.

덜컹 소리가 전무실 안쪽에서 한 번 들리는가 싶더니, 얼굴이 벌게진 박 전무가 문밖으로 나와 사무실을 둘러보다 바닥에 엎어져 있는 고 대리의 얼굴 바로 앞에 멈춰섰다. 그러고는 크게 한숨을 내뱉더니 한심하다는 듯 고 대리를 내려다보며 입을 열었다.

"하~ 이 새끼. 야! 일어나, 이 새끼야! 네가 잘 막았어야지! 너 다른 거 다 못해도 상관없으니까 저거나 잘 맡으라고 몇 번을 말했냐? 어? 너 때문에 내가 회사에서 이딴 꼴을 보여야겠어? 야야! 고개 들어 봐. 저 옆에 창문 보이지? 그냥 그리 뛰어내려라, 이 못난 새끼야!"

Episode 21

마음이 먼지 같아
미안해

'그놈은 허구헌 날 그렇게 창밖으로 뛰어내리라 하더라…'

고 대리는 택시 창밖에서 불어오는 시원한 바람을 한껏 들이마셔 본다. 가슴이 시원해진다. 쩐동생과의 격한 술자리의 취기가 조금 가시는 것 같다. 신이 인간에게 준 가장 큰 축복이 망각이라던데, 신입 시절의 흑역사는 왜 이렇게 잘만 기억나는지 모르겠다. 지금도 뛰어내리라는 박 전무의 목소리가 귓가에 울리는 것 같다.

그 당시 그렇게 창밖으로 뛰어내리라는 박 전무의 말을 들은 고 대리는 멋쩍은 듯 바닥에서 일어났다. 그러고는 최대한 죄송한 표정을 지으며 박 전무가 가리킨 창문을 쳐다봤다. 고 대리의 엉망이 된 아침 따위는 관심 없다는 듯, 창문은 밝은 햇살에 반사돼 반짝 빛나고 있었다. 그 빛을 보고 있자니 박 전무의 말대로 창밖으로 뛰어내려야 한다면, 반드시, 꼭, 절대로! 저 전무 놈의 멱살을 꽉! 움켜쥐고 같이 뛰어내리고 말겠다는 생각이 들었다. 그리고 다행히도 이렇게 둘 다 아직 잘살고 있듯이 아무도 창밖으로 떨어지는 일은 없었다.

자신이 이상한 건지 아니면 세상이 이상한 건지, 아침부터 그런 난리가 났었는데도 같은 부서 검정 직장인들은 아무런 내색 없이 너무나 평소와 같은 하루를 이어갔다. 오히려 주변 모두가 너무 자연스러워 멀쩡한 아침에 바닥에 엎어졌다 일어난 자신이 딴 세상에 와 있는 것 같았고, 오직 자신만 그런 거지 같은 말과 대우를 당하며 이 회사에 다니고 있는 것 같다는 자괴감이 들었다. 그리고 그날 이후 고 대리는 매일 같이 이 망할 회사, 저 망할 전무 놈 꼴 보기 싫어 얼른 때려치우겠다는 다짐을 했다.

하지만 인간이란 얼마나 간사한지, 또 그의 마음은 얼마나 먼지 같던지.

그런 매일의 다짐이 무색하게 25일 아침만 되면 꼬박꼬박 알려 오는 월급 입금 문자 앞에 그의 다짐은 사르륵 먼지 같이 녹아 없어졌다. 물론, 그 이후로도 그의 주 업무는 바뀐 게 없었다. 여전히 언제 나타날지 모르는 그 여성에게서 박 전무를 지켜내는 것 그대로였다. 고 대리는 매일 아침 출근해서 책상에 앉으면 '오늘 하루도 무사히'를 믿지도 않는 신께 빌고 또 빌었다. 그리고 그의 신은 참 관대하게도 평소 믿지도 않는 그런 그의 바람을 들어주셨다. 그 여성은 다시 나타나지 않았다. 듣기로는 다시 원래 남편한테 가서 싹싹 빌었다는 말도 있고, 요망한 늙은 여우처럼 또 다른 가련한 로맨스의 주인공이 될 상대를 찾아 밤마다 업계 회식 자리를 떠돌아다닌다는 소문도 있었다.

그리고 고 대리는 그녀와 달리 매일같이 잘만 출근하는 박 전무를 보면서 자신의 그 관대한 신이 왜 불륜을 저지른 두 연놈을 똑같이 벌주지 않을까, 하는 궁금증이 생겼다. 가련한 로맨스 속 남녀 주인공 중 여주인공만 집안도 풍비박산 나고, 회사에서도 잘렸다. 반면, 남주인공인 박 전무는 아무것도 잃은 것 없이 가정도 멀쩡하고, 그 이후로도 한동안 회사를 잘만 다녔다. 물론 사내 직원들의 수군거림과 불편한 심기를 애써 감춘 눈초리는 남았지만. 하지만 대놓고 전무를 욕할 수 있는 월급쟁이는 없었다. 그것도 회사 넘버 원인 회장의 혼외자라는 소문까지 가지고 있는 박 전무에겐 더더욱.

시간이 흐른 어느 날, 그 신은 잊지 않고 고 대리의 궁금증에 적나라한 답을 내려주셨다. 예상치 못한 신입 막내의 등장이 바로 그것이었다. 물론 이 신입 막내는 고 대리가 아니다. 그는 이미 월급의 노예가 되어 그러려니 하며 입 닫고 같은 부서 다른 검정 직장인들처럼 얌전히 회사를 다니고 있었으니까.

때로 삶은 알 수 없는 무언가에 의해 전혀 예상하지 못한 방향으로 흘러가는 법이다. 어느 날 고 대리 아래 신입 직원이 배정되었다. 옅은 붉은 색으로 염색한 단발머리의 여직원이었다. 그 여직원은 해외 유명 대학 출신으로, 딱 봐도 능력이 철철 넘쳐 보이는 카리스마 있는 신입이었다. 그리고 고 대리가 처음 이 부서에 발령받아 왔을 때처럼 새로운 막내 직원의 주 업무도 당연하다는 듯 박 전무의 업무를 보조하는 것이 되었다. 그리고 문제는 여기서 발생했다. 박 전무는 제 버릇 남 못 준다고, 새로운 가련한 로맨스라도 찍고 싶었는지 그 여직원에게 찝쩍댔다. 하지만 이전 여주인공이었던 그 계약직 여성과는 달리, 당차디당찬 신입 여직원은 그 자리에서 전무의 뺨을 올려붙였고, 그 길로 경찰서에 성희롱으로 고소, 거기서 멈추지 않고 언론에 제보까지 해 버렸다.

'와! 개 멋있어!'

그 소식을 들은 고 대리는 계약직 여성이 사무실에 쳐들어와 박 전무를 향해 소화기를 내던졌던 그때처럼 짜릿했다. 정의로운 한 사람의 용기 있는 뺨 후려치기 한 방으로 수많은 수군거림의 대상이 한순간에 나락으로 갈 수 있다는 현실에 남모를 통쾌함을 느꼈다.

그렇게 문제가 일파만파 걷잡을 수 없이 커지자, 그동안 쉬쉬하며 전무를 잘도 보호해 주던 회사도 더 이상 어쩔 수 없다고 판단했는지 그제야 전무를 내쳤다. 계약직 여성을 내쳤던 그때처럼 차갑게 뎅겅.

이 과정을 지켜보며 고 대리는 역시 신은 시간이 좀 걸려도 반드시 벌을 내린다는 생각이 들었다. 그것도 아주 확실하게. 하지만 한 가지 이해되지 않는 점도 있었다. 그것은 바로, 자신의 하나뿐인 아래 직원인 그 여직원도 같이 잘렸다는 것이다. 왜 피해자인 그 직원도 나가야 하는 건지 알 수 없는 일이었다.

아무튼 그렇게 잘린 박 전무는 어찌어찌 업계에 떠돌더니, 그놈의 인맥 발인지 지금은 찐동생이 있는 회사의 전무 자리를 꿰차고, 그런 옛날 옛적 비련의 로맨스는 자신과 상관없는 일이었다는 듯 파렴치하게 잘도 버티고 있다고 한다.

'남의 멀쩡한 가정을 파탄 내면서까지 회사 생활을 하고

싶을까?'

  망한 로맨스의 주인공이 어떻게 그렇게 뻔뻔하게 회사 생활을 이어가는지 고 대리는 도무지 이해가 안 됐다. 하지만 고 대리는 많은 거래처 사람들을 만나며 권력욕, 재물욕, 그리고 저따위 불륜에 빠져 가족을 아무렇지 않게 버리고도 아무렇지 않게 사는 직장인을 많이 봤다.

  '그 잘나 빠진 가련한 로맨스의 주인공이 되어 주변의 수군거림이 느껴지면 그게 또 그들에겐 새로운 쾌감이었을까? 뭐, 우월감 같은 거? 그러고도 회사에 다니고 싶을까? 하긴, 회사에 미쳐서 매달 25일이면 꼬박꼬박 나오는 월급에 만족하고, 가족보다 늘 회사를 더 우선시했던 나도 별반 다를 바 없었으려나…. 나도 결국 회사에서 인정받고 싶어서 가족을 희생시키려 했던 건 아닌지….'

  그렇게 열심히 다녔고, 그렇게 열심히 믿었던 회사에서 콱! 발등 찍혀 잘리고 나니 지난 회사 생활이 후회된다. 그러자 갑자기 마음속에 묵직한 궁금증이 하나 생긴다.

  '가족의 행복을 지키면서 즐겁게 일할 순 없는 걸까? 꼭 그렇게 가족의 행복과 맞바꿔 희생해야만 회사에 붙어 있을 수 있는 걸까? 아휴! 술을 너무 많이 마셨나. 취했는지 별별 생각이 다 드네. 얼른 이직할 자리나 뚝딱! 하고 나왔으면 좋겠다. 얼른 다시 회사에 다녀야 할 텐데….'

믿었던 회사에서 그렇게 냉정하게 정리당했으면서도, 그는 다시 그 생활로 돌아갈 방법을 찾아 헤매고 있다.

'그렇게 다시 회사로 돌아가면, 또 온갖 거창한 핑계를 만들어 당연하다는 듯 가족의 행복은 외면하겠지? 아니, 이번에는 전 직장에서 당한 것처럼 절대 안 잘리려고 회사에 더 납작 엎드리게 되겠지. 더 눈치 보면서… 젠장.'

직장에 잘 다니던 자신이 왜 한순간에 이렇게까지 비참한 사람이 되었는지 새삼 놀랍다.

'그래도 어쩌나? 돈은 벌어야 하는걸. 그 망할 돈이 있어야 그나마 가족의 행복이라도 간신히 부여잡을 수 있는 거 아냐? 그래, 지금은 어쩔 수 없는 때인 거야. 지금은 돈을 열심히 벌 때인 거고, 지금 희생한 가족의 행복은 나중에 챙겨주면 되는 거야. 아내도, 아이도 다 이해해 줄 거야. 이해해 주겠지….'

가족과의 행복, 그리고 그걸 지키기 위한 돈이라는 고민 앞에, 고 대리는 결국 다시 회사로 돌아가는 선택을 할 수밖에 없다는 생각이 든다. 그것이 당연한 것이고, 누구도 자신을 향해 욕하지 못할 것이라 믿는다. 물론 누구도 그에게 물어본 적은 없지만.

'죽어도 그 전무 놈 밑으로는 가기 싫은데… 내일은 거래처 사람들한테 다시 연락 좀 쫙 돌려봐야겠다. 설마 내 몸뚱이 하나 갈 곳 없으려고. 근데 과연 이게 맞는 걸까? 오늘 친정 간 아내와 아이를 내버려두고, 새로운 직장 구걸하려고 찐동생을 만나 잔뜩 취한 게… 과연 잘한 걸까?'

이젠 자신이 뭐가 더 중요한지 구분도 못 하게 된 것 같단 생각에 마음이 찝찝하다.

수많은 불빛과 네온사인으로 뒤덮인 화려한 서울의 밤 풍경이 빠르게 창밖으로 스쳐 사라진다. 서울을 벗어나자 택시가 속도를 높인다. 어느새 새까만 도로 위에 띄엄띄엄 켜져 있는 가로등만 보인다. 반짝반짝 빛나는 서울에 살 수 없는 직장인은 캄캄한 어둠 속을 달려야지만 집에 닿을 수 있다는 차가운 현실 속에, 아까는 시원하기만 했던 바람이 왜인지 서늘하게 느껴진다. 고 대리는 지친 손가락을 들어 택시 창문을 올려 닫아 버린다.

Episode 22

아내 친정 갔다고 좋아해서
미안해

삐삐삐삐—

집 앞에 도착한 고 대리가 현관문 비밀번호를 눌러 문을
연다. 따지고 보면 오늘도 굳이 구두 안에 들어갈 필요가 없
었는데 구두 안에 갇혀 있었던 가련한 발을 내려다보며 캄
캄한 집 안으로 들어선다. 이 늦은 시간에 아내도 아이도 없
는 조용한 집이 영 어색하다.

'아, 맞다! 자고 온댔지.'

그새 까먹고 있었던 친정에서 자고 오겠다고 한 아내의
말이 떠오른다. 아쉬운 마음이 살짝 들다가, 문득 이 긴 밤도
혼자 자유롭게 유부남의 휴가를 이어갈 수 있다는 생각이
들자 괜히 몽실몽실 설렌다.

'조금 젊었더라면 아무도 없는 이 자유뿐인 공간에 친구 녀석 몇 불러다 코가 삐뚤어지도록 더 마셨을 텐데… 아쉽네.'

하지만 고 대리도 그렇고, 친구들도 그렇고, 애 키우랴 직장 다니랴 그렇게 다들 각자의 고된 삶을 살아내느라 부를 친구도, 불러도 올 친구가 없다는 사실에 마음이 씁쓸해진다.

딸깍―

주방 벽에 있는 스위치를 눌러 주방 전등을 켠다. 전등을 바꿔 낀 지 얼마 되지 않은 것 같은데 왜인지 흐리게 느껴진다. 전등이 희미하게 비치는 불빛을 따라 거실로 걸어가 소파에 주저앉는다. 고요한 거실에 앉아 새까만 창밖을 보고 있으니 언젠가 봤던 글귀가 하나 떠오른다.

'돈이 아무리 많아도 고양이 하나 없는 집이 행복할 리 없다.'

아무리 돈을 많이 벌고, 사회적으로 성공했어도, 결국 혼자 고독해지는 삶을 경계하라는 그런 내용이었던 것 같다. 아내가 친정에 간다고 했을 때만 해도 낮술 진탕 먹고, 게임도 실컷 하고, 야식으로 닭발이나 육회에 소주 한잔 때리고, 그대로 치우지도 않고 바닥에 널브러져 배 벅벅 긁으며 스멀스멀 잠드는, 그런 유부남의 자유를 그리며 설레었다. 하지만 자신의 손으로 현관 비밀번호를 누르고 들어와 세상 깜깜하고 사방 침묵하는 적막만이 가득한 무채색의 집 안에 이렇게 홀로 앉아 있으니 마음이 몹시 쓸쓸하다. 언제나 참 새 같은 아내와 꾀꼬리 같은 딸아이의 재잘거림이 당연했어 서 그럴까? 함께 웃고 떠들던 그 시간이 참 행복했던 순간이 었음을 새삼 깨닫는다. 그러다 문득 아이의 목소리도 듣고 싶고, 장모님 상태도 여쭐까 싶어 핸드폰을 꺼내 아내에게 전화를 걸어 본다.

따르릉— 따르릉— 삐이—

이상하다. 몇 번의 통화 연결음이 울리더니 곧 손에 든 핸 드폰이 먹통이 되어 버린다.

'이건 또 왜 이래? 고장인가? 요즘 자꾸 이러네. 고치러 가 긴 해야 하는데… 귀찮네, 귀찮아….'

고쳐야지 고쳐야지 하면서도 늘 이 상태다. 이러다 핸드 폰 계약 약정이 끝나면 이전 모델 기능과 별반 다를 바 없는 데 신제품이라고 광고만 해 대는 핸드폰으로 갈아타고 말겠 지. 뻔하디뻔한 현대인의 삶은 다 그런 것 같다.

'뭐, 별일 없겠지. 내일 다시 해 봐야겠다.'

먹통이 된 핸드폰을 여전히 손에 든 채 고 대리는 고개 를 들어 멍하니 천장을 올려다본다. 주방 불빛에 희미하게 비치는 천장이 새하얗다. 그 천장으로 고 대리의 한숨이 한 번 새어 나간다. 그리고 그 한숨의 끝자락이 거실 창에 닿는 다. 창밖이 새까맣다. 낮에는 논밭으로 보이는 풍경이, 밤이면 가로등조차 없어 여지없이 어둠에 점령당해 마치 밤바다처럼 보인다. 멍하게 창밖을 보던 고 대리가 다시 깊은 한숨을 내쉰다. 그러자 그의 이성이 그런 어쭙잖은 생각은 쓰레기통에 던져 버리고, 아까 택시에서 결심한 대로 당장 서재 컴퓨터로 뛰어가 그동안 쌓아 올린 커리어를 잔뜩 뻥튀기한 이력서를 만들어 뿌리라고 재촉한다. 하지만 그러면서도 그렇게 회사에 개 같이 충성하며 열심히 일한 대가가 희망퇴직이라는 절망적인 해고라는 것을 이미 잘 알고 있는 검정 정장 속 남자가 과연 그게 맞냐고 계속 물어온다.

심란해진 마음을 털어 내려고 고 대리가 고개를 좌우로 세차게 흔들자, 그의 시선이 주방 구석 분리수거 통에서 멈칫한다. 아내에게 걸리면 안 될 것 같은 낮술의 잔재들이 통 안에서 고 대리를 노려보고 있다. 왜인지 고 대리도 질 수 없다는 듯 눈에 힘을 주고 그들을 한참 째려본다.

"오늘 버려야 내일 아내 왔을 때 낮술 먹은 거 안 걸릴걸?"

플라스틱 분리수거 통에 처박혀 있는 막걸릿병이 그를 향해 얄밉게 말을 걸어온다.

"뭐, 네 말이 맞긴 하지. 맞아. 아내한테 걸리면 큰일 나지. 근데… 내가 많이 취하긴 했나 보네. 막걸릿병이랑 대화를 하고 앉았고 말이야, 참나."

그는 순순히 막걸릿병의 말이 옳다고 인정한다. 아내만 보내고 자신은 장모님께 안 간 것도 모자라, 집에서 몰래 혼자 술까지 퍼마신 걸 알면, 그렇게 잘린 걸 걸리기라도 하면 그건 정말 끔찍한 일이다.

"근데 나 분리수거 어떻게 하는지 모르는데? 해 본 적 없거든."

인정은 하지만 순순히 항복할 순 없다는 듯 눈을 부릅뜨고 막걸릿병을 다시 째려보며 말을 건넨다.

"그럼 그냥 하지 말던가! 넌 맨날 그런 식이더라? 네가 먼저 하겠다고 하고 결국 안 하잖아, 그치?"

"맞아, 맞아! 쟤는 맨날 저러더라!"

"그러니까 처음부터 하겠다고 하질 말던가! 웃겨, 아주."

"얘들아 그만해. 쟤 울겠어~"

이번엔 막걸릿병 밑에 있는 캔 분리수거 통 속의 맥주 캔들이 그의 아킬레스건을 건드린다. 네 캔에 만 원 하길래 네 캔이나 샀더니 막걸릿병과 달리 말도 네 배로 들려온다. 분한 느낌이 든다. 이제 저런 쓰레기들한테도 무시당하는 신세라니.

"니들 오늘 잘 걸렸다! 내가 오늘 니들 다 내 눈앞에서 싹 쓸어버려 주마!"

고 대리가 불쑥 몸을 일으킨다. 주방으로 성큼성큼 걸어가 싱크대 한쪽에 걸려 있는 빨간 고무장갑을 양손에 의기양양하게 끼고 3단으로 서 있는 분리수거 통을 집어 들어 올린다. 그러고는 그대로 현관문을 박차고 밖으로 나간다.

'저건 또 뭐야? 종이 박스? 하… 눈 딱 감고 저것들은 모른 척할까? 박스도 버리겠다고는 안 했잖아?'

분리수거 통만 들고 나가면 끝나는 줄 알았는데, 현관문 앞 복도에 자기들도 같이 가야 한다면서 빈 종이 박스들이 헬로우! 하며 손을 흔들고 있다.

'아, 내가 왜 이 짓을 한다고 했을까. 그냥 원래대로 아내가 하게 내버려 둘걸.'

바로 현타가 온다. 이래서 아내가 자신과는 달리 평소에 분리수거 통을 통째로 들고 나가지 않고 조금씩 봉투로 들고 나갔구나 싶다. 지금이라도 아내처럼 조금씩 봉투로 나를까 하는 고민이 잠시 들었지만, 빨리 한 번에 끝내 버리자는 생각에 고 대리는 기어코 한 손에는 분리수거 통을, 다른 한 손으로는 빈 박스들을 어깨 위로 받쳐 들고 엉기적엉기적 걸어 엘리베이터 앞에 선다.

띵- 엘리베이터 문이 열린다.

"아이고, 안녕하세요? 늦은 시간에 고생 많으시네요."

엘리베이터 안에 먼저 타 있던 낯선 남자가 쓰레기에게 양손을 점령당한 고 대리가 탈 수 있게 친절하게도 문 열림 버튼을 눌러 준다. 그 남자의 손에도 일반 쓰레기봉투 하나가 들려 있는 게 보인다.

　'아, 이웃이 이렇게 고마운 존재였던가. 온몸 가득 쓰레기를 끌어안은 나를 위해 버튼을 눌러 주는 천사 이웃이라니. 이렇게 따뜻한 세상이라니!'

　고 대리는 고마운 마음이 들었지만, 겉으로 내색하진 않는다. 그저 자신에게 말 걸지 않았으면 좋겠다는 생각이 든다. 분명 회사 다닐 적에는 생판 처음 보는 거래처 사람들과 대화도 잘하고 너스레도 잘 떨었는데, 이웃의 친절은 괜히 불편하다.

담배 못 끊어서
미안해

'벌레가 왜 이렇게 많은 거야!'

고 대리가 묵직한 3단 분리수거 통과 빈 박스들을 간신히 들고 낑낑대며 분리수거장에 도착한다. 이렇게 안쪽까지 들어와 본 건 처음이다. 역시 상상했던 대로 악취가 오감을 찔러 들어오고, 날벌레들의 잇따른 공격에 정신을 차릴 수가 없다. 빨리 분리수거라는 고난을 해결하고 이곳에서 탈출하고 싶다.

'이쪽은 병류, 저쪽은 비닐류, 여기는 플라스틱류, 저기는 스티로폼류, 그리고 어디 보자~ 음쓰(음식물 쓰레기)는 이쪽이네. 와르륵– 쏟아버리면 끝! 쉽네, 뭐! 내가 이래 봬도 군대 때 쓰당(쓰레기 당번)계의 거장으로 불렸던 몸이라고! 아

직 살아 있네~ 살아 있어~. 잘 보고 있느냐! 날 비웃던 이 쓰레기들아!'

팬스레 기분이 좋아진 고 대리가 손에 쥐고 있던 빈 플라스틱 생수통을 플라스틱류 함을 향해 쿨하게 던져 넣는다.

"아, 사장님! 그거 그냥 버리시면 안 돼요. 그런 생수통은 라벨을 떼서 이쪽 투명 페트병 함에 넣어야 해요. 바뀐 지 꽤 됐는데 아직도 이런 분이 계시다니까. 이리 줘 보세요. 제가 좀 도와드릴게요."

분리수거장까지 불편한 동행을 했던 엘리베이터에서 만난 친절한 이웃 남이 고 대리를 향해 말한다.

'분리수거장에선 꼭 분리수거를 지적하는 빌런을 만나는 게 국룰이라더니. 자기가 뭔데 이래라 저래라야? 참나.'

고 대리는 이웃의 친절한 호의가 불편하게만 느껴진다.

"아, 아니에요! 괜찮습니다. 제가 할게요. 그냥 두세요."

그리고 그런 그의 마음을 잘 따르는 그의 주둥이가 그 호의를 바로 사양해 버린다. 왜인지 모르겠지만, 고 대리는 언젠가부터 누군가의 도움을 받는다는 게 불편해졌다. 그냥 뭐랄까… 회사 생활을 해 오는 동안, 세상에 정말 아무 이유 없이 선의로 남을 도와주는 사람이 있을까 하는 의심, 아무 목적 없는 호의가 있을 리 없다는 그런 확신이 생겨 버린 것 같다.

"에이~ 그러지 말고 이리 줘 보세요. 제가 이래 봬도 분리수거 짬밥이 좀 돼요. 근데 사장님은 딱 보니 오늘 처음 하시는 것 같은데, 맞죠? 허허."

굳이 사양했음에도 그 남자가 고 대리의 빈 생수통을 뺏어 들며 넉살 웃음을 지어 보인다.

'허허…?'

근데 그 남자의 넉살 웃음을 듣는 순간, 고 대리는 갑자기 머리가 싸해지고 등골이 서늘해진다.

'허허? 저 웃음은… 그러고 보니 이 목소리… 그리고 가만가만… 자세히 보니 저 탄탄한 어깨의 다부진 뒷모습은….'

그 남자를 쳐다보던 고 대리의 눈이 돌연 분리수거장의 퀴퀴한 어둠 속에서 번쩍인다.

'그놈이다!! 그때 아내와 대화하던 그놈!!'

고 대리는 너무 놀라 하마터면 입 밖으로 소리를 지를 뻔했다. 심장이 갑자기 빠르게 뛴다.

"어… 빈 박스는 어디다 버리는 거지? 아… 저쪽인가 보네…. 어… 어…."

당황한 고 대리는 쿵쾅쿵쾅 뛰어 대는 심장을 진정시키지도 못한 채, 묻지도 않은 혼잣말을 하며 어정쩡한 걸음으로 그놈과 거리를 벌린다.

'어쩌지? 지금이라도 저놈의 다리를 걸고 팔목을 있는 힘껏 비틀어 내 아내한테 그때 왜 그리 친절하게 굴었는지, 둘이 무슨 사이인지 물어야 하나? 머리채를 잡아 뜯어 버려야 되나?'

안전거리를 확보한 고 대리가 당장이라도 그놈의 멱살을 후려잡을 기세로 노려본다.

'안 되지, 안 돼. 일단 물러나자. 이런 의심엔 확실한 증거가 있어야 하는데 나는 아무 증거가 없잖아. 절대 저놈의 단단해 보이는 다부진 어깨에 내가 한 방에 나가떨어질까 봐 겁나서 그런 게 아니야!'

어떻게 해야 좋을지 망설이고 있는 고 대리에게 언제 다가왔는지 옆에 선 분리수거 남이 말을 건넨다.

"사모님은 좋으시겠어요. 이 늦은 시간에 이렇게 분리수거 해 주시는 자상한 남편분이 있으시니, 허허."

분리수거 남의 넉살 좋은 '허허' 웃음이 분리수거장에 울려 퍼진다.

'저놈에 허허. 허허가 너무 거슬린다. 나도 질 수 없지!'

고 대리는 그 허허가 왠지 거북하다.

"하하! 그쵸? 저 같은 남편이 또 어디 있겠습니까? 아내도 매일 고맙다고 하는 통에! 하하!"

고 대리는 분리수거 남의 '허허' 보다 호탕해 보이는 '하하'로 응수하며, 보란 듯이 자신과 아내가 얼마나 알콩달콩

한 부부인지 강하게 어필한다.

그 이후에도 분리수거 남은 혼잣말인 듯 아닌 듯 한참이나 고 대리를 향해 떠들어 댔지만, 고 대리의 귀에는 들어오지 않았다. 고 대리는 오늘은 일단 한발 물러서기로 결심하고, 엉기적엉기적 분리수거장 밖을 향해 걸음을 옮긴다.

'절대 저 어깨 때문에 쫄아서가 아냐. 절대로!'

"바로 가시게요? 허허. 날도 좋은데 좀 앉았다 가시지. 담배 피우시면 같이 한 대 피우시고요, 허허."

어색한 걸음으로 자리를 피하던 고 대리를 향해 분리수거 남이 말한다. 물론 넉살 좋은 허허 웃음도 빼먹지 않는다. 고 대리는 그 허허 웃음이 귀에 닿자 괜히 마음이 울렁거린다. 그렇게 바로 집에 들어가도 캄캄한 거실에 덩그러니 혼자 남아 있을 거란 걸 알아서일까? 아니면, 한동안 잊고 지내다 오랜만에 들려 온 담배라는 반가운 두 글자 때문에? 그것도 아니면, 저 망할 분리수거 남과 아내의 사악한 관계를 오늘 꼭 잡아야 한다는 생각 때문일까?

잠시 멈칫하던 고 대리가 이내 걸음을 멈추고 분리수거 남을 향해 큰 소리로 말한다.

"담배요? 좋죠! 한 대 빌릴까요?"

그는 자신이 말해 놓고도 빌린다는 말이 이렇게 큰 소리로 뻔뻔하게 말해도 되는 거였나, 하는 생각이 들어 순간 뜨끔한다. 하지만 그 말이 분리수거 남에게 자신이 강한 남자로 어필되었을 것 같아 내심 만족스럽다. 그렇게 두 남자는 분리수거장 옆 한편에 있는, 마치 원시시대 중앙 화덕 불처럼 한가운데 누가 가져다 놓은 건지 모를, 아마도 재떨이 용도쯤으로 사용되고 있을 작은 빈 페인트 통 주변 벤치에 마주 앉는다.

분리수거 남이 고 대리에게 몇 개 남지 않은 담뱃갑 속 담배 한 개비를 꺼내 건넨다. 고 대리는 익숙하다는 듯 최대한 자연스러운 손놀림으로 건네받아 어린 시절 열광했던 홍콩 누아르 영화의 주인공처럼 시크하게 입에 문다.

틱틱—

분리수거 남이 친히 고 대리의 입에 걸쳐 있는 담배에 불을 지펴 준다. 고 대리는 여전히 그의 이유 없는 친절한 호의가 불편하게 느껴진다. 고 대리는 오랜만에 피우는 담배를 가슴 속 깊숙이 쑥 빨아들인 후 연기를 밖으로 거칠게 쏟아 낸다. 눈앞으로 새하얀 담배 연기가 피어오른다.

"울 아빠는 담배 냄새가 안 나서 넘넘 좋아! 최고야, 최고! 아빠 최고!"

"그치? 아빠 금연 성공했으니까 맛있는 거 시켜 먹자! 오늘은 이 엄마가 쏜다!"

예전 언젠가 담배를 끊었을 때 무척 기뻐하던 딸아이와 그 옆에서 딸보다 더 기뻐하던 아내의 목소리가 들리는 것 같다. 고 대리의 눈앞으로 스멀스멀 피어오르는 담배 연기가 기뻐하는 그들의 목소리를 희미하게 만들어 버린다.

'그때 죽기 살기로 이 망할 담배 겨우 끊었었는데… 저 망할 분리수거 놈 때문에 다시 피게 되네! 젠장!'

남 탓이다. 끝도 없고 답도 없는 남 탓. 이것도 정말 습관이고 병이란 생각이 든다.

고 대리는 왠지 자신을 도발하는 것처럼 들렸던 분리수거 놈의 담배 제의를 거절하면 거친 수컷의 세계에서 꼬리 감추고 도망치는 얼빵이로 전락할 것만 같아 세상 쿨한 목소리로 담배 제의에 콜을 외쳤다. 아내와 찝찝한 관계인 저 놈에게 절대 얼빵이처럼 보이고 싶지 않았다. 하지만 담배를 한 모금 빨아들이자마자 그 세상 쿨했던 자신이 미워진다. 사실 오랜만에 피우는 담배라 그런지 한 모금에 바로 머리가 띵- 해서 겉담배만 살짝 하는 척하려 했다. 하지만 앞에 마주 앉은 분리수거 놈이 '너 그것밖에 안 돼?' 하며 깔보는 듯한 시선으로 자신을 쳐다보는 게 느껴지자, 고 대리는 과감하게 긴 호흡으로 두 모금 쭈-욱 빨아들인다. 갑작스레 파고든 담배에 얻어맞아 깜짝 놀란 고 대리의 폐가 당장이라도 콜록콜록 기침을 해 대라고 재촉하는 게 느껴진다. 하지만 수컷의 세계에서 얼빵이는 절대로 안 된다고 소리쳐 대는 이성이 기침을 참아 내라고 그를 채근한다. 그렇게 간신히 기침을 참아 내고 있는 고 대리를 향해 분리수거 남이 말을 건넨다.

"사장님, 솔직히 분리수거 처음 하시죠? 제가 딱 보면 알거든요. 대부분의 남편분은 쓰레기를 한 움큼 들고 오셔서 분리수거 하시고 절대 바로 집으로 안 들어가시거든요. 이렇게 주변 벤치에 앉아 담배도 피우고, 핸드폰도 보고, 세상 이야기도 좀 하고…, 뭐, 날 좋으면 이렇게 흩어지는 담배 연기 보며 멍하니 하늘도 좀 올려다보고요. 그렇게 한참 멍때리다 들어가시거든요. 마치 집에 들어가기 싫다는 듯이요. 근데 사장님은 바로 들어가시려는 게… 딱 보니 처음 오신 티가 나대요, 허허."

'저! 저!! 망할 허허!!! 사람 웃음소리가 이렇게 거슬릴 수도 있는 거였나? 싫다, 정말! 분리수거 많이 한 게 뭐 그리 자랑이라고, 나 참.'

고 대리는 하마터면 이번에도 입 밖으로 새어 나갈 뻔한 본심을 간신히 숨기며, 담배 연기 사이로 뭐가 그렇게 신나는지 한참을 떠들어 대는 분리수거 남을 노려본다.

'저 다부진 어깨랑 한 판 붙으면 내가 이길 수 있을까?'

고 대리의 눈에 다시 분리수거 남의 어깨가 들어온다. 분명 아내와 의심스러운 관계가 있을 것 같은 저놈을 어떻게 하면 때려 눕힐 수 있을지 고민해 본다. 물론 이번에도 그런 본심을 숨긴 채 아무렇지 않은 척 말을 건넨다.

"아, 그런가요? 여기서 그렇게 오래 머문다고요? 냄새나고, 덥고, 벌레도 많은데 굳이 왜 여기서…?"

"글쎄요… 다들 이유가 있겠죠? 뭐, 제가 보기엔 혼자 있는 시간을 좀 갖고 싶은 남자들의 본능, 그런 거 같기도 하고요. 직장에서 하루 종일 일에, 상사에, 온갖 거에 치이고 집에 왔는데, 집에 들어가면 이제 새로운 고난들이 기다리고 있잖아요. 설거지도 해야 하고, 애들 숙제도 도와줘야 하고. 그러다 애들 잘 시간 되면 씻기고 재워야죠. 그렇게 애들 간신히 재우면, 또 남은 집안일을 마무리해야 하고. 그중 당연히 이렇게 쓰레기도 버려야 하고요. 그러면 몸은 이미 녹초가 되고, 침대에 뻗어 잠들기 무섭게 다시 아침에 출근해서 회사 책상 앞에 앉아 한숨 쉬고 있는 자신을 마주하게 되죠. 그렇게 숨 막히게 반복되는 일상을 사는 남편들에게 지금처럼 분리수거 끝내고 쉬는 이 잠깐의 시간은 짧은 자유이자, 가장이라는 부담스러운 책임을 지고 사는 남편들을 위로해 주는 시간인 거 아닐까요? 어쨌든… 남편들도 아프고 힘든 걸 느끼는 '사람'이니까요."

말을 마친 분리수거 남이 깊게 담배를 빨아들인다.

'말은 잘하네. 근데 이게 다 뭔 소린지….'

청산유수처럼 한참 말을 쏟아 내는 분리수거 남의 말을 가만히 듣던 고 대리는 어디서 개뼈다귀 같은 소리를 참 잘도 말한다는 생각만 든다.

"에이~ 집안일은 아내한테 미루고 좀 쉬면 되죠. 뭐, 굳이 이렇게 쓰레기장 옆에서까지…."

분리수거 남의 개뼈다귀 논리에 지지 않겠다는 듯 고 대리가 대답한다.

"허허. 어이구, 사모님이 별말 안 하세요? 요새 그런 생각으로 계시면 진즉 집에서 쫓겨나셨을 텐데? 결혼 잘하셨네, 잘하셨어! 허허!"

분리수거 남의 입에서 아내 이야기가 나오니 다시 그날 아내와의 불순한 대화 현장이 떠오른다. 한참 달게 피고 있던 담배 맛이 갑자기 써지는 것 같다.

"아, 근데 선생님은 참 이야기를 재밌게 하시는 거 같아요, 하하! 혹시 직업이 그런 쪽이신가 보죠?"

분리수거 남이 개뼈다귀 같은 소리를 하든 말든 고 대리는 침착하게 분리수거 남에 대한 정보를 캐내기로 한다. 그래야 아내와의 불순한 관계의 증거를 잡을 수 있을 테고, 또 그래야 나중에 저 단단한 어깨와 한판 붙으면 이길 수 있는 약점이라도 알아낼 수 있을 것 같다는 생각이 들어서다.

"아, 저요? 막일해요. 공사판도 가고, 인테리어 공사 현장도 가고. 막노동이죠 뭐, 허허. 오늘도 현장 작업하고 오니 이 시간이라 이제야 쓰레기 버리러 온 거고요, 허허."

여전히 넉살 좋은 웃음과 함께 별거 아니라는 듯 분리수거 남이 말한다. 그의 말을 가만히 듣고 있던 고 대리의 눈이 순간 흔들린다.

'뭐? 고작 막노동하는 사람이었어? 겨우 하루 벌어 하루 사는 주제에 초엘리트 화이트칼라 회사원인, 아니 지금은 아니긴 하지… 어쨌든! 그랬던 나랑 한번 붙어 보겠다고?'

물론 한판 붙겠다는 건 고 대리만의 생각이다.

'내 여자는 내가 지킨다! 저 어깨를 깨부수자!'

분리수거 남이 그날 아내의 대화 상대였다는 걸 알게 된 후부터 고 대리의 머릿속엔 줄곧 이 생각뿐이었다. 하지만 분리수거 남이 막노동하는 사람이란 걸 알게 되자, 자신을 불편하게 했던 알 수 없는 불안이 한순간 사라지는 것 같다.

'그래도 저놈보다 많이 배우고 잘나신 내가 예의를 갖춰야겠네. 물론 승자의 하하!도 빼먹을 수 없지!'

고 대리는 자신보다 별로인 사람에게 더 이상 관심 없다는 교만한 눈빛으로 분리수거 남을 위아래로 훑어본다.

"아, 그러시구나, 하하! '그런 일' 하느라 힘드시겠네요. 가족분들이랑은 괜찮으시고요?"

교만한 생각이 미처 정제되지 못한 채 고 대리의 주둥이를 통해 새어 나온다.

'헉! 실수다. 이건 좀 무례한 질문인 것 같은데….'

아니나 다를까, 계속 개뼈다귀 소리를 해 대던 분리수거 남이 입을 꾹 다물더니 아무런 말도 하지 않는다. 그렇게 두 남자 사이에 차가운 밤공기 같은 싸늘한 정적만 남는다.

"흐음… 제 가족이요?"

먼저 입을 뗀 건 분리수거 남이었다. 똑똑히 들은 게 분명한데 다시 한번 기회를 주겠다는 듯한 말투다.

"아, 그게… 그러니까… 하하, 일하시고 늦게 오고 그러면 아무래도 가족분들이 늦게까지 기다리셔야 하니까요. 걱정 많이 하시지 않을까 싶어서 괜찮으시냐는 거…죠, 하하…."

'좋아! 자연스러웠어!'

고 대리는 새삼 자기 주둥이가 자랑스럽게 느껴진다. 사고 치고 수습하는 주둥이의 영업 스킬이 이렇게나 훌륭했다는 사실에 내심 만족스럽다.

"아, 그렇죠, 허허. 아무래도 가족들은 늘 걱정하죠. 현장이 위험한 경우도 많으니까요. 그래도 저는 이 일이 좋더라고요. 예전엔 다른 일도 해 보긴 했었는데… 그래도 이 일을 하면 일하는 날 하고, 안 하는 날 안 할 수 있으니까 제 시간 조절이 가능해서 좋더라고요. 그리고 쉬는 날엔 가족들이랑 같이 충분히 시간을 보내요. 가끔은 오히려 이전에 했던 일보다 이 일을 시작하고 가족들이 더 행복해 보이기도 하는걸요. 애들 표정도 훨씬 더 밝아졌고, 저도 행복하고요."

고 대리는 뭐에 홀린 사람처럼 분리수거 남의 이야기를 계속 듣고 있는 자신이 이상하다는 생각이 든다. 하지만 왜인지 계속 듣고 싶다.

"그리고 뭐, 물론… 일은 고되지만, 정말 제가 하고 싶은 걸 할 수 있는 시간도 만들 수 있어서 좋아요. 아까 사장님께서 제가 말을 재밌게 한다고 하셨죠? 제가 사실 작가가 되고 싶어서 취미 삼아 인터넷에 글도 쓰고 그러거든요. 동호회, 독서 모임 같은 것도 나가기도 하고요. 지금이야 뭐 막노동하며 몸 쓰는 일을 하지만… 또 압니까? 언젠가 대단한 베스트셀러 작가라도 될지? 언젠가 좋은 날 오겠죠, 허허! 사람 일은 모르는 거니까요, 허허!"

왜일까.

물론 벤치 옆에 있는 편의점 간판 불빛이 비치긴 했지만, 분명 깜깜한 분리수거장이었음에도 고 대리의 눈엔 언젠가 좋은 날 올 거라고 말하며 웃는 분리수거 남의 얼굴이 환하게 빛나 보인다.

'왜 저놈 얼굴이 빛나 보이는 거지? 저놈이 멋있어 보여서? 그건 당연히 아닌데… 다만… 뭐랄까… 그냥 저런 사람

도 저런 생각 하며 사는데… 나는….'

고 대리는 자신의 기준에 정말 별 볼 일 없어 보이는 분리수거 남이 이상하게 빛나 보이자, 자신은 뭐 하고 있는 건가 싶다. 그러다 오늘만 해도 가족을 다시 희생의 제물로 바치고 다음 회사의 충실한 노비가 되겠다고 다짐했던 자신이 도대체 뭐 하는 놈인가 하는 자괴감마저 따라온다.

멍해진 눈동자로 분리수거 남을 뚫어져라 쳐다보던 고 대리는, 어느새 다 타버린 담뱃대가 손가락에 닿자 그 화기에 화들짝 놀란다. 그러자 더 이상 저놈의 말을 듣고 있으면 안 되겠다는 생각이 번뜩 든다.

"아! 벌레가 너무 많아 저는 이만 들어가 봐야겠네요. 먼저 들어가 보겠습니다."

고 대리가 뜨끈해진 손가락 사이를 애써 감추며 분리수거 남에게 인사를 하고 일어선다.

"아, 가시게요? 허허. 전 좀 더 있다가 갈 거라… 기회 되면 또 뵙죠."

그를 향해 마지막까지 넉살 웃음을 지어 보이는 분리수거 남과 눈이 마주친다. 고 대리는 흔들리는 자신의 눈빛이 혹여 분리수거 남에게 들킬까 싶어 황급히 눈길을 피하고 아무 말 없이 뒤돌아선다. 그저 직업이 뭔지, 가족은 있는지, 그리고 자신의 아내와 어떤 사악한 관계가 있는지 알아보려고 가볍게 질문을 던졌던 그는, 분리수거 남의 묵직한 대답이 마음속 깊숙이 찔러 들어와 알 수 없는 뭔가를 남긴 것 같다.

'언젠가 좋은 날 오겠죠, 허허!'

그리고 분리수거장을 빠져나와 집으로 가는 내내 분리수거 남의 이 말이 계속 귓가에 맴돈다. 그런 그의 한 손에는 자신이 처음으로 비워 본 3단 분리수거 통이, 다른 한 손에는 뭔가에 놀란 건지 아니면 뭔가가 부끄러운 건지 새빨갛게 물든 고무장갑이 들려 있다.

Episode 24

안 닦아서
미안해

"아빠! 변기 커버 올리고 쉬 하랬지!"

7살 아이임에도 알 거 다 안다고 쨉쨉대는 귀여운 딸내미의 목소리가 들려온다.

"어휴~ 오빠, 딸한테 부끄럽지도 않아? 조준을 잘해야지, 잘! 그냥 나처럼 앉아서 싸는 게 어때?"

그리고 아내의 목소리가 이어진다.

"응? 그거 나 아냐!!! 변기 위 그거, 그래 그거… 그냥 손 닦고 물 떨어진 거야! 내 조준 실력 여보 잘 알잖아, 엉? 나 억울해!"

당연히 빠지면 안 될 고 대리의 항변도 들린다.

"엄마! 우리 변기에도 그 조준용 파리 스티커 좀 붙여야겠어! 아빠 땜에 쉬야 못 하겠어! 정말! 에잉~."

고 대리는 지금 동네 도서관 열람실 구석 책상 위에 엎어져 잠을 청하고 있다. 절대 읽어 보지 않을 제목의 책, 하지만 베고 자기는 딱 좋은 두께의 책을 아무렇게나 책상 위에 올려 두고 그 위에 볼을 대고 있자니, 오늘 아침 했던 아내와 딸과의 대화가 떠올라 얼굴에 알 수 없는 흐뭇한 미소가 지어진다. 아내가 친정 가서 혼자였던 그날 밤과는 달리, 분명 같은 집인데 아내와 딸이 있다고 이렇게나 밝고 행복 넘치는 집이 될 수 있다는 사실이 새삼 놀랍다.

분리수거 남과의 첫 담배 배틀이 있었던 그날 이후로 며칠이 지났다. 물론 그가 그날 바로 분리수거를 해 버린 덕에 그날 낮에 아내 몰래 마셨던 막걸리와 맥주, 그리고 오랜만에 몰래 피웠던 담배까지 모두 걸리지 않고 무사히 넘어갔다.

'역시 완벽해! 사람이 이렇게 완벽해도 되냔 말이지. 나 자신! 완전 칭찬해!'

문득 그날을 생각하니 새삼 분리수거를 완벽하게 해내 아내에게 걸리지 않은 자신이 대단하게 느껴진다. 그날 이후 여러 가지 면에서 고 대리는 나름대로 열심히 살고 있다.

일단 그날처럼 낮에 집 거실에 누워 뒹굴뒹굴 빈둥댔다간 회사에서 잘렸다는 사실을 아내에게 걸릴 게 뻔하므로,

고 대리는 평소 출근할 때와 똑같이 검정 정장에 멋쟁이 구두로 직장인 룩을 풀 세팅하고, 집을 나서 근처 여기저기 흩어져 있는 시립 도서관으로 향한다. 예전에도 느꼈지만, 고 대리는 이 도서관이란 곳이 자기처럼 해고를 당했든 아니면 다른 어떤 이유에서든 갈 곳 없는 사람에게 참 좋은 장소라는 생각이 들었다. 빵빵한 에어컨에, 쾌적하게 두 다리 뻗을 수 있는 열람실에 앉아서 쉴 수도 있고, 원하면 신문이나 책을 보며 지식도 쌓을 수 있으니. 물론 고 대리는 그것까지 원하지는 않지만. 거기다 이 모든 게 무려 공짜다. 완벽하지 않은가?

그 동안은 매일 검정 정장 붕대를 미라처럼 둘러 입고, 낮 동안 동네 도서관 한곳을 정해 그곳에서 마치 도서관 지박령처럼 열람실과 복도 이곳저곳을 스산히 돌아다녔다. 그는 대부분 열람실에서 애꿎은 책들에 침 자국을 남기며 쿨쿨 자기 일쑤였지만, 간혹 컴퓨터를 사용할 수 있는 도서관 내 전자자료실에 머물기도 했다. 이유는 당연히 컴퓨터로 이직 자리를 찾아보기 위해서다. 개인당 하루 사용 가능 시간이 두 시간으로 제한되어 있는 건 안타까웠지만, 그래도 그 정도면 예전에 만들었던 이력서를 과감하게 뺑튀기해서 각종 채용사이트에 그의 이직을 향한 열정을 쏟아 내기에 충분했다. 그리고 당연히 유료 헤드헌팅 회사에도 가입해 자신의 정보를 등록해 두었다. 생각보다 비싼 수수료에 분노했지만, 그 래도 하루빨리 더 나은 직장으로 가기 위한 투자라고 생각 하기로 했다. 뭐, 안타깝게도 지금까지는 구미가 당기는 일 자리 제안은 없었다. 이러다 헤드헌팅 회사의 헤드헌터 사 냥꾼들이 자신이 들어가고 싶어 할 만한 좋은 회사는 못 물 어오고, 자신의 비싼 수수료만 사냥해 가는 건 아닌지 걱정 이 되긴 했지만, 일단은 그냥 기다려 보기로 했다.

그리고 며칠 전부터는 틈틈이 핸드폰 명함 앱을 열어 그 동안 영업 다니며 쌓아 온 거래처 인맥들에게 굳이 안부 인 사를 전하며, 혹시 사람 뽑거든 잊지 말고 자기에게 꼭 연락 달라는 부탁도 하고 있다. 물론 이것도 아직 연락 온 곳은 없어서 조금 걱정이 되긴 하지만, 그래도 업계 떠돌 때 거래 처에 나름대로 열심히 다닌 자부심이 있기에 일단 기다려 보기로 한다.

'오늘도 딱히 연락 온 게 없네. 어휴~ 어떻게 이렇게 아무 곳에서도 연락이 없는 거지? 분명 연락해 준다고 했는데…'

아! 그나마 한 가지 좋은 소식은, 그래도 찐동생만큼은 여 전히 고 대리에게 이력서를 보내달라고 하고 있다는 것이 다. 그날 이후에도 여전히 자기 회사로 오라는 건데, 고 대리 는 굳이 그 망할 박 진무의 창밖 비행 명령에 언제 창밖으로 몸을 던져야 할지 모르는 지옥 불에 자기 발로 뛰어들고 싶지는 않다. 그래서 일단 잘릴 때 받은 3개월 치 희망퇴직금으로 버틸 수 있을 때까지 버티며 너무 서두르지 말자고 스스로를 다독이고 있다.

〈서툰 서두름은 더 큰 실수를 가져오는 법〉

아까 열람실에서 한참 자고 일어나니 베고 있던 책 표지에 이런 글귀가 쓰여 있었다. 잠이 덜 깬 상태였음에도 자신의 상황과 딱 맞아 떨어진다는 생각이 들어 굳이 그 문장을 핸드폰 메모 앱에 적어 두었다. 이래서 사람은 책을 계속 봐야 하고, 끊임없이 지식을 쌓아야 하는 건가 싶었다. 물론 그는 책을 읽기보단 주로 베고 자는 용도로 쓰긴 하지만.

고 대리는 이렇게 낮 동안에는 도서관에서 나름대로 바쁘게 시간을 보내고, 직장인들의 퇴근 시간인 오후 6시가 좀 넘으면 집으로 향한다. 그러다 보니 이전과 달리 계속 일찍 집에 들어오는 그를 보고 아내가 처음에는 회사에 무슨 일이 있는지 의심하는 눈치였지만, 점점 심해지는 전염병으로 인해 업계가 힘들다는 걸 알아서인지 요즘은 더 이상 궁금해하지 않는 것 같다. 오히려 일찍 들어와 저녁밥을 같이 먹어 주는 그에게 고마워하는 분위기다.

'그럼, 그럼! 이런 자상한 지아비가 또 어딨겠어? 흠흠!'

생각은 이렇게 하지만, 사실 아내가 친정에 가서 혼자였던 그날 이후로 고 대리는 스스로가 조금씩 변하고 있는 것 같았다. 망할 전무 놈과 그놈의 더러운 불륜 로맨스를 떠오르게 했던 찐동생과의 술자리가, 그리고 막노동을 하지만 가족의 행복과 본인의 꿈을 좇으며 언젠가 좋은 날 올 거라던 분리수거 남의 그 허허 웃음이, 자신의 혼란스러운 마음에 알 수 없는 작은 물방울을 떨어뜨린 것 같았다.

물론 찐동생과의 술자리가 끝나고 돌아오는 택시 안에서 생각했던 어서 이직 자리를 찾아 빨리 돈을 벌어와야 이혼당하지 않을 거라는 생각엔 변함이 없다. 그렇다고 분리수거 남처럼 막노동 같은 아무 일이나 하면서 자신의 꿈만 좇을 자신도 당연히 없다. 사실 직장 생활을 하며 나이만 먹다 보니, 이제는 하고 싶은 꿈이 뭔지도 모르겠다.

다만, 그는 그 밤을 지내고 나서 한가지 결심한 것이 있었다. 채용 사이트든, 헤드헌터든, 업계 인맥이든, 어떤 기회로든 이직이 확정돼서 다시 출근하는 그날이 오기 전까진, 그래도 자신의 가족과 행복한 시간을 최대한 열심히 만들어보자는 결심. 그래야 다시 회사라는 현실에 끌려 들어갔을 때 그나마 가족에게 덜 미안할 것 같았다.

그렇게 한 번 마음을 먹고 나자, 가족을 위해 무엇을 하면 좋을지 정하는 것은 식은 죽 먹기였다. 물론, 회사에서 잘린 걸 들키면 안 되기에, 저녁 시간에만 함께할 수 있는 건 조금 아쉬웠다. 그래도 그 시간 동안이라도 여러 가지를 가족과 함께했는데, 특히 기억에 남는 건, 아내와 딸과 함께 처음으로 코인 노래방이란 곳에 가서 신나게 춤추며 노래를 부른 것이다. 처음에는 좁아터진 그런 데서 놀면 흥이 나겠나 싶었지만, 막상 그 좁은 곳에서 아내와 딸과 부대끼며 놀고 나니 그곳만의 묘한 즐거움이 있다는 걸 알게 되었다. 이외에도 아내, 딸이 하고 싶다고 말하는 건 웬만하면 다 해 보려고 하고 있다. 그리고 당연히 분리수거도 완벽히 해내고 있다.

한번은 늦은 밤 분리수거를 다 하고 집으로 걸어가는 길에 딸아이 정도 돼 보이는 남자아이가 아빠와 밖에서 전동 미니카를 조종하며 깔깔 웃는 모습이 너무 행복해 보이길래, 다음날 바로 미니카를 사다 딸아이와 밖에서 한참이나 놀았다.

"아빠! 솔직히 이 자동차, 아빠가 놀고 싶어서 산 거지? 솔직히 말하면 엄마한텐 비밀로 해 줄게, 맞지?"

하지만 왜인지 딸내미는 그의 진심을 몰라줬다.

그리고 아내와는 신혼 때 겨우 한 번 치고 셔틀콕이 옆에 서 있는 큰 소나무 위로 올라가 버리는 바람에 다시 치지 못했던 배드민턴도 오랜만에 쳤고, 유튜브 요리 채널을 같이 보며 회식 때 2차로 자주 갔던 치킨집 레시피도 따라 만들어 먹었다.

'글쎄… 내가 지금 직장이 없어서 이렇게 가족과 행복한 시간을 보낼 수 있는 게 아닐까? 과연 예전의 나처럼 바쁘게 회사에 다니는 평범한 다른 직장인 아빠, 남편이 이런 일상의 행복을 느낄 겨를이나 있을까?'

어느 날 분리수거를 하고 벤치에 잠시 앉아 쉬던 고 대리는 문득 이런 생각이 들었다. 분명 그날 밤 돌아오는 그 택시 안에서 '돈을 벌어야 한다. 그것도 최대한 빨리!'라고 결론지었건만, 이렇게 가족과 함께하는 시간을 보내다 보니 그 행복이 무엇인지 조금은 알게 된 것 같다.

'어쩌면 지금의 행복한 일상 때문에 내가 더 흔들리고 있는 건 아닐까?'

딱히 뾰족한 수도 없으면서 그는 이렇게 가족의 행복과 빨리 이직해 돈을 벌어야 하는 현실 사이에서 계속 흔들리고 있다. 오늘은 가족의 행복이, 그리고 내일이 되면 다시 돈을 벌어야 한다는 생각이, 그런 생각들이 끝도 없이 그의 머릿속을 헤집고 있다.

하지만 그도 잘 안다. 그는 언젠가 또다시 하나도 바뀌지 않았을 진흙탕 같은 회사라는 현실로 돌아가야 할 것이고, 그때가 오면 사랑스러운 아내와 예쁜 딸아이와 함께 이런 행복한 시간을 보내기 힘들 거라는 걸. 그러니 지금 이 시간을 더 소중히 보내야 한다는 걸. 그는 그저 매일매일 이렇게 마음을 다잡으며 스스로를 다독이고 있다.

'책 좀 좋은 종이로 만들지. 싸구려 종이는 침 흘리면 꼭 이렇게 볼에 붙는단 말이지.'

오늘도 열람실에서 깜빡 잠이 든 고 대리는 볼에 들러붙은 책 종이 조각을 대충 손으로 닦아 내며 도서관 복도로 나와 또다시 유령처럼 떠돌기 시작한다.

"응? 여긴 뭐지?"

복도 구석에 다다르자, 평소에는 안 보였던 분홍색으로 칠해진 문이 보인다.

"여기에 이런 게 있었나? 분홍색 문? 특이하네. 근데 이건 뭐지?"

가까이 가 보니, 나약한 테이프 조각에 의지한 채 팔랑팔랑 나부끼고 있는 종이 한 장이 눈에 들어온다.

"독서 모임 모집? 작고 소중한 보통의 삶을 출간합니다?"

때로는 전혀 예상치 못한 곳에서, 예상치 못한 순간에, 예상치 못한 운명이 팔랑대며 손을 흔들곤 한다. 그리고 그것이 자신에게 어떤 운명으로 다가올지는 고 대리도 전혀 알지 못했다.

동호회나 나다녀서
미안해

독서 모임 모집

"작고 소중한 보통의 삶을 출간합니다."
[작출모—작고 소중한 우리의 삶을 출간하는 독서 모임]

⊙ 대상 : 책을 사랑하는 누구나
⊙ 장소 : 도서관 3층 열린 모임실(바로 이 문 뒤!)
⊙ 시간 : 오후 2시
⊙ 인원 : 제한 없음!
⊙ 협찬 : 음료와 다과 by도서출판 예랑북스

'하나, 백수. 그러니까 무직자는 시간이 많다.

둘, 그리고 집에 퇴직 사실을 숨긴 무직자라면 낮 동안 시간이 넘쳐흘러 정말 울고 싶을 지경이다.'

분홍색 문에 붙어 있는 동호회 안내 종이를 왜인지 뚫어
져라 쳐다보던 고 대리의 머릿속에 두 가지 생각이 스쳐 간
다. 그리고 안타깝게도 이 두 가지 모두에 해당하는 그는 지
루하기만 한 이 낮 시간을 어떻게든 때워 볼 생각에 가벼운
마음으로 문을 똑똑 두드려 본다.

'또 알아? 지난번 도서관에서 봤던 부캐 작가로 대박 난
그 회사원처럼 나도 이 독서 모임에서 글 좀 써서 대박이라
도 날지? 그래도 대학 때는 책도 많이 보고, 글 좀 쓴단 소리
도 듣곤 했다고.'

문 안쪽에서 입장 허락 인기척이 들리자, 살며시 문을 열
고 들어선다. 그러자 바로 들려오는 우렁찬 목소리.

"어? 사장님! 허허! 이 시간에 여긴 어쩐 일이세요?"

어이없게도 마주치고 싶지 않은 익숙한 목소리가 그의 귀
에 들려온다.

'저 허허 웃음소리는 설마… 분리수거 남…?'

소리가 들려오는 방향으로 고개를 돌린 고 대리의 눈에
익숙한 실루엣이 들어온다.

'맞다, 그놈이다. 망할 분리수거 남. 하! 왜 불길한 예감은
틀린 적이 없나. 왜 여기까지 따라오고 난리야? 아, 아니지.
이번엔 내가 따라온 건가?'

고 대리는 억울한 기분이 든다. 설마 이 분홍분홍한 문 뒤

에 절대 어울리지 않을 것 같은 저 다부진 어깨가 있을 줄 상상이나 했겠는가?

"네? 아… 그게… 그런 선생님은 어쩐 일이세요?"

고 대리는 그저 모른 척 아무런 대꾸도 하기 싫었지만, 애써 차분한 말투로 분리수거 남에게 말을 건넨다. 예전 거래처들 만날 때 익힌 영업 스킬 중 하나인 '곤란한 질문을 받았을 땐 똑같은 질문을 상대방에게 바로 던져라.' 스킬을 시키지도 않았는데 바로 발동시켜 준 주둥이가 내심 고맙다. 곤란한 질문을 받아 당황스러워 무슨 말을 해야 할지 모를 때 이 스킬은 아주 유용하다. 바로 지금처럼.

"아, 저는 오늘 쉬는 날이라. 그때 저 글 쓴다고 말씀드렸었죠? 여기 독서 모임에도 참여하고 있거든요, 허허."

분리수거 남의 대답을 들은 고 대리는 영업 스킬의 두 번째 연속 콤보인 '상대방의 대답을 들었다면, 그대로 똑같이 대답해라.'를 발동한다.

"아, 마침 저도 오늘 쉬는 날이라… 지나가다 뭔가 해서 한번 들어와 봤죠, 하하!"

물론 망할 '허허' 넉살을 대적할 자신의 늠름한 '하하' 웃음도 빼먹지 않는다.

'대견한 내 주둥이, 이런 건 참 잘도 배워왔단 말이지.'

과연 이게 그렇게 대견한 스킬인가에 대한 의문은 들지만.

"그러셨군요? 그때 분리수거장에서 뵙고 오랜만에 뵙네요. 잘 지내시죠? 허허."

그때 분리수거장에서 한 번 본 게 고작인 사이인데 세상 친한 척하는 분리수거 남의 태도가 불편하게 느껴진다. 아무 목적 없는 호의는 없다는 그의 영업 스킬이 또다시 발동되는 것 같다. 그래서인지 분리수거 남 주변에서 자신을 보며 수군대는 것 같은 모임의 회원으로 보이는 사람들도 괜히 불편해진다.

그날 분리수거장에서 만난 이후, 사실 고 대리는 의도적으로 분리수거 남과 마주치지 않기 위해 노력했다.

왜였을까? 자신은 여름에는 에어컨으로 시원하고, 겨울에는 빵빵한 히터로 따뜻한 사무실에서 편하게 일하는 화이트칼라 사무직인데, 저놈은 더워도 참고 땀 삐질삐질 흘리며 일해야 하고, 추우면 일거리 떨어질까 봐 걱정부터 해야 하는 막노동자에 불과하다는, 자신의 직업 귀천론에 따르면 명백히 별 볼 일 없는 막노동자 주제에 감히 자신보다 잘난 것처럼 꿈을 따라 살아서 행복하다고 한 말이 거슬렸던 걸까? 아니면 마지막에 그가 남긴 '언젠가 좋은 날 오겠죠.'라는 말이 자신의 마음에 생각보다 깊이 남아서였을까? 고 대리는 나이를 먹을수록 자기 자신을 그래도 잘 이해하고 있다고 믿어왔는데, 요즘은 자신도 스스로를 잘 모르겠다는 생각이 든다. 자신이 이렇게나 옹졸한 사람이라는 사실이 당혹스럽다. 게다가 단지 직장에서 잘린 것만으로 자신이 이 모양 이 꼴이 되었다는 게 어이가 없다.

'날 이렇게 옹졸하게 만든 장본인인 저놈을 여기서 마주칠 줄이야. 되는 일도 없지.'

모임의 회원들을 둘러보던 고 대리가 남몰래 한숨을 내쉰다.

"안녕하세요, 선생님! 처음 오신 거죠? 우리 회원님이랑 아시는 사이신가 보죠? 반갑습니다. 작출모에 오신 걸 환영합니다! 저는 이 모임의 모임장, 이호랑이라고 해요."

언제 다가왔는지 고 대리의 옆에 선 단발머리의 젊은 여성이 인사를 건넨다. 그리고 모임장이라는 자신의 권위를 뽐내기라도 하고 싶은 건지 화려한 핑크빛 색채가 유독 돈보이는 네모 각진 명함도 함께 건넨다.

〈작고 소중한 보통의 삶을 출간합니다.〉

도서출판 예랑북스
대표 이호랑
연락처: 010-1234-5678
이메일: Horangiii@email.com

'출판사 대표? 아하! 출판사 대표가 독서 모임을 하는 거였어? 뻔하네, 뻔해! 순진한 일반인 꼬드겨 책 팔아먹으시려고? 이런 영업 잘 알지. 내가 영업 짬밥이 얼만데, 이런 거에 넘어갈 거 같아? 내가 어떤 사람인데! 근데 이런 모임에서 명함까지 주고받나? 누군 명함 없는 줄 알고? 어디… 아, 맞다! 나… 없지….'

그동안 수도 없이 해 왔던 비즈니스 에티켓대로, 명함을 받았으니 당연히 자신의 명함을 줘야 한다는 생각에 무의식적으로 정장 재킷 안쪽에 손을 집어넣어 뒤적이던 고 대리는, 자신이 잘렸다는 사실을 다시금 깨닫고 민망해진 손을 재킷에서 꺼낸다. 당황한 그의 그런 파닥거리는 몸짓을 가만히 보던 모임장이란 그 여성이 차분히 말을 이어간다.

"음, 멋진 정장 입으신 걸로 봐서 아주 바쁘신 분 같은데, 이렇게 참석해 주셔서 감사합니다. 자리는 저쪽에 앉으시면 될 것 같고…, 음… 혹시 실례가 안 된다면 어떤 일을 하시는지 여쭤봐도 될까요?"

말을 듣던 고 대리는 명함이 없어 당황해하는 자신을 눈치채고 자연스러운 말로 상황을 모면하게 해 준 모임장에게 내심 고마움을 느끼고 있었다. 하지만 그녀의 이어지는 마지막 질문에 기분이 언짢아진다. 그녀의 내공이 보통이 아니라는 기분 나쁜 촉이 그를 깊게 찔러 들어온다.

'하는 일이 뭐냐고? 무슨 동호회에서 직업까지 검사해? 참

나, 초면에 너무 무례하네.'

분리수거 남도 그렇고, 이 모임장도 그렇고, 이 모임 사람들은 다 이런 식인가 싶어 마음이 불편해진다. 하지만 이미 이런 질문 따위야 우습다는 듯 대답을 생각하지도 않았는데 그의 주둥이가 자연스럽게 대답을 시작한다.

"아, 그냥… 프리랜서로 일하고 있어요. 뭐, 중국에서 물건 떼다 미국에도 갖다 팔고, 굳이 말하자면 무역 중개업 정도라고나 할까요? 하하….'

예전에 거래처 수출 회사들이 무역 중개 어쩌고 하는 걸 들었던 게 떠올랐는지 자신도 모르는 새 주둥이가 맘대로 지껄인다. 말을 마치자, 무역 중개업이라는 용어가 있기나 한지 모르겠다는 불안감이 든다.

'제발 여기 누구도 내 말이 어색하다고 느끼지 않길… 제발! 제발!'

망신을 당할까 두려운 마음에 고 대리는 역시나 평소 믿지도 않는 신에게 얼른 빌어 본다.

"아~ 역시! 그러시군요. 어쩐지 그때 잠깐 대화 나눴을 때도 느낌이 범상치 않으시더라고요, 허허."

모임장에게 한 말인데 왜 옆에 있던 분리수거 남이 자신의 말을 받는지 모르겠다. 기분이 더욱 언짢아진다.

'막노동자인 네깟 놈이 내 고귀한 업무를 알 턱이 없지!'

그렇게 조금은 무례하게 시작된 대화가 잠시 이어진다. 가만 들어 보니 결국 동네 도서관에 한두 개씩 있는 독서 모임 같은 거고, 책 읽는 활동보다는 본인들이 살아온 인생에 관한 내용을 글로 써서 최종적으로는 책으로 출간하는 것을 목적으로 하는 글쓰기 동호회인 모양이다. 그렇게 모임에 참석하는 동안 고 대리는 두 가지를 새로 알게 되었다.

한 가지는, 생각보다 낮 동안 직장에 안 가는 한량 백수 같은 남자들이 많다는 것이다. 들어 보니 이유는 각양각색이다. 육아 휴직, 취업 준비, 작가 지망, 노후 준비, 도서관에서 공부하다 졸려서 등등. 물론 분명 자신처럼 무직자도 있을 테지만, 오늘 그곳에 참석한 회원 중 '나 백수요. 나 한량이요. 나 와이프한테 빨대 꽂고 사는 셔터맨이요.'라고 당당히 밝히는 사람은 없었다. 뭐, 자기 막노동한다고 당당히 말한 이해 안 되는 허허 남은 있었지만.

다른 한 가지는, 〈글세상〉이라는 글 쓰는 플랫폼을 알게 되었다는 것이다. 저번에 분리수거 남이 인터넷에 글 쓴다고 했던 그 플랫폼이 이 〈글세상〉이었다. 어떻게 운영되는지 가만 들어 보니, 먼저 글을 써서 작가 신청을 하고, 관리자로부터 승인받으면 무려 작가님으로 불리며 글을 쓸 수 있단다. 그런데 옆에 앉은 회원들의 이야기를 엿들어 보니 작가로 승인받기가 갈수록 까다로워지는 모양이었다. 물론 고 대리는 그다지 관심이 가지 않아 그런가 보다 하고 말았다.

"사장님도 작가 신청 한번 해 보세요! 사장님 말씀 너무 잘하셔서 그냥 바로 통과되실 거 같은데, 허허."

갑자기 가만히 있던 자신을 보며 분리수거 남이 크게 떠들어 댄다. 갑작스러운 그의 말에 민망해진 고 대리의 얼굴이 순식간에 벌겋게 달아오른다.

'그렇지. 넉살 빼면 시체인 당신이 이런 거 권하지 않으면 허허 남이 아니지. 어휴, 진짜!'

고 대리가 분리수거 남을 째려본다. 그러거나 말거나 분리수거 남의 말을 듣고 회원들이 마치 기다렸다는 듯이 고 대리에게 몰려든다. 어느새 각양각생의 한량들, 아니 회원들이 고 대리를 둘러싸자 그가 당황한다. 그 틈을 타 머리를 과하게 뽀글뽀글 파마한 아줌마 회원 하나가 책상에 올려 둔 고 대리의 핸드폰을 낚아챈다. 그러지 말라고 해야 하는데, 주변에서 다른 회원들이 자꾸 자신을 향해 뭐라고 떠들어 대는 통에 정신이 하나도 없다.

"글을 그래 잘 쓴다꼬? 그라모 우리 작가님을 빼놓을 수 없제! 이거는 말 나올 때 해삐야돼!"

뽀글 파마 아줌마가 서울말인지 사투리인지 알 수 없는 말투로 한마디 툭- 내뱉더니, 고 대리의 핸드폰에 〈글세상〉 플랫폼 앱을 다운받아 가입까지 멋대로 해 버린다.

'도대체 이 망할 놈에 동호회는 처음부터 끝까지 왜 이렇게 무례한 건지. 어휴, 진짜!'

물론 고 대리가 정말 싫었다면 소리를 버럭 질러 완강히 거부할 수도 있었을 것이다. 하지만 그는 내심 뽀글 파마 아줌마의 무례한 그 행동이 싫지만은 않았다. 사실 자신도 대학 시절 글쓰기에 로망도 있었고, 도서관에서 딱히 할 것도 없고, 그리고 여기 동호회에 앉아 모임장의 이야기를 쭉 듣다 보니 괜스레 글쓰기에 대한 묘한 매력도 느껴졌다. 특히 늘 보잘것없다고 여겼던 자기 삶이 어쩌면 책으로 만들어져 누군가에게 작고 소중한 의미로 다가설 수도 있을지 모른다는 생각이 들기까지 했다.

'앱이야 나중에 삭제하면 그만이지 뭐. 막말로 저 막노동자도 그 잘난 글을 쓴다는데, 수백 배는 더 먹물 먹은 내가 못할 것도 없잖아?'

뽀글 파마 아줌마의 무례한 터치를 견디지 못하고 설치돼 버린 플랫폼 앱 화면을 멀뚱멀뚱 보던 고 대리의 심장이 쿵쾅거리며 설레어온다.

"그럼, 다음 모임 나오실 땐 꼭 작가 승인받고 오세요. 글도 많이 쓰시면 더 좋고요. 아셨죠, 신입 선생님?"

모임장이 고 대리를 콕 집어 쳐다보며 말한다. 고 대리는 그녀의 말이 신입 회원을 놓치지 않기 위해 바짓가랑이 잡으려는 뻔한 영업 멘트라는 생각이 든다.

'나 같은 영업 베테랑은 안 넘어가지, 흥! 저 모임장이란 여자는 아까 본 명함에서도 그렇고, 본인 말로는 무슨 독립 출판사를 운영한다는데, 말이 좋아 출판사지, 여기서 저런 분리수거 남이랑 어울리는 거 보면 그냥 제때 취업 못해서 글 쓰는 게 본인 꿈이라고 그럴싸하게 포장해서 아무 책이나 찍어 내는 그런 책팔이인 거 아냐?'

고 대리는 그렇게 마지막까지 모임장에 대한 의심의 불신을 마음속 한편에 남겨 둔다. 그리고 그렇게 모임은 끝이 났다.

분홍색 문을 열고 밖으로 나가는 회원들이 각자 다음 자기 할 일을 향해 씩씩하게 발걸음을 옮긴다. 하지만 오후 6시가 될 때까지 도서관에 묶여서 딱히 할 일이 없는 고 대리는 채용 공고나 확인해야겠다는 생각에 전자 자료실로 들어가서 비어 있는 컴퓨터 좌석에 앉는다. 그런데 늘 제일 먼저 열어 보던 채용 사이트가 아닌 동호회에서 가입해 준 〈글세상〉 플랫폼에 접속한다.

'확실히 핸드폰보다 큰 모니터 화면으로 보니 편하네. 이건 뭐지? 이건 또 뭐고? 우와~.'

그렇게 한참을 〈글세상〉 플랫폼의 이것저것을 구경해 본다. 그곳엔 정말 수많은 사람이 수없이 많은 글을 계속해서 쏟아 내고 있었다. 다들 작가가 전업이 아닌 것 같은데, 어떻게 이렇게 많은 글을 쓸 수 있는 여유가 있는지 고 대리는 신기하기만 하다.

'할 것도 없고, 시간도 많은데 나도 글이나 한번 써 볼까?'

고 대리가 마우스를 움직여 모니터 화면 오른쪽 위에 떠 있는 민트색의 〈글쓰기〉 버튼을 클릭한다. 그러자 화면이 종이 모양의 새하얀 화면으로 바뀐다. 그리고 하얀 화면 위에 반짝이며 깜빡이고 있는 검은색 커서가 보인다. 고 대리는 마치 세상에 처음 나온 아이처럼 호기심 가득한 손길로 키보드를 손가락으로 두드려 본다. 그렇게 그의 손길을 따라 새하얀 화면 위로 깜빡이는 새까만 커서가 지나가자 밤하늘 별처럼 반짝이는 글자들이 쏟아져 나오기 시작한다.

〈제목: 짤려서 미안해〉

'시작은 일단 이렇게 해 볼까? 근데 맞춤법이 짤려서가 맞나? 잘려서가 맞나? 에라, 모르겠다. 어차피 아무도 안 볼 텐데 대충 쓰지 뭐.'

경쾌한 타닥타닥 키보드 누르는 소리와 함께 제목이 화면에 써진다. 퇴직 후 우연히 처음 들렀던 도서관에서 본 『우리 회사만 쓰레기야?』라는 책만큼 자극적인 제목을 짓고 싶었다. 그리고 내용은 그냥 덤덤히 그가 보고 듣고 느껴온 현실을 쓰기로 한다. 다만, 자신의 현실을 누군가에게 보여 준다는 게 영 어색해서 글쓴이가 자신인 걸 숨기기 위해, 그는 가상의 주인공을 만들어 그 주인공이 자신의 현실을 대신 이야기하는 소설 형식으로 쓰기 시작한다.

'뭐, 내가 유명한 작가도 아니고, 이렇게 아무렇게나 쓴 글로 작가를 신청한다고 승인되기나 하겠어? 아니, 누가 보기나 하겠어? 너무 어렵게 생각하지 말고 일단 그냥 질러 보자!'

제목을 쓰고 난 고 대리가 가벼운 손길로 키보드를 두드려 댄다. 한순간 회사에서 잘린 자신의 분노와 가장 가까운 가족에게 사실을 말할 수 없는 자신의 슬픔, 그리고 앞으로 어떻게 살아야 할지 모르겠는 막연한 마음을 담담하게 써 내려간다. 비록 소설 형식이지만, 주인공이 자신의 마음을 대변해 줘서 그런지 글이 술술 써진다. 그렇게 한 번 몰입하기 시작하자 신기하게도 화면 속 새하얀 종이가 순식간에 까만 글자들로 채워져 간다.

묘한 신비감.

글을 써 내려가던 고 대리는 문득 이 말이 글을 쓰고 있는 자신의 감정을 잘 표현한 것 같다는 생각이 든다. 자신이 마치 웅장한 클래식 연주 무대 위의 멋진 지휘자가 되어 지휘봉을 힘차게 저으며 멋진 예술을 만들어내는 듯한 느낌이다. 그렇게 한참을 커서를 밀어내던 그는, 지휘자가 한순간 지휘봉을 멈춰 연주를 마무리하는 것처럼 만족스러운 얼굴로 키보드에서 손가락을 뗀다.

신나게 글을 쓰며 자신의 온갖 감정을 몽땅 쏟아내서 그런지 속이 후련하다. 마치 이 〈글세상〉 플랫폼이 자신의 못난 감정들도 다 안아 주는 느낌이 든다. 고 대리는 마우스를 움직여 글을 저장하고, 아무렇지 않게 역시나 민트색이 칠해진 〈작가 승인 요청〉 버튼을 딸깍 클릭한다.

'내가 작가? 이게 과연 될까? 에이~ 그냥 재미 삼아 해 본 거지, 뭐. 내가 작가는 무슨.'

승인 요청을 했음에도 고 대리는 아무런 기대가 안 된다. 다만, 앞으로 딱히 할 일이 없으면 가끔 이렇게 글을 쓰는 것도 나쁘지 않을 것 같다는 생각이 든다. 마음이 한결 후련해지는 이 느낌을 또 느끼고 싶기 때문이다. 그리고 가능하면 오늘 갔던 그 독서 모임에 다시 한번 가 보고 싶어졌다. 물론 꼴 보기 싫은 분리수거 남과 초면에 아주 무례한 모임장이 마음에 들진 않았지만, 그래도 무언가 자신에게 새로운 활력소가 되어 줄 것 같다는 막연한 기대가 생겼다. 그리고 요즘 늘 혼자인 자신에게 혼자가 아니라는 느낌을 준 것도 한몫했다.

하지만 안타깝게도 그가 그 모임에 참석한 건 이날이 마지막이었다. 낮에 그렇게 모여 한가로이 떠들어 대는 백수 회원들과 달리, 그는 언제든 회사라는 치열한 현실로 돌아갈 준비를 해야 하는 사람이었고, 그런 현실은 언제나 그렇듯 우리의 예상보다 일찍 목을 조여 오는 법이니까. 그리고 안타깝게도 그건 이번에도 크게 다르지 않았다.

Episode 26

거짓말해서
미안해

보통 사람들처럼 평범한 삶을 꾸려 간다는 건 생각보다 쉽지 않다. 아니, 솔직히 말하면 그것보다 어려운 일이 또 있을까 싶다. 주변에서 흔하게만 보이는 그 평범한 삶을 이뤄 내기까지도 정말 힘든데, 자칫 방심하면 그 보통의 것들이 너무도 쉽게 부서져 버린다.

'내가 너무 방심했던 걸까? 아니면 그렇게 소중한 평범함을 당연하게 여긴 벌인 걸까?'

그저 평소처럼 낮에는 도서관으로, 밤에는 집에서 열심히 가족과의 행복을 일구던 고 대리의 보통 일상도 한순간에 박살이 났다. 그 시작은 별 의미 없이 가볍게 들렸던 아내의 말에서부터였다.

"오빠~ 이것 좀 봐 봐. 이게 뭐야? 건강보험 자격변동 안 내라는데…."

평소와 같이 도서관에서 열심히 혼을 쏟아 잔뜩 뻥튀기한 이력서를 만들고 지친 구둣발을 질질 끌며 집으로 들어간 어느 날, 고 대리에게 그의 아내가 하얀 봉투의 각진 우편물을 탁- 소리와 함께 식탁에 내려놓으며 물었다. 고 대리는 그날따라 종이의 탁- 소리가 유독 크게 느껴졌다.

"뭐라고? 이게 뭔데? 보험 뭐라고?"

고 대리는 아내가 내려놓은 하얀 봉투를 집어 눈앞에 가까이 가져갔다. 제일 먼저 〈건강보험공단〉이라고 적힌 새까만 글자가 보이고, 그 옆에 시뻘건 잉크를 뚝뚝 떨어뜨릴 것 같은 빨간 동그라미와, 하트가 보였다. 손에 든 하얀 봉투가 이런 날이 올 줄 몰랐냐는 듯 자신을 비웃는 것 같았다.

국민건강보험공단 ○○지사

수 신: 고○○ 귀하
제 목: 지역가입자 자격변동 안내(직장 → 지역)
    1. 귀하의 가정에 건강과 행복이 가득하시기를 기원합니다.
    2. 국민건강보험법 제9조 제1항 규정에 따라 우리 공단에서
       귀하 세대의 건강보험 자격변동 내용을 확인하여 다음과
       같이 처리하였음을 알려드립니다.

'이게 뭐지?'

고 대리는 뜯긴 봉투 한 귀퉁이를 열어 담겨 있는 서류를 꺼냈다. 서류를 꺼내는 그의 손이 살짝 떨려왔다. 그러고 보니 왠지 아까 아내의 목소리도 떨렸던 것 같았다.

'어디 보자. 내 건강보험이 직장가입자에서 지역가입자로 바뀐다는 거네. 그동안 회사에서 내주던 건강보험료를 앞으로는 나더러 직접 내라는 거잖아. 그야 내가 직장에서 잘렸으니까 당연한 거 아냐? 뭐, 별것도 아니고만, 이게 뭐라고 아내는 저리 심각해? 음… 그렇군. 엥? 뭐라고??'

내용을 담담히 읽어 내려가던 그는 너무 놀라 하마터면 아내 앞에서 소리를 꽥! 지를 뻔했다. 정말 다행히도 그의 노련한 주둥이가 입 밖으로 소리를 내진 않았지만, 정말 너무 놀라 눈이 튀어나올 뻔했다. 식탁 아래 숨겨져 있던 고 대리의 오른쪽 다리가 들어오는 복을 다 내쫓을 기세로 갑자기 마구 떨기 시작했다.

'내가 잘린 걸 아내가 눈치챘을까? 다 알아 버렸나? 이걸 봤으니 모를 리 없겠지?

어떡하지?

잘려서 미안하다고 해야 하나? 아니면 잘못 온 우편물이라고 우겨 봐?

어떡하지?

수상한 퇴근길

돈 못 번다고 나가라고 하면 어쩌지? 이혼당하면 어쩌지? 내 딸이랑 같이 못 살게 되면 어쩌지?

어떡하지?

어떡해!!!'

그와 아내 사이에 숨 막히는 정적만이 흐르고 있었다. 그리고 그때 고 대리의 머릿속에선 이미 소설 한 편이 뚝딱 써졌다. 물론 그 소설의 결말은 직장에서 잘린 남주인공의 비참한 최후로 범벅된 비극 중의 비극으로 끝이 나버렸다. 그리고 그 주인공은 결국 아무 말도 못 한 채 간신히 깔딱깔딱 숨만 쉬고 있었다. 그때 아내의 한마디가 들려왔다.

"음… 오빠, 이거 나도 잘은 모르는데, 건강보험이 뭐가 바뀌었다는 거 같지 않아?"

그러고는 아내가 갑자기 가만히 손을 뻗더니 고 대리의 손을 당겨 살포시 잡았다.

"오빠, 나한테 솔직히 말해 봐. 회사에 무슨 일 있는 거지? 여기 봐 봐. 직장에서 지역가입자로 바뀐다는 게, 그러니까 나도 직장 생활 안 한 지 너무 오래돼서 잘은 모르지만, 오빠네 회사가 뭔가 힘들어져서 건강보험료 못 내준다는 그런 거 아냐? 그래서 이제 우리보고 다 내라는 거 같은데?"

아내의 말을 가만히 듣고 있던 고 대리의 눈에 한줄기 섬광이 번쩍였다. 빠져나갈 구멍을 발견한 쥐새끼의 눈빛이 이렇지 않을까? 그렇게 반짝이는 눈과 함께 귀가 쫑긋하더니, 이 좋은 기회를 놓칠 수 없다는 듯 그의 주둥이가 재빨리 나섰다.

"아, 맞다! 관리부 부장님이 안 그래도 이거 말했었는데 내가 까먹고 있었네! 당신도 그때 우리 회사 서 부장님 한 번 뵀었지? 아~ 이거~ 그거네! 당신이 말한 거 맞아. 회사가 요즘 전염병 때문에 상황이 너무 안 좋으니까 한시적으로 직원들 건강보험을 지역가입자로 돌린다고 하더라고. 직원들 돌아가면서 몇 달씩 무급 휴직으로 쉬게 됐는데, 그렇게 무급으로 돌리면 어쩔 수 없이 건강보험을 이렇게 지역가입자로 처리해야 한다더라고."

고 대리 자신도 이게 대체 말이 되는 소리인지, 무슨 말을 하고 있는 건지 모른 채, 뭐가 그렇게 신났는지 주둥이가 쉴 새 없이 말을 지어냈다.

'아, 근데 내 주둥이야. 내가 그렇게 열심히 거래처 만나며 너를 단련시켰건만, 말을 자연스럽게 잘하긴 했는데… 그렇게 말하면 아내한테 내가 무급 휴직자가 된 꼴이 되잖니?'

고 대리는 자신의 주둥이가 내뱉은 마지막 말이 후회되었다. 하지만 안타깝게도 늘 후회는 일이 터지고 나서야 하게 되는 법이었다.

"서 부장님? 아, 그랬구나. 회사가 그렇다니 오빠도 그동안 힘들었겠다. 안 그래도 요새 뉴스 보니까 전염병이 점점 심해져서 회사들이 많이 힘들어한다더라고. 특히 오빠가 일하는 항공 업계는 얼마나 힘들겠어. 내가 그 업계에 있어 봐서 잘 알지."

아내가 고 대리의 어깨를 살포시 끌어안고 다독이며 차분한 목소리로 말했다.

"괜찮아, 오빠. 다 잘될 거야. 그럼 오빠도 당분간 무급 휴직 들어가는 거야? 오히려 잘됐다, 오빠! 오빠 그동안 직장생활 정말 열심히 했으니까, 이참에 오빠를 위한 재충전의 시간이라 생각하고 푹 쉬어. 너무 걱정하지 말고, 알았지?"

아내의 응원 섞인 위로 때문인지, 아니면 그동안 구둣발로 도서관에서 유령처럼 떠돌던 날들이 생각나서인지 고 대리는 눈물이 핑 돌았다. 혹여나 그 눈물을 아내에게 들킬까 두려워 그는 자기 어깨를 토닥여 주고 있는 아내를 꽉 껴안아 고개를 돌렸다. 그렇게 가만히 안고 있으니 아내의 차분한 심장 소리가 들려왔다. 그 소리가 위로로 다가왔다. 그 위로 때문인지 고 대리의 마음 한편에 그냥 더 이상 이런 되지도 않는 뺑 그만 치고, 회사에서 잘렸다고 아내에게 솔직히 말하는 게 어떤가 하는 생각이 들었다. 사실 회사 마지막 날 엘리베이터에서 쫓겨나고부터 매일 필요도 없는 검정 정장을 굳이 갖춰 입고 가짜 직장인 행세를 해야 했던 지난날들이 너무 고통스러웠다. 그러니 지금 이렇게 아내와 끌어안고 분위기 좋을 때 그런 자신의 힘들었던 날들을 아내에게 다 털어놓으면 자신의 착한 아내는 다 이해해 주지 않을까, 하는 생각까지 들었다. 하지만 그러기엔 언제나 이 아무짝에도 쓸모없는 자존심이 문제였다.

'이렇게나 뻥이 잘 먹히는… 아니지, 아니지, 자비로운 아내라니!'

이 망할 자존심은 이렇게 분위기가 좋은 순간에도 어쨌거나 아내가 잘 속아 넘어가서 다행이라는 철딱서니 없는 생각부터 하니 말이다. 그러고는 자신이 언제까지 이런 무직자 신세로 있을 것도 아니고, 마음만 먹으면 언제든 다시 예전 빛나던 그때처럼 번쩍거리는 서울 도심을 누비는 멋진 직장인으로 돌아갈 수 있을 것이니, 절대로 아내에게 '미안해' 세 글자를 말하면 안 된다고 자기 주둥이를 틀어막기까지 하는 듯 했다.

"응, 여보 알았어. 그리고 너무 걱정하지 마. 다른 직원들도 돌아가면서 다 하는 거니까. 나는 그래도 서 부장님이 좀 봐주셔서 다른 직원들보다 짧게, 음… 한 달 정도만 쉬면 된다고 했던 것 같아. 여보 말대로 이참에 당신이랑 우리 예쁜 딸이랑 즐겁게 보내면서 재충전 좀 한다고 생각하려고, 하하!"

그동안 무례한 '허허' 남 앞에서 하도 많이 해서 그런가,

'하하' 웃는 자신의 웃음소리가 하나도 어색하지 않은 것 같아 제법 뿌듯했다. 아니, 아내를 무사히 속여 넘겼다는 사실이 뿌듯한 건가? 아까는 후회가 됐지만, 상황이 이렇게 되고 보니 무급 휴직이라고 멋대로 뺑쳤던 자기 주둥이가 잘한 것 같다는 생각까지 들었다. 왜냐하면 자신은 이제 공식적으로 낮에도 편하게 집에서 뒹굴뒹굴할 수 있게 아내와 딸의 허락을 받은 셈이기 때문이었다. 더 이상 저 가짜 직장인의 구두에 자신의 불쌍한 발을 구겨 넣을 필요도 없고, 정처 없이 도서관 건물을 떠돌아다닐 필요도 없어졌다. 그 사실만으로도 그는 행복해져 버렸다.

'뭐, 좀 그렇긴 하지만, 그래도 결과적으로는… 완전 나이스네? 나이스! 좋다 좋아!'

고 대리는 아직도 뭐가 좋은 건지 전혀 분간하지 못하고 있었다.

이렇게나 좋은 아빠여서 미안해

'으랏차차~ 잘 잤네. 오늘은 또 뭘 해 볼까나~ 낮술? 플스? 뭘 해야 이 자유로운 시간을 제대로 즐길 수 있난 말이지! 더 격하게 즐기고 싶다!'

점심시간이 지난 오후, 이제 막 잠에서 깬 고 대리가 시원하게 기지개를 켜며 침대에서 게으름을 부린다. 그의 발가락들도 더 이상 암흑뿐인 구두 속에 들어가지 않아도 돼서 행복한지 바깥세상의 기쁨을 같이 만끽하고 있다. 확실히 몸이 편하다. 아내와 딸에게 공식적으로 휴직을 인정받은 그 순간부터 더 이상 출근하는 척할 필요가 없어졌기에 이렇게 마음껏 늦잠도 잘 수 있게 되었다. 물론 마음 한편에는 채용 사이트, 헤드헌터, 업계 인맥 어느 한 곳에서도 연락이 없어 초조한 마음이 들었지만, 그래도 일단은 이 자유를 만 끽하기로 했다.

"오빠 일어났어? 나 애 하원할 시간 돼서 마중 좀 다녀올 게. 식탁에 밥 있으니까 먹고 있어."

유행이 다 지난 MLB 챙 모자로 얼굴을 다 가리다시피 푹 눌러 쓰고, 목이 다 늘어난 셔츠에 펑퍼짐한 낡은 바지를 입 은 아내가 신발장에서 슬리퍼를 꺼내 신으며 그를 향해 말 한다.

"으응? 어디 간다고? 마중?"

"응, 애 유치원 하원할 시간이라 데리러 가야 돼."

아내의 말에, 고 대리의 머릿속에 회사에서 잘린 다음 날 우연히 들어간 도서관에서 창밖으로 봤던 초등학교 앞 학부 모들과 아이들의 모습이 스쳐 간다. 가만 생각해 보니 본인 도 이제 그때 그 학부모들처럼 딸의 하원길을 같이할 수 있 는 기회가 생긴 것이다. 그때도 느꼈지만, 지금의 자신처럼 직장에 안 나가야만 아이와 함께할 시간을 가질 수 있다는 건 참 아이러니한 것 같다. 고 대리는 방에서 나와 거실 소 파에 걸터앉으며 고민을 시작한다.

"여보, 음… 내가… 갈까?"

분명 그는 아직 고민 중이었는데, 주둥이의 생각은 달랐나 보다. 이럴 때 아니면 언제 또 이런 기회가 있겠냐며 아내에게 바로 돌진한다. 하지만 아내에게 닿은 말이 '내가 갈게.'가 아닌 '내가 갈까?'라는 의문형인 걸로 봐선, 그냥 이대로 늘어지게 자유 시간을 보내고 싶은 본심을 주둥이가 완벽히 막아 내진 못한 것 같다.

"응? 오빠가 간다고? 정말? 그래주면 나야 고맙지. 애도 좋아하겠다. 예전에 아빠가 마중 오면 좋겠다고 한 적이 있긴 하거든. 단지 입구에 키즈 스테이션 알지? 거기로 노란 유치원 통학 버스가 올 거거든. 거기서 기다리면 돼. 한 10분 뒤면 도착할 거야."

고 대리는 자신이 먼저 물어봤으면서도, 망설임 없이 바로 자신에게 미루는 아내의 대답이 괜히 얄밉게 느껴진다.

'내가 이래 봬도 회사 다닐 땐 차가운 검정 슈트 입고 빛나는 서울 도심을 헤집고 다니던 차도남⋯.'

그래서인지 그는 거의 습관처럼 예전에 자신이 잘나가던 시절의 모습을 끄집어낸다.

'에라~ 그게 다 무슨 소용이람? 다 지난 일. 그리고 언젠가는, 아니 어쩌면 조만간 다시 그렇게 살아야 할지도 모르는데, 딸한테 해 줄 수 있는 일이 있고, 해 줄 여유가 있을 때 해 주면 좋지, 뭐.'

생각을 고쳐먹은 고 대리가 서둘러 현관문을 나선다. 엘리베이터 안 거울에 비친 자기 모습을 본 고 대리는 피식 웃음이 난다. 아무렇게나 쓴 챙 모자, 다 늘어난 티셔츠, 잠옷 같은 낡은 바지 차림인 자신의 모습이 아까 신발장 앞에 서 있던 아내의 모습과 별반 다를 바 없어 보이기 때문이다. 그런데 키즈 스테이션에 도착하니 다른 학부모들도 그런 그와 비슷한 차림으로 아이를 기다리고 있는 것이 아닌가?

'요샌 이런 후줄근한 패션이 학부모들 사이에서 국룰인건가? 재밌네 이거.'

고 대리는 어쩌다 학부모가 이런 후줄근한 패션 피플의 선두주자가 된 건가, 하는 생각에 괜히 웃음이 새어 나온다.

'오! 저 버스인 거 같은데? 내가 마중 나온 걸 보면 딸내미가 깜짝 놀라겠지?'

그렇게 주변 사람들의 패션을 관찰하던 그의 눈에 아내가 일러 준 노란 통학 버스가 단지로 들어오는 게 보인다.

'시간도 참 칼같이 잘 지키네. 하긴, 늦으면 요즘 학부모들이 가만히 있겠나.'

버스가 고 대리와 조금 떨어진 곳에서 멈춰 선다. 버스를 향해 걸어가는 고 대리의 눈에 통학차량 선생님의 손을 잡고 조심스럽게 버스 계단을 내려오는 빨간 딸기 모양이 수놓인 분홍빛 드레스 차림의 딸아이 모습이 보인다.

'어구~ 예뻐라! 우아하기까지 하고! 역시 나를 닮아서 작품이 따로 없구먼!'

드레스를 입은 딸을 보며 그의 얼굴에 환한 미소가 번진다. 버스에서 내린 딸은 평소처럼 엄마를 찾기 위해 고개를 두리번거린다. 하지만 평소와 달리 엄마가 보이지 않자 불안해하기 시작한다. 옆에 서 있던 통학차량 선생님도 당황한 듯 아이의 손을 꼭 잡은 채 주변을 살핀다. 걸음이 빨라진 고 대리가 손을 흔들며 딸을 향해 크게 소리친다.

"딸내미! 아빠 여기 있다!!!"

고 대리와 비슷한 차림의 학부모들이 갑작스러운 큰 소리에 놀라 일제히 그를 쳐다본다. 그런 시선이 예전이었다면 부끄러웠을 법도 한데, 이 시간에 이렇게 딸을 마중 나올 수 있는 아주 멋진 아빠가 바로 자기라는 걸 자랑하고 싶은지 고 대리는 더 크게 손을 흔든다.

"어? 아빠!!!"

딸도 아빠를 향해 꾀꼬리 같은 목소리로 화답한다.

'내 딸아이 목소리가 언제 이렇게 커졌던가. 캄캄한 밤, 희미한 수유등 불빛 아래서 간신히 응애 소리 내던 갓난아기였던 게 엊그제 같은데… 언제 저렇게 컸을까….'

그동안 직장 생활하느라 아이에게 신경도 많이 못 써 준 것 같은데, 어느새 이렇게 훌쩍 큰 딸을 보고 있자니 괜히 가슴이 뭉클해진다.

"아, 안녕하세요! 오늘은 아버님이 나오셨나 보네요?"

유치원 선생님이 딸의 손을 고 대리에게 넘겨주며 인사한다.

"안녕하세요, 선생님. 처음 뵙죠? 앞으로 당분간은 제가 마중 나오게 될 거 같아요. 잘 부탁드리겠습니다, 하하!"

고 대리가 마치 처음 만나는 거래처 직원에게 인사할 때처럼 최대한 넉살 좋은 웃음을 지으며 말한다. 아이와 관련된 모든 것에는 절대로 민폐를 끼쳐선 안 된다는 그의 평소 생각을 주둥이가 충실히 수행해 낸다.

"응? 아빠, 근데 이제 아빠가 나 마중 오는 거야? 엄마는?"

주둥이가 말은 참 잘했는데, 자신도 모르는 새 앞으로 계속 자신이 마중 나오겠다고 말한 모양이다.

'아냐 아냐. 나는 그다지 그러고 싶지 않은데… 오늘만 얼떨결에 나온 건데….'

순간 아차 싶었지만, 그렇다고 차마 딸아이에게 낮술 먹고 게임을 해야 돼서 마중을 못 나온다고 할 수는 없는 노릇이다.

"아~ 아빠가 한 달? 그 정도만 낮에 시간이 좀 생겨서 마중 나올 수 있을 것 같아. 엄마도 좀 쉬어야지. 왜~ 우리 딸? 아빠가 마중 오는 게 싫어?"

그가 굳이 한 달이라는 기간을 딸아이에게 언급한다. 그 말은 그 한 달이 끝나면 더 이상 함께하지 않는다는 의미를 담고 있다. 회사에서 비즈니스 할 때 이런 식의 간접화법을 많이 썼는데, 아직 어린 딸아이는 그런 속뜻을 이해하지 못한 건지 그저 한 달 동안 아빠와 함께할 수 있다는 생각에 마냥 행복해하는 눈치다. 그런 아이의 순수함을 마주하자 불순한 속뜻을 담은 자신이 부끄럽게 느껴진다. 어쩌다 딸에게까지 이런 돼먹지 못한 비즈니스로 대하게 된 건지.

"자! 그럼, 이제 집으로 출발하실까요? 우리 공주님~."

그가 애써 밝은 목소리로 딸의 손을 꽉 움켜쥐며 말한다.

"히히~ 너무 좋아, 아빠! 응? 근데 집? 음… 아빠! 오늘은 피아노 학원 가는 날이라 바로 피아노 학원에 가야 해. 여기서 걸어서 10분! 거기도 같이 가 줄 거야?"

'아! 고되구나. 아직 내 눈엔 작기만 한 딸내미가 이제는 이렇게 자기보다 큰 가방을 등에 둘러메고 유치원에서 돌아오자마자 바로 또 학원으로 가야 한다니. K-유치원생의 삶도 K-직장인만큼이나 고되구나 고되.'

뛰어놀기만 해도 모자랄 시기에 다음 학원에 가야 한다며 해맑게 웃음 짓는 7세 딸아이의 얼굴을 마주하니 마음이 너무 씁쓸해진다. 그냥 뭔가 잘못되도 크게 잘못된 것 같다는 생각이 든다.

'그래, 다 어른들의 잘못이다.'

경쟁과 노력, 그렇게 성공만 강조해 대는 어른들의 못난 생각 때문에 이렇게나 어린아이들이 어쩔 수 없이 불쌍하게 이리저리 끌려다니는 것만 같다. 하지만 자신도 몸만 커 버린 그 어른 중 하나일 뿐이어서 그런지, 어디서부터 어떻게 해 줘야 할지 모르겠다. 그저 남들도 다 그렇게 산다는 듯, 아무렇지 않은 척 말을 받아 줄 수밖에.

"아, 그래? 맞다, 피아노 학원 가야지! 자, 그럼 피아노 학원으로 출발! 아, 근데⋯ 우리 딸 거기 어떻게 가는지⋯ 알지?"

출발하자고 말을 하다가 고 대리는 자신이 딸의 피아노 학원 이름도, 위치도 모른다는 사실을 깨닫는다. 부끄러움과 이유 모를 비참함이 그의 마음속에 뚝뚝 떨어진다.

'참⋯ 좋은 아빠였네⋯. 망할 놈.'

도대체 그동안 자신이 뭐 하고 산 건지 후회가 든다. 그리고 도대체 아내와 딸에 대해 아는 게 뭐가 있는 건지 스스로를 향한 원망만 남는다.

"응! 당연하지, 아빠! 나 일곱 살이나 먹었다고! 나만 믿고 따라와! 레츠꼬!"

당장이라도 숨고 싶은 고 대리의 마음을 아는지 모르는지, 딸이 경쾌한 걸음으로 그의 손을 잡아끈다. 그렇게 그가 딸을 데려다주는 건지, 딸이 그를 모시고 가는 건지 알 수 없는 걸음을 옮긴다. 혹여나 아빠가 길을 잃어버릴까 봐 걱정이라도 되는지 작은 손으로 꽉 붙잡고 씩씩하게 앞장서는 딸아이와 함께 걸으니, 고 대리는 이 순간이 행복해 마음이 울컥한다. 이 행복을 오랫동안 느끼고 싶어서인지, 아니면 그동안 검정 정장 붕대를 칭칭 두르고 되지도 않는 비즈니스 한다는 대단한 착각 속에 살아온 지난날의 자책 때문인지, 고 대리의 걸음이 점점 느려진다.

이루지도 못할 꿈꿔서
미안해

"다 왔다! 여기야. 그럼 나 갔다 올게! 집에 혼자 갈 수 있지? 가다 길 잃어버리면 안 돼, 아빠! 히힛~."

피아노 학원 앞에 도착한 딸이 놀리는 말투로 고 대리에게 인사하고는 안으로 들어간다. 그렇게 뒤돌아 달려가는 딸을 보고 있자니, 함께 있고 싶어 시간을 늦추고 싶다고 아무리 느린 걸음으로 걷는다 해도 늘 아이는 어른의 생각보다 더 빨리 크는 것 같다는 생각이 든다. 이렇게 길 잃어버리지 말라며 아빠를 놀리는 걸 보면 말이다.

그렇게 딸아이를 바래다주고 딱히 갈 곳이 없어진 그는, 아니 더 이상 도서관 같은 곳에 짱박힐 필요가 전혀 없어진 그는 아주 홀가분한 마음으로 당당히 집을 향해 걸음을 옮긴다. 그렇게 집에 도착하니 아내는 어디 나갔는지 없고, 예전 그때처럼 덩그러니 라디오 소리만이 텅 빈 거실에 울려 퍼지고 있다. 그 소리를 거실에 선 채 가만히 듣고 있으니 혼자인 사람에게 때로는 작은 라디오 하나가 큰 위로가 될 수도 있겠다는 생각이 든다. 자신처럼 아날로그 감성을 간직하고 싶은 사람에겐 특히. 물론 거기에 회사까지 잘린 처량한 신세라면 더 말해 무엇할까.

네, 광고 듣고 오셨습니다. 음, 이번 코너는 문화 초대석 시간인데요. 오늘 모신 아티스트는 요즘 아주아주 핫하신 인플루언서시죠. 본캐는 평범한 회사원이지만, 부캐는 베스트셀러 작가로 대박 난 『우리 회사만 쓰레기야?』 책의 작가님을 모셔 봤습니다. 저도 너무 재밌게 읽은 책이라 무척이나 기대되는데요.

라디오 진행자의 목소리를 가만히 듣고 서 있던 고 대리는 낯익은 내용이 귓가에 들리자 그대로 거실 소파에 자리를 잡고 앉아 라디오에 귀를 기울인다.

'응? 뭐? 우리 회사만 쓰레기? 이거… 그때 그 도서관에서 봤던 책 아닌가? 그 부캐로 대박 난 회사원 얘기? 오호~ 잘됐다! 어디 한번 들어나 볼까? 얼마나 잘난 사람인지.'

그렇게 가만히 라디오를 들어 보니, 정말로 자신처럼 아주아주 평범한 회사원이었는데 취미 삼아 블로그에 쓴 회사 이야기가 책으로 출간되었고, 그게 베스트셀러로 대박이 났다는 사실이 분명해진다.

'이 작가 놈도 그렇고, 찐동생도 그렇고, 이 망할 될놈될들 세상 같으니!'

고 대리의 마음속에 또다시 질투심이 부글부글 끓어 오른다.

'아, 맞다. 그러고 보니 그때 그 착출모였나, 작출모였나? 그 동호회에서 글 쓰는 거 뭐 있었는데… 뭐였더라… 아! 〈글세상〉! 그거나 오랜만에 들어가 볼까?'

작가가 떠들어대는 이야기를 듣던 고 대리는 불쑥 예전에 도서관에서 자신이 썼던 글이 떠올라 그때 그 플랫폼에 다시 접속해 본다. 핸드폰을 꺼내 가볍게 몇 번의 터치를 하고 나니 익숙한 플랫폼이 나타난다.

'와! 이게 무슨 일이야?'

그런데 고 대리는 〈글세상〉에서 이미 작가로 정식 승인되어 있고, 그때 아무렇게나 써 재꼈던 「짤려서 미안해」 제목의 그 글이 87,328이라는 어마어마한 조회수를 기록하고 있었다. 그리고 다음 글을 기대하는 그의 구독자도 무려 1,000명을 넘어서고 있었다. 생전 처음 보는 낯선 숫자에 깜짝 놀란 고 대리가 화면을 응시하던 눈을 질끈 감았다 뜨기를 몇 번 반복한다. 그러고도 믿기지 않는다는 듯 손을 들어 눈을 세차게 비비고 다시 눈을 크게 떠 화면을 바라본다.

'이게 다 뭔 일이래?'

따지고 보면 그 숫자들이 뭐 돈이 되는 것도 아니고, 당장 대단한 스타 작가가 되는 것도 아닌데, 고 대리는 거액의 로또라도 당첨된 사람처럼 간신히 숨만 깔딱깔딱 쉬며 눈이 벌게지도록 한참 동안 화면에서 눈을 떼지 못한다. 그렇게 그 플랫폼에서 몇 번의 터치를 더 해서 알게 된 사실은, 그때 자신이 썼던 글인 「짤려서 미안해」가 어떤 이유에서인지 플랫폼 인기 급상승 목록에 선정되었고, 그 글을 클릭하고 들어와 자신을 구독한 독자들이 이렇게나 많은 것이었다.

"와~ 진짜 대박이네! 이 정도면 나 사실… 엄청난 글재주의 소유자인거 아냐? 이거 사인 연습이라도 해 둬야 하나? 하하!"

고 대리가 자기도 모르게 중얼거리다 큰 소리로 하하! 웃음을 터뜨린다. 회사에서 잘리고부터 항상 이 사회가 이제 자신을 필요 없다고 내쫓아 버린 것 같다는 생각에 괜히 서글펐다. 그래서 늘 자신이 가루가 되어 사라질 것 같은 비참한 기분이 들었는데, 적어도 이 플랫폼에서만큼은 그런 자신이 진짜 작가, 그것도 별생각 없이 막 써 재낀 글 하나로 정식 작가로 승인받고, 거기다 조회수까지 폭발시킨 스타 작가가 된 것 같아 기분이 날아갈 것 같다.

그렇게 계속해서 그 플랫폼에서 헤어나지 못하고 이것저것 보고 있던 고 대리의 귀에 아직도 인터뷰 중인 라디오 진행자의 목소리가 들린다. 그러자 그의 머릿속에는 그 라디오 문화 초대석에 초대되어 인터뷰하고 있는 초대박 인기 작가가 된 자기 모습이 그려진다.

'작가가 돼서 책 출간하고, 그게 초대박 나서 이런 라디오 방송에도 나가고, 그리고… 뭐라더라? 아! 북콘서트! 그런 것도 하고. 그렇게만 된다면 내가 하고 싶은 일 하면서 지금처럼 가족이랑 행복하게 지낼 수 있을 텐데…. 언젠가 그런 좋은 날이….'

그렇게 한참 신나는 상상의 나래를 펴며 헤벌쭉 웃고 있던 고 대리의 머릿속에 갑자기 망할 분리수거 남의 목소리가 울려 퍼진다.

'언젠가 좋은 날 오겠죠.'

그때 분리수거 남이 했던 말이 떠오르자, 그날 그 말을 듣고선 괜히 마음이 서글퍼져 황급히 자리를 피했던 자신의 모습도 떠오른다.

'에이, 한참 좋았는데 왜 갑자기 그때 그놈 말이 떠오르지?'

고 대리는 괜히 산통을 깬 분리수거 남이 미워진다. 물론, 분리수거 남은 잘못이 없다.

깨톡—

바로 그때, 핸드폰 깨톡 알림이 울린다. 찐동생과의 그날 만남 이후, 아니 회사에서 잘리고 난 이후 딱히 연락해 오는 곳이 없어 늘 잠잠하던 핸드폰이었는데, 오랜만에 알림이 울리니 궁금해진다. 뭐, 요즘 핸드폰이 고장 났는지 잘 안 터져서 연락이 없는 것일 거라는 핑계로 스스로를 위로하긴 했지만. 그는 혹시나 헤드헌터가 일자리 사냥에 성공해서 좋은 회사라도 물어왔나, 하는 생각에 서둘러 깨톡 창을 열어 본다.

〈영원한 찐동생^^〉

—형님! 잘 지내고 계신 거죠? 다름이 아니고, 형님 다니던 회사에서 이번에 신입 사원 뽑는다는데요? 이게 뭔 일이래요? 멀쩡히 잘 다니던 기존 직원들 그렇게 다 잘라 낼 때는 언제고? 신입? 나 참, 어이가 없어서. 형님은 뭐 들으신 거 없으세요?

초대박 스타 작가라는 꿈에 취해 높게 하늘로 치솟던 고 대리의 날개 한쪽이 한순간 툭-부러진다. 찐동생의 메시지를 다 읽었음에도 고 대리는 믿을 수 없다는 듯 같은 메시지를 몇 번이고 반복해서 읽는다. 그렇게 읽고 또 읽을수록 자신이 죽어라 충성했던 전 회사가 자신을 향해 쏘아 버린 더러운 배신감에 자신의 남은 한쪽 날개도 뚜두둑 부러져 꺾이는 것 같다. 그렇게 끝없이 바닥으로 추락하는 기분이다.

원래 깜냥도 안 되는 게 날뛰기 시작하다 불현듯 현실에 엇 어맞으면 그 무엇보다 빠르게 바닥으로 곤두박질쳐지는 법 이다. 그렇게 날개가 모두 부러져 아래로 곤두박질치고 있 는 고 대리의 머릿속에, 창밖으로 떨어져 버리라고 소리쳐 대던 목소리가 들리는 것 같다.

'지긋지긋한 악연인 그 망할 회사에 빅엿을 먹이려면, 당 장 그 창밖 비행을 외쳐 대던 박 전무 밑으로라도 기어들어 가야 하는 거 아닐까?'

쫄보라서
미안해

"진짜 쓰레기 같은 회사 같으니…."

마치 사실이 아니라고 믿고 싶다는 듯이 찐동생의 깨톡을 몇 번이고 읽어 보던 고 대리가 벌떡 일어나 서재로 뛰어 들어간다. 떨리는 손가락으로 컴퓨터 전원을 켜고 채용 사이트에 접속한다. 정말이다. 정말 있다. 희망퇴직으로 직원들 자른 지 얼마나 지났다고 이 거지 같은 회사는 보란 듯이 신입 사원 채용 공고를 다시 내걸었다. 이럴 거면 대체 그때 왜 일 잘하고, 충성심 많은 경력 직원들을 그렇게 열심히 잘라 낸 건지 도무지 이해가 안 된다. 아니, 용서가 안 된다. 울화가 치밀어 오른다. 마음 같아서는 당장이라도 서 부장이고 함 전무고 그 뻔뻔한 낯짝들에게 전화해서, 아니 찾아가서 이게 뭐 하는 짓이냐고, 도대체 이럴 거면 직원들을, 왜 자신을 잘랐냐고 먹살 잡고 따지고 싶다.

"어휴! 어휴!! 어휴 열 받아!!!"

고 대리의 울화통 터지는 한숨이 계속 이어진다.

'근데… 정리 해고한 지 얼마 되지도 않은 회사가 정말 왜 이렇게 신입을 금방 다시 뽑는 걸까?'

한숨을 푹푹 내쉬던 고 대리의 머릿속에 한 가지 의문이 든다. 그러자 이미 이유를 잘 알지 않느냐며 고 대리의 이성이 그에게 툭 하고 말을 건다. 맞다. 사실 고 대리도 이미 잘 알고 있다. 다만, 인정하기 싫어 꾹꾹 눌러 외면하고 싶을 뿐.

고 대리의 생각에 그 이유는 결국 비용을 아끼기 위해서다. 회사는 그 잘난 임원 것들을 만족시키기 위해 그들에겐 한낱 숫자에 불과한 인원 감축 목표, 하지만 어느 보통의 직원에겐 평범한 삶을 지켜내기 위해 치열하게 맞서 싸워야하는, 그 목표 숫자에 맞춰 직원들을 정리해 버린다. 그리고 이때 정리 대상은 대개 중간 직원들이 된다. 임원급은 임원이니까 당연히 정리 대상에서 제외되고, 입사한 지 얼마안 된 아래 직원들은 저렴한 비용으로 꽤 괜찮은 효율을 뽑아낼 수 있으니 제외한다. 그러면 남는 건 애매하게 회삿돈을 빨아먹고 있는 월급 루팡으로 보이는 중간층 직원들이된다. 그렇게 한참 실무에 빠삭한 일 좀 하는 직원들이 잘려

나간다. 보통 그렇게 중간층을 자르고 나면 당장 회사를 굴릴 실무를 할 수 있는 사람이 텅- 비게 된다. 결국 남은 아래 직원들에게 잘린 중간층의 업무가 가중되고, 그나마 버티던 이들도 하나둘 지쳐 제 발로 나가는 악순환이 시작된다.

바로 이때, 회사는 신입 채용 공고를 다시 낸다. 이전에 연봉 잡아먹는 월급 루팡들을 잘라 아낀 비용으로 좀 더 값싸게 굴려 먹을 수 있는 열정 페이 신입 사원을 뽑는 것이다. 그리고 회사는 그 신입 직원들에게 어떻게든 회사를 굴리라고 명령한다. 당연히 신입은 잘라 버린 중간층 직원들보다 연봉이 훨씬 낮으니까 어쨌든 전체적으로 회사 비용은 많이 아낀 게 된다. 그럼 그 아낀 돈은 어디로 갈까? 당연히 인원 감축 목표를 만들고 실행한 회사에 남은 임원들의 차지가 된다. 그들은 꼬박꼬박 자신들의 연봉과 성과급 그리고 온갖 복지 혜택도 잊지 않고 잘도 챙겨 간다.

'망할 상후하박(上厚下薄) 구조 같으니. 윗것들은 후하게 지들끼리 다 해 처먹고, 아랫것들은 박 터지게 갈리고 갈리다 결국 먼지 같은 가루가 돼서 잘려 나가지. 나처럼 말이야. 어휴!'

아직 신입 채용 공고 화면에서 눈을 떼지 못한 채 고 대리가 한숨을 내쉰다. 화가 나면서도, 그래도 회사 생활 좀 했다고 회사의 비용 절감 프로세스가 이해되는 자신이 밉다. 그렇게 이해가 돼 버리니 마음속에서 활활 타오르던 울화가 픽- 하고 식어 버린다.

'이제 와서 회사 탓하며 함 전무나 서 부장한테 소리 버럭 질러 따져 본들 그게 다 무슨 소용일까. 결국 다 내가 부족해서 그런 거겠지…. 내가 능력이 있었다면, 그래서 그 잘난 회사 윗것들의 무리에 진즉 섞일 수 있었다면, 나도 중간층 갈아 내고 값싼 신입으로 채울 생각이나 하고 있었겠지. 그 망할 것들처럼.'

고 대리는 갑자기 모든 게 다 부질없게 느껴진다. 그냥 다 자신이 능력 없고 못난 탓인 것 같다.

이렇게 인간은 가끔 분명 자기 잘못이 아닌데도 조급하게 자기 탓으로 결론 내리고 얼른 잊어버리려 할 때가 있다. 끝까지 싸워 봤자 이길 수 있을 것 같지도 않고, 또 그 과정이 피곤하기만 할 것 같고, 그렇게 끝장을 본다 해도 결국 남는 건 공허한 한숨뿐일 것 같아 시작도 해 보지 않은 채 귀한 기회를 포기하거나 외면해 버린다.

고 대리가 조용히 신입 채용 공고 창을 닫는다. 그러고는 텅 비어 버린 새까만 모니터 화면을 한참 동안 멍하니 바라본다. 그러다 문득 머릿속에 이 파렴치한 회사의 몹쓸 행태를 글로 남겨 보면 어떨까, 하는 생각이 든다. 생각만 했을 뿐인데도 묘한 설렘이 마음속 한가운데서 피어오른다.

'어디 보자… 이 스타 작가님이 망할 회사의 쓰레기 행태를 한번 낱낱이 남겨 봐? 음… 일단 회사명은 숨겨야겠지. 이 옹졸한 회사 놈들한테 명예 훼손 어쩌고 하며 고소당하면 안 되니까. 물론 그쪽은 나 같은 일개 희망퇴직자에겐 관심도 없겠지만. 아, 이렇게나 소심한 소시민이라니. 뭘 해 보기도 전에 걱정부터 하는 이런 새가슴! 쫄보라니!'

고 대리가 괜히 겁나는 마음을 다잡으며 〈글세상〉의 글쓰기 페이지에 들어가 새하얀 화면과 깜빡거리는 새까만 커서를 바라본다. 그러고는 손가락을 키보드 위에 가지런히 올린다. 그 모습이 마치 유명한 피아니스트가 거장의 연주를 시작하기 위해 피아노 건반 위에 손을 올리듯 경건해 보인다.

'음, 제목은….'

〈제목: 쫄보라서 미안해〉

'내가 그 회사 다닐 때 몰래 불법적으로 행해지던 일들 싹 다 노동청에 신고해 버리고 나왔어야 했는데! 그래서 세무 조사 좀 때려 맞고, 벌금 좀 와장창 언어맞게 했다면, 그랬다면 속이라도 후련했을 텐데…. 그럼 이렇게까지 분하진 않았을 텐데… 아쉽다!'

하얀 화면에 제목이 박히자, 하얀 종이 위 까만 커서가 지나간 자리를 따라 시뻘건 불덩이 같은 글자들이 우수수- 쏟아져 나오기 시작한다. 그렇게 그를 배신한 회사를 향한 분노와 울화가 글자에 담겨 검붉게 물들어 갔고, 쓰면 쓸수록 신기하게도 그런 부정적인 감정들이 해소되어 마음이 한결 가벼워지는 느낌이 들었다.

'…당장이라도 그 망할 회사를 노동청에 신고해 버리는 게 맞지 않을까?'라는 문장 속 물음표를 끝으로 한참 써 내려간 글을 마무리한다. 저 문장만 봐선 당장 신고하고 싶은 것처럼 보이지만, 마무리한 글을 〈발행〉 버튼을 누르자 이상하게도 회사를 향한 어떤 원망의 감정도 느껴지지 않는다. 오히려 도서관 컴퓨터로 처음 글을 쓸 때 희미하게 느꼈던 글쓰기의 그 묘한 신비감만 더 진해진 것 같다.

화면이 바뀌며 〈글이 발행되었습니다〉라고 그에게 친절히 안내해 준다. 고 대리는 자신의 글을 구독해 주는 사람들의 반응이 어떨지 궁금하기는 하지만, 그저 악플이나 안 달리면 다행이라는 마음으로 무심한 척 컴퓨터 전원을 꺼 버린다. 왠지 스타 작가들은 이렇게 쿨해야 할 것 같아서다.

서재 의자에서 일어나 거실로 흐느적흐느적 걸어가 소파에 털썩- 주저앉는다. 거실 창밖으로 아직 파란 하늘이 쏟아지고 있는 논밭 뷰가 보인다. 거실 소파 등받이에 편안히 기대 누워 파란 하늘을 감상한다. 고 대리는 자기 마음이 한결 가벼워진 게 새삼 신기하게 느껴진다. 그리고 자기 공간에 마음속 글을 쓴다는 게 이런 묘미가 있다는 걸 깨달아서 마음이 뿌듯하다.

하지만 그것도 잠시, 어디선가 불편한 시선이 느껴져 주변을 살펴보니 오늘도 주방 구석에서 적나라한 눈빛으로 자신을 노려보고 있는 3단 분리수거 통이 눈에 들어온다.

'저것들은 하루가 멀다고 비워 주는데도 어쩜 저렇게 금방 가득 차는지… 대단하네~ 대단해! 좋아! 오늘은 기분도 좋으니 저것들이나 싹 갖다 버려야겠다!'

처음에는 마냥 하기 싫었던 분리수거였는데, 언제부턴가 깨끗하게 싹- 비운 분리수거 통을 보면 괜히 기분이 상쾌해지는 것 같았다. 고 대리는 익숙한 손놀림으로 빨간 고무장갑을 양손에 끼고, 분리수거 통을 가뿐히 들어 올려 현관문을 나선다.

'그러고 보니 그 〈글세상〉에 내 감정을 쓰는 거랑 이렇게 분리수거 통을 비우는 게 어떤 면에선 닮은 거 같기도 하네. 둘 다 탈탈 털어 비워 내고 나면 후련해지니까. 그럼 〈글세상〉은 감정의 쓰레기통인 셈인가?'

엘리베이터에 타서 거울에 비친 자기 모습과 분리수거 통을 보자, 문득 글 쓰는 것도 분리수거하는 것과 비슷하다는 생각이 든다. 마음속 가득 찬 쓰레기를 글로 쏟아 내니 활활 타오르던 속이 깨끗하게 텅- 비워진 것 같다.

와당탕퉁탕!

'하! 정말. 이 망할 분리수거 통!!'

하지만 그런 깨끗해졌던 마음이 한순간에 분노로 물들어 버린다. 이유는 바로 분리수거 통이다. 고 대리네 분리수거 통은 세로로 겹쳐 끼워 조립하는 3단 플라스틱으로 되어 있다. 제일 아래 칸에는 캔과 병, 가운데 칸에는 플라스틱, 그리고 제일 위 칸에는 비닐봉지를 넣을 수 있게 통이 분리되어 있다. 그렇게 분리되어 있는 3칸은 위아래 끈끈한 관계로 조립되어 있고, 고 대리는 늘 제일 위 칸에 붙어 있는 손잡이를 들어 올려 덜렁덜렁 분리수거 통을 흔들며 분리수거장으로 향한다. 그런데 병이나 캔처럼 무거운 게 들어 있을 때는 자칫 방심하면 지금처럼 이렇게 3단 분리수거 통의 조립이 와당탕- 분리되면서 3칸이 각개 전투를 펼치며 길바닥에 널브러지고 만다. 그리고 당연히 그 안에 쑤셔 넣어져 있던 쓰레기들도 이때가 기회다 싶은지 '안녕히 계세요, 여러분! 저는 자유를 찾아 떠나….'라고 외치며 길바닥에 휘날리기 시작한다.

'하~ 진짜 싫다! 저! 저! 저! 저 망할 쓰레기가 어디까지 날아가는 거야?'

눈앞에서 저 멀리 날아가 버리는 비닐봉지를 보자 한 편의 코미디 장면 같은 현실에 정신이 아찔해진다. 퍼뜩 정신을 차리고 바람에 휩쓸리고 있는 봉지들을 향해 우스꽝스러운 몸짓으로 달려든다. 간신히 봉지를 줍는 데 성공한 그는 여전히 주인을 잃고 분리된 채 널브러져 있는 3개의 분리수거 통을 가져다 다시 조립한다. 그렇게 원래의 *끈끈한* 관계를 회복한 분리수거 통이 만족스럽다는 듯 고 대리의 손에 들려 분리수거장으로 옮겨진다.

그런데 그때, 고 대리는 분리수거장 옆에 있는 편의점에서 우르르 쏟아져 나오는 초등학생들의 따가운 시선과 마주친다. 아무래도 비닐봉지와의 치열한 혈투를 처음부터 끝까지 다 지켜본 눈치다. 한참 자기들끼리 낄낄 웃어 대다 눈이 마주치자 웃음이 뚝 끊긴 걸 보면 말이다.

'우습냐, 우스워? 대낮부터 빨간 고무장갑 끼고 날아다니는 봉지나 잡는 내가? 근데 이 시간에 편의점은 어쩌다 초딩들이 점령하게 된 거야? 아니, 애초에 누가 분리수거장 바로 옆에 편의점을 내냐고. 그것부터가 이상하네, 참나.'

웃음거리가 된 자신이 부끄러워진 고 대리는 괜히 초등학생들의 아지트가 되어 버린 편의점을 원망해 본다.

'이래서 남편들이 대낮에 분리수거를 하지 않는 건가? 이렇게 널브러져 있는 꼬락서니를 누가 볼까 봐?'

사실 그는 그동안 분리수거를 최대한 밤에 하지 않으려고 노력했다. 밤에 분리수거를 하면, 그때 분리수거 남이 말한 대로 벤치를 차지하고 꽤 오랜 시간을 때우는 남편들이 많아 괜히 자신의 소중한 쉬는 시간을 방해받는 것 같았기 때문이다. 그리고 그때처럼 밤에 나왔다가 또 분리수거 남과 마주칠 수도 있어서 일부러 낮에 나오려 한 것도 있다. 그런데 이렇게 대낮부터 초등학생들에게 비루한 눈초리를 받아 보니 다시 밤에 하는 걸 진지하게 고려해 봐야 하나 싶다.

이제 제법 능숙해진 손길로 순식간에 모든 분리수거를 끝내 버린 그는, 여느 때처럼 분리수거장과 편의점 사이 벤치 앞에 텅 비워진 3단 분리수거 통을 세워 두고 가만히 자리 잡고 앉는다. 아직도 파란 하늘엔 해가 높게 떠 있다.

'대부분의 남편분은 쓰레기를 한 움큼 들고 오셔서 분리수거하고 절대 집에 바로 안 가시거든요. 이렇게 주변 벤치에 앉아 담배도 피우고, 핸드폰도 보고, 세상 이야기도 좀 하고…, 뭐, 날 좋으면 이렇게 흩어지는 담배 연기 보며 멍하니 하늘도 좀 올려다보고요… 허허.'

그렇게 앉아 멍하니 하늘을 올려다보고 있으니 문득 그날 여기서 분리수거 남이 했던 말이 떠오른다.

'그러고 보니 그때 그놈이 했던 말이 좀 이해되긴 하네. 물론 집에 혼자 있을 수 있긴 하지만, 그냥 이렇게 앉아 혼자 시간 보내는 것도 나쁘지 않고, 또 분리수거라는 아내한테 점수 딸 그럴싸한 핑계도 있고 말이야. 예전엔 남편들이 왜 총 맞은 좀비들처럼 여기서 이러고들 있나 싶었는데… 이제 나도 이러고 앉았네. 세상일 참 모를 일이야.'

"어? 사장님? 여기서 또 뵙네요? 허허."

그때 고 대리의 귓가에 익숙한 목소리가 들려온다.

'응? 허허? 이 허허는 많이 들어 본 허허인데… 뭐였더라….'

익숙한 목소리임에도, 그리고 이미 머릿속은 누군지 짐작하고 있으면서도 애써 외면하고 싶은 마음에 고 대리는 일부러 모른 척한다.

"허허, 허허!"

그러자 대놓고 자신임을 어필하려는 속셈인지 허허 남이 연속으로 허허 웃음을 남발하며 고 대리의 옆 벤치에 걸터앉는다.

"아, 안녕하세요? 오랜만에 뵙네요. 그때 도서관 동호회에서 뵙고… 하하."

더 이상 모른 척하기 힘들어진 고 대리는 결국 고개를 돌려 인사를 건넨다.

"그러게요. 시간이 참 빠르죠, 허허. 아! 담배 한 대 하실…?"

분리수거 남이 처음 만났던 그때처럼 넉살 좋은 웃음을

지으며 고 대리에게 담뱃갑을 흔들어 보인다.

"아, 아니요. 저 담배 끊어서….."

또다시 망할 놈의 유혹에 넘어가지 않겠다는 듯, 고 대리가 분리수거 남을 향해 거절의 의사 표시를 건넨다. 분리수거 남은 알겠다며 자신의 담배만 한 개비 꺼내 입에 물고 불을 붙인다.

'낮에 분리수거하면 다신 저놈 안 만날 줄 알았는데, 또 이렇게 만나 버리네. 이거 아까 초딩들도 그렇고, 진짜 밤에 분리수거하는 걸 적극 고려해 봐야겠어.'

괜스레 담배 피우는 분리수거 남이 얄밉게 느껴진 고 대리가 속으로 굳게 다짐해 본다.

"그나저나 독서 모임은 이제 안 나오세요? 나오시지. 다들 기다리고 있는데, 허허. 아, 혹시 〈글세상〉에 글은 계속 쓰고 계세요? 그거 하다 보면 이 담배처럼 은근히 중독되는 게…"

"아뇨. 제가 그런 거나 하고 있을 시간이 없죠. 일하기도 바쁜데. 그때 이후로 아예 본 적도 없는데요, 하하!"

고 대리가 분리수거 남의 말을 뚝 끊으며 대답한다. 물론 이건 거짓말이다. 고 대리는 조금 전까지도 〈글세상〉에 글을 남겼을 정도로 어느새 그 매력에 흠뻑 빠져 있었다.

"…아! 그러세요? 그러시구나…."

그런데 이상하다. 분리수거 남이 의아한 눈길로 고 대리를 위아래로 훑어보는가 싶더니 이내 말끝을 흐린다.

'뭐지? 저 거슬리는 애매한 대답은?'

무언가 싸한 느낌이 들지만 그 무언가가 무엇인지 알 길이 없다. 둘 사이에 흩어지는 뿌연 담배 연기의 적막만이 남는다. 고 대리가 아무 대답이 없자, 분리수거 남이 먼저 그 적막을 깨며 말을 꺼낸다.

"허허, 그러고 보면 요즘 사람들은 참 힘들게 사는 것 같지 않아요? 다 지난 옛날 일을 굳이 찾아서 끄집어내고. 그걸 기어코 본인 눈으로 확인하고. 확인했으니 또 화가 나고. 그 화를 다스릴 줄 모르니 분노에 잡아먹혀 어떻게 복수할지 고민하죠. 그리고 그 고민이 분노를 더 키우고, 그렇게 악순환을 반복하다니…. 그게 스스로를 더 고통스럽게 한다는 건 모르고 말이죠."

이번에는 고 대리가 뜬금없이 이상한 소리를 해 대는 분리수거 남을 위아래로 훑어본다. 무슨 말인지는 잘 모르겠는데, 어쨌든 말을 참 잘하긴 한다는 생각이 다시 한번 든다.

"허허, 저도 젊은 시절엔 그랬지만, 이렇게 지난 세월을 돌아보니 그때 그랬던 게 다 무슨 소용이었나 싶더라고요. 꼭 그렇게 자기 손으로 복수하려고 하지 않아도 시간 지나고 보면 상대방은 더 고통스러운 방법으로 돌려받고 있더라고요. 그러다 보니 저는 언젠가부터 스스로를 그렇게 분노의 고통 속에 빠뜨리는 복수를 생각하지 않는 게 저 자신을 아껴주는 것이라는 생각을 하게 되었어요. 뭐, 꼭 제가 어떻게 하지 않아도 그 상대방이 언젠가 어떻게든 돌려받을 거라 믿거든요. 이게 저 자신을 위해서도 더 나은 것 같고요, 허허. 어떤 것 같으세요, 사장님은?"

말을 마친 분리수거 남이 거의 다 타들어 간 담배를 깊게 한 모금 빨아들이며 고 대리에게 질문을 던진다. 그러면서 분리수거 남이 고 대리의 눈을 똑바로 응시한다.

'뭐라냐 얘? 막노동한다더니 오늘 일 끝나고 대낮부터 낮술이라고 때렸나? 묻지도 않은 말을 혼자 저렇게 일장 연설하는 걸 보면 저것도 능력이긴 하다. 글 쓴다고 해서 그런가, 말은 참 잘한단 말이지. 근데 왜 괜히 기분이 점점 나빠지는 것 같지…'

둘 사이 공중에 머물러 있던 담배 연기가 흩어지자, 고 대리는 자신을 뚫어져라 쳐다보고 있는 분리수거 남의 눈빛과 마주한다. 불편하다. 질문 때문인지, 눈빛 때문인지 기분이 나빠진 고 대리가 분리수거 남의 질문에 아무런 대꾸도 하지 않는다. 또다시 둘 사이에 불편한 적막만이 한동안 지속되다가, 이번에 그 적막을 깬 건 고 대리다.

"먼저 일어나 보겠습니다."

할 말을 못 찾은 고 대리가 결국 분리수거 남의 질문을 공허하게 남긴 채, 바지에 묻은 모래를 손으로 탁탁— 털며 자리에서 일어난다. 분리수거 남과 대화를 하고 나면 꼭 이렇게 자신이 먼저 자리를 피하게 되는 것 같아 괜히 분한 마음까지 든다.

'젠장! 이래서 이놈이랑 마주치기 싫었는데. 말만 섞으면 기분이 나빠지니, 원⋯.'

고 대리가 자신의 분리수거 통을 집어 들고 걸음을 옮긴다.

"독서 모임에 꼭 나오세요~ 허허."

그런 고 대리를 향해 분리수거 남이 소리를 높여 말한다. 고 대리는 애써 못 들은 척하며 최대한 쿨한 걸음걸이로 앞으로 걸어 나간다.

'그나저나 저놈은 도대체 나한테 왜 복수? 고통? 자신을 아껴주는 것 같은 요상한 소리를 해 댄 거지? 참 모르겠는 이상한 사람이란 말이지.'

고 대리는 대답하지 못했던 분리수거 남의 질문이 귓가에 맴도는 것 같다.

사실 분리수거 남은 고 대리의 〈글세상〉 계정 구독자 1,000여 명 중 한 명이다. 그래서 고 대리가 분리수거장에 오기 전, 노동청에 신고할지 고민하는 글을 써서 발행하자마자 그 알림이 분리수거 남에게도 울렸고, 바로 그 글을 읽었다. 그리고 우연찮게 고 대리를 분리수거장에서 만나게 되자 그런 이야기를 꺼낸 것이었다. 하지만 고 대리는 그가 자신의 구독자 중 한 명이란 것도, 그리고 그가 자신의 글을 이미 봐서 그런 말을 했다는 것도 당연히 알지 못했다.

남은 게 없어서
미안해

고 대리는 회사에서 잘린 이후 시간이 더 빠르게 가는 것만 같다. 그는 그동안 대부분의 시간을 집에서 보냈다. 집에서 놀고먹기만 해서 시간이 더 빨리 가는 것 같기도 하다. 물론 마냥 놀고먹기만 한 건 아니다. 고 대리 나름대로 서재에 틀어박혀 더 과감하게 뻥튀기한 이력서로 구직 활동을 계속하긴 했으니까.

좋은 소식 전하지 못해 대단히 죄송합니다. 귀하의 뛰어난 자질과 역량에도 불구하고, 당사의 한정된 채용 규모로 인하여 이번에는 아쉽게도 선발되지 못하였음을 알려 드립니다. 귀하의 건승과 행운이 함께하시길 기원하겠습니다.

'또 떨어졌네. 그놈의 건승과 행운을 기원하기만 하지 말고, 그냥 나를 뽑아 직접 건승과 행운을 주면 될 거 아냐? 이이기적인 망할 회사 것들아!'

이렇듯 안타깝게도 아직 좋은 소식은 없다. 그래도 고 대리는 계속 도전하고 있으니 언젠가 좋은 날이 올 거라 믿고 있다.

그리고 구직 활동을 열심히 하는 한편으로, 아내와 딸과의 행복한 시간도 계속 알차게 보내고 있다. 딸이 가장 좋아하는 분홍 킥보드를 끌며 유치원 통학 버스를 마중 가기도 하고, 매일 학원 가는 길에 손 꼭 붙잡고 함께 걷기도 한다.

당연히 분리수거도 제때제때 잘하고 있다. 물론 그때 분리수거 남과 찝찝한 대화를 한 이후 최대한 그놈을 마주치지 않기 위해 굳이 시간을 매번 다르게 나가는 불편한 수고를 하고 있긴 하지만. 그런데도 뭔 놈에 원수 외나무다리 악연인지 종종 기어코 마주쳤다. 참 알 수 없는 일이었다. 그럴 때마다 고 대리는 늘 먼저 서둘러 자리를 피했고, 그래서인지 딱히 특별한 건 없었다. 달라진 건, 고 대리도 멍하니 벤치에 앉아 낮에는 옆 편의점에서 쏟아져 나오는 초등학생들을 구경하기도 하고, 밤에는 편의점 라디오를 엿듣기도 하며 그곳에 머무는 시간이 20~30분 정도 늘어났다는 것이다. 그렇게 드디어 보통 분리수거하는 남편들이 멍때리는 평균을 따라잡게 되었다.

또 한 가지 달라진 점이 있다. 그때 이후 〈글세상〉 플랫폼에 글을 꾸준히 올리기 시작했다는 것이다. 글을 올릴수록 구독자와 조회수도 늘고, '좋아요'도 많이 받아서인지 글을 자주 쓰게 되었다. 물론, 구독자 수 증가 속도가 처음보다는 조금 더뎌지긴 했지만, 직장에서 잘린 분노만 가득 담은 이 기적인 글임에도 많은 구독자가 '좋아요'를 눌러 주었다. 정말 고마운 일이다.

이렇게 고 대리는 평범한 일상을 가족과 함께 보내며 그것이 얼마나 큰 행복인지 매 순간 느끼며 살고 있다. 물론 돈을 벌 수 있는 회사, 어쩌면 일상에서 가장 중요한 것이 없는 상태긴 하지만.

그래서인지 시간이 지날수록 고 대리는 점점 초조해지기 시작했다. 희망퇴직금으로 받은 3개월 치 월급도 거의 다 사라졌다. 돈이 떨어져 가는 게 눈에 보이자, 고 대리는 구직 활동을 더 적극적으로 여러 가지 방법을 시도하게 되었다.

예를 들면, 면접을 보러 간 회사에 자신을 놓치면 후회할 거라는 악담을 대놓고 퍼붓기도 하고, 또 헤드헌터한테 당장 일자리 안 찾아오면 너의 이름대로 헤드를 사냥해 버리겠다고 해 보기도 했다. 뭐, 농담 반 진담 반이었지만, 그래도 그게 좀 통했는지 헤드헌터가 몇 군데 회사의 면접을 주선해 주었다. 하지만 결과적으로 잘되지는 않았다. 아니, 솔직히 말하자면 면접 자체를 안 간 경우가 많았다. 면접에 대해 고민을 할 때마다, 고 대리는 이젠 스스로가 차가운 빌딩으로 둘러쌓인 도시를 자랑스러워하며 뛰어다니던 예전 검정 붕대 직장인이었던 때와는 많이 달라졌음을 느꼈다. 몇 번을 가도 적응 안 되는 낯선 회사의 면접에서 가족과 함께하는 행복의 희생을 당연한 듯 강요하는 면접관들의 태도와 회사의 그런 이기적인 행태를 마주할 때마다 구역질이 날 것만 같았다. 그렇게 이전과 바뀐 자신의 모습을 마주하자, 어쩌면 맞서 싸울 용기가 조금은 생긴 건지도 모르겠다. 물론 여전히 싸우는 방법을 몰라 헤매고 있는 것 같긴 하지만.

이런 헤드헌터와 별개로, 고 대리의 명함 앱에 고이 간직해 온 500명의 업계 인맥들에게도 계속 연락을 해 봤지만, 그 누구에게도 그 어떤 일자리도 제안받지 못했다.

'그래, 니들도 바쁠 테니까… 니들 보통의 삶을 치열하게 살아야 할 테니 나까지 신경 쓸 여력이 없겠지…'

처음에는 이렇게 이해하려고 노력했다. 하지만 그 시간이 점점 길어지다 보니 서운하고, 솔직히 화가 났다. 예전 그때 그들의 그 웃음과 친절함은 모조리 영업을 위한 가식이었다는 확신이 들었다.

'거짓의 가면을 뒤집어 쓴 가식쟁이들 같으니. 하긴… 그 때는 나도 다를 바 없었겠지만.'

서운한 마음을 애써 감추며 예전을 곰곰이 돌이켜 보니, 자신도 그때는 그들과 다를 바 없는 가짜 가면 같은 삶을 살았다는 생각이 들었다. 그래도 고 대리가 먼저 용기 내 연락해서 아무 의도 없이 순수한 마음으로 밥이나 먹자고 해 본 적도 있는데, 그들은 바쁘다는 핑계로 계속해서 그를 거절했다. 뭐, 그래도 이런 거절 정도는 양반인지도 모르겠다. 아예 그의 전화를 수신 차단해 버리는 사람도 있었으니까. 이렇게 고 대리는 사회생활에서의 인간관계가 얼마나 얄팍하고 덧없는 것인지 온몸으로 깨달을 수 있었다.

'내가 이 정도밖에 안 됐나? 아니면 그저 그들에게 내가 필요 없어진 것인가….'

깊이 생각해 봤자 자신의 마음속 상처만 깊어지는 것 같아 고 대리는 그저 이렇게 간단하게 선 긋고 잊어내자고 하루에도 몇 번씩 자신을 다독였다.

아! 그리고 요새는 그 쩐동생도 연락이 없다. 물론 고장이 났는지 여전히 잘 안 터지는 자신의 핸드폰 때문에 연락이 잘 안 되는 걸 거라는 핑계로 포장해 자신을 위로했지만, 그래도 서운함이 밀려오는 건 사실이다. 먼저 연락해 볼까도 생각해 봤지만, 당연히 생각만 했다. 그놈의 아무짝에도 쓸모없는 자존심 때문은 아니고, 결국 그 지옥 같은 박 전무 밑으로 오라는 제안을 또 할 것 같아서다. 그래도 마음 써서 자신에게 해 주는 제안인데 그렇게 계속 거절하면 염치가 없는 것 같아 먼저 연락하는 걸 관뒀다. 그저 찐동생도 자기 삶을 살기 바쁠 거라 생각하고 말았다.

다행히 중간에 '무급 휴직'이라는 의도치 않게 아내에게 잘 먹힌 뻥 덕에 약간의 시간을 좀 벌긴 했지만, 앞으로 그 월급만큼의 돈을 매달 아내에게 주지 못하면 빼도 박도 못 하고 그가 잘렸다는 사실을 아내가 알아차리게 될 것이다.

'아내가 알게 되는 건 어떻게든 막아야 돼! 절대 안 돼! 아, 이제 정말 이직해야 하는데… 어쩌지… 아휴.'

고 대리는 자신이 잘렸다는 사실을 조만간 아내에게 걸릴 수도 있다는 걱정이 들자 한숨이 깊어진다.

그런 최악의 상황은 피하고 싶었던 그는, 희망퇴직으로 대단히 황송하게도 회사가 승인해 줬던 '실업 급여'가 떠올라 본격적으로 그 실업 급여를 받기 위해 이것저것 알아보기도 했다. 그런데 한가지 문제가 있었다. 실업 급여를 받게 되면 따로 단기 아르바이트나 일용직으로 일을 하면 안 된다는 것이다. 희망퇴직 당시 고 대리의 계획은 버텨 보다가 최악의 경우에는 이 실업 급여로 원래 받던 월급인 것처럼 최대한 채워 보고, 모자란 돈은 동네 편의점이든, 대리운전이든,

아니면 우리가 어떤 민족인지 묻는 그 배달 일이든 그런 아르바이트 일을 해서 메꿀 생각이었다. 근데 실업 급여를 받게 되면 이런 아르바이트를 할 수 없다는 것이다.

'계획하는 건 인간일지라도, 그걸 이루는 건 하늘이라던가.'

자신의 계획이 틀어지자, 답답해진 그의 머릿속에 언젠가 들었던 거창한 말이 스쳐 지나갔다.

사실 고 대리가 세웠던 이 계획이 틀어진 제일 큰 이유는 자신이 이렇게까지 오랫동안 이직을 못 하는 얼빵이가 될 줄 몰랐다는 것이다. 그때만 해도 그는 자신을 누구보다 잘나가는 검정 정장 차도남이라 믿었으니까.

왜 이렇게 된 걸까…?

도대체 왜 이 모양 이 꼴이 된 걸까…?

그동안 빨리 이직하려고 열심히 노력했는데….

그런데 이 모양이라니.

업계에서 굴러먹었던 짬밥이 얼만데….

그 고통의 세월이 얼만데….

고작 이따위 취급이나 당하는 현실이라니….

고 대리는 자기 처지가 느껴지자 마음이 울컥한다.

'어쩌면 가족과 행복한 시간을 만든다는 핑계로 구직 활동을 게을리한 건 아닐까? 쉬는 동안 그 행복을 알아버려서, 그 맛에 취해 내가 나태해진 건 아닐까?'

그동안 아내와 딸아이의 행복해하는 웃음을 마주할 때마다 다시 그 업계로 끌려가면 저 웃음을 다시는 못 볼 것 같았다. 그렇게 다시 예전처럼 차가운 검정 붕대 직장인으로 살게 될 것만 같아서 어쩌면 진즉 쉽게 갈 수 있었던 이직 자리도 스스로 걷어찼던 건 아닌가, 하는 자책이 그를 괴롭힌다.

'맞아. 정말 이직이 급했으면 그 전무 놈 밑으로라도 기어들어 갔겠지….'

쩐동생이 마음 써서 해 줬던 제안을 아무렇지 않게 뻥! 걷어찼던 자신의 옛 모습이 떠오른다. 그때 거절의 이유가 불륜이나 저지르는 부도덕한 그따위 놈 밑에서 일할 수 없다는 것이었지만, 사실 어쩌면 가족과의 행복한 시간을 절대 예전처럼 일방적으로 희생시키고 싶지만은 않은 마음 때문이었는지도 모르겠다.

그가 바라는 그 가족의 행복도 번듯한 직장이 필요하다. 하지만 그 잘난 돈을 벌어야 그 행복도 지킬 수 있다는 걸 잘 아는 어른이 됐으면서도, 가족의 행복한 웃음에 취해 이도 저도 못 하는 몸만 큰 '어른이'밖에 안되는 것 같아 마음이 서글퍼진다.

'어떡하지? 일단 최대한 실업 급여로 버텨 보고, 모자란 월급은 회사 사정이 어려워서 그런 걸로 아내에게 또 뻥을 쳐야 할까? 하! 내가 어쩌다 이런 뻥쟁이가 된 건지… 그냥 처음부터 잘려서 미안하다고 솔직히 말할걸….'

깨톡—
오랜만에 울리는 깨톡 알림에 고 대리가 깜짝 놀란다. 예전에 아내 샤워 소리에 자는 척 사라졌던 그 친구다.

자꾸만 커지는 뺑만 쳐대서 미안해

　─여~ 좀 어때? 잘 지내? 전화는 왜 먹통이야? 이직은 했고?

　─아니, 죽겠다야. 딱히 연락 오는 곳도 없고. 얼마 전에 실업 급여 신청하러 갔다 왔는데, 그거 하려면 알바 이런 것도 못 한 대. 미칠 노릇. 하!

　비록 한 명뿐일지라도 마음 알아주는 친구가 있다는 게 기쁘다. 그 친구가 현실적으로 도움이 되든 안 되든. 물론 도움이 되면 더 좋겠지만.

　─야! 그럼, 너, 나 일하는 거나 좀 도와줄래? 일급으로 수당 쳐 줄게.

　그런데 그 친구가 도움의 손길까지 내밀어 준다면? 당연 히 그 친구는 세상에 둘도 없는 찐친이 된다.

'근데 애가 무슨 일을 하더라…?'

깨톡에 남아 있는 친구가 많은 것도 아닌데, 그 한 명이 무슨 일을 하는지 기억조차 안 나는 자신의 무심함에 민망해진다.

'분명 예전에 뭐 한다고 들었던 것 같은데 영– 기억이 안 나네. 이건 내 잘못이 아냐. 얘가 워낙 이것저것 사업을 많이 바꾸고, 때려 치우고, 찌르고 다녀서 그런 거지.'

아무리 기억하려 애써도 딱히 떠오르는 게 없자, 고 대리는 일단 아무렇게나 깨톡을 보내 본다.

—야야! 나 무조건 해야 돼! 무슨 일인데? 얼마 줄 거냐? 많이 쳐 줘!!!

—아, 대단한 건 아니고, 나 요새 인테리어 사업하잖냐. 내가 그동안 직접 현장 일 나갔었는데, 이사 철 오니 일이 좀 많아져서 일손이 좀 필요해. 음... 어려운 건 힘들 테고, 네가 할 만한 건 입주 청소랑 도배 정도? 어때? 할래?

—뭐? 야! 너 지금 나더러 막노동 뛰라고? 참나. 야! 나 이제 나이도 먹고, 몸도 아프고... 그리고 그런 기술도 없잖아.

고 대리는 자신도 모르는 새 순식간에 못 하겠다는 이유가 튀어 나가서 깜짝 놀란다. 무조건 하겠다고, 해야 한다고 한 지 3초도 안 지난 것 같은데, 못 하겠다는 이유 세 가지를 3초도 안 걸려서 쏟아 낸 자신이 어처구니가 없다.

—그래? 싫음 말고. 알았다. 그럼~

　그러자 찐친이 미련 없다는 깨톡을 보내온다. 두 번 잡지도 않고 정 없이 단칼에 자신을 버리는 찐친의 깨톡을 멀뚱히 보고 있으니 괜히 서러워진다.

　'한국인은 자고로 정이 있고, 한국말은 끝까지 들어봐야 하거늘! 정이 없네, 정이 없어.'

　서러운 마음을 꾹꾹 눌러 숨긴 채, 고 대리가 다급한 손놀림으로 찐친에게 다시 깨톡을 보낸다.

　—아니! 야~ 안 한다는 게 아니고! 내가 그런 기술 같은 게 없으니까 하게 되면 배워 가며 해야 할 테고. 그러면 혹시 네 사업에 피해 줄까 봐 그래! 그래서 너 걱정돼서 한 말이지. 나 할게, 그거! 청소랑 도배 다 할 수 있어!

　—아! 그건 걱정 마. 내가 너한테 힘든 거 시키겠냐? 나랑 현장 일 같이하는 형이 있는데, 특별히 너랑 그 형이랑 파트너 고정으로 해 줄게. 그 형 농땡이도 안 치고, 워낙 성실해서 네가 신경 쓸 건 거의 없을 거야. 자재 같은 거나 좀 옮겨 주고 옆에서 보조 정도 하면 될 듯. 어때? 당장 내일 일거리 있는데 할터? 안 되면 바로 말해. 얼른 사람 구해야 하니까!

　'뭐? 당장 내일?'

　고 대리는 불쑥 당장 내일부터 일하라는 찐친의 깨톡이 부담스럽게 느껴진다. 그래서인지 알 수 없는 거부감이 마음속에 확− 피어오른다. 그렇게 또다시 3초 만에 거절할 이유를 세 가지, 아니 이번에는 300가지를 쏟아 낼 수 있을 것만 같다.

'그래도 나름 먹물 꽤나 먹은 회사원이었던 내가⋯ 공사판 일을? 직업에는 귀천이 있는 게 아주 당연하다는 직업 귀천론을 믿는 내가, 그리고 당연히 귀한 일을 하던 사람인 내가⋯ 그런 내가! 막노동을?'

직업 귀천론을 흔들어 대며 절대 하지 말라는 마음과 돈 떨어진 현실을 직시하라는 이성이 고 대리의 머릿속에서 싸움이라도 하듯 소란을 피운다. 하지만 이번에는 이성이 승리한다. 내심 다행이라는 생각이 든다.

'내일부터⋯ 막노동⋯ 뭐, 마음에는 안 들지만⋯ 어쩌겠어? 그래도 아내한테 돈 못 갖다줘서 회사에서 잘린 거 걸리는 것보다는 낫지.'

고 대리는 일단 그것만 생각하자고 마음먹으며 복잡한 머릿속을 정리한다. 가벼워진 마음으로 찐친에게 깨톡을 보낸다.

—내일? 좋아! 무조건 갈게! 어디로 가? 너 있는 데로 가면 됨?

—아니, 현장에서 아까 말한 그 형이랑 바로 시작하면 되니까 굳이 나 보러 올 필요는 없어. 내가 현장 주소 찍어서 보내 줄 테니까 내일 아침 8시까지 가면 돼. 일 빨리 끝나도 일당은 똑같이

챙겨 줄 테니까 걱정 말고, 한번 잘해 봐!

그렇게 깨톡이 마무리되고, 고 대리는 한순간 내일부터 공사판에서 도배해야 하는 막노동자 신세가 되어 버렸다. 여전히 이게 맞나 하는 생각이 들긴 하지만, 그래도 정상적으로 실업 급여를 받으면서 추가로 돈을 더 벌 수 있게 되었다는 사실이 다행스럽다.

'내가 하다 하다 이젠 막노동을 다 하게 되네. 화이트칼라 와이셔츠가 아닌 먼지와 땀에 범벅될 막노동자라니! 나 참.'

"오빠, 뭐? 인테리어 영업 뭐라고?"

그날 밤, 싱크대에서 설거지하는 고 대리를 향해 딸의 머리카락을 빗겨 주던 아내가 묻는다.

"인테리어 영업망 구축 사업 관리자! 어쩌겠어? 사업 확장에 고생하는 불쌍한 내 친구 하나 살리는 셈 치고 많이 배우고 자비로운 내가 도와줄 수밖에. 아~ 이래서 능력이 많아도 피곤하다니까 참, 하하!"

고 대리가 어쩔 수 없이 당분간 친구를 좀 도와주게 되었다는 아주 그럴싸한 뻥을 또 만들어 아내에게 건넨다. 순진한 건지 착한 건지 아내가 알겠다며 고개를 끄덕인다. 아내가 이렇게 순순히 알겠다고 할 줄 모르고 뻥을 3,000가지나 준비했던 고 대리는, 알겠다는 말 외에 별말이 없는 아내가 조금 신경 쓰인다. 하지만 그저 더 안 물어봐서 다행이라는 생각에 모른 척 설거지에 전념한다.

"오빠, 어쨌든 그거 처음 하는 일이니까 몸조심해, 알았지? 그리고 오빠⋯ 알지? 나랑 우리 예쁜 딸이 언제나 오빠 응원하고 있다는 거!"

아내가 싱크대 앞에 서 있는 고 대리의 뒷모습을 보며 들릴 듯 말 듯한 목소리로 속삭이듯 말한다. 아내의 말이 그치자, 달그락거리는 접시 닦는 소리 사이로 잠깐의 정적이 흐른다. 고 대리는 분명 아내의 이야기를 들었지만 못 들은 체하고 만다. 아내의 목소리가 미세하게 떨린 것 같아 신경 쓰인다.

'도대체 언제까지 아내에게 거짓말을 해야 하는 걸까⋯.'

처음 직장에서 잘렸다는 사실을 숨긴 그 순간부터 조금씩 조금씩 커지더니, 이제는 걷잡을 수 없을 정도로 커져 버린 거짓말이 자신을 끝도 없이 짓눌러 당장이라도 먼지가 될 것만 같다.

7만 원짜리 삶이 돼 버려서
미안해

'첫날인데 늦으면 안 되지.'

그동안 늘어지게 늦잠 자는 게 공식적으로 허락된 백수였던 고 대리는, 오랜만에 맞는 이른 아침이 낯설고 피곤하다. 그래도 오랜만에 하게 된 돈벌이인데 처음부터 밉보이면 안 된다는 생각에 서둘러 밖으로 나선다. 아직 이른 아침 시간이어서 그런지 도로에 차가 거의 보이지 않는다. 집 앞 정류장에 버스가 도착하자, 고 대리가 성큼성큼 버스에 올라탄다. 구둣발이 아닌 가벼운 운동화 차림이 괜히 낯설어 보인다. 버스 구석에 자리 잡고 핸드폰 깨톡을 열어 쩐친이 남긴 처음 가 보는 현장 주소를 다시 한번 확인한다. 버스 창밖으로 어슴푸레 밝은 아침 길거리가 눈에 들어온다. 그는 이 시간에 버스에 타 있는 자신이 영- 어색하다. 어색함을 떨치려고 고개를 돌려 주변을 둘러본다. 이른 시간인데도 버스에 사람들이 제법 타 있다. 영어 단어장을 손에 쥐고 의자에 앉아 꾸벅꾸벅 졸고 있는 교복 입은 학생, 뭘 하는지 현란하게 손가락을 흔들어 대며 핸드폰을 터치하는 검정 정장 직장인, 버스에 설치된 TV가 신기하신지 눈을 반짝이며 보고 계신 하얀 곱슬머리 할머니, 금빛 시계를 번쩍이며 손잡이를 꽉 잡고 서 있는 중년 남성까지.

'이른 아침부터 다들 어딜 저렇게 가는 걸까? 근데… 버스가 엄청 조용하네. 분명 사람들이 있는데 사람 소리 하나 들리지 않는 버스라니….'

분명 아무도 없는 게 아닌데, 아무것도 남지 않은 듯한 차가운 공허함만이 버스 안을 채우고 있다. 고 대리는 그런 고요한 버스가 불편하게 느껴진다. 그래서인지 졸고 있는 교복 학생에게 대뜸 한마디 건네 보고 싶은 생각이 든다.

'정말 이렇게 사는 게 맞아? 이게 정말 행복한 거냐고?'

물론 진짜 이렇게 물어보면 잠에서 덜 깬 저 학생이 분명 자신의 뺨을 올려붙이며 미친놈이라며 소리칠 것이고, 그럼 아직 해도 안 떴는데 왜인지 새까만 선글라스를 쓰고 있는 건장한 버스 기사님이 자신을 번쩍 들어 버스에서 강제로 하차시켜 버릴 것이라는 걸 잘 안다.

'그럼 내 이 첫 출근은 폭망하게 되겠지. 그건 절대 안 돼.'

생각이 여기에 미치자, 그도 그저 주변 사람들처럼 입 꾹 닫고 버스 안 숨 막히는 공허함을 받아들이기로 한다. 그렇게 버스가 달리고 달려 마침내 고 대리의 목적지 정류장에 도착한다. 숨 막혔던 버스에서 탈출해 상쾌한 아침 공기를 마시며 좀 걸으니 공사 준비로 어수선한 현장이 보인다.

'음… 여기가 맞는 거 같은데… 이제 그… 찐친이 말했던 내 파트너라는 그 형을 찾아야 하는데… 검정 반소매 티에 검정 모자를 쓰고 나온다고 했지? 어디 보자.'

이건 뭐 소개팅 나온 철부지 남학생도 아니고, 하나도 설레지 않는 시꺼먼 복장의 사내를 찾으려니 영 기분이 별로다. 그래도 고 대리는 작은 눈으로 이쪽저쪽을 흘깃 쳐다보며 열심히 찾아본다.

'얼른 찾아서, 얼른 빨대 꽂아서, 얼른 오늘 수당 받고, 얼른 집에 가서 쉬어야지!'

아직 시작도 안 했는데 얼른 하루가 끝났으면 하는 마음이 먼저 든다. 새로운 곳으로 처음 출근하는 일꾼의 마음은 다 이렇지 않을까? 그런데 바로 그때,

"어? 사장님! 여기서 또 뵙네요, 허허."

하나도 어색하지 않은 목소리, 이제는 너무나 익숙해진 말투, 그리고…

'진절머리 나는 저 망할 '허허' 웃음소리는… 설마? 아니 길! 제발! 제발!!'

하지만 언제나 현실은 우리의 기대를 와장창 깨부수는 법. 정확히 찐친이 알려 준 그대로 다부진 어깨를 감싼 검정 반소매 티셔츠, 그것보다 더 시커먼 챙 모자를 머리에 눌러쓴, 지긋지긋한 그 분리수거 남이 특유의 허허 소리를 내며 고 대리를 향해 웃고 있다.

'제기랄! 이쯤 되면 진짜 스토커 아냐? 돌겠네, 진짜! 왜 자꾸 내 눈앞에 나타나냐고!'

처음에는 아내와의 불순한 관계가 의심되었고, 그다음은 언젠가 좋은 날 올 거라는 둥 귀신 씻나락 까먹는 헛소리만 해 대더니, 그러고는 대단히 말도 안 되는 우연으로 도서관 독서 모임에서 만나고. 그래서 일부러 그렇게 열심히 피해 다녔건만, 또다시 마주친다.

'여기서 이렇게 또 만난다고? 이게 맞아? 나만 이상하다는 생각이 드는 거야? 정말!!'

너무 기가 막힌 고 대리는 할 말을 잃고 분리수거 남의 얼굴을 뚫어져라 한참을 올려다본다. 그런 고 대리의 눈빛에 민망해진 분리수거 남이 애써 침착한 척 말을 건넨다.

"사장님이 여긴 어쩐 일이세요? 음… 사업차?"

'사업차?'

고 대리는 분리수거 남이 던진 마지막 세 글자가 괜히 자신을 비꼬는 것처럼 느껴진다. 처음 만났을 때 고민했던, 저 망할 다부진 어깨와 한판 붙으면 이길 수 있을까, 하는 생각이 머릿속을 스쳐 지나간다. 그러고는 이기지 못할 것 같다는 빠른 판단을 마친 그의 냉철한 이성이 별수 없다는 듯 황급히 할 말을 찾기 시작한다.

'주둥이야! 뭐해? 그때 그 영업 스킬을 써야지. 곤란한 질문을 받으면 똑같은 질문을 던지고, 저놈이 대답하면 그 대답을 똑같이 따라만 하면 된다고! 왜 이번엔 아무 말도 못 하는 거야? 어서 무슨 말이든 뱉으라고!'

마치 권투 시합 중 강력한 카운터 펀치라도 얻어맞은 것처럼 그의 주둥이가 아무 말도 하지 못한다. 그리고 그동안 언제나 당당하고 꼿꼿하던 그의 고개가 갑자기 힘없이 아래로 푹 숙어진다.

"음… 혹시… 원래 같이 작업하던 그 동생 대신 오늘은 친구분이 오신다더니… 사장님이 혹시…?"

분리수거 남이 갑자기 조심스러워하는 목소리로 고 대리를 향해 묻는다.

'솔직히 말해 봐. 당신 처음부터 알고 있었잖아! 오늘 새로 일하러 온다는 사람이 나라는 거. 나도 결국 당신과 똑같은 막노동자인 거 알고 비웃고 있는 거잖아, 지금! 나를 어디까

지 비참하게 만들려고….'

비참하다. 고 대리는 여전히 아무 말도 할 수가 없다. 왜냐하면 분리수거 남의 말이 다 맞기 때문이다. 그러고 보니 처음 만났던 그때부터 지금 이 순간까지 분리수거 남이 하는 말은 항상 다 맞았던 것 같다.

'언젠가 좋은 날 오겠죠.'

돌연 고 대리의 머릿속에 처음 분리수거 남을 만났을 때 그가 자신에게 했던 말이 떠오른다. 하필 왜 지금 이 말이 떠오른 건지는 모르겠다. 끝내 고 대리가 고개를 들지 못한 채 아무 대답도 못 하자 둘 사이에 또다시 고요한 적막만 남는다.

"흠흠… 그래도 우리 정말 인연인가 본데요? 벌써 여러 번 우연으로 만나잖아요, 허허. 오늘도 그렇고, 사장님 같은 분이랑 같이 일할 수 있다니 영광인걸요! 오늘 하루 잘 부탁드릴게요, 사장님! 허허."

어색한 적막을 깨기 위해서인지 분리수거 남이 과장된 목소리로 크게 말한다.

'뭐? 영광? 이놈이 지금 나를 놀리고 있는 게 분명해. 받아쳐야 하는데… 내 주둥이는 왜 아무 말도 못 하는 거야, 젠장!'

고 대리는 당장이라도 분리수거 남을 향해 비아냥대며 확

받아쳐 버리고 싶은데, 도대체 왜 오늘은 주둥이가 꿈쩍도 하지 않는 것인지 이해가 되지 않는다.

"음… 일단 저쪽으로 가시죠, 허허."

고 대리가 평소와 달리 아무런 말이 없자, 이상한 낌새를 눈치챈 분리수거 남이 별말 없이 오늘 작업할 현장으로 그를 안내한다. 고 대리는 끝내 아무 말도 못 한 주둥이와 푹숙인 고개 그대로 묵묵히 다부진 어깨의 뒤를 따라 걷는다.

그렇게 현장에 도착한 둘은 아무런 말 한마디 없이 작업을 시작한다.

'왜 난 이렇게 안 되지? 저놈이 시범 보여 줄 때는 쉬워 보이기만 했는데, 어휴!'

고 대리가 처음 맡은 작업은 도배였다. 풀 바른 도배지를 벽에 붙이고, 도배용 빗으로 빗질해 내려가던 고 대리가 크게 한숨을 내뱉는다. 분명 아까 분리수거 남에게서 배운 그대로 벽 가운데 안쪽에서 바깥쪽으로 똑같이 빗질했는데, 자신이 한 부분은 안에 기포가 차서 울퉁불퉁하다. 그래서 그 기포를 빼내려고 빗질을 더 세게 했더니 도배지가 다 찢어져 버린다. 분명 노하우가 있을 것 같지만, 반대쪽 벽을 작업하고 있는 분리수거 남에게 먼저 알려달라고 할 용기가 안 난다. 그저 들으란 듯 일부러 크게 한숨만 내쉴 수밖에.

"처음이라 쉽지 않으시죠? 오늘은 또 날이 좀 안 좋아서 도배하기 쉽지 않네요, 허허. 어디 그 도배지 이쪽으로 한번 줘 보세요. 이럴 때는 이렇게 붙인 다음에….."

고 대리의 한숨을 들었는지, 어느새 뒤에 다가선 분리수거 남이 차분히 방법을 반복해서 알려 준다. 그렇게 분리수거 남이 보는 앞에서 따라 하니 신기하게도 도배지가 벽에 빳빳하게 잘 붙는다.

어제 찐친이 말한 대로 분리수거 남의 작업 솜씨는 잘 모르는 고 대리가 봐도 완벽하게 숙련된 전문가처럼 보인다. 그뿐만 아니라, 처음 하는 고 대리가 작업에 방해만 되는 것 같아 우울해할 때마다, 특유의 차분한 목소리로 고 대리를 다독여 주면서도 기분 나쁘지 않게 작업하는 방법을 계속 반복해서 알려 주었다. 그런 분리수거 남의 모습을 가까이서 보고 있으니, 고 대리는 문득 회사 다닐 적 자신의 모습이 떠오른다.

"이거는 할 줄 알죠? 못해요? 대학 때 뭐 했대? 하… 이래서 생초짜 신입 뽑지 말자니까!"

오랜만에 신입이 들어왔던 그때, 그는 자기보다 신입의 입사 스펙이 화려해 능력이 뛰어나 보이면 못하는 걸 일부러 찾아서 갈구고, 스펙이 별로면 별로라고 더 갈궜었다. 초장부터 기를 확 꺾어 놓지 않으면 늘 기어오르려고 하는 게 사람의 본성이라 믿었기에, 처음 들어와 어버버하는 신입들의 기선을 제압해야 한다고 생각해 매일같이 막말을 내뱉었다. 그때는 그게 당연하다 믿었다. 왜냐하면 당연히 그 회사에서 평생 일할 거라 믿었고, 그렇기에 자신에게는 그런 어버버한 신입 시절이 다시는 없을 거라 믿었기 때문이다.

하지만 지금 이렇게 사다리 위에 올라선 분리수거 남이 떨어지지 않게 아래서 사다리를 꽉 잡고 있는 자신의 모습이 그 누구보다 어버버한 것 같다는 생각이 들자, 고 대리는 자신의 옛날과 지금이 너무 부끄럽게 느껴진다.

"사다리가 낡아서 잡고 있기 힘드시죠? 얼른 끝내고 내려갈게요. 잠깐만요!"

거기에 어버버하는 자신을 하루 종일 자상하게 배려해 주는 분리수거 남의 저 하해와 같은 친절함 앞에 고 대리는 차마 고개를 들지 못한다. 만약 자신이 분리수거 남의 입장이었다면, 그러니까 자신이 도배 전문가고, 분리수거 남이 아까 자신처럼 빨대 꽂을 생각이나 하는 생초보 신입이었다면 어땠을까 상상해 본다. 분명 자신과 똑같은 하루 일당을 받을 텐데, 무슨 일을 이따위로밖에 못하냐면서 윽박지르며 일부러 초보가 하기 어려운 일만 계속 시켰을 것 같다.

'어떻게 하면 이렇게 고된 일을 하면서도 아랫사람한테 짜증 한 번 없이 친절할 수 있는 거지?'

새삼 분리수거 남이 대단해 보인다. 그렇게 한참 사다리를 잡고 있던 고 대리가 팔이 아파 위를 쳐다보니, 분리수거 남이 드디어 작업이 끝났다는 듯 손가락으로 동그라미를 만들어 보인다.

"고마워요. 잘 잡아 주신 덕분에 빨리 끝낼 수 있었네요. 이제 저쪽만 하면 되겠는데요, 허허."

분리수거 남의 허허 소리가 들리자, 고 대리는 분리수거장에서 처음 만났을 때 분리수거 남이 당당하게 자신을 막노동자라고 소개하며 허허 웃던 모습이 떠오른다. 그때는 편협한 직업 귀천론에 빠져 분리수거 남을 하찮은 사람으로 치부했었는데, 지금 생각하니 그때의 자신이 또다시 부끄러워진다.

'그때와 같은 그 사람인데, 지금 나는 그 사람 밑에서 사다리나 붙잡고 있는 신세네. 하찮다고? 정말 하찮은 건… 나 아닌가?'

그렇게 고 대리는 남은 작업을 하는 내내 예전 분리수거 남과 함께 있던 순간들의 자기 모습이 계속 떠올라 창피하고, 부끄럽고, 숨고 싶었다. 항상 맞는 말만 하는 분리수거 남에게 자신의 그런 부끄러운 모습이 들통날까 봐, 고 대리는 몇 번이나 못 하겠다고 때려치우고, 소리 지르고, 도망치고 싶었다. 하지만 고 대리는 끝까지 도망가지 않았다. 그는 망할 그 돈이 필요하고, 그 돈으로 가족에게 행복을 주고 싶고, 그걸 위해서라면 이런 창피함 따위야 얼마든지 참아낼 수 있었다. 아니, 그래야 한다고 그의 안에서 무언가가 도망치지 못하게, 소리치지 못하게, 그의 발과 그의 입을 꽉 움켜쥐고 있는 것만 같았다. 그렇게 도망가고 싶다는 생각을 꾸역꾸역 참아 내자, 비참하도록 창피했던 막노동자로서의 첫날도 어느새 끝이 났다.

"허허, 오늘 너무 고생 많으셨어요. 힘드셨죠? 그리고 이거 오늘 일당이라고 작업 반장님이 사장님 드리라데요."

작업 결과 보고를 위해 반장실에 들어갔던 분리수거 남이 나오면서 하얀 봉투를 품에서 꺼내 고 대리에게 건넨다.

"아차차, 장갑을 벗고 꺼냈어야 했는데… 첫 일당이라 깨끗하게 드려야 하는데, 봉투에 장갑 때가 좀 묻었네요. 죄송해요. 혹시 좀 그러시면 반장실 가서 봉투를 좀 바꿔 드릴…"

분리수거 남이 미안해하는 목소리로 고 대리에게 말한다. 하지만 그 안에 든 돈에만 정신이 팔려 있는 고 대리는 그깟 봉투가 뭐가 그리 중요하다고 저러는지 이해가 되지 않는다. 그저 괜찮다며 때 묻은 봉투를 빼앗듯 건네받아 봉투 속 금액부터 확인한다.

봉투 안에는 꼬깃꼬깃 구겨진 일곱 장의 초록빛 세종 대왕님이 뭐가 그렇게 좋으신지 활짝 웃고 계신다.

'7만 원. 오늘 하루 내 노동력의 대가가….'

혼자 중얼거리던 고 대리는 이제 자신의 가치가 그것밖에 안 되는 것만 같아 마음이 울컥한다.

기분이 꽃 같아
미안해

'온종일 막노동하고 받은 돈이 고작 이거라니…. 하루 종일 서서 땀 삐질삐질 흘리며 작업 도구 이름도 제대로 몰라 어버버하며 고생한 몸뚱이의 대가가… 그렇게 무시했던 분리수거 남 밑에서 자존심 꾹꾹 눌러 가며 간신히 버틴 내 마음의 대가가… 고작….'

7만 원이 든 봉투를 손에 든 고 대리는 몸도 마음도 허탈하기만 하다. 당장이라도 이 일을 권한 친하다고 믿었던 그 친구 놈한테 때려치우겠다고 소리치고 싶지만, 고 대리의 이성이 아내와 딸의 얼굴을 마구 쏘아대며 한 푼이 아쉬운 자신의 적나라한 현실을 일깨워 준다.

'아니지. 지금 내 신세에 7만 원이 어디야? 실업 급여 나오는 거에, 한 달에 몇 번이라도 이 일을 해서 모자란 월급을 채우면 그래도 티 나지 않을 만큼은 아내에게 갖다 줄 수 있겠지.'

이성에게 제압당한 그는 그렇게 스스로를 납득시키고 위로해 본다.

"그나저나 사장님도 현찰로 받는다고 하셨나 봐요? 저도 현찰로 그날그날 일당 받거든요. 원래 반장님한테 말하면 계좌 송금도 해 주긴 하는데, 저는 하루 열심히 일한 땀의 대가를 계좌에 찍힌 숫자로 보는 것보다 이렇게 직접 만져 보는 게 더 좋더라고요. 뭐, 이런 공사판엔 신용불량인 사람도 많아서 현찰로 받으시는 분들이 많긴 하지만."

옷매무새를 정돈하던 분리수거 남이 고 대리를 향해 넌지시 말을 건넨다.

'뭐? 신용불량? 지금 나를 신용불량자 따위로 보는 거야? 같이 작업할 때는 그렇게 사람 좋아 보이더니, 끝나니까 또 사람 기분 나쁘게 하네, 이놈은.'

하루 일당이 고작 7만 원이어서 그런지, 아니면 분리수거 남의 마지막 말이 꼭 자기 들으라고 한 것 같아서인지 고 대리는 기분이 언짢아진다. 마음 같아서는 실업 급여를 받으려면 이런 아르바이트 수당 받은 이력이 남으면 안 돼서 어쩔 수 없이 현찰로 받는 거라고 빽! 소리치고 싶지만, 실업 급여라는 말을 하는 순간 자신이 무직자라는 걸 스스로 밝히게 되는 꼴이라 고 대리는 그저 입을 꾹 닫고 만다.

"아무튼, 오늘 첫날이라 많이 힘드셨죠? 너무 고생 많으셨어요. 원래 작업 끝나면 같이 막걸리도 한잔하고 그러는데, 오늘은 첫날이니 집에 가서 쉬시는 게 나을 것 같네요. 댁으로 가시죠? 방향도 같은데 같이…."

고 대리의 언짢아진 기분을 눈치챘는지 분리수거 남이 조심스레 말한다.

'아, 맞다. 이 사람 나랑 같은 아파트에 사는 그 분리수거 남이었지. 그럼 집에 같이 가야 하나… 혼자 있고 싶은데….'

고 대리는 어떻게 하면 같이 가자는 분리수거 남의 제안을 어색하지 않게 거절할 수 있을지 고민하다 말을 꺼낸다.

"아, 죄송해요. 저는 바로 집으로 안 가요. 약속이 좀 있어서요. 먼저 가세요."

역시 자연스럽다. 그는 아침과 달리 이번에는 순발력 넘치게 알아서 적당한 말을 잘 내놓은 자신의 주둥이가 대견스럽다.

'근데 도대체 뭐가 그렇게 죄송한 걸까….'

전혀 죄송할 일이 아닌데도 습관처럼 죄송하다는 말을 남발하는 것도 싫은데, 하필 이번엔 그 죄송한 대상이 막노동한다는 이유만으로 무시했던 그 분리수거 남이어서 더 마음이 언짢다. 그래도 주둥이 덕분에 안 그래도 온종일 붙어 있어 불편했던 분리수거 남과 같이 가지 않게 돼 내심 다행이란 생각이 든다.

"아, 그러시군요. 그럼 저는 이쪽으로 가 보겠습니다. 오늘 정말 고생 많으셨습니다, 허허."

분리수거 남이 허허 웃음과 함께 인사를 하곤 버스 정류장을 향해 걸음을 옮긴다.

'나도 버스 타려면 저놈 따라 정류장 쪽으로 가야 할 텐데… 그냥 택시 타야겠다.'

물끄러미 분리수거 남의 뒷모습을 지켜보며 잠시 고민하던 고 대리는 더 이상 그와 얽히고 싶지 않아서 택시를 탄다. 집까지 택시비가 좀 나오기야 하겠지만, 몸도 너무 힘들고, 마음은 더 힘들어서 오늘 하루 고생한 자신을 위한 위로인 셈 치기로 한다.

그렇게 택시에 올라탄 고 대리는 습관처럼 뒷좌석 창문을 활짝 열어젖힌다. 그러자 룸미러를 통해 택시 기사가 못마땅한 눈초리로 자신을 째려보는 게 느껴진다. 분명 예전에 탔던 택시와 다른 택시인데, 왜 창문을 열기만 하면 택시 기사들은 저렇게 못마땅하게 째려보는지 이해할 수가 없다.

'내가 내 돈 내고 타고 가는데, 왜 창문 여는 것도 눈치를 봐야 하는 건지. 피곤하다, 피곤해.'

고 대리는 룸미러를 같이 째려볼까 잠시 고민하다 이내 그만둔다. 창밖에서 쓸쓸한 바람이 불어와 얼굴에 닿는다. 고 대리가 가만히 눈을 감는다. 하루 종일 몸에 밴 도배용 풀 냄새가 다 날아가 버리길, 그렇게 오늘 하루 자신을 힘들게 한 답답한 마음이 바람에 다 날아가 버리길 바라본다.

"오빠, 그거 처음 하는 일이니까 몸조심해, 알았지?"

눈을 감으니 어젯밤 자신을 응원해 주던 아내의 목소리가 들리는 것 같다. 갑자기 코끝이 찡해진다. 왈칵 눈물이 쏟아질 것 같아 눈에 힘을 주며 질끈 감는다. 그렇게 한참 눈을 감은 채 바람을 맞으며 가고 있는데, 갑자기 하루 종일 조용했던 핸드폰이 울린다.

깨톡—

몸 이곳저곳이 아프고 손가락 하나 까딱하기 싫어서 그냥 무시할까 잠시 고민한다. 그러다 불현듯 혹시 이직 관련 소식일지도 모른다는 생각이 들어 황급히 핸드폰을 꺼내 본다. 이렇게 고된 막노동일을 계속할 바에야 빨리 이직 자리를 찾는 게 낫겠다 싶다.

—일 잘 끝났음? 반장님 통해서 일당 보냈는데 전달받았지? 처음이라 아무래도 금액이 좀 적긴 할 텐데, 그래도 시간 지나면

금방 올려줄 거니까 너무 걱정하지 말고.

눈앞 핸드폰 화면에 찐친의 깨톡이 보이자 간신히 눌렀던 울적한 마음이 다시 차오른다. 그리고 그런 마음을 잘 안다는 듯, 그의 손가락이 무지막지한 속도로 깨톡 답장을 쓰기 시작한다. 힘들어서 두 번 다시 하기 싫다는 통보, 네가 나한테 이럴 수 있냐는 비난, 그리고 자신이 일당 7만 원밖에 안 되는 사람으로 보이냐는 원망까지 꾹꾹 눌러 자신이 오늘 느낀 온갖 감정을 원색적으로 쏟아 낸다. 그리고 마지막으로 〈전송〉 버튼을 누르려던 찰나, 찐친의 다음 깨톡이 먼저 도착해 버린다.

—오늘 처음이라 많이 힘들었지? 고생 많았어. 처음엔 다 그렇잖아. 점점 나아질 거야. 그러다 보면 좋은 날 오는 거고. 앞으로도 계속할 거지? 다음 일 잡아 둔다?

찐친의 깨톡을 물끄러미 보고 있으니 그를 응원하던 아내의 목소리가 또다시 귓가에 울리는 것 같다. 고 대리는 자신이 써 둔 장문의 답장을 다시 한번 읽어 본다. 어서 〈전송〉 버튼을 눌러야 하는데, 왜인지 자꾸만 아내의 응원이 머릿속에 맴돈다. 고 대리의 손가락이 〈전송〉 버튼이 아닌, 〈지움〉 버튼을 길게 누른다. 그렇게 고 대리의 답장이 순식간에 모두 지워져 버린다. 그러고는 이전과 달리 몇 번의 짧은 터치로 답장을 새로 쓴다. 이번에는 망설임 없이 〈전송〉 버튼을 누른다.

─응, 계속해야지. 신경 써 줘서 고마워.

그냥 이렇게 끝내려던 손가락이 뭐가 아쉬운지 몇 번의 터치를 더 이어간다.

─근데 나랑 같이 일한 그 파트너 형 있잖아, 바꿔 주면 안 되냐? 좀 불편한데.

─왜? 그 형 완전 나이스하지 않음? 미련할 정도로 혼자 묵묵히 잘해서 다른 사람들은 다들 그 형이랑 파트너 하고 싶다고 난리인데. 무슨 일 있었음?

─아냐, 알았어, 그럼.

고 대리는 친구인 자신보다 분리수거 남을 더 믿는 듯한 찐친의 깨톡에 괜히 서운한 마음이 들어 서둘러 대화를 마무리한다.

'그냥 고맙다는 말만 하고 말걸. 괜히 분리수거 남 바꿔 달란 말 꺼내서는… 하긴 얘 말이 다 맞긴 하지. 분리수거 남이 확실히 빨대 꽂기 좋은 다부진 어깨를 갖고 있긴 하지. 그러네… 젠장! 얘도 그렇고, 그 분리수거 남도 그렇고, 언제부터 내 주변에 이렇게 맞는 말만 하는 사람들이 많았는지.'

그는 이 현실에서 자신만 멍청하고 얼빠진 얼빵이 역할을 담당하고 있는 것 같아 기분이 언짢아진다. 택시가 속도를 높인다. 다시 조용히 눈을 감고 창밖에서 불어오는 바람을 느껴본다.

"도착했습니다, 손님."

택시 기사의 재촉하는 목소리에 깜짝 놀란 고 대리가 눈을 번쩍 뜬다. 잠깐 눈을 감았는데 피곤했는지 그새 잠이 들었나 보다. 택시 기사의 잔뜩 찌푸려진 얼굴을 보니 꽤나 깊은 잠에 빠졌었나 보다. 서둘러 아까 받은 봉투 속에서 현금을 꺼내 택시비를 계산한다. 그러자 신기하게도 택시 기사의 얼굴이 온화해진다.

'아, 근데 여기 아닌데… 단지까지 좀 더 들어가서 내렸어야 했는데….'

몸이 천근만근 너무 피곤한데, 단지까지 좀 더 걸어 올라가야 하는 아파트 상가 앞에 내려 주고 홀랑 가버리는 택시의 뒷모습이 원망스럽다.

"그나저나 택시비가 어떻게 2만 원씩이나 나오지? 그 정도 거리는 절대 아니었는데. 아무리 퇴근 시간에 겹쳐서 막혔다고 하기로서니… 설마 저 택시, 나 잠든 사이 뺑뺑 돌다 온 거 아냐? 하! 왜 잠이 들어서는!"

고 대리는 가뜩이나 얇은 하얀 봉투가 더 얇아진 것 같아 택시를 원망하며 투덜거린다.

'뭐, 그래도 아직 5만 원이나 남았으니까.'

물론 자신의 기대보다 적은 금액이긴 하지만, 오랜만에 번 돈이고, 하루 종일 몸과 마음을 고생해 가며 번 돈이라 그런지 한편으로는 괜히 뿌듯함이 느껴지기도 한다.

'음… 혹시 이런 느낌 때문에 아까 분리수거 남이 그렇게 미안해한 건가?'

고 대리의 눈에 하얀 봉투 겉에 묻은 거뭇한 장갑 때가 보이자, 아까 분리수거 남이 봉투를 건네주며 더럽혀 죄송하다고 사과하던 모습이 떠오른다. 그때는 얼마 들었나 볼 생각에 정신이 팔려 몰랐는데, 혹시 분리수거 남은 방금 자신이 느낀 이 뿌듯함이 가득한 하얀 봉투를 더럽혀 사과한 건지도 모르겠다는 생각이 든다.

'난 그런 거 상관 안 하는데. 뭐, 워낙 이상한 사람이니까. 알 수 없는 일이지.'

고 대리는 어깨를 한 번 으쓱하고는 다시 한번 봉투를 열어 그 안에서 자신을 향해 여전히 세상 인자한 웃음을 짓고 계신 무려 다섯 장의 세종 대왕님을 확인한다.

회사 다닐 때는 월급 입금 알림 문자를 받고 그저 '월급 들어왔네. 그럼 이제 하이에나들이 달려들어 내 피 같은 월급을 또 다 빼가겠군.' 하고 말았는데, 그때와는 비교도 안 되는 적은 금액이지만 이렇게 직접 현찰로 손에 쥐고 있으니 아까 느낀 뿌듯함과 알 수 없는 설렘이 함께 느껴진다. 그 덕분인지 평소 오르막길이라 불평만 했던 아파트 상가 앞을 걷는 그의 발걸음이 한결 가벼워진다. 그렇게 걸음을 옮기던 그의 눈에 아파트 상가 유리창에서 오늘따라 유난히 번쩍거리는 휘황찬란한 네온사인이 들어온다. 먼저 〈기분이 꽃 같네!〉 불빛이 번쩍이는 꽃집이 보이고, 그 가게 바로 옆에 〈고기 먹는 니가 제일 예뻐〉라는 새빨간 불빛이 번쩍이는 정육점이 보인다.

'이런 게 요즘 말하는 MZ세대, 인싸 감성, 뭐 그런 건가?'

자극적인 문장이 화려하게 번쩍거리는 네온사인 앞에 고 대리가 걸음을 멈춘다.

'오랜만에 번 돈인데, 오늘은 기분이나 내 볼까?'

그는 문득 열심히 일해서 번 돈으로 기분 좋게 뭐라도 사 가고 싶어졌다. 서로 자신에게 오라고 경쟁하듯 기분이 꽃 같다는 꽃집과 고기를 먹는 게 예쁘다는 정육점 불빛이 번갈아 가며 번쩍이고 있다. 그 사이에 멈춰 선 고 대리가 둘 사이에서 어떤 게 좋을지 고민한다.

'꽃? 아니면 고기? 뭐가 좋을까? 그래! 딸내미가 좋아하는 소고기로 가즈아!'

머리는 분명 정육점으로 가라고 했는데, 오늘 그의 마음은 꽃 같아지고 싶었는지 자신도 모르게 꽃집으로 들어선다.

그렇게 꽃집을 둘러보던 그의 눈에 싱그러운 푸른빛 잎사귀를 가진 열 송이 정도의 파란색 꽃다발이 눈에 들어온다.

"음⋯ 이거! 이걸로 주세요. 얼마죠?"

고 대리가 주저 없이 그 꽃다발을 가리키며 말한다. 그러고 보니 아내에게 꽃을 선물해 본 적이 언제였는지 기억도 나질 않는다. 딸에게는? 말할 것도 없다. 단 한 번도 선물해 준 적이 없다. 그래서 어쩌면 오늘 하루 몸 바쳐 번 이 값진 돈만큼은 평소 여유가 없다는 핑계로 사 주지 못했던 예쁜 꽃을 가족에게 사 주고 싶다는 생각이 들었는지도 모른다.

"아~ 네, 손님. 이걸로 드릴까요? 한 다발 하시면 4만 원입니다."

자신보다 어려 보이는 꽃집 여사장이 친절하지만 당찬 목소리로 대답한다.

'4만 원? 이게 4만 원이라고? 왜 이렇게 비싸? 요즘 꽃값이 금값이네.'

원래는 아내와 딸에게 한 다발씩 따로 사 주려고 했는데, 안타깝게도 봉투 속 다섯 장의 세종 대왕님으로는 그럴 수 없어 그냥 한 다발만 산다. 꽃집 사장이 예쁜 보라색 포장지로 꽃을 포장하는 사이, 그는 창가에 매달려 있는 〈기분이 꽃같네!〉 불빛을 바라본다.

'그래, 가격을 들으니 기분이 진짜 꽃 같아지네. 이래서 저

시퍼런 불빛이 번쩍이는 거였군!'

고 대리는 자신을 놀리듯 번쩍이고 있는 네온사인에 괜히 분풀이해 본다.

"손님, 꽃은 바로 선물하시나요? 물받이를 해 드려야 하나 해서요."

"네, 바로 줄 거예요. 그나저나 정육점 옆에 꽃집이 있으니 좀 새롭네요. 사실 아까 요 앞에서 소고기를 살지, 꽃을 살지 잠깐 고민했거든요. 뭐 결국 꽃이 이겼지만요, 하하."

고 대리가 하하 웃음소리와 함께 꽃집 사장에게 대답한다. 직장에서 잘린 이후로는 이렇게 다른 사람에게 너스레를 떤 적이 거의 없는데, 오늘은 몸이 힘들어서인지 아니면 기분이 꽃 같다는 저 불빛 때문에 정신이 없어서인지 평소 같지 않게 잘도 떠들어 댄다.

"아~ 그러셨어요? 이렇게 꽃 고르시는 센스를 보니 사모님께 선물해 드리시려나 본데, 그냥 둘 다 사시면 되죠! 예쁜 꽃에 맛있는 소고기까지!"

기분이 꽃 같다는 꽃집 사장이 사람 좋은 웃음을 지으며 그에게 말한다. 그런데 그 말을 들은 고 대리의 표정이 순간 일그러진다. 다행히도 그의 영업 스킬이 재빨리 발동돼서 간신히 표정 관리는 했지만, 기분이 상한 고 대리는 꽃집 문을 거칠게 박차고 나간다.

'뭐? 둘 다 사라고? 참나, 누구는 몰라서 둘 다 안 산 줄 아나? 망할! 남은 돈이 모자라는데 어쩌라고!'

원색적인 짜증이 밀려온다. 그래서 정말 기분을 뭣 같이 만들어 준 이 꽃집에 다시는 오지 않겠다고 씩씩대며 뒤도 돌아보지 않고 걸음을 옮긴다. 화가 단단히 난 손으로 꽃다발을 꽉 움켜쥐고, 다른 한 손은 주머니에 아무렇게나 찔러 넣는다. 주머니 속에 있는 얇아진 하얀 봉투 안에서 초록빛 세종 대왕님이 이제 자기 하나밖에 남지 않았다고 말을 걸어온다.

'정말 고된 하루네. 고되고 고된데 기분까지 나락이네, 진짜!'

그렇게 오늘 고 대리의 가치는 택시비와 꽃값을 제한 1만 원만 남았다.

Episode 34

너한테 화풀이해서
미안해

나락까지 떨어진 기분으로 꽃다발을 들고 오긴 했지만, 눈앞에 싱그러운 파란 꽃잎을 마주하고 있으니 기분이 좀 나아진다. 꽃은 그런 힘이 있는 것 같다. 그렇게 한결 가벼워진 손길로 띵동 - 현관 초인종을 누른다. 어서 이 파란 꽃을 아내와 딸에게 선물해 주고 싶다. 벌써부터 사랑하는 그들이 행복해하는 표정이 기대된다.

'응? 뭐지? 아무도 없나?'

초인종을 누른 지 한참이 지나도 집 안에서는 아무런 반응이 없다. 평소 같으면 현관 비밀번호를 누르고 알아서 들어가겠지만, 오늘은 꽃다발까지 사 온 몸이니, 문을 열고 맞이해 주길 바라는 마음에 군이 띵동띵동 - 초인종을 다시 한번 눌러 본다. 하지만 또다시 고요한 정적만이 남는다.

'뭐지? 이 멋진 서방님이 무려 꽃다발까지 사 오셨는데 문도 안 열어 준다고? 흥!'

꽃집에서 기분이 뭣 같아진 걸 간신히 추스르고 집까지 열심히 달려왔건만, 아무런 반응이 없자 다시 기분이 언짢아지는 것 같다.

삐 삐 삐 삐—

결국 그는 어쩔 수 없이 평소처럼 현관 비밀번호를 누르고 문을 연다. 그런데 바로 그때, 안쪽에서 딸의 날 선 울음소리가 들려온다.

"엄마아~ 피! 피! 손에서 피나아. 으아아앙~ 병원! 병원!! 엄마 병원 가야 돼!!"

"괜찮아, 괜찮아. 엄마 아까 병원 다녀왔어. 진짜 괜찮아. 이거 그냥 이렇게 닦으면 돼. 짠! 끝! 됐지?"

딸의 울음소리 너머로 아무렇지 않은 척 꽤 노력하는 목소리지만, 평소와 달리 탁하고 무거운 떨림이 가득한 아내의 목소리가 이어진다. 눈치 없이 파란 꽃다발을 손에 쥔 고대리는 이게 다 무슨 일인가 싶어 목소리를 따라 황급히 안쪽으로 뛰어 들어간다.

"뭐하길래 문도 안 열어 줘? 애는 왜 이리 울고? 무슨 일있…?"

고 대리의 눈에 주방 싱크대 앞에 주저앉아 있는 아내와 눈물 콧물로 범벅된 딸아이가 보인다. 그 둘 사이 바닥에는 거의 웅덩이만큼 새빨간 핏물이 고여 있다. 놀란 건지 아니면 화가 난 건지, 이성이 마비된 것처럼 고 대리의 몸이 순간 얼어 버린다. 고 대리는 손에 쥐고 있던 꽃다발을 아무렇게나 내던져 버리고 아내와 아이를 향해 몸을 던진다.

"아… 오빠 왔어? 오늘 고생 많았지? 이거 별거 아니고 내가 요리하다 손을 좀 베어서…."

아내가 아까 딸에게 그랬던 것처럼 고 대리에게도 별일 아니라는 듯 말을 건넨다. 하지만 그 목소리에 겁이 잔뜩 묻어 떨리는 게 느껴진다.

"거짓말! 아까 나 다 봤어, 엄마! 오늘 엄마가 동네 김밥 가게에서 일하는 거 다 봤단 말이야! 으아아앙~ 거기서 손 다친 거잖아. 아까 엄마 손에 붕대하고 온 거 내가 못 봤을 줄 알고? 나 다 알아! 다 봤다고!"

딸아이의 울부짖음에 무슨 큰 비밀이라도 들키는 듯 아내가 크게 당황한다.

역시 아이는 어른의 생각보다 더 빨리 자라고, 어른의 생각보다 훨씬 많은 생각을 한다. 어른들은 늘 아이들이 아무것도 모른다고 믿고 싶어 하지만. 마냥 어리기만 한 줄 알았던 아이가 어느새 이렇게 커서 어른의 새빨간 거짓을 꼬집고 있다.

'이게 다 무슨 소리야? 김밥이 뭐라고? 붕대가 뭐라고?'

딸의 말을 들은 고 대리는 순간 머릿속이 멍해진다. 그리고 왜인지 바닥에 내팽개쳐진 죄 없는 꽃다발이 눈에 들어온다. 파란 잎사귀가 핏물에 닿자 조금씩 핏빛으로 물들어가고 있다.

'분명 파란 꽃이었는데 이제는 빨간 꽃이 되었네…. 음, 아냐 아냐. 지금은 그게 중요한 게 아니지. 차분해져야 해. 그러니까 아내가 나한테 아무런 말도 없이 오늘 김밥 가게인가 뭔가에서 알바 같은 걸 했고, 그리고 거기서 손을 조금 다쳤는데, 아니 조금이 아니고 심하게 다쳐서 마침 이렇게 피가 철철 나고 있는 거로군. 이렇게나 웅덩이가 될 만큼 철철 말이야. 음… 뭐 그렇군. 그런 거야.'

그는 딸이 말한 내용을 최대한 이성적으로 받아들이려 애를 쓴다.

'…뭐? 그런 거군? 이게 다 뭔 소리야?'

하지만 그의 이성도 이 상황을 납득하기 어려운지 결국 길 잃은 물음표를 그에게 쏟아 낸다.

"이게 다 뭔 소리야 대체!!!"

결국 이해하기를 포기한 이성의 자리를 울화통이 대신 차지해 아내에게 소리를 질러 대기 시작한다.

평소 고 대리는 왜 사람들은 이해하지 못하면 소리부터 질러 대는 건지 도무지 이해할 수 없었지만, 같은 상황이 되니 그들처럼 똑같이 소리를 지르고 있는 자신의 모습이 어이없다.

"당신, 똑바로 말해! 알바를 했다고?"

그는 아내의 손을 동여맨 붕대를 봤음에도 그 걱정보다, 자신을 속이고 몰래 아르바이트 따위나 했다는 사실이 기가 막혀 아내를 향해 더 크게 소리를 질러 댄다. 그렇게 자신이 먼저 냅다 소리를 질러야만 마치 오늘 일용직으로 도배 일 따위나 하고 온 자신의 부끄러움을 숨길 수 있다고 믿는 듯이.

"아, 오빠 그게 아니고… 밑에 집 아기 엄마가 하는 김밥 가게인데, 오늘 펑크가 났다고 잠깐 도와달라길래…. 그리고 오빠 무급 휴직 중이니까 나도 좀 벌어서 생활비도 좀 보태고… 아이 발레 학원도 보내고 싶고 해서… 또 혹시 모르잖아… 무급이 길어질 수도 있으니까…."

〈뚝〉.

아니, 〈뚜두둑〉인가?

아내의 말에 그의 얇디얇아진 이성의 끈이 끊어지는 소리.

아니, 〈쩌-억〉인가 보다.

이성이 박살 나는 그 소리.

그 순간 왜였을까? 아내의 그 말을 듣는 순간, 그의 머릿속에 최근 몇 개월 사이의 일들이 주마등처럼 스쳐 지나갔다.

제일 먼저 회사 희망퇴직 대상자 명단에 떠 있는 자신의 이름을 보고 서글퍼졌던 자신의 모습이 떠올랐다. 그다음으로는, 그렇게 잘린 다음 날 굳이 검정 정장을 차려입고 나가 출근하는 지하철 직장인 무리에 숨어 가짜 직장인 행세를 하던 모습이 스쳐 갔다. 그러고는 딱딱한 구두에 짓눌려 아프다고 아우성치는 발가락들을 무시하며 갈 곳 없이 길거리를 떠돌던 모습과 집 대출 걱정에 한숨 쉬던 모습도, 그러다 우연히 발견한 도서관에 숨어 컵라면으로 한 끼 때우며 자책하고, 찐동생의 일자리 제안에 소리나 버럭 지르며 객기를 부리던 모습도 떠올랐다.

그리고 아직 안 끝났다는 듯, 오늘 아침 그를 조롱하듯 '허허' 웃으며 말 걸던 분리수거 남의 검정 반소매 어깨가 떠오르더니, 자존심 상한 창피함을 꾹꾹 누르던 초보 막노동자의 모습이 겹쳐 보이다가, 기분이 꽃 같다는 꽃집 사장에게 소고기도 못 사는 하루살이 취급을 당해 분해하는 자신의 모습까지 떠올랐다.

이런 현실을 마주해야 하는 것만으로도 충분히 고통스럽건만, 자기 몰래 아르바이트를 하다가 피범벅 되어 돌아온 아내가, 그리고 그런 엄마 때문에 눈물 콧물을 잔뜩 쏟고 있는 딸이 그를 더 고통스럽게 만들었다.

고 대리는 결국 자기 안에 폭발할 듯 가득 차버린 고통을 참지 못하고 평소답지 않게 아내와 딸아이 앞에서 마지막까지 큰 소리로 분노를 쏟아 낸다. 그러고도 분이 안 풀렸는지 가장 소중한 두 사람을 그렇게 덩그러니 남겨 두고 뒤돌아서 자신의 차가운 뒷모습만 보인 채 쾅! 닫는 문소리와 함께 서재에 들어와 책상 위에 쓰러지듯 풀썩- 엎드려 버린다. 그리고 이 화가, 분노가, 고통이, 슬픔이 어서 잊히길 빌고 또 빌기 시작한다.

그렇게 얼마의 시간이 지났을까?

책상에 엎드린 자세 그대로 잠이 들었던 고 대리가 뻐근해진 어깨를 간신히 들어 올리며 잠에서 깨어난다. 정신을 차리니 아까 분노에 사로잡혀 아내와 딸에게 빽빽- 소리 지르던 자기 모습이 떠오른다. 하지만 얼마나 심한 말을 어떻게 쏟아 냈는지 기억이 잘 나지 않는다. 그리고 그 순간 예전 언젠가 들었던 '원래 우리 인간은 너무 고통스러운 순간의 기억을 스스로 지워 버린다.'라는 말이 떠오른다. 망각이라던가? 단기 기억 상실? 그게 뭐가 됐든 지금 그에게 중요한 건 아니지만.

다만 한 가지 분명하게 기억나는 건, 자신이 하루 종일 일한 대가로 샀던 싱그러운 파란 꽃다발이 아내의 붉은 피에 완전히 물든 채 바닥에 나뒹굴고 있었다는 것이다. 그곳에 더 이상 파란 꽃은 없었다. 마치 처음부터 없었다는 듯이.

아내의 흰머리 앞에
미안해

끼익—

'얼마나 잠이 들었던 거지? 소리를 너무 질러서 그런가, 목이 아프네. 물이라도 마셔야겠다.'

고 대리는 죄라도 지은 쥐새끼처럼 서재 문을 살며시 열고 조심히 거실로 나온다. 거실 창밖을 보니 이미 캄캄하고, 세상은 모두 깊은 잠에 빠진 듯 고요하기만 하다.

꼬르륵—

그는 오늘 도배 일 하느라 너무 힘들었는데 하루 종일 아무것도 먹질 못했다. 그런데 또 그렇게 버럭버럭 소리치며 화내고 잠이 들었으니 그의 가련한 배꼽시계가 이렇게 울려댈 수밖에. 그래서 뭐라도 먹을까 싶어 주방으로 걸음을 옮기는데, 문이 살짝 열려 있는 딸아이의 방이 눈에 들어온다. 아까 일이 마음에 걸려 딸의 방에 들어가 본다. 언제 이렇게 컸는지 훌쩍 커버린 딸이 침대에 새근새근 잠들어 있다. 가까이에 가서 딸의 얼굴을 보니 얼마나 울었는지 아직 눈도 퉁퉁, 얼굴도 퉁퉁 부어 있다. 그리고 그런 딸 옆에 몸을 한껏 웅크리고 불편한 자세로 잠든 아내가 보인다. 아내의 손에 감겨 있는 두꺼운 붕대가 아까 있었던 일이 꿈이 아니었다는 사실을 그에게 알려 준다.

'언제 이렇게 흰머리가 많아졌지?'

무심한 세월은 착한 아내에게 왜 이렇게 모질게 구는 건지, 많이 지쳐 보이는 푸석푸석한 얼굴 위 검은 머리카락 사이사이로 희끗희끗 수없이 많은 흰머리가 보인다.

젊은 시절 연애할 때, 프러포즈할 때, 결혼식 입장할 때, 첫 해외여행 갔을 때, 아기가 태어났을 때, 그때만 해도 찰랑이는 새까만 긴 생머리의 아름다운 아가씨였는데. 지금은 이렇게 얼굴, 손가락, 옷차림, 그리고 머리카락까지 세월의 흔적을 피하지 못한 게 보여 마음이 아파 온다. 고 대리는 아내를 깨워 안방에 가서 편히 자라고 할까, 잠시 고민한다. 하지만 아까 소리쳤던 자기 모습이 떠올라 부끄럽고 미안해서 그저 깨지 않게 조심히 이불만 잘 덮어 주고 다시 조심히 주방으로 나온다. 아이 방 공기와 달리 주방의 공기는 서늘

하고, 그의 마음도 헛헛하다.

그리고 때맞춰 다시 울리는 꼬르륵 소리.

더 이상 못 참겠다며 계속 울어 재끼는 배꼽시계를 위해 먹을거리를 찾아 주방 이곳저곳을 살펴본다. 식탁 가운데에 어찌된 영문인지 다시 원래의 싱그러운 파란빛을 되찾아 반짝이고 있는 아까 그 꽃들이 다시 만나니 기분이 꽃 같지 않냐고 물어오는 것 같다. 자기네는 이제 평온한 꽃병이라는 새로운 안식처를 찾아 기분이 꽃 같다며.

그렇게 한참 동안 주방을 수색했건만 딱히 배꼽시계를 달래 줄 먹을거리가 보이지 않는다.

'뭐가 없네. 오늘같이 몸도 힘들고 기분도 나락인 이런 날엔 내 영원한 친구 막맥과 함께해야 되지 않겠어?'

한잔할 생각에 들뜬 마음으로 고 대리가 힘껏 냉장고 문을 연다. 그런데 없다. 막걸리도, 맥주도 없다.

'다 먹었나? 아… 나가기 귀찮은데. 그래도 뭐라도 먹긴 해야겠고. 흠… 편의점이라도 가 봐야지 뭐.'

그렇게 대충 주섬주섬 차려입은 고 대리가 조용히 현관문을 닫고 밖으로 나간다. 그런데 바로 그때, 현관문 앞에 있는 빈 종이 박스들이 고 대리를 노려보며 자기들을 잊었냐고 길을 막아선다. 갑작스러운 박스들의 등장에 당황한 그는 분리수거를 시작한 이후로 왜 이렇게 자꾸만 쓰레기가 자기 눈에 잘 띄는지 모르겠다는 생각이 든다.

'망할 것들! 니들은 내 기분 따위야 어떻든 내 하루가 어 땠든 아랑곳하지도 않고 잘도 나타나는구나!'

마음 같아선 눈앞에 있는 박스들을 발로 뻥– 시원하게 차 버리고 싶지만, 그 소리에 혹시라도 아내와 딸이 깰까 봐 그 저 조용히 박스를 두 손으로 안아 들고 길을 나선다.

'설마 이 시간에 마주치겠어?'

엘리베이터를 기다리던 그는 혹시나 분리수거 남이 허허거 리며 안에 숨어 있는 건 아닌가 하는 걱정에 잠시 움찔한다.

띵—

'문이 열리네요. 그대가 들어오….'

제목도 잘 기억나지 않는 옛 노래가 그의 머릿속에 울려 퍼진다.

없다. 다행히 분리수거 남은 없다.

'하긴 이 새벽에 분리수거하는 정신 나간 사람이 나 말고 또 있을까? 그래도 혹시 모르니 1층에 도착할 때까지 긴장을 늦추지 말아야지. 그놈은 언제 어디서 나타날지 모르니까.'

그리고 다시 한번 띵– 소리와 함께 그의 우려와는 달리 엘리베이터가 무사히 1층에 도착한다.

'내가 어쩌다 이런 쓸데없는 걱정까지 해 가며 분리수거 나 하게 됐는지… 신세 참… 어, 근데 이게 뭐야? 비? 젠장!

오늘 무슨 날인가 정말. 안 되는 날은 뭘 해도 안 된다더니!'

비다. 밖에 비가 부슬부슬 내리고 있다. 우산을 가지러 다시 집으로 올라가야 하나 고민하는 사이, 그의 발걸음이 그냥 나온 김에 얼른 다녀오자고 그를 재촉한다. 그의 이성도 어차피 이런 비는 우산을 써도 다 맞는 비라며 그를 설득한다. 그리고 아까 주방의 불청객, 현관의 불청객에 이어 우산의 불청객이 돼서 혹시나 아내와 딸을 깨우기라도 하면 어쩔 거냐며 협박까지 한다.

그렇게 밖으로 나선 그는 추적추적 비에 젖기 시작한다. 그리고 당연히 그의 손에 들린 박스들도 물에 젖기 시작한다. 그래도 다행히 비가 많이 오진 않아서 박스가 찢어지진 않았다.

'이래서 비 오는 날 박스 분리수거를 하면 아주 번거롭고, 아주 모양 빠지지. 이렇게 말이야.'

그는 서둘러 분리수거장으로 걸음을 옮기며 새벽 시간이라 자신의 젖은 꼴을 보는 사람이 없어서 다행이라 생각한다. 당연히 K-초딩도 없다.

'새 나라의 어린이들은 쿨쿨 자고 있어야지~ 암~ 그렇고말고.'

그렇게 흩날리는 비를 뚫고 마침내 분리수거장에 도착해 몸에 익은 동작으로 젖은 박스를 던져 버린다. 순식간에 분리수거를 끝내고 분리수거장 옆 편의점으로 걸음을 옮긴다.

딸랑—

'그러고 보니 왜 편의점 문은 항상 이런 종소리가 날까? K-초딩 없으니 편의점이 세상 조용하네.'

낮에 시끌벅적하던 편의점과 달리 잔잔한 라디오 소리만 울리는 편의점이 내심 만족스럽다. 익숙한 발걸음으로 막걸리와 캔맥주, 그리고 과자 한 봉지까지 야무지게 집어 들어 계산대 앞에 선다.

"아, 그리고 저 아래 저 담배 한 갑도 같이 주세요."

고 대리는 계산대 뒤편에 진열되어 있는 담배를 보고 무슨 생각인지 담배도 한 갑 달라고 한다. 그러고는 바지 주머니에 손을 넣어 아까 챙겨 온 하얀 봉투를 꺼내 든다. 봉투 안에 외롭게 홀로 남으셔서인지 세종 대왕님이 초록빛으로 질려 있는 것처럼 보인다.

삑, 삑, 삑, 삑.

편의점 아르바이트생이 물건의 바코드를 하나씩 찍을 때마다 그는 숨죽이고 눈앞 기계에 찍히는 가격을 유심히 본다.

'후~ 만 원으로 되겠다. 이달의 행사 상품으로 할인 받아서 다행이지, 모자랄 뻔했네. 그나저나 언제 담뱃값이 이렇게 올랐지? 무서워서 담배 피우겠나? 끊길 천만다행이지.'

하지만 방심은 금물이다.

"봉툿값까지 하셔서 딱 만 원입니다."

안심하는 그를 향해 아르바이트생이 가진 돈 다 내놓으라는 마지막 통보를 나지막이 날린다.

고 대리는 그렇게 마지막까지 함께했던 세종 대왕님을 떠나보내고 편의점 밖으로 나온다. 문 앞에 서서 혹시 비가 그쳤나 싶어 깜깜한 밤하늘을 올려다본다. 다행히 빗줄기가 얇아진 게 거의 그친 것 같다. 그렇게 멍하니 밤하늘을 올려다보고 있는데, 바로 그 순간 날카롭고 싸늘한 생각 하나가 머릿속을 스친다.

'그래, 드디어 내 가치가 0원이 되었구나….'

그는 오늘 남은 자신의 가치를 다시 생각해 본다. 오늘 번 돈을 다 쓰고 나면 기분이 안 좋을 줄 알았는데, 아이러니하게도 이제 바닥까지 떨어졌다는 생각이 들어서인지 기분이 나쁘지만은 않다. 그는 평소 바닥까지 떨어진다는 게 꼭 나쁜 일은 아닐 것 같다는 생각을 갖고 있었다. 왜냐하면 바닥까지 떨어졌다는 건, 앞으로는 올라갈 일만 남았다는 말이기도 하니까. 다만 언제나 욕심이 가득한 우리 인간들은 바닥에 서 있는 그 순간에도 그 바닥이 정말 바닥이 맞는지 끊임없이 의심하고 불안해하는 게 문제지만.

편의점에서 산 막맥 친구들을 집에 가서 먹을까 하다가 혹시 아내와 딸이 깰지도 모르고, 비도 거의 그쳤고 해서 그냥 분리수거장 옆 그 벤치로 간다.

'이럴 땐 벤치가 편의점 가까이 있어서 좋네. 낮엔 초딩들의 아지트여서 분리수거 할 때 아주 신경 쓰였는데.'

벤치에 앉아 먼저 맥주를 한 모금 쭉 들이켜 꿀꺽 삼킨다. 그러고는 맥주 캔에 막걸리를 부어 섞은 후 다시 한번 한 모금 들이켠다. 답답했던 속이 뻥- 뚫리는 기분이다. 그렇게 아무 생각 없이 한 모금, 두 모금 마시니 오늘 하루 피곤한 몸도 지친 기분도 다 저 밤하늘 위로 올라가 사라지는 것 같다. 취기가 오른 눈으로 밤하늘을 멍하니 바라본다. 아까 아내와 딸에게 마구 소리쳐 대던 자신이 생각난다.

'에이… 아까 꽃 사지 말걸. 택시 타지 말걸. 그냥 오늘 번 일당 7만 원이라도 고대로 아내에게 줄걸. 그러면 앞으로 그 김밥 가게 같은 곳에서 절대 알바 같은 거 하지 말라고 더 강하게 말할 수 있었을 텐데….'

자신의 가치가 7만 원밖에 안 된다는 사실이 한심하고, 그래서 김밥 가게에서 아르바이트하겠다는 아내를 말릴 수 없는 현실에 비참해진다. 그렇게 마음이 다시 답답해지자 고대리는 서둘러 막맥을 들이켠다. 역시 좋다. 다시 한번 속이 뻥- 뚫리는 것 같다. 그런데 바로 그때, 어디선가 가냘픈 여성의 노랫소리가 들려온다.

누군가의 한숨

그 무거운 숨을

내가 어떻게 헤아릴 수가 있을까요

당신의 한숨

그 깊이를 이해할 순 없겠지만

괜찮아요 내가 안아 줄게요

남들 눈엔 힘 빠지는 한숨으로 보일진 몰라도

나는 알고 있죠

작은 한숨 내뱉기도 어려운 하루를 보냈단 걸

　노래가 어디서 나오는지 주변을 둘러보니, 바로 옆 편의점의 외부에 설치된 스피커에서 나오고 있었다.

　'여기 스피커가 있었나? 그나저나 노래가 참….'

　그는 생각을 멈추고 흘러나오는 노랫소리에 귀를 기울인다.

　언젠가 고 대리는 나이를 먹어서 그런지, 아이돌이고 쇼미 더머니 래퍼고 요즘 노래는 도대체 가사가 무슨 말인지 잘 안 들린다는 생각을 한 적이 있다. 하지만 막맥의 취기가 잔뜩 올라서인지 아니면 밤하늘에 묵직하게 내려앉은 차가운 새벽 공기가 그의 눈을 가려서인지, 지금 편의점에서 흘러나오는 노래는 유난히도 가사가 잘 들리는 것 같다. 그리고 노래 한 음 한 음, 가사 한 구절 한 구절이 그의 안으로 강렬하게 꿰뚫고 들어와 그동안 긁히고 깨지고 부서져 내리던 마음 곳곳을 위로하며 다독여 주는 것만 같다.

분리수거장에서 새어 나온 고 대리의 한숨이 차가운 새벽 밤하늘에서 길을 잃고 흩어진다.

'한숨이 괜찮다고 토닥여 주는 노래라니… 완벽하네, 완벽해! 내가 취하긴 했나 보다. 한낱 가요가 이렇게나 와닿는 거 보면. 그나저나 노랫말이 이렇게 슬플 수 있나? 아니, 오히려 그래서 위로가 되는 것 같기도 하고….'

문득 노래 제목이 궁금해진 그는 알 길이 없어 아쉽기만 하다. 하얀 형광등 불빛으로 가득 차 창백해진 편의점 안에서 밤새도록 일해서 더 창백해진 편의점 야간 아르바이트생에게 물어볼 수도 있지만, 그는 그러지 않는다. 무례하게 보이고 싶지 않기 때문이다. 아니 사실 그럴 용기도 없다.

그렇게 그는 한참 동안 자신을 위로해 주는 그 노래를 들으며 원 없이 새까만 밤하늘을 올려다보고, 원 없이 한숨을 토해 낸다.

그러고 있으니 이렇게 분리수거장 옆에서 오랫동안 말없이 앉아 있다가 집으로 돌아가는 우리네 흔한 남편들의 마음이 이해되는 것 같다. 더러워서 사람이 안 오는 이곳이야말로 가족에게 걸리지 않고, 누구의 눈치도 볼 필요 없이 남편들이 안심하고 원 없이 한숨을 쉴 수 있는 곳, 그렇게 그들의 고됨을 말없이 안아 주고, 거기에 사랑하는 가족을 위한 분리수거라는 아름다운 핑계까지 만족시켜 주는 완벽한 곳이 아닐까.

'도망가자'에 흔들려서
미안해

한참을 한숨 나는 노래의 여운을 느끼며 멍하니 벤치에 앉아 있던 고 대리의 눈에 아무렇게나 놓여 있는 아까 산 담뱃갑이 들어온다. 마치 술은 다 마셔서 그렇게 취했으면서 자기는 잊었냐고 묻는 것 같다.

'잊었냐고? 아니, 그럴 리가 없지. 꼭 피려고 산 건 아니지만, 그래도 이런 감성이면 한 대 피워야겠는걸!'

그렇게 그는 능숙한 손길로 담뱃갑 비닐을 제거하고, 담배한 개비를 꺼내 입에 문다. 담뱃잎의 쓴맛이 그의 입술에 닿는다. 그러자 바로 적나라한 현실을 깨닫게 된다.

'아, 젠장. 나 라이터 없지.

아, 젠장. 지금 시간에 불 빌릴 사람도 없겠지.

아, 젠장. 나 남은 만 원 다 썼지.

아, 젠장. 난 왜 이 모양이지?

하! 젠장!'

그냥 라이터가 없을 뿐인데 이렇게 적나라한 현실이 자신을 세차게 파고드니 입안의 쓴 담배만큼이나 마음이 쓰려 온다. 담배를 다시 뱉긴 괜히 뻘쭘해서 여전히 입에 문 채로 밤하늘을 가로질러 올라가는 하얀 담배 연기를 상상해 본다.

'언젠가 좋은 날 오겠죠.'

연기 사이로 분리수거 남과 담배 피웠던 첫 만남이 떠오른다.

'언젠가 좋은 날 올 거라고 말해 대는 막노동자라니. 그리고 뭐? 본인의 꿈인 작가가 되려 노력한다고? 현실이 그렇게나 개박살 나 있는데 뜬구름 잡는 그따위 꿈을 좇고 싶나? 어떻게 하면 돈 많이 벌어 잘 먹고 잘 살지부터 고민해야지. 한심하네, 한심해.'

하지만 이내 그때 분리수거 남을 보며 자신이 했던 생각이 떠올라 괜히 부끄러워진다.

'근데 그때 언젠가 좋은 날 올 거라는 그 말이 왜 그렇게 거슬렸을까?'

고 대리가 여전히 불도 없는 담배를 입에 문 채 곰곰이 생각해 본다.

'뭣도 없는 놈이 꿈을 좇아 사는 게 부러웠던 건 아닐까?'

사실 그는 먹물 좀 먹었다고 분명히 직업에 귀천이 있다는 되먹지 못한 생각이나 하고, 겉으로는 있어 보일지 몰라도 사실 뭣도 없는 플라스틱 사원증 하나 목에 걸고 서울 삐까번쩍한 빌딩 사이를 멋있는 풀 정장 차림으로 뛰어다니며 진심 하나 없는 가짜 웃음만 가득한 가면을 뒤집어쓴 채 비즈니스 영업 좀 해 봤다는, 그런 뭣도 아닌 거만한 자만심에 취한 자신에겐 없는 분리수거 남의 그런 용기가 부러웠던 건 아니었을까.

'그래, 저런 사람도 사는데…'

고 대리는 분리수거 남과 처음 이야기를 나눴을 때 그런 생각을 했었다. 그 말은 자신보다 불쌍한 사람도 저렇게 하루하루를 꾸역꾸역 버티며 열심히 살아가는데, 자신은 그나마 저 사람보다 조금이라도 나은 삶이라 다행이라고 생각하며 더 열심히 살아야 한다는 희망의 의미를 품고 있다.

하지만 그 말과 딱 한 글자만 다를 뿐인데 완전히 반대의 의미를 담고 있는 말도 있다.

'저런 사람도 죽는데…'

아까와 달리, 이 말은 자신보다 좋은 회사에 다니고, 돈도 많고, 행복해 보이는 그런 대단한 사람도 저렇게 아무렇지 않게 쉽게 생을 마감하는데, 그와는 비교할 수 없을 정도로 엉망인 것 같은 내가 더 살아서 뭣 하나, 하는 절망만 담고 있다.

'저런 사람도 사는데…'보다,

'저런 사람도 죽는데…'가 흔해진 세상.

이 시대를 살아가고 있는 우리는 안타깝게도 언젠가부터 '저런 사람도 사는데'보다 '저런 사람도 죽는데'라는 말을 더 흔하게 사용하게 된 것 같다.

고 대리는 그동안 자신의 비참한 현실에도 다행히 '저런 사람도 죽는데'라며 극단적인 생각까지는 하지 않았지만, 분리수거 남을 보면서 '저런 사람도 사는데'라며 자기 스스로를 위로하고 있었다는 걸 새삼 깨닫는다.

"언젠가 좋은 날 오겠죠…."

그가 입술 위에 얹혀 있던 담배를 뱉으며, 분리수거 남이 했던 말을 작은 소리로 따라 되뇌어 본다. 느낌이 묘하다. 그런데 바로 그때 편의점 스피커에서 또 다른 노래가 들려 온다. 가만히 귀를 기울여 들어 보지만 이번에도 제목이 뭔지는 모르겠다. 하지만 역시나 신기하게도 노랫말은 참 잘 들린다. 신기하다. 이 노래는 '도망가자'라는 강렬한 유혹의 말로 시작한다.

도망가자

어디든 가야 할 것만 같아

넌 금방이라도 울 것 같아

괜찮아 우리 가자 걱정은 잠시 내려놓고

대신 가볍게 짐을 챙기자

실컷 웃고 다시 돌아오자

거기서는 우리 아무 생각 말자

너랑 있을게 이렇게

손 내밀면 내가 잡을게

⋮

어디로든 어떻게든

내가 옆에 있을게 마음껏 울어도 돼

그 다음에 돌아오자 씩씩하게

지쳐도 돼 내가 안아줄게

괜찮아 좀 느려도 천천히 걸어도

나만은 너랑 갈 거야 어디든

당연해 가자 손잡고

사랑해 눈 맞춰 줄래

너의 얼굴 위에 빛이 스며들 때까지

가 보자 지금 나랑

도망가자

노래를 가만히 듣고 있으니 쓸쓸한 음색과 '도망가자'라는 담담한 노랫말이 잘 어울린다는 생각이 든다. 그렇게 이 노래는 '지금 나랑 도망가자'라는 강렬한 유혹을 속삭이며 끝이 난다. 노래가 끝나자, 어느새 그 유혹에 취해 버린 고 대리도 도망가고 싶다는 생각이 든다. 희망퇴직자로 낙인찍힌 순간으로부터, 이제 그가 필요 없다고 그를 내쳐버린 이 현실로부터, 그냥 자신을 힘들게 하는 모든 것으로부터 지금 당장 도망쳐 버리고 싶다.

　'근데… 나는 왜 도망가지 못하는 걸까…?

　사랑하는 아내와 딸아이 때문이라면…

　그건… 핑계일까?'

지금도 나쁘지 않다고 생각해서 미안해

한숨 쉬며 도망가고 싶었던 그 밤이 지난 바로 다음 날, 고대리는 어떤 결심이 섰는지, 불륜남 박 전무와 일하기 싫다며 거절했던 찐동생의 회사에 이력서를 제출했다. 망설임은 없었다. 7만 원으로 전락한 자신의 가치가, 그런 자신의 현실이 너무나 적나라하게 그를 덮쳐왔고, 무엇보다 돈 때문에 김밥 가게에서 아르바이트한 아내, 그것도 거기서 다쳐서 피가 철철 나고 있던 아내의 떨리는 목소리를 참을 수 없었다. 그래서 그는 더 이상 핑계를 대지 않고 그 길로 이력서를 보냈다.

그리고 며칠 후 바로 면접을 봤다. 다행히도 면접관 중에 박 전무는 없었다. 그리고 그 회사 내에서 찐동생의 입김이

세긴 셌는지, 회사 측에서 고 대리에게 바로 출근해 줬으면 좋겠다는 의사를 전해 왔다. 그 말에 솔깃하긴 했지만, 그래도 일반적으로 회사에서 인수인계할 때도 최소 2주는 해 주는 게 국룰이라 2주 뒤부터 출근하겠다고 양해를 구했다. 그 2주 동안 고 대리는 찐친의 도배 일을 열심히 해 줄 생각이었다. 그래도 자신이 힘들 때 찐친이 신경 써서 일거리를 줬는데 달랑 하루만 하고 도망치는 것처럼 보이고 싶진 않았다.

그렇게 2주 동안 일하다 보니, 이전에 막노동을 무시했던 고 대리의 저급한 직업 귀천론은 이미 사라져 있었다. 그래서인지 그는 도배 일을 하는 매 순간 진지한 마음으로 임했고, 함께 일하는 파트너인 분리수거 남과도 조금은 가까워졌다. 뭐, 엄청나게 친해진 건 아니지만 확실히 처음보다는 훨씬 나아졌다. 결국 사람 일은 마음먹기에 달린 것 같다.

그런데 역시 사람의 마음이 간사해서 그런지, 시간이 흐르며 점점 업계에 돌아갈 시간이 가까워지자, 이따금 마음 한편에선 그냥 실업 급여 받고, 도배 일 해서 어느 정도 벌고, 가족과 지금처럼 함께 시간을 보낼 수 있으면 그게 예전 그 망할 업계로 돌아가는 것보다 낫지 않나, 하는 생각이 들기도 했다. 물론 그렇게 되면 학창 시절과 해외 연수 시절 나름 치열하게 쌓아 온 자신의 사무직 경력이 의미 없어지게 될 것이다. 하지만 옛날 경력이 아깝다는 이유로 업계로 돌아가면, 돈은 도배 일보다 훨씬 많이 벌어 안정적이긴 할지 몰라도 지금처럼 가족과 함께하는 시간을 갖긴 어려울 것이다. 왜냐하면 옮긴 회사에서 잘리지 않기 위해 더 열심히, 더 늦게까지, 그렇게 더 벌기 위해서 몸과 영혼을 더 갈아 넣어 일해야 할 게 뻔하기 때문이다. 어쩌면 시간이 흘러 결국 언젠가는 다시 쓸모없어진 부품 1로 전락하게 될 거고, 그럼 또 이전 직장처럼 희망퇴직 따위나 희망하라며 잘리고 말지도 모른다는 생각이 들었다.

한숨과 함께 도망치고 싶었던 그 밤, 고 대리는 자신의 삶에 너무 지쳐 그냥 망할 박 전무 밑으로라도 들어가야겠다는 결심을 굳혔다. 하지만 그럼에도 남은 2주의 시간 동안 이렇게 하루에도 수십 번씩 마음이 왔다 갔다 하며 고민을 거듭하고 있다.

2주의 끝이 얼마 남지 않은 어느 이른 아침, 고 대리가 다시 도배 일을 하러 집을 나선다.

'분명 그때 업계로 돌아가자고 결심 다 해 놓고는 계속 흔들리네. 인간은 적응의 동물이고, 어리석은 선택을 반복한다더니… 그래도 다시 돌아가든 안 가든 어쨌든 계속 돈은 벌 수 있게 됐으니 다행이지 뭐. 지금은 그것만 생각하자.'

공사 작업 현장으로 가는 버스에 올라탄 고 대리가 창밖으로 서서히 밝아 오고 있는 아침 하늘을 바라본다. 처음 회사에서 잘렸을 때는 너무 막막했는데, 어쨌든 지금은 어떻게든 나아질 거라는 희망이 보이는 것 같아 아침부터 기분이 좋다. 그런 그의 기분을 눈치챘는지 버스도 텅 빈 도로를 경쾌하게 달려간다.

그렇게 평소보다 조금 일찍 도착한 버스에서 그가 내린다. 이번 현장은 정류장에서 조금 떨어져 있어서 걷기 시작한다. 가는 길에 시원한 캔 커피라도 하나 살까 싶어 근처 편의점에 들른다. 냉장고 앞에 서니 자신이 제일 좋아하는 커피인 별다방 커피 병이 눈에 띈다. 요새는 카페에 직접 가지 않아도 이렇게 편의점에서 쉽게 구할 수 있어서 좋은 것 같다. 정말 돈만 많으면 못 할 게 없는 행복한 세상이구나 싶다. 돈이 없어서 문제지. 그는 손을 뻗어 진열대 위 별다방 커피를 하나 집어 든다.

'어? 원 플러스 원이네? 오~ 완전 나이스!'

오늘은 아침부터 괜히 기분이 좋더니, 별다방 커피도 무려 하나 사면 하나를 더 주는 행운을 얻었다. 기분이 더 좋아진다.

'음… 그래, 하나는 분리수거 남 줘야겠다. 그동안 나 데리고 일하느라 고생했는데 이 정도쯤이야.'

그동안 같이 일하면서 친해지기도 했고, 초보인 자신의 어버버를 늘 꾹 참고 한결같이 친절하게 일을 알려 준 게 고마웠다. 부디 이 커피에 자신의 그런 고마운 마음이 담겨서 분리수거 남에게 잘 전달되면 좋겠다고 생각한다. 물론 원 플러스 원인 덤으로 얻은 커피로 그런 게 될진 모르겠지만.

편의점을 나와 커피를 손에 들고 가벼운 발걸음으로 조금 걸어가니 공사 현장에 도착한다.

"어? 오늘은 신축 아파트인가 보네? 뭐지? 여기가 아닌가?"

도착한 현장이 평소와 달리 어느 정도 말끔히 정리되어 있어 당황한 고 대리가 주변을 살펴본다. 주변 조경 공사가 아직 진행 중이라 밖에 건설 자재가 어수선하긴 하지만, 아파트 건물 자체는 공사가 끝난 것 같다. 창문을 통해 아파트 내부를 살펴보니 도배도 모두 되어 있다.

"도배도 다 돼 있는 거 같은데… 찐친이 보내 준 주소는 분명 여기가 맞는데… 뭐지?"

찐친의 깨톡을 열어 보니 분명 이곳이 맞다. 혹시 몰라 찐친에게 주소를 다시 확인해 달라고 보내기 위해 메시지를 입력한다.

"사장님! 허허, 일찍 나오셨네요. 근데 왜 여기 계세요? 반장실에 들어가 계시지."

깨톡 메시지를 전송하려는 찰나, 어느새 다가온 분리수거 남이 고 대리에게 말을 건넨다.

"안녕하세요! 아, 주변 좀 둘러보고 있었어요. 여기 공사 다 끝나서 도배도 벌써 마무리된 것 같은데, 여기가 맞나요? 저쪽 건물에는 벌써 몇몇 입주민분들이 들어와 살고 있는 것 같기도 하던데…."

"엥? 허허, 사장님 못 들으셨나 보군요. 오늘은 우리 도배 안 해요. 입주 청소만 하면 된다고 하더라고요. 친구분께 못 들으셨어요? 아~ 일부러 비밀로 하셨을 수도 있겠네요. 아침부터 사장님 기분 좋게 해 드리려고요, 허허."

분리수거 남이 활짝 웃으며 고 대리에게 말한다.

"네? 입주 청소요? 아! 그렇다면 오늘은… 하하!"

분리수거 남의 말을 들은 고 대리의 얼굴도 활짝 펴진다.

"맞아요! 보너스 같은 날이죠! 작업도 쉽고, 일도 빨리 끝날 거고, 하지만 수당은 똑같은 아주 좋은 날이죠! 허허!"

"와! 오늘은 진짜 아침부터 좋은 일이 계속 생기네요. 아, 맞다! 선생님, 이거 드세요, 하하!"

고 대리가 잊고 있었던 별다방 커피를 후다닥 꺼내 분리수거 남에게 건넨다. 언젠가부터 고 대리는 분리수거 남을 선생님으로 부르기 시작했다. 이유는 딱히 없다. 뭐라 불러야 할지도 모르겠고, 어쨌든 그동안 도배 일 가르쳐 준 선생님인 건 맞으니까.

"오, 감사합니다. 잘 마실게요. 이거 엄청 맛있는 커피 아니에요? 저도 사장님 덕분에 아주 기분 좋은 아침이네요. 왠지 오늘은 운수 좋은 날이 될 것 같아요, 허허."

분리수거 남이 감사하다는 듯 고개를 살짝 숙이고는 커피를 한 모금 시원하게 들이켠다.

"아, 뭐 별것도 아닌데요. 그나저나 저 사장님 아니니까 그렇게 부르지 마시래도요. 그냥 편하게 이름 부르셔도 된다니까요!"

처음 봤을 때부터 고 대리를 사장님이라고 불렀던 분리수거 남은 나름 조금 친해졌다고 생각하는 지금까지도 여전히 사장님이라고 부르고 있다. 그 말에 괜히 자신과 선 긋는 것 같아 서운한 마음이 든 고 대리가 편하게 대해 달라며 잔망스러운 말투로 말을 건넨다.

"허허, 언젠가는 이름으로 불러드릴 날이 오겠죠. 그때까진 사장님 하세요, 사장님! 아, 그런데 몸은 좀 괜찮으세요? 요즘 매일 현장 작업을 하셔서. 처음 하시는 분들은 이 막일 하고 나면 다들 며칠을 끙끙 앓거든요."

분리수거 남이 걱정스러운 말투로 고 대리의 몸을 살피며 말한다.

"아… 안 하던 일이라 그런지 몸이 좀 힘들긴 한데, 그래도 요즘 같은 세상에 일할 곳이 있는 게 어디예요? 하하! 그리고 옆에서 선생님 보면서 노하우도 좀 쌓여서 그런지 처음보다는 훨씬 낫네요."

분리수거 남의 호의가 기분 나쁘지 않은 고 대리가 팔뚝을 걷어 보이며 대답한다. 팔뚝에는 어느샌가 조그마한 알통이 생겼다.

"허허! 사실 요즘 사장님 보면 저도 좀 뿌듯하네요. 지금에 와서야 말이지만, 사실 첫날 같이 일할 때는 이런 일을 아예 안 해 보신 티가 팍팍 나서 저도 꽤 힘들었거든요. 솔직히 사다리 잡아 주시는 게 조금 불안해서 제가 떨어지는 건 아닌가 하고 엄청 걱정했다니까요, 허허. 오죽했으면 일 끝나고 즐기던 막걸리도 사양하고 바로 집에 가서 뻗었겠습니까. 그때 사장님 표정도 안 좋으시고 해서 눈치 보느라 얼마나 힘들었다고요. 그런데 요새는 완전히 다른 사람이 되신 것처럼 표정도 밝으시고, 에너지도 넘쳐 보이시고. 아, 물론 사다리도 잘 잡아 주시고요, 허허."

넉살 좋게 말하는 분리수거 남의 이야기를 듣던 고 대리는 문득 어떻게 사람이 말하면서 저렇게 '허허' 하며 많이 웃을 수 있는지 궁금해진다. 처음에는 저 입에서 나오는 허허 소리만 들어도 꼴 보기 싫었는데, 이제는 싫지 않다.

"하하! 그런가요? 글쎄요… 그동안 지끈지끈 머리 쓰는 일만 하다가 이렇게 몸을 쓰는 일을 해서 그런지, 머리도 한결 가벼워지고 몸도 개운해지는 느낌이랄까요? 물론 도배 일 하는 동안은 땀이 비 오듯 흘러 정말 힘들긴 한데, 그런 것 쯤은… 선생님도 아시죠? 일 끝나고 한잔 들이켜면 싹 잊히 더라고요. 기분은 날아갈 것 같고요, 하하."

"어? 이 일이 적성에 맞는 거 아니에요? 에이~ 그래도 그 러지 마셔요. 사장님은 이런 일 하실 분이 아닌 거, 저 다 압 니다, 허허. 사장님은 분명 더 크게 되실 분이에요. 제 말 한 번 믿어 보시라니까요! 허허. 아, 근데 오늘 청소할 집이 곧 신혼부부가 입주할 집이라고 하더라고요. 어디 보자, 몇 동 몇 호였더라…."

분리수거 남이 바지 뒷주머니에서 구겨진 종이를 꺼낸다. 제일 위에 〈작업 지시서〉가 적혀 있다.

"아, 저 옆 동인가 보네요. 슬슬 움직여 보실까요? 신혼부 부가 들어와 살 집이라고 하니 오늘은 특별히 더 좋은 기운 을 듬뿍 담아서 열심히 해 보죠, 허허."

"좋습니다! 오늘 제 좋은 기운을 이 집 곳곳에 남겨 줘야 겠네요, 하하!"

분명 처음 그때와 같은 허허, 하하인데, 지금은 이렇게 오 랜 친구 같이 대화를 나누는 사이가 되었다. 사실 그는 분리 수거 남에게 자신이 왜 이 일을 하게 됐는지에 대해선 따로 말하지 않았다. 그러나 분리수거 남도 공사판에서 일하는

340

사람들이 대개 그렇듯이 그저 무슨 사정이 있겠거니 생각하며 구태여 묻지 않았다. 대충 그가 회사에서 잘린 무직자라는 걸 눈치채긴 했지만. 그래도 그동안 파트너였다고 이젠 이 정도 대화는 웃으면서 나눌 수 있게 되었다는 사실에 고대리는 괜히 웃음이 난다.

"자! 그럼, 오늘도 한번 시작해 보시죠! 하하!"

고 대리의 우렁찬 소리와 함께 두 남자가 입주 청소를 시작한다. 어느새 척하면 척! 착하면 착! 쿵짝이 잘 맞아 오전 작업만 했을 뿐인데도 얼추 청소 작업이 마무리되었다. 마지막으로 남은 작업은 내부 습기가 좀 마르면 새집증후군 방지를 위한 소독약만 뿌려 주면 된다. 그래서 그들은 바닥에 앉아 쉬면서 습기가 마르길 기다린다.

"안녕하세요! 벌써 다 됐나 봐요? 와~ 깨끗해라! 냄새도 너무 좋네요!"

언제 왔는지 작업 현장을 둘러보러 들린 신혼부부 새댁이 바닥에 덩그러니 앉아 있는 두 남자를 향해 말한다.

"아, 안녕하세요, 사모님. 네, 이제 이 소독약만 골고루 뿌려 주면 작업이 완료됩니다. 좀 마르고 뿌려야 해서 지금 기다리는 중이에요."

갑작스런 집주인의 등장에 분리수거 남이 애써 놀란 마음을 감추며 새댁에게 남은 작업에 관해 설명한다.

"아, 그래요? 음… 그럼, 그냥 이 정도만 해 주셔도 될 것 같아요. 이 소독약만 군데군데 뿌려 주면 되는 거죠? 이건 신랑이랑 제가 알아서 할게요. 그만 가 보셔도 돼요."

새댁이 밝은 목소리로 두 남자를 향해 말한다.

"네? 아니… 그래도… 정해진 건 다 해드리고 가야 되는데…."

분리수거 남이 이런 일은 처음이라 어떻게 해야 할지 몰라 곤란한 표정을 짓는다.

"아니에요. 정말 괜찮아요! 정말로요! 음… 사실…."

새댁이 무슨 말을 하려다 망설이는 눈치다. 옆에 있던 고대리가 괜찮으니 말씀하시라는 인자한 표정으로 새댁에게 웃어 보인다. 그 웃음이 어색해서인지 새댁은 고 대리를 쳐다도 안 보고 말을 잇는다.

"음… 사실 기사님 얼굴을 보는 순간 안심이 팍 되더라고요, 호호. 기사님, 그거 아세요? 제가 입주 청소 의뢰할 때 꼭 기사님이 왔으면 좋겠다고 생각했거든요. 예약 사이트에 기사님이 작업하신 집들 후기랑 평점이 유독 제일 좋더라고요, 호호. 그런데 예약할 때 특정 기사님을 지목할 수는 없다고 해서 내심 걱정 많이 했는데… 이렇게 딱 그 기사님이 저희 집에 계신 걸 보니 기분이 너무 좋은데요! 호호!"

'허허'와 '하하'에 이어 '호호'가 등장하자, 고 대리가 신나게 말하고 있는 새댁을 멀뚱히 쳐다본다. 그러면서 혹시 호호의 이야기 속 저 기사님이 자신이 아닐까 내심 기대했지만, 말하는 내내 자신은 한 번도 안 쳐다보고 분리수거 남을 보며 눈을 떼지 못하는 걸 보고는 자신이 아니라는 것을 직감했다.

"근데 그 기사님이 이분인 건 어떻게 아셨는지…?"

하지만 사람 일은 모르는 거니 혹시나 하는 일말의 희망을 담아 고 대리가 새댁을 향해 날카로운 질문을 던져 본다.

"아, 예약 사이트 들어가면 작업 후기에 작업자분들 이름이랑 사진 다 나와 있던데요? 호호. 근데 사진보다 실물이 훨씬 잘생기셨어요, 진짜! 호호!"

새댁의 말을 듣던 분리수거 남이 되게 옛날 사람처럼 오른쪽 두 번째 손가락 하나를 쭉 펴서 코 밑 인중 부분을 좌우로 왔다 갔다 움직이며 머쓱해한다. 둘 사이에서 한순간에 꿔다 놓은 보릿자루가 되어 버린 고 대리는 처음 마주하는 호호 웃음소리도 처음 분리수거 남의 허허 웃음소리만큼이나 거슬린다.

"호호, 제가 말이 너무 많았네요. 아, 근데 신혼집이라 마실 게 없어서 아무것도 못 드려 죄송해요. 뭐라도 드려야 하는데…."

호호 새댁의 말을 듣던 고 대리가 넌지시 주방 쪽을 쳐다본다. 마실 거는커녕 냉장고도 아직 들어오지 않았다. 그걸 봐서인지 새댁의 호호 웃음소리가 더 거슬린다.

"아무튼, 그래서 정말 괜찮으니까 이만 가셔도 돼요, 호호."

"아니… 그래도….

두 남자가 그래도 꿈쩍할 기색이 없자, 새댁이 청소 장비들을 현관문 밖으로 직접 옮기며 어서 가달라는 제스처를 취한다. 그런 새댁을 보던 분리수거 남은 여전히 어쩔 줄 몰라 한다. 결국 그 둘 사이에 있던 꿔다 놓은 보릿자루가 나서 본다. 예전에 거래처들 상대할 때 이렇게 서로 양보하는 이상한 상황을 자주 접했던 고 대리가 그때의 스킬을 살려 자연스럽게 말을 꺼낸다.

"아, 이러면 저희가 죄송한데…, 그래도 이렇게까지 말씀해 주시니 어쩔 수 없네요. 그럼, 저희가 여기 이것들만 좀 정리하고 마치도록 하겠습니다. 나중에라도 혹시나 미흡하거나 추가 필요하신 부분 있으면 꼭 다시 연락 주세요, 하하!"

영업 스킬을 잔뜩 불어넣은 고 대리가 호호 새댁을 향해 영업맨 특유의 눈웃음을 살살 흘리며 차분하고 정중한 목소리로 말한다. 물론 아까의 서운한 '호호'를 받아칠 '하하'도 빼먹지 않는다. 옆에 있던 분리수거 남이 정말 이렇게 가도 되나 싶어 놀란 눈을 끔뻑인다. 그리고 자신보다 훨씬 더 매끄럽게 상황을 정리해 내는 고 대리의 말솜씨에 새삼 놀란다.

'저 잘했죠? 도배 일은 선생님보다 별로여도 이런 건 제 전문이라고요. 어서 저를 추앙하세요.'

그런 분리수거 남을 향해 고 대리가 익살맞은 눈짓을 지어 보인다.

"네, 고생 많으셨어요! 제가 여기 아파트 입주민 카페에도 입소문 톡톡히 낼게요! 이렇게 열심히 해 주시는 분들이 잘돼야 그게 좋은 세상 아니겠어요? 호호!"

그렇게 호호 새댁 덕분에 일이 생각보다 빨리 끝났다. 장비들을 정리해서 나오니 이제 막 점심시간이 조금 지난 시간이다.

"한잔, 콜?"

오전 내내 열심히 작업하느라 배가 고파진 고 대리가 분리수거 남을 향해 오른손을 들어 소주잔으로 술을 마시는 제스처를 취하며 묻는다.

'이런 날은 마셔 줘야지. 꼭 마셔 줘야지! 내가 낮술을 좋아해서가 아니라, 이런 날 아니면 언제 또 마시겠어? 아침부터 좋은 일만 생기고, 도배 안 하고 청소만 한 것도 꿀인데, 반나절 만에 퇴근이라니! 이렇게 운수 좋은 날은 두 번, 세

번 마셔 줘야지!'

고 대리는 기분이 날아갈 것처럼 좋다.

"콜!"

분리수거 남이 활짝 웃는 얼굴로 그를 향해 소리친다. 둘
이 이렇게나 쿵짝이 잘 맞는 사이가 될 줄 누가 알았을까?
고 대리는 처음에 분리수거 남과 아내의 분리수거장 대화를
엿듣고 계속 불순한 의심을 했던 자신의 모습이 떠올라 부
끄러워진다.

'절대! 절대 내가 그런 의심한 걸 들키지 말아야지.'

그는 마음속 깊이 다짐하며 분리수거 남과 나란히 공사
현장 근처 맥줏집으로 들어간다. 고 대리와 분리수거 남은
밝은 햇살이 잘 드는 야외석에 자리 잡고 바로 치맥 세트를
주문한다. 그러고는 시원한 생맥주잔에 담긴 맥주가 먼저
나오자 바로 들이켜기 시작한다.

"흐음… 이거 또 이러네."

고 대리가 맥주를 벌컥벌컥 들이켜고 나서 잔을 테이블에
올리며 까맣게 먹통이 돼 있는 자신의 핸드폰을 보고 중얼
거린다.

"핸드폰이 왜요? 안 돼요?"

분리수거 남이 굳은 표정으로 핸드폰을 만지작거리고 있
는 고 대리를 향해 묻는다.

"아! 고쳐야지 고쳐야지 하면서 맨날 이런저런 핑계로 못 고쳤는데… 오늘은 아예 먹통이 돼 버렸네요. 전화도 안 터지고. 이러다 또 갑자기 되기도 하던데… 고치러 가야 하나 이거… 하, 귀찮아!"

전원 스위치를 계속 눌러 보던 고 대리가 핸드폰을 테이블 한쪽에 아무렇게나 내려 둔다.

"핸드폰 안 되면 엄청 불편하실 텐데… 급한 연락이라도 오면 어떡해요? 세상일 한 치 앞도 모르는 건데, 얼른 고치셔야지, 허허."

분리수거 남이 자못 진지한 목소리로 그에게 말을 건넨다.

"에이~ 저 어차피 급하게 연락 올 곳도 없어요, 하하. 그리고 그렇게 급하면 어떻게서든 연락하더라고요, 세상일이라는 게. 언젠간 고치겠죠, 뭐. 일단 한 잔 더 하시죠! 하하."

고 대리가 별일 아니라는 듯 대수롭지 않게 대답하며 맥주잔을 들어 보인다.

"그래도 조만간 서비스센터에 꼭 가 보셔요. 아! 핸드폰 하니 생각났는데, 요즘 〈글세상〉은 좀 하세요? 글쓰기?"

분리수거 남이 갑자기 생각났다는 듯 평소보다 큰 목소리로 말한다.

"아, 글쓰기요? 뭐, 틈나는 대로 써 보려고 하고 있긴 해요. 그게 재밌긴 하더라고요. 구독자도 늘어나고, 조회수도 막

올라가고. 그거 보다 보면 진짜 밥을 안 먹어도 행복하달까? 제 몇몇 글이 인기 있는 거 보면 나름 괜찮게 썼나 싶기도 하고요, 하하! 어제는 필명이 '미미'인가 하는 구독자분이 엄청 길게 댓글을 남겨 주셨는데, 너무 뿌듯하더라고요. 아! 핸드폰이 먹통만 아니었으면 바로 보여 드릴 텐데, 하하!"

"허허, 대단하신데요! 시작한 지 얼마 안 되셨는데 찐팬도 생기고. 혹시 출간 제의 오거나 한 건 아직 없어요?"

분리수거 남이 특유의 호탕한 웃음을 지으며 그에게 묻는다.

"에이~ 출간이요? 제가요? 하하. 글쓰기 이건 그냥 취미로 하는 거지, 제가 책은 무슨. 이런 해고당한 백수 남편의 자격지심으로 가득한 소설 따위를 책으로 내주는 정신 나간 출판사가 있겠어요? 하하."

우스갯소리를 섞어 고 대리가 대답한다. 막상 말은 그렇게 했지만, 분리수거 남의 말을 듣다 보니 내심 자신의 이름 석 자 박힌, 그리고 무엇보다 아내와 딸에게 미안하고 고마운 마음을 가득 담은 자신의 글들이 예쁜 표지에 담긴 책으로 세상에 나오면 어떨까, 하는 상상에 괜히 행복해진다.

"허허, 왜요~ 요즘 전염병이다 전쟁이다 해서 회사들이 힘들어져 잘리는 사람이 태반인데요. 독자분들이 공감을 많이 하니까 그렇게 구독자도 늘고, 조회수도 잘 나오고 그러는 거죠. 잘 되실 거예요. 글을 쭉 읽다 보니 사장님이 누구보다 자신에게 솔직하신 분인 걸 알겠던데요. 그 진솔함을 글로도 잘 표현하시는 거 같고요."

분리수거 남의 칭찬이 직진으로 고 대리에게 닿자, 그는 '칭찬은 고래도 춤추게 한다.'라는 말이 생각나며 자신이 마치 춤추는 고래라도 된 것처럼 기분이 좋아진다. 고 대리는 언젠가부터 이런 사람이 좋아졌다. 담담하고 진솔하게 자신의 마음을 얘기하는 사람. 또 가감 없이 있는 그대로 자신의 마음을 들어 주는 사람. 친구라 생각했던 사람들도, 믿었던 거래처 사람들도 그렇지 않아서 결국 멀어졌는지도 모르겠다는 생각이 들었다. 그리고 고 대리 자신도 그들에게 그런 사람이 되어 주지 못했던 것 같았다.

"그렇게 칭찬해 주시니 당장 바다에 뛰어들어 고래처럼 춤이라도 추고 싶은데요, 하하. 정말 선생님 말씀대로 잘 풀려서, 그 뭐냐? 부캐 대박 난 어떤 작가처럼 제 책도 베스트셀러에 꽂히고, 출판기념회 이런 데 가서 강연도 하고, 라디오에 출연해서 책 소개도 좀 하고, 그런 삶을 살면 정말 행복할 것 같아요. 물론 지금 하는 이 도배 일도 몸은 좀 힘들지만 좋긴 한데⋯."

신나게 떠들어 대던 고 대리가 갑자기 풀이 죽은 듯 말끝을 흐린다. 그러자 맥주를 한잔 들이켠 분리수거 남이 괜찮으니 더 이야기해 보라는 눈빛을 보낸다. 그 눈빛 때문인지 아니면 낮술의 취기 때문인지 괜히 용기가 생긴 고 대리가 남은 맥주를 마시고 조금 격앙된 목소리로 말을 잇는다.

"이 도배 일이 몸은 좀 힘들긴 하지만, 그렇게 몸이 힘들수록 그 땀 흘린 대가가 일당으로 정당하게 보상되는 것 같아 기분이 좋더라고요. 보람차기도 하고요. 그리고 일하는 시간도 조절할 수 있어서 제가 원하면 가족이랑 함께 보낼 수 있는 시간도 만들 수 있고요. 그렇게 정말 가족과 행복한 삶을 꾸려 나가는 방법을 알게 해 주는… 뭐, 그래서 그게 제 고민을 더 크게 만드는 것도 사실이지만요…. 뭐가 됐든 곧 결정하긴 해야겠지만요… 뭐."

취기가 올라서인지 말이 두서없이 새어나오는 것 같아 고 대리가 서둘러 말을 마친다. 이야기가 이렇게 흐르자 또다시 그 망할 업계로 돌아갈 날이 얼마 안 남은 자신의 신세가 처량하게 느껴지고, 망할 박 전무의 얼굴이 떠올라 마음이 답답해진다. 고 대리가 맥줏집 직원에게 생맥주를 추가로 주문한다. 그 사이 분리수거 남이 차분히 말을 건넨다.

"응? 왜요? 사장님에게 가족의 행복이 중요하고, 또 이 일을 해서 가족이 행복하다면 계속하시면 되죠. 저도 이 일 하기 전에는 나름 잘 나간다고 생각했는데, 돌이켜 보면 진짜 행복이 뭔지도 모른 채 그냥 남들 하니까, 남들도 다 그렇게 산다는 핑계로 하루하루 외면하며 살고 있었더라고요. 당연히 집에서는 나쁜 남편, 나쁜 아빠였고요. 그러다 정말 우연한 계기로 이 일을 시작하게 됐는데, 지금 와서 보면 얼마나 다행이라고 생각되는지 몰라요. 남들은 저를 어떻게 생각할지 몰라도, 저는 행복하니까 그걸로 된 거죠, 허허. 아! 당연히 가족들도 좋아하고요, 허허!"

분리수거 남의 이야기를 가만히 듣던 고 대리는 아무에게도 말 못 하고 혼자 끙끙대고 있던 자신의 고민을 조심스럽게 털어놓기 시작한다.

"사실 얼마 전 기존 다니던 업계에서 이직 제안이 들어와서 고민하고 있어요. 연봉도 좋고, 기존 하던 업무랑 비슷해서 적응도 어렵지 않을 것 같고요. 근데… 그렇긴 한데요… 휴… 아무래도 그 업계로 다시 돌아가면 그동안 가족과 행복했던 시간을 다신 보낼 수 없게 될까 봐 두려워요. 그렇게 다시 회사만 아는 나쁜 남편, 나쁜 아빠가 될까 봐 무서워요. 아니 뻔하죠. 분명 그렇게 될 거예요. 그 업계의 회사들은 하나같이 직원의 희생을 당연하게 생각하거든요. 망할 업계죠, 진짜. 맘 같아서는 싹 다 망해 버렸으면 좋겠는데, 또 다 망하면 제가 갈 곳이 없어지니까 그건 또 안 되겠고…. 아, 제가 좀 취했는지 얘기가 자꾸 좀 새는 것 같네요. 아무튼… 고민이에요. 뭐랄까… 가족의 행복을 지키려면 돈이 필요하고, 돈을 벌려면 가족의 행복을 희생해야 하니. 주변 사람들은 다들 이렇게 살고 있는 것 같은데… 다들 그러고도 잘만 사는 것 같은데… 왜 저는 이렇게 힘들까요? 진짜 저만 이상한 걸까요…?"

맞다. 그게 고민이다. 고 대리는 여전히 그 고민 한가운데 갇혀 옴짝달싹 못 하는 고통 속에 있었다.

"근데… 이렇게 일 끝나고 마음 맞는 분과 기분 좋게 낮술 한잔하고 있으면, 뭐 그냥 이런 게 행복 아닌가 싶어요, 하하! 선생님 말씀대로 근사한 작가가 돼서 책도 출간하고, 원고료도 많이 받아서 아내한테 소고기도 팍팍! 사 주고, 예쁜 꽃도 팍팍! 사 주고, 딸내미도 학원비 걱정 안 하고 배우고 싶다는 거 팍팍! 보내 주고 싶고… 마음이야 그렇죠. 마음 같아서는 모든 팍팍! 해 줄 수 있는 남편, 아빠가 되고 싶은데…."

취기를 빌려 애써 괜찮은 척 말했지만, 어쩔 수 없이 그의 마음 한편이 저려 온다.

"에이! 사장님! 잘 되실 거예요! 항상 가능성을 열어 두세요. 사장님처럼 자신에 대해 깊게 고민하고, 그렇게 열심히 계속 노력하는 분은 그 가능성이 알아서 기회를 만들어 눈앞에 떡하니 길을 만들어 준다니까요, 허허. 제가 그때 말씀드렸죠? 언젠가 좋은 날 올 거라고요. 오늘이 바로 그 좋은 날일지도 모르죠. 오늘 이렇게 하늘도 높고, 구름 한 점 없이 파랗고, 일도 빨리 끝나고 말이죠. 제가 오래 붙잡지 않고 놓아드릴 테니 집에 가는 길에 소고기 좀 사 가셔서 사모님이랑 따님이랑 구워 드세요. 이렇게 운수 좋은 날이 자주 있겠어요? 허허!"

고 대리는 분리수거 남에게서 다시 한번 언젠가 좋은 날이 올 거라는 이야기를 들으니 고민이 싹 사라지는 기분이다.

"아! 그럴까요, 정말? 안 그래도 오늘 일찍 끝나서 아내랑 딸내미를 위해 요리 솜씨 좀 발휘해 볼까 했는데. 음… 그래요! 소고기 좋네요! 가는 길에 소고기를 좀 사 가야겠어요! 하하."

고 대리가 한껏 들뜬 목소리로 분리수거 남에게 쌍 따봉을 치켜들며 말한다.

Episode 38

10만 원에 행복해해서
미안해

분리수거 남에게 자신의 고민을 털어놔서인지, 아니면 단순히 낮술 먹으면 쉽게 취하는 알 수 없는 마법 때문인지 기분이 좋아진 고 대리가 활짝 웃고 있다. 낮술을 잔뜩 먹고 났는데도 아직 파란 하늘이 머리 위에 쾌청하니 기분이 날아갈 것만 같다. 그는 그 기분 그대로 한턱내기 위해 계산대로 향한다.

"계산해 주세요. 얼마예요?"

"네, 손님. 오픈 기념에 해피아워(Happy hour) 시간이라 50% 할인해 드릴게요."

"정말요?"

'굳이 싸게 주겠다는데 거절할 필요는 없지. 그래~ 인생사다 그런 거지 뭐. 오늘은 작업도 일찍 끝나고, 일당도 두둑하고, 낮술도 마시고, 날씨도 좋고, 거기에 할인까지! 정말 운수 좋은 날이네! 암~ 이런 날도 있어야지~ 그동안 내가 고생한 거 생각하면 이런 날도 있어야 공평한 거야. 맞지, 세상아?'

계산을 마친 고 대리가 마치 엄청난 부자가 크게 한턱내기라도 한 것처럼 대단히 인자해 보이는 웃음을 지으며 분리수거 남에게 향한다. 그렇게 둘은 집으로 가는 버스에 함께 몸을 싣는다. 대낮이라 그런지 길이 하나도 막히지 않아 버스가 금방 집 근처 정류장에 도착한다. 버스에서 내린 둘은 역시나 나란히 걸음을 옮긴다. 그렇게 아파트 단지 상가 앞을 지나던 그때, 고 대리가 걸음을 멈춘다.

"선생님, 저는 아까 말씀해 주신 대로 소고기를 좀 사서 가려고요. 먼저 가세요. 오늘 너무 즐거웠습니다, 하하!"

고 대리가 분리수거 남을 향해 아직 취기가 가시지 않은 큰 목소리로 말한다.

"허허, 그래요. 저도 오늘 너무 좋았어요. 그럼 저 먼저 갑니다. 아, 그리고!"

인사를 하던 분리수거 남이 길거리에서 대낮에 하는 이별이 아쉬웠는지 한마디 덧붙인다.

"아까 보니까 상가 1층에 핸드폰 수리점 생겼던데, 잠깐 들려서 핸드폰도 고치시는 건 어떠세요? 세상일 모르는 거니까 고칠 수 있을 때 얼른 고치세요. 그럼, 저 먼저 갈게요, 허허."

여전히 사람 좋은 허허 소리만 남긴 채 분리수거 남이 뒤돌아 걸음을 옮긴다. 그의 뒷모습을 물끄러미 보고 있던 고 대리도 걸음을 옮겨 아파트 상가로 들어간다. 그렇게 정육점 앞에 선 고 대리의 눈에 대낮임에도 화려하게 번쩍거리는 〈고기 먹는 니가 제일 예뻐〉 네온사인 불빛이 들어온다. 그리고 그에 질세라 바로 옆에 있는 〈기분이 꽃 같네!〉 불빛도 세차게 번쩍이고 있다. 그 불빛을 본 고 대리는 그때 그 망할 꽃집 사장의 기분 나쁜 말이 생각난다. 마음 같아선 그때 그 꽃집 사장의 말대로 보란 듯이 소고기도 잔뜩 사고, 꽃도 잔뜩 골라 다발 말고 아주 사치스러운 바구니에 담아서 저 건방진 사장의 코를 힘껏 납작하게 만들어 주고 싶다.

'오늘 내가 받은 수당이 10만 원인데 그렇게 사는 건 사치겠지…. 쳇! 콧대를 눌러 줘야 하는데 돈이 모자라네, 돈이! 그래도 찐친이 신경 써 줘서 금방 일당도 10만 원으로 올려 준 게 어디야. 저번엔 딸랑 4만 원짜리 꽃다발 하나도 겨우 샀는데. 좋아! 오늘은 소고기만 사자. 가즈아!'

그는 눈을 흘겨 〈기분이 꽃 같네!〉 불빛에 콧방귀를 뺑! 한 번 껴 주고 힘차게 정육점 문을 밀고 들어간다.

"어서옵셔! 멋진 사장님, 무슨 고기로 드릴까요?"

빨간 광택이 빛나는 커다란 앞치마를 두른 정육점 주인이 고 대리를 향해 큰 소리로 반갑게 인사한다. 호탕한 그의 목소리에 고 대리는 괜히 기분이 좋아진다.

"아, 소고기 좀 사려고 하는데요. 음… 냉장고 여기 아래에 있는 새우살, 부채살, 채끝살 한 팩씩 다 주세요. 아! 여기 꽃등심도요!"

평소보다 꽤 크게 터져 나온 자신의 목소리에 고 대리는 순간 깜짝 놀란다. 하지만 오늘처럼 운수 좋은 날은 뭘 해도 잘 풀리기 마련이니, 이런 날은 이렇게 소리도 좀 크게 쳐주고 그래야 한다는 생각이 든다.

"어이구~ 우리 사장님 오늘 뭐 좋은 일 있으신가 보네? 그나저나 운도 좋으셔라. 오늘 마침 소 잡은 날이거든요. 최상급 투뿔 한우가 준비되어 있습니다! 그리고… 음~ 그래, 날도 좋은데… 이거 맛있는 부위인데 한 팩 서비스로 드릴게! 그리고 어디 보자… 이건 사골 국물! 저희가 직접 오랫동안 계속 끓인 거라 귀한 건데, 에이~ 기분이다! 이것도 한 통 같이 넣어 드릴게! 좋은 거 잡숫고 건강 잘 챙기시라고~."

정육점 주인이 커다란 검정 봉지에 이것저것 챙겨 넣으며 말한다.

'어? 이것 봐라? 오늘 진짜 무슨 날인가? 아침 신문에서 오늘의 운세라도 읽어 봤어야 했나? 아, 아니지, 요새도 신문이 나오기는 하나? 다 핸드폰으로 보는, 아날로그 감성이라곤 하나 없는 세상이라…. 와~ 근데, 소고기에 저 마블링 좀 봐!'

고 대리가 감탄하고 있는 사이, 정육점 주인이 묵직한 검정 봉지를 그에게 건넨다. 고 대리는 품속에 있던 하얀 봉투 속 두 장의 노란 신사임당 님을 꺼내 정육점 주인에게 건넨다. 세종 대왕님을 무척 사랑하긴 하지만, 점점 마음이 신사임당 님으로 가는 건 현대 자본주의 사회에 사는 모든 사람의 공통점이 아닐까 싶다.

"여기 잔돈이요. 맛있게 드시고 건강하이소!"

정육점 주인이 잔돈 8천 원을 그에게 건네준다. 고 대리는 자신의 품에 있던 신사임당 님들이 순식간에 자신을 떠나 슬펐지만, 그래도 손에 든 검정 봉지의 묵직함이 느껴지니 언제 그랬냐는 듯 다시 기분이 좋아진다.

'오늘같이 운수 좋은 날! 이런 날 쓰라고 돈 버는 거지! 뭐, 이제 8천 원밖에 안 남긴 했지만… 그래도 소고기 맛있게 먹으며 좋아할 딸내미와 아내의 얼굴을 생각하면… 이게 행복인 거지! 암~ 암~ 그렇고 말고. 좋구나~ 좋아!'

큰 무언가를 성취해서 느끼는 행복도 크지만, 이런 일상의 작고 소중한 보통의 행복을 행복이라 느낄 줄 아는 것도 큰 행복이라는 생각이 든다.

'아, 맞다! 근데 핸드폰도 고쳐야 하는데….'

아파트 상가를 지나 단지 입구에 들어서자 갑자기 그의 머릿속에 핸드폰을 고치라던 분리수거 남의 목소리가 스쳐 간다. 황급히 주머니에 손을 넣어 핸드폰을 꺼내 다시 살펴본다. 여전히 새까만 먹통이다. 투뿔 한우에 돈 쓰는 맛에, 아니, 아니, 행복해할 아내와 딸 생각에 정신이 팔려 핸드폰 수리점에 들리는 걸 까맣게 잊어버렸다. 다시 상가로 돌아가자니 손에 들린 소고기들이 무지무지 순수한 눈망울로 "정말 이렇게 빛나는 마블링을 가진 무려 투뿔인 우리에게 햇볕을 계속 얻어맞게 할 거야? 이럴 거면 그냥 냉동 사지 그랬어!! 이 봐, 이 봐! 얼른 집으로 달려가서 이 신선한 육즙을 가족들에게 맛보여 주라고~ 어서 날 구워 잡숴! 잡수라고!" 하며 자신을 향해 소리치고 있는 것 같다.

'어쩐다… 뭐, 꼭 오늘 고치지 않아도 되겠지. 급할 거 뭐 있나. 연락 올 곳도 없을 거고.'

오늘따라 하루 종일 완전히 먹통이 된 채로 좀체 울리지 않는 핸드폰이 좀 찜찜하긴 하지만, 평소에도 어차피 연락 오는 곳 없는 핸드폰이니 별로 신경 쓰진 않는다. 그는 예전부터 정말 자신이 필요할 정도의 급한 일이면 어떻게든 그를 찾아 연락할 것이라는 막연한 생각을 갖고 있었다. 그리고 그때만 해도 당연히 그렇게까지 자신을 필요로 하는 사람이 있을 리가 없다고 믿고 있었다.

그렇게 핸드폰과 소고기가 싸우니 소고기가 한방에 이겨 버리는 현실에 그는 왠지 모를 웃음이 난다. 결국 주머니에 핸드폰을 다시 넣고 한 손에 든 봉지를 기분 좋게 흔들며 집으로 향한다.

띵동띵동!

고 대리가 평소보다 세게 힘주어 현관 초인종을 누르기 시작한다.

'무려 두 장의 신사임당 님과 맞바꾼 투뿔 한우를 손에 쥐고 있는 사나이라면, 이렇게 힘차게 현관 초인종을 눌러 줘야 하지 않겠어? 그 번쩍이던 〈고기 먹는 니가 제일 예뻐〉 불빛처럼 무려 이 소고기로 너를 제일 예쁘게 해 줄, 바로 이 남편, 이 아빠가 도착했다는 말씀! 자~ 어서 문을 열거라!'

띵동! 띵동!

마음이 한껏 들뜬 그가 참지 못하고 더 세게 현관 초인종을 눌러 댄다. 그리고 소리를 들은 아내와 딸이 자신을 마중하러 맨발로 현관문을 열고 뛰어나오면, 세상 소중한 아내와 사랑스러운 딸에게 이 번쩍이는 마블링을 안겨 줄 준비를 한다.

'뭐지? 왜 안 나와? 안에 아무도 없나?'

아무리 세게 초인종을 눌러 대도 안에서 아무런 인기척이 없자, 고 대리의 머릿속에 싸한 느낌이 스친다. 이상하게도 그 싸한 느낌이 예전 싱크대 앞에 주저앉아 손에서 피를 뚝뚝 흘리던 아내와 그 옆에서 울부짖던 딸의 모습을 끌고 온다. 파란 꽃을 사 들고 갔던 그때와 왠지 모르게 닮아 있는 지금의 상황이 불안해진다.

띵동! 띵동띵동!!

마음이 너무 불안해진 고 대리가 더욱 세차게 초인종을 눌러 댄다. 하지만 역시나 아무 반응이 없다. 결국 그는 칼날 같은 자신의 손가락을 뻗어 빠르고 날카롭게 현관 비밀번호를 누른다.

'설마… 아니겠지. 오늘 나처럼 운수 좋은 사람이 또 있을까 싶을 정도로 좋았던 하루였는데, 이제 그 하루의 하이라이트인데! 왜! 내가 무려 소고기까지 사 왔는데 대체 왜 안 나오는 거야?'

그의 마음 한편에서 진정하라고, 왜 이렇게 유난을 떠냐고 말리는 목소리가 들리는 것 같았지만, 원래의 파란빛을 잃고 새빨갛게 물들었던 그때의 꽃잎을 똑똑히 기억한다는 듯 그의 눈동자는 거칠게 흔들린다.

그리고 잠시 뒤, 그의 귀에 날카로운 쇳소리가 와닿는다.

철컥—

Episode 39

운수 좋은 날이라 생각해서 미안해

철컥- 소리와 함께 아무리 눌러도 열리지 않던 현관문이 열린다. 고 대리는 그 소리가 오늘따라 이상하게 둔탁하게 느껴진다. 왜인지 마음은 심하게 요동치고 있지만, 그는 애써 떨리는 목소리를 진정시키며 안을 향해 소리쳐 본다.

"여보~ 딸~ 나 왔어! 오늘 일이 빨리 끝났지 뭐야. 그래서 내가 뭐 사 왔게? 내 손에 든 거 보면 둘 다 깜짝 놀랄걸?"

텅 빈 거실에 울려 퍼지는 고 대리의 목소리가 길을 잃고 헤맨다. 그는 예전 그 일이 자신에게 생각보다 큰 트라우마로 남은 것 같다는 불길한 사실을 깨달으며, 그때 그 새빨간 핏물로 가득했던 주방으로 조심히 들어가 본다.

아무도 없다. 다행인가?

모르겠다. 그는 그다음으로 아이 방문을 열어 본다.

없다. 그럼 그다음은? 안방이다!

없네. 그럼 서재에 있나?

없다. 아무 곳에도 없다!

왜 없지?

집에 방이 별로 없어 다행이란 거지 같은 안도감이 든다. 고 대리는 집 안에 아무도 없는 게 확실해지자 극도의 무력감이 느껴져 거실 소파에 털썩 주저앉는다. 가만히 앉아 눈앞에 보이는 커다란 거실 창을 바라보니 뉘엿뉘엿 지는 노을에 물든 붉은 하늘이 보인다.

'이상하네. 딸도 아내도 이 시간이면 집에 있을 시간인데… 오늘 어디 간단 말 없었는데… 뭐지? 말도 없이 어디 간 거지?'

그의 현관문 앞 설렘이 불안으로, 그리고 다시 공포로 바뀌더니, 이제는 분노를 향해 가고 있다.

"안 되겠어. 전화! 전화라도 해 봐야지!"

핸드폰을 꺼내기 위해 바지 주머니로 손을 집어넣는 그 순간, 지이이이이이이잉-, 마치 이 순간을 기다리기라도 한 것처럼 핸드폰 진동이 울려 댄다.

'응? 생각만 했는데 전화가 오다니? 내 텔레파시가 아내에게 통했나?'

극도의 긴장감이 들어서인지 말도 안 되는 생각이 떠오른다.

'그나저나 하루 종일 안 되더니 집에서는 또 잘 터지네? 고장 난 줄 알았더니 그건 또 아닌가? 핸드폰 너도 나만큼이나 오락가락하는구나! 집에 아무도 없는 줄 알았으면 소고기 유혹에 빠지지 말고, 널 먼저 고치고 올걸 그랬네, 이런.'

그는 울리는 전화의 주인공이 아내이길 간절히 빌며 오락가락하는 핸드폰을 눈앞에 꺼내 든다.

"뭐야? 모르는 번호네. 또 스팸인가? 쯧. 그래도 혹시 모르니 받아 봐야지. 여보세…."

뚝. 근데 핸드폰이 또 먹통이 된다.

"하필 이 타이밍에 이게 왜 이래 진짜! 어휴!!!"

그는 중요한 순간에 먹통이 되어 버린 핸드폰이 원망스러워 소파 구석으로 핸드폰을 집어 던진다. 핸드폰도 안 울고, 자신도 아무 소리 안 하니 거실이 아무도 없는 것처럼 순식간에 조용해진다. 화난 마음을 진정시켜야겠다는 생각에 얼마 전 유튜브에서 잠깐 봤던 10분 명상 방법을 따라 해 본다. 목에 힘을 빼고 자연스럽게 고개를 든다. 차분히 눈을 감고 숨을 크게 들이마셨다가 길게 내쉰다. 그렇게 여러 번 반복해 본다.

'그래, 무슨 일이야 있겠어? 딸 학원 마중 갔다가 조금 늦

어지는 거겠지.'

규칙적인 호흡 덕분인지 그래도 마음이 조금 괜찮아진 것 같다.

'별일 없을 테니까… 음, 일단 내가 해야 할 걸 하자. 내가 해야 할 건… 그래! 소고기 구울 준비를 먼저 해 놓고 있어 야겠다. 오면 바로 먹을 수 있게!'

마음이 좀 진정된 고 대리는 이왕 이렇게 된 거 식탁 위에 소고기 풀코스를 준비해 놓고 기다리는 현모양처가 되어 보기로 한다. 소파에서 일어나 식탁 위에 덩그러니 놓여 있는 소고기를 거친 손길로 열어젖힌다.

"음악이 빠질 수 없지!"

한참 식탁 위를 꾸미던 그는 아내가 즐겨 듣는 라디오를 켜서 조용한 집 안 분위기를 바꿔 본다. 라디오에서 잔잔한 첼로 연주 음악이 흘러나와 소고기 풀 세트에 걸맞은 장엄한 분위기를 그려 낸다. 그런데 바로 그때,

깨톡! 깨톡! 깨톡! 문자 왔다! 문자 왔다! 깨톡! 깨톡! 문자 왔다! 깨톡!

아까 소파 위에 아무렇게나 내던졌던 그의 핸드폰에서 갑자기 깨톡과 문자 알림이 미친 듯이 울려 대기 시작한다. 먹통이 돼서 꺼진 줄로만 알았던 핸드폰에서 미사일 폭격하는 것처럼 요란스러운 소리가 나자, 깜짝 놀란 그가 황급히 소

파로 달려든다.

"어우, 깜짝이야! 뭐야? 어?"

먹통에서 언제 풀렸는지 화면을 환하게 밝힌 핸드폰에는 수많은 깨톡과 문자, 그리고 부재중 전화 알림이 표시되어 있었다. 그는 정신없이 제멋대로 알림을 쏟아 내는 핸드폰을 한참 바라만 보다가 중간중간 화면에 〈문자 미리보기〉로 떠 있는 낯선 글자들을 마주한다. 그러자 핸드폰을 쥐고 있던 그의 손가락들이 바들바들 떨리기 시작한다. 그가 〈미리보기〉 화면 너머에 있는 전체 문자 내용을 확인하려고 화면을 애써 터치해 보지만, 그럴수록 손가락들은 제대로 화면 터치를 못한 채 더욱 심하게 떨려 온다.

"…급한 연락이라도 오면 어떡해요? 세상일 한 치 앞도 모르는 건데, 얼른 고치셔야지, 허허."

그런데 바로 그때, 이상하게도 고 대리의 귓가에 아까 분리수거 남이 했던 말이 들려오는 것만 같다.

"아닐 거야. 잘못 온 걸 거야. 스팸? 보이스피싱? 그래, 그런 걸 거야. 괜찮을 거야. 오늘 내가 얼마나 운수가 좋은 날이었는데… 완전 완벽한 하루…."

고 대리가 혼자 중얼거리며 자신의 마음을 다독여 본다. 그러면서 그의 이성은 손가락들에게 계속해서 명령을 내린다.

"당장 이 문자 창 열어! 당장 이 문자 보낸 사람한테 전화 걸어! 당장 이 문자 보낸 사람을 만나야 해! 지금 당장!!!"

손가락이 겁에 질려 바들거리기만 하고 있자, 이성이 온몸을 향해 더 세차게 명령한다. 그 기세에 놀랐는지 한참을 빗나간 터치만 해 대던 그의 손가락 중 하나가 마침내 그 문자 창을 터치하는 데 성공한다. 그러자 그렇게나 당장! 당장!! 당장!!! 하며 소리를 질러 댔던 문자 창이 마치 판도라의 상자처럼 열리고, 화면 속 많은 글자들이 그의 눈동자에 하나하나 날아와 박힌다.

먼저 제일 앞의 첫 글자가 그의 눈에 박힌다. 숨이 멎는 것 같다. 두 번째, 세 번째, 네 번째 그렇게 순서대로 수많은 글자들이 그의 눈동자에 박혀 들어 심장으로 내려가는가 싶더니, 그의 쿵쾅쿵쾅 심장 소리가 마치 밖에서 들리는 것처럼 점점 커진다. 평화로운 선율의 첼로 소리만 고요히 흐르던 집 안이 순식간에 쾅쾅대는 심장 소리로 가득 차는 것 같고, 그렇게 천장, 벽, 바닥까지 모두 쾅쾅거리다가 점점 자신의 숨통을 조여 오는 것 같다.

고 대리는 숨이 막히는 것 같은 고통을 꾸역꾸역 참으며, 문자 내용 전체를 읽어 내려간다.

이해가 안 된다. 다시 한번 읽는다.

말도 안 된다. 또 한 번 읽어 본다.

그럴 리가 없다. 빠르게 다시 읽어 본다.

믿을 수가 없다. 다시 한 줄 한 줄 천천히 읽어 내려간다.

가슴이 통째로 찢겨 나가는 것 같다.

눈물이 차올라서 잘 보이지 않는다.

간신히 떨리는 눈동자를 부여잡고 눈을 부릅떠서 본다.

그만 보고 싶다. 그래도 봐야만 한다.

자신은 이 아이의 아빠니까.

아버님, 샛별 유치원 원장입니다.

전화 연결이 되지 않아 급히 문자 남겨 드립니다. 어머님께
도 문자 남겨 드리긴 했는데 연락이 계속 안 돼서 아버님께
도 연락드렸습니다. 아이가 교통사고가 나서 대학 병원 응
급실로 이송되어 현재 응급 수술 중입니다. 이 문자 보시는
대로 이 번호로 최대한 빨리 연락해 주시길 바랍니다. 상황
이 좋지 않습니다.

정말 이상하게도 문자를 읽어 내려가는 동안,

정말 오늘 너무너무 운수 좋은 날이었는데…

정말 이게 다 무슨 소리냐고…

정말 이럴 순 없다고…

정말 믿을 수가 없다고…

정말 그렇게 소리치고 싶었다.

마지막 문장이 눈에 박히자, 고 대리의 몸이 튕기듯 반사적으로 소파에서 일어난다.

식탁 위에서 가지런히 누워 있던 소고기들이 깜짝 놀라 마블링을 번쩍이며 무슨 일이냐며 물어오는 것 같았지만, 대답조차 사치라는 듯 고 대리가 현관문을 거칠게 박차고 밖으로 나가 버린다.

마지막 말까지 다 퍼부어서
미안해

병원으로 가기 위해 택시를 잡아탄 고 대리의 눈에서 갑자기 눈물이 왈칵 터져 나온다. 그동안 눈물을 흘리면 스스로가 나약해질 것 같아 꾹 참고 살아왔는데, 문득 와닿은 문자 하나에 이렇게 자신이 무너질 줄 미처 몰랐다. 택시 안에서도 아까 수없이 반복해서 읽었던 문자를 읽고 또 읽는다. 그러다 갑자기 잊은 게 생각났다는 듯 떨리는 손으로 통화 버튼을 누른다.

〈사랑하는 내 편〉

따르릉—. 아내에게 전화를 건다. 분명 평소와 같은 신호음인데 오늘은 평소와 다르게 들리는 것 같다. 아내의 목소리가 아닌 낯선 기계음의 여성이 전화 연결이 되지 않는다고 알려 준다. 다시 통화 버튼을 누른다. 신호음만 끝없이 반복된다. 도대체 아내는 어디서 뭘 하길래 이렇게 전화를 안받는 건지, 화가 치밀어 올라 온몸이 부들부들 떨린다. 제발빨리 받으라는 분노의 눈빛으로 핸드폰 화면을 노려본다. 화면에 덩그러니 〈사랑하는 내 편〉 글자가 떠 있다. 내 편이라면서 왜 지금처럼 자신에게 꼭 필요한 순간에는 옆에 없는 건지 모르겠다.

　뚫어져라 내 편을 보던 화면에 반사된 흐릿한 한 남자가 비친다. 하늘이 무너지기라도 한 것처럼 그 남자의 얼굴은 말할 수 없이 초췌하고, 무엇보다 그의 눈에 가득 차오른 길 잃은 물방울들이 더 이상 갈 곳이 없다는 듯 하염없이 아래로 흘러내리고 있다. 〈사랑하는 내 편〉 글자가 물에 빠진 것처럼 희미해지더니 이젠 잘 보이지도 않는다. 차마 눈물을 닦을 생각도 못 하는지 멍한 눈을 끔뻑이며 눈물을 흘려보내고만 있는 그는, 왜 진작 이 고장 난 핸드폰을 안 고쳤는지 자신을 자책하기 시작한다. 그것을 시작으로 운수 좋은 날이라고 아침부터 들떠서 뭐 좋다고 웃으며 낮술까지 처먹은 건지 스스로가 너무 한심해진다. 내 편이 곁에 없는 냉혹한 현실에 혼자만 우두커니 버려진 것 같아 너무 무섭기까지 하다. 그 남자는 그렇게 병원 가는 내내 그치지 않는 눈물을 흘리며 하염없이 쏟아 냈다.

끼익- 택시가 병원에 도착하자, 고 대리는 주머니 속 남아 있던 8천 원을 아무렇게나 택시 기사에게 쥐여 주고 병원 응급실 안으로 뛰어 들어간다. 고개를 세차게 돌려가며 하얀 가운을 입고 있는 아무나 붙잡고 딸의 이름을 외치며 찾는다. 그런 그의 모습에 당황한 간호사가 그를 수술실로 안내한다.

〈수술중〉

그렇게 그는 마침내 덩그러니 떠 있는 초록빛의 세 글자를 마주한다. 그제야 딸이 진짜 수술 중인 게 실감이 나 하얗고 차가운 병원 복도 바닥에 털썩 주저앉는다. 몸은 힘들고, 마음은 슬프다. 몸은 부서지는 것 같고, 마음은 찢어지는 것 같다. 하지만 그의 눈은 한시도 놓치면 안 된다는 듯, 딸이 갇혀 있는 음울한 초록빛의 세 글자를 똑바로 응시한다.

물론 냉정하기만 한 그의 이성은 처음 병원에 도착해 딸을 찾으며 난리를 피우는 동안 1층 병원 로비에 카페가 있다는 사실을 확인했다. 그러니 이 차가운 병원 복도 바닥에 있지 말고, 그곳에 앉아 커피 한잔하며 기다리는 게 낫지 않겠냐고 물어온다. 그렇게 초록빛만 본다고 딱히 할 수 있는 것도 없지 않냐며. 하지만 그의 마음은 저 초록빛 안에 내 소중한 딸아이가 갇혀 홀로 사투를 벌이고 있는데, 그런 아이를 덩그러니 혼자 두고 우아하게 커피나 처마시고 있는 게 아빠가 할 짓이냐고 이성을 쏘아붙인다. 매번 차갑게 설득을 잘도 해 대던 이성이 웬일인지 이번에는 얌전히 물러난다. 그는 그렇게 자리를 떠나지 않고 새하얀 천장과 벽으로 둘러싸인 차가운 바닥에 쭈그리고 앉아 초록빛에서 눈을 떼지 못한다.

그렇게 시간이 얼마나 흘렀을까?

땅! 고 대리의 귀에 저 멀리서 엘리베이터 도착 소리가 들린다. 바닥에 쭈그리고 있은 지 오래돼서인지 초록빛을 보는 눈을 제외하고는 이미 자신의 몸이 제 기능을 못 하는 상태인 줄 알았는데, 땅! 소리가 귀에 닿자 직감적으로 기다리던 사람이 온 것을 확신하는 듯 자리에서 힘겹게 일어난다.

"현장 학습, 신호 위반, 덤프트럭, 경찰, 구급차, 소아청소년과, 대학 병원…."

고 대리가 병원에 도착하기 전까지 연락이 안 되는 못난 보호자들을 대신해서 보호자 역할을 해 줬던 원장은 진짜 보호자인 고 대리가 도착하자 상세하고 차분하게 딸아이의 사고에 대해 알려 줬다. 그렇게 사고 이야기를 듣는 동안 이미 눈물이 가득 차 있던 고 대리의 눈동자는 희미해지며 초점을 잃어 갔다. 그리고 이상하게도 아무 생각도 들지 않았다. 그 이후 원장이든 간호사든 누구든 그에게 무슨 말을 해도, 그는 그저 초점 잃은 멍한 눈만 껌뻑이며 계속 저 초록빛 세 글자만 노려보고 또 노려보고 있을 뿐이었다.

어쩌면 그는 그렇게 멍한 눈으로 자기 잘못이 아니라는 그 죄책감을 회피하기 위해 대신 화를 낼 상대만 기다리고 있었는지도 모른다. 그 상대는 분명 '내 편'이라고 했는데 가장 필요한 순간 '내 편'이 아니었다.

띵! 소리와 함께 이제 막 도착한 그 상대가 엘리베이터 문을 지나 새하얀 복도를 가로질러 그에게 달려오고 있다.

"오빠!!!!!!!!!!!"

익숙한 목소리가 들려온다. 그런데 오늘은 이상하게 낯설게만 들린다.

간신히 몸을 일으켜 세운 고 대리가 복도 벽에 등을 기댄 채 고개를 돌려 소리가 나는 곳을 바라본다. '내 편'이라던 그 사람이 드디어, 아니 이제야 그의 눈동자에 닿았다. 아내의 얼굴이 눈물, 콧물, 땀으로 뒤범벅되어 엉망이 되어 있다. 그런 아내의 얼굴을 보자, 새하얀 병원 복도에 갇혀 창백해졌던 마음이 순식간에 시뻘겋게 끓어오른다. 분노. 울화. 격노. 어쨌든 뻘겋게 달아오른 마음, 아니 좀 더 정확하게 표현하자면 새까맣게 타버린 잿빛의 탁한 핏빛 마음. 그리고 이번에는 그 핏빛에 점령당한 입술이 나선다.

"너 미쳤어?"

벽에서 등을 뗄 때 간신히 몸을 돌리던 그가 몸을 휘청이며 크게 소리친다. 지난번 아내가 김밥 가게에서 손을 베어 왔던 그날의 소리와는 차원이 다른 울부짖음이 그의 온몸에서 맹렬하게 솟구쳐 나온다.

'나도 이런 내가 낯선데, 내 편은 이런 내가 얼마나 낯설까.'

정신을 차리려는 그의 이성이 핏빛 마음에 점령당한 입술을 멈춰 보려고 다급하게 시도해 본다. 하지만 붉은 핏빛 입술과 어둠뿐인 잿빛 목소리는 그런 이성을 순식간에 제압하고 계속 아내를 향해 짐승 같은 울부짖음을 쏟아 낸다.

"미쳤어? 너 미친년 아냐? 대체 온종일 뭐하고 쳐 다니길래 니 새끼가 덤프트럭에 치여 사경을 헤매게 만들어?? 쟤 죽으면 어쩔래? 저러다 쟤 잘못되면 어쩔거냐고! 어?? 차라리 니가 죽어… 니가 죽으라고!!!"

핏빛과 잿빛으로 물든 칼날 같은 날카로운 말이 그의 입술을 박차고 날아가 아내를 향해 수도 없이 박힌다. 그는 완전히 이성을 잃었고, 마침내 때가 되었다는 듯 끊임없이 폭발에 폭발을 거듭한다.

'나도 잘한 거 없으면서… 망할 핸드폰이라도 진작 고쳤으면… 그래서 연락이라도 바로 받았으면… 그러면 그래도 지금보다 죄책감은 덜했을 텐데….'

가장 소중한 이에게 엉망진창인 쌍욕이나 계속 던져 대는 그의 입을 어떻게든 틀어막으려 그의 이성이 다시 한번 힘을 써 본다. 하지만 그는 오히려 그런 자신의 죄책감을 피하려는 듯 아내를 향해 더욱더 시뻘건 분노를 토해 낸다. 마치 그렇게 해야만 자기 책임이 아닌 게 될 거라 믿는다는 듯이. 그렇게 온종일 연락 안 되다 이제야 도착한 네가, 내 편이라며 내 편이 아니었던 네가, 이 모든 죄를 뒤집어써야 한다는 듯이 핏빛 막말을 계속 폭발시킨다.

한 마리 짐승처럼 눈앞에서 자신을 향해 울부짖고 있는 고 대리를 마주한 아내의 눈동자가 삽시간에 빨갛게 물들어 버린다. 그러다 아까 그가 그랬듯 아내도 할 말을 잃은 채, 그리고 또 그가 그랬듯 온통 새하얀 차가운 복도 바닥에 쓰러지듯 주저앉아 그보다 더 새빨간 눈물을 쏟아 내기 시작한다. 소리조차 나지 않는 울음을. 때로는 아무리 닦아도 멈출 수 없는 눈물이 있다.

"오빠… 나… 나는… 오늘 처음… 마트 알바… 캐셔… 잘 몰라서… 핸드폰을 못…."

온몸이 새빨간 눈물에 파묻혀 부들부들 떨면서도 아내는

뭔가를 그에게 말하려 노력한다. 하지만 이미 시뻘건 분노의 마음에 잡아먹힌 그의 눈과 귀는 기능을 멈춘 것 같다. 분명 아내가 눈앞에 널브러져 앉아 있고, 분명 아내가 뭔가를 말하는데, 그는 아무것도 보이지도 들리지도 않는다. 아니, 그렇다고 믿고 싶은 것 같다. 결국 새하얀 병원 복도에 주저앉아 마주한 둘 사이에 창백한 순백의 정적만이 남는다.

심장이 부서진다는 게 이런 거구나.
눈물이 멈추지 않는다는 게 이런 거구나.
가슴이 찢겨 통째로 부서져 나간다는 게 이런 거구나.
가족이 무너진다는 게…
내가 무너지는 게…
바로 이런 거구나.

정적의 찰나, 고 대리의 마음에 수많은 감정이 스쳐 간다.
"애 잘못되면 너 진짜 나랑 끝이야! 끝! 알아들어? 젠장!"
마지막 피로 물든 칼날이 순백의 정적을 깨뜨리며 정확히 아내의 심장에 날아가 박힌다.
그때만 해도 그는 몰랐다. 그래도 마지막 말은 절대 하지 말아야 했다는 걸.

미안하다고 말하지 못해
미안해

　달빛마저 잡아먹힌 듯 아주 컴컴한 밤, 고 대리가 중환자 보호자 대기실에서 간이 의자에 앉아 머리를 등 뒤 벽에 기댄 채 가만히 눈을 감고 있다. 그의 앞에는 아내가 딱 봐도 엄청 불편해 보이는 간이침대에 웅크리고 누워 잠들어 있다. 딸은 중환자실에서 의식을 잃은 채 생사를 건 사투를 벌이고 있고, 그와 아내는 그런 딸을 볼 수 있는 중환자실 면회 시간만 기다리고 있다.

　그날 그렇게 영원히 꺼지지 않을 것만 같았던 수술실 초록 불이 꺼지고, 땀으로 온몸이 젖은 의사들이 걸어 나와 그와 아내에게 수술 결과를 설명해 주었다. 여러 가지 의학 용어로 가득한 말을 하길래 정말 하나도 놓치지 않고 들으려 노력했는데, 당시 이미 제 기능을 포기한 그의 귀는 제대로 알아듣질 못했다. 그래도 그가 똑똑히 들은 것 중 하나는, 불행 중 다행으로 최악의 고비는 넘겼고, 쉽지는 않겠지만 일단 경과를 지켜보자는 그런 내용이었다.

예전 치과 치료를 할 때만 해도 환자에게 직접 상담도 안 해 주는 저 의사란 작자들은 왜 저리 한결같이 거만한 건지 불신만 들었는데, 딸을 수술하고 나온 의사의 말 한마디 한마디는 너무 귀하고 감사해 어쩔 줄 몰랐다.

그 후로 이렇게 병원에서 세 식구가 함께 지내고 있다. 물론 몸은 조금 떨어져 있긴 하지만. 그날로부터 며칠이나 흘렀는지 날짜 감각도 없어져 버렸다. 시간이 꽤 지난 것 같은데 아이가 의식을 찾지 못하면 그런 시간이 다 무슨 의미가 있을까 싶다. 그의 시계는 그렇게 멈춰 버렸고, 아이가 눈을 떠야만 그 시간이 다시 흐르기 시작할 것 같다.

아내는 아이로 인한 충격 때문인지, 아니면 그의 핏빛 칼날에 난도질당해서인지 핏기 하나 없는 얼굴로 보호자 침대에 웅크리고 누워 대부분의 시간을 보내고 있다.

'그래도 마지막 말은 하지 말았어야 했는데….'

그런 아내의 초라한 모습을 볼 때마다 고 대리는 자신이 내뱉은 그 마지막 말이 후회되었다. 하지만 아직도 아내에겐 미안하다는 말조차 꺼내지 못하고 있다.

'나는 대체 언제가 돼야 아내에게 미안하다는 말을 건넬 수 있을까.'

수술이 끝나고 의사의 '불행 중 다행'이라는 말을 듣고 난 후에야 조금씩 제정신을 찾기 시작한 그는, 그 이후 아이를 중환자실로 옮기고 나서야 그때 아내가 수술실 앞 복도에서 띄엄띄엄 필사적으로 하려 했던 말을 차분히 들었다.

그날 아내는 딸의 친구 엄마 소개로 근처 대형 마트 캐셔 아르바이트, 그러니까 계산원으로 첫 출근을 했다고 했다. 정신없이 밀려드는 손님들의 장바구니 물건들을 계산하면서, 혹시라도 금액이 틀리면 나중에 본인 돈으로 다 채워 넣어야 한다는 친구 엄마의 말에, 아내는 계산이 틀리지 않게 땀을 뻘뻘 흘리며 일을 하고 있었다고. 그렇게 온종일 바쁜 긴장 상태여서 전화에는 손도 댈 수 없었고, 화장실 갈 틈도 없었다고 했다.

아내의 말을 가만히 듣던 고 대리는 예전 김밥 가게 아르바이트 갔을 때도 그렇고, 도대체 왜 자기한테 아르바이트 하는 걸 숨기냐고 물었다. 그러자 아내는 그가 당연히 허락하지 않을 걸 잘 알기 때문이라고 했다. 남편이 센 척하지만, 사실 걱정이 많고 마음이 여린 사람인 걸 누구보다 잘 알기에, 그런 사람에게 본인의 걱정을 더 보태주기 싫었고, 무급 휴직 중인 남편을 대신해 본인도 뭐라도 해서 돈을 좀 모아 놔야겠다고 생각했다는 말을 덧붙였다. 그리고 자신처럼 애 보느라 오랜 기간 경력이 단절된 여성은 생각보다 돈을 벌 수 있는 방법이 많지 않아 속상했고, 때마침 딸 친구 엄마가 소개해 준 마트 캐셔라도 할 수 있어서 다행이라고 생각했다고 했다.

그렇게 고 대리가 아내와 대기실에 쭈그리고 앉아 마주 보며 얘기를 하다 보니, 아내는 자기 나름대로 남편을 배려해서 생활비 몇 푼이라도 벌려고 할 수 있는 노력을 한 것이었다. 그래서 고 대리는 그런 아내에게 주워 담지도 못할 마지막의 마지막 말까지 쏟아부은 게 너무 미안하고 괴로워서 아내에게 어떤 말도 할 수가 없었다. 하지만 그러면서도 마음 한편에서는 아내가 아직 자신이 잘린 건 모르는 눈치여서 다행이라는 그 망할 안도감이 또 스멀스멀 기어 나와 자신이 너무 한심하게 느껴졌다.

그리고 그때 그의 이성이 당장이라도 모든 사실을 아내에게 고백하고 미안하다고 하라고, 그리고 그날 그렇게 마지막 말까지 다 퍼부어서 미안하다고 하라고, 그렇게 제발 이제라도 다 털어놓고 사과하라고 그를 다그쳤지만, 이미 핏빛을 잔뜩 머금어 한껏 무거워진 그의 주둥이는 아직 그럴 용기가 없다며 이성의 제안을 단번에 밀어냈다.

"휴~."

간이 의자에 앉아 있던 그가 한숨을 내뱉는다. 아내와 대화했던 그때가 생각이 나자 마음이 답답해진 그는, 간이침대에 잠들어 있는 아내에게 이불을 어깨 위까지 끌어올려 덮어 주고 밖으로 나간다. 복도 창밖도 컴컴하고, 자신의 마음도 새까만데 그러거나 말거나 새하얗기만 한 병원 복도가 얄밉기만 하다. 시간이 늦어 혹시나 다른 보호자들에게 방해가 될까 봐 발소리를 줄여 조심스레 병원 1층 로비로 내려간다. 낮에 본 로비는 정말 이렇게 많은 사람이 아프면 지구 멸망하는 거 아닌가 싶을 정도로 수많은 환자와 보호자들로 붐볐는데, 밤이 되면 이렇게나 조용해진다는 게 새삼 놀랍다.

병원 로비에는 병실에 있기 답답해하는 환자, 병원에서 그렇게 하지 말라고 하는데 몰래 담배 피우러 나가는 휠체어 환자, 그리고 어디가 그리 아픈지 아직 작기만 한 몸에 수많은 의료 장비를 주렁주렁 매단 채 잠이 안 온다며 아빠와 함께 텅 빈 로비를 뛰고 싶어 하는 아이가 보인다.

고 대리는 그런 사람들을 지나, 병원 로비 입구 안쪽 옆에 설치된 자판기 앞에 서서 익숙한 손놀림으로 커피믹스 한 잔을 내린다. 어느새 날은 쌀쌀해지고 컴컴한 어둠이 가득한 이곳에, 이 자판기 앞에 붙어 있는 직사각형 하얀 불빛만이 그를 따뜻하게 비춰 주는 것 같다는 생각이 든다. 우렁차고 촌스러운 커피 내리는 자판기 소리를 들으며 그는 고개를 돌려 주변을 살펴본다. 자판기 옆에 편의점이 보이고, 그 옆으로 마치 은행처럼 가로로 길게 연결된 접수와 수납 창구들이 보인다. 물론 이 시간에는 병원 직원도, 수납할 보호자나 환자도 없기에 텅 비어 있다. 가만히 수납 창구를 보고 있으니 어쩔 수 없게도 딸의 병원비에 대한 걱정이 몰려온다.

'퇴직금은 건드리고 싶지 않았는데….'

병원의 성실한 치료와 친절한 안내는 절대 공짜가 아니다. 아픈 환자는 신경 쓰지 못하는 병원 접수와 수납 등 행정적인 절차를 환자의 보호자는 꿋꿋이 해내야 한다. 아픈 환자 걱정에 제정신이 아닐 보호자에게 병원은 친절히 웃으며 그래서 돈은 언제 낼 건지를 물어온다. 그건 그에게도 마찬가지였고, 얼마 전 아내를 통해 병원에서 친절하게 건네준 중간 정산 수납 안내서를 건네받았다.

"퇴직금을 병원비 중간 정산하느라 다 쓸 줄이야…. 대출은 안 나오고, 요즘 금리도 어마어마한데, 보험금 환급을 최대한 빨리 신청해야겠다. 환급금은 바로 돌려주려나… 하~. 내일은 아내한테 집에 가서 보험 서류 좀 준비해 달라고 해야겠네. 그리고 집에 간 김에 좀 쉬다 오라고 해야겠다. 둘이 같이 있는다고 달라지는 것도 아니니…."

아무도 없는 자판기 앞에 서서 그가 혼자 중얼거린다.

당연히 퇴직금을 깨고 싶진 않았으나, 직장이 없는 사람에 겐 대출도 쉽지 않은 일임을 다시 한번 깨닫고 난 그는 어쩔 수 없이 남은 퇴직금을 모두 병원에 상납했다. 물론 보험은 들어놔서 어느 정도는 괜찮겠지만, 먼저 병원에 정산하고 나중에 보험사에 신청해 환급받는 구조라 일단 돈이 필요하 니 퇴직금을 깰 수밖에 없었다.

'어찌 보면 다행인 걸까? 그래도 돈만 있으면 죽을 뻔한 사람을 살릴 수 있는 세상이니. 물론 반대로 생각하면 돈이 없으면 살릴 수 있는 사람도 죽을 수 있다는 잔인한 현실이 지만….'

그렇게 의식도 못 찾은 딸아이가 온갖 의료 장치에 의지 해 누워 있는데도, 냉혹한 현실은 그 아이를 살리고 싶으면 돈을 내놓으라고 보호자인 그의 목을 죄어 온다.

돈. 그 돈이 뭐길래, 그 한 글자 앞에 아이도, 피도, 눈물도 없는 세상이 되어 버린 건지 회의감이 든다. 하지만 보호자 라는 타이틀을 달고 있는 한 불평만 하고 있을 순 없다. 그 돈만 있다면, 그래서 딸아이를 살릴 수만 있다면, 그는 어떻 게든 그 돈을 구할 생각이다. 아니, 구해야만 한다.

'근데, 퇴원할 때 한 번에 다 수납하면 되는 줄 알았는데 중간 정산이란 게 있는 줄은 처음 알았네. 사람 살려 놨는데 설마 먹튀라도 할 거라고 생각하는 건가? 하긴, 그런 사람이

있으니까 이런 중간 정산 같은 걸 만든 거겠지.'

아내가 간호사로부터 전달받은 중간 정산 이야기를 자신에게 꺼낼 때만 해도 고 대리는 그런 게 있는지도 몰라서 무척 당황했다. 하지만 애써 태연한 척하며 자신이 알아서 해 보겠다고 아내에게 큰소리쳤다. 그런데 그때 이상하게도 아내는 그를 못 믿어서인지 아니면 그에 대해 뭔가 아는 눈치인 건지 눈빛이 조금 흔들렸다. 하지만 그는 눈치채지 못했다.

부부 사이에는 때론 말하지 않아도 알 수 있는 게 있고, 아는데도 모른 척하게 되는 경우도 있다. 아니면 님이라는 글자에 점 하나 찍어 남이 되는 사람들처럼 서로한테 아예 관심이 없는 막장이거나.

그렇게 고 대리는 중간 정산이라는 위기를 퇴직금으로 어찌어찌 일단 막을 수 있었다. 그리고 하루에 몇 분 되지도 않는 딸의 면회 시간을 제외하곤 늘 기다리는 것밖에 할 게 없는 보호자 대기실에 있는 동안, 딸의 사고 후 엉망이 되어 있는 자신의 현실을 나름 차분하게 정리하려 노력했다.

먼저 도배 일은 쩐친에게 사정을 이야기하고 당분간 못 한다고 일러두었다. 아이의 의식이 돌아올 때까진, 아니 건강한 몸으로 퇴원할 수 있게 될 때까지 고 대리는 아이와 아내의 곁을 떠날 생각이 없었다. 뭘 해도 제대로 할 수 있을

리도 없었다.

마찬가지 생각으로 2주 뒤 출근하기로 했던 찐동생의 회사도 입사를 포기했다. 그 회사에는 딸의 사고에 관해 이야기는 하지 않고, 그냥 몸이 아파서 출근하지 못하는 것으로만 말해 두었다. 좋은 일도 아닌데 망할 업계에 자신의 개인적인 사정을 말해서 좋을 게 없다는 생각이 들었다. 회사는 나중에라도 괜찮아지면 꼭 다시 연락 달라고 했지만, 그는 잘 안다. 사실 회사에서 그냥 딱히 할 말이 없어 덧붙인 말이라는 걸. 이미 자신이 아니어도 그 자리를 대신할 사람은 넘치고 넘치니까. 회사가 그걸 모를 리가 없다. 맞다. 회사는 늘 미련이 없다. 늘 아쉬운 직원만 미련한 미련이 남을 뿐. 당연히 고 대리도 그걸 잘 알고 있다.

그리고 이 소식을 고 대리가 아닌 회사를 통해 건너 듣게 된 찐동생이 그에게 전화해 길길이 화를 내서, 찐동생에게는 살짝 말해 두었다. "딸이 중환자실에….'라고 짧게 말했을 뿐인데도 화내던 찐동생은 급히 미안하다며 태도를 바꿨다. 역시 한국말은 끝까지 들어 봐야 한다는 진리를 여기서 또 한 번 느꼈다.

운수 좋은 날이라고 믿었던 그날만 해도 다시 그 업계로 들어가든 도배 일을 하든 둘 중에 뭘 선택해도 돈은 벌 수 있게 됐으니 다행이라고 안심했는데, 이젠 이렇게 둘 다 못

한다고 손을 털어야 하는 상황이라는 것이 믿기지 않는다. 이래서 인생사는 한 치 앞도 알 수가 없다고 하는 모양이다. 불현듯 '가족의 행복을 지키려면 돈이 필요하고, 돈을 벌려면 가족의 행복을 희생해야 한다.'는 답도 없는 말이 다시 떠오른다. 답이 없는 말에 마음이 답답해진다.

돌고 돌아, 결국 돈이다.

이렇게 현실은 냉정하게도 끊임없이 돈을 요구한다. 그것도 이번에는 가장 소중한 내 딸아이의 생명을 담보로 말이다. 그 보호자가 직장에서 잘리든 말든. 돈이 있든 말든. 아이가 사경을 헤매 그것만으로도 너무 힘든데도 보호자는 그런 현실을 감당하고 최선을 다해 대처해 나가야 한다. 그렇게 세상은 그 차가운 현실을 더 냉철한 이성으로 대처해 내길 바라며 언제나 '돈'이라는 한 글자를 강요한다.

그는 이렇게 차갑고 크기만 한 세상의 한 귀퉁이에 자리 잡은 이 작은 자판기에서, 그것보다 더 작은 커피믹스 한 잔을 내려 이 작은 온기에 기대 본다. 이 온기가 냉혹한 현실로부터 그를 조금이라도 지켜주길 바라며. 그는 커피를 한 모금 마시며 자판기 불빛이 비치는 자판기 앞 의자에 앉아 등받이에 그의 고된 등을 기대 본다. 자판기의 희미한 작은 직사각형 빛이 그를 토닥여 주는 것 같다. 분리수거장 벤치에 앉아 있을 때와는 또 다르게 위로를 받는 느낌이다.

'당장이라도 딸이 눈을 떠서 아빠를 불렀으면…'

커피 한 모금의 따뜻한 온기에 기대 딸의 의식이 하루빨리 회복되길 눈 감고 고개 숙여 간절히 빌어 본다. 그렇게 한참 동안 한 사람을 위해 홀로 기도하던 고 대리의 귀에 어느 순간 자판기 옆 편의점의 열린 문틈 사이로 새어 나오는 라디오 소리가 들려온다.

어느덧 마칠 시간이 되었네요. 청취자 여러분의 오늘 하루는 어떠셨나요? 누군가에겐 제일 행복한 날, 기쁜 날, 또 누군가에겐 힘든 날, 아픈 날, 그리고 어쩌면 누구보다 슬픈 날. 그렇게 여러분 모두 다른 의미의 하루를 보내셨을 텐데요. 오늘의 마지막 곡은 그렇게 별처럼 빛나는 수많은 여러분의 하루 중, 특히 누구보다 힘든 하루를 보내신 분들을 위로하고 싶어서 제가 직접 선곡해 봤습니다. 가수 이하이가 부른 「한숨」이라는 노래인데요. 부디 이 고요히 빛나는 노래가 노랫말 중 한 부분처럼 작은 한숨 내뱉기도 어려운, 그런 하루를 견디며 오늘을 살아 낸 누군가에게 따뜻한 빛으로 닿을 수 있길 바라봅니다. 여러분, 오늘 하루도 정말 수고 많으셨어요. 편안한 밤 되세요.

♬ 숨을 크게 쉬어봐요

당신의 가슴 양쪽이 저리게

조금은 아파올 때까지…

'응? 이 노래… 어디서 들어봤지?'

귀에 익은 노래가 들려오자 고 대리는 노랫소리가 들려오는 쪽을 바라본다.

'아! 그때 분리수거장에서 들었던 그 노래 아닌가? 여기서 또 듣네. 그때 제목이 궁금했는데,「한숨」이란 노래였구나.'

숨을 더 뱉어봐요

당신의 안에 남은 게 없다고 느껴질 때까지

숨이 벅차올라도 괜찮아요

아무도 그댈 탓하진 않아

가끔은 실수해도 돼

누구든 그랬으니까

괜찮다는 말

말뿐인 위로지만

누군가의 한숨

그 무거운 숨을

내가 어떻게 헤아릴 수가 있을까요

당신의 한숨

그 깊일 이해할 순 없겠지만

괜찮아요 내가 안아줄게요

  ⋮

남들 눈엔 힘 빠지는 한숨으로 보일진 몰라도

나는 알고 있죠

작은 한숨 내뱉기도 어려운 하루를 보냈단 걸

이제 다른 생각은 마요

깊이 숨을 쉬어봐요

그대로 내뱉어요

누군가의 한숨

그 무거운 숨을

내가 어떻게

헤아릴 수가 있을까요

당신의 한숨

그 깊일 이해할 순 없겠지만

괜찮아요 내가 안아줄게요

정말 수고했어요

"당신의 한숨, 그 깊일 이해할 순 없겠지만, 괜찮아요. 내가 안아 줄게요…."

의자 등받이에 기대 고개를 로비 천장으로 꺾어 올린 채 가만히 눈을 감고 노래를 듣던 고 대리가 나지막이 노랫말을 속삭인다. 너무나 깊숙이 자신의 안으로 찔러 들어오는 짙은 노랫말에 기어코 눈물이 새어 나오고 만다. 들려오는 노래의 가사 때문일까? 아니면 딸아이 걱정? 아내에 대한 미안함? 감당하기 벅찬 병원비? 직장 잃고 가루가 되어 버린 현실 때문에? 그것도 아니면, 그냥 다 너무 힘들어서?

늘 세상은 '어른'이라는 두 글자로 우리를 틀어쥐고, 힘들다는 말을 내뱉지 못하게 흔들어 댄다. 주변 다른 이들도 모두 너와 같은 어른이고, 그들도 그렇게 '잘' 견디고 있다는 한 글자를 툭- 내보이며. 그러니 너도 참아 내라고. 그게 당연하다며 우리를 옭아맨다.

한숨인지 울음인지 모를 고 대리의 슬픔이 흘러나오는 노래와 함께 로비에 퍼져나가기 시작한다. 그는 온통 새하얀 병원 복도에서 오로지 〈수술중〉 초록빛에 갇혀 사경을 헤매는 딸을 위해 기도할 때 느꼈다. 살면서 아무리 닦아도 멈추지 않는, 멈출 수 없는 눈물이 있다는 걸. 그리고 지금 그 차가운 물방울의 슬픔이 있다는 걸 다시 한번 깨닫는다.

그렇게 자판기의 작은 빛에 기대, 닦을 수 없는 슬픔의 고통을 삼키던 한 사내의 눈물 가득한 한숨이 오랜 시간 그곳에 남아 있었다.

(마지막화) 옆에 있어 줘서
고마워

비록 현실은 바뀐 게 없지만, 어젯밤 흘린 눈물 덕분인지 고 대리는 마음이 한결 가벼워진 것 같다. 다만, 오늘 아침 눈을 뜬 곳이 병원 중환자 보호자 대기실이 아니었다면 더 좋았을걸, 하는 아쉬움이 든다. 고 대리는 아직 부어 있는 자신의 눈을 비비며 애써 정신을 차려 본다. 아이는 여전히 중환자실에 의식 없이 누워 있고, 아내도 여전히 보호자 대기실 간이침대에서 웅크린 채 잠들어 있다. 그는 곤히 자고 있는 아내의 얼굴을 가만히 내려다본다. 예전 딸아이 방에서 봤을 때보다 흰머리가 더 많아진 것 같아 마음이 무겁다.

'휴! 저 목 다 늘어난 티셔츠도 제발 버리라니까, 참.'

좁은 보호자 대기실에서 아내와 온종일 붙어 있다 보니 자연스레 많은 이야기를 나누게 되었다. 이야기의 대부분은 의식을 찾지 못하는 딸아이에 대한 걱정이었지만, 이것 외에도 결혼 생활 하는 동안 남편과 아내로서 느낀 것들에 대한 것도 많았다. 그리고 이야기를 나눌수록 고 대리는 아내가 얼마나 현명한 아내이고, 훌륭한 엄마인지 더 깊게 이해하게 되었다.

  아내는 아이가 수술 받던 그날, 고 대리의 모진 말들에 상처를 많이 받긴 했지만, 그가 왜 그렇게 자신에게 불같이 화를 냈는지 이해된다며 자기도 스스로가 너무 미웠다고 오히려 그를 감싸 주었다. 이렇게 착한 아내에게 마지막 말까지 서슴없이 던졌던 그는 스스로가 한없이 부끄러워졌다.

  아, 물론 안타깝게도 그는 자신이 직장에서 잘렸다는 것과 그래서 도배 막노동을 뛰었다는 등의 이야기는 아내에게 하지 못했다. 딸의 수술 후 계속 병원에 밤낮으로 머물고 있는 고 대리에게 아내가 회사나 친구 도와주는 그 일은 어떻게 됐는지 물어볼 법도 한데, 이상하게도 아무것도 물어보지 않았다.

  '저렇게 누워 있는 딸을 보기만 해도 마음이 찢어지는데, 아내까지 내 옆에 없었다면 과연 내가 감당할 수 있었을까?'

고 대리는 매일같이 아내에게 지금 이렇게 내 옆에 있어 줘서 얼마나 고마운지, 얼마나 힘이 되는지, 그리고 얼마나 미안한지 꼭 말해야겠다고 다짐했다. 하지만 아직 한마디도 꺼내지 못하고 있다. 그래서 오늘은 꼭 말하자는 다짐을 다시 한번 해 본다. 하지만 그는 자신을 잘 안다. 당연히 오늘도 못 할 거란걸. 그는 용기가 없다.

그의 부담스러운 시선을 느꼈는지 아내가 좁은 침대에서 뒤척이다 눈을 뜬다. 그러더니 반사적으로 핸드폰을 찾는다. 그렇게 시간을 확인하고, 중환자실 아이 면회 시간이 되려면 얼마나 남았는지를 계산한다.

'나도 저렇겠지. 혹시나 아이가 눈을 떴을까, 혹시나 바뀐 게 있을까, 확인하고 또 확인하고. 그리고 한편으론 안심을, 다른 한편으론 다시 한번 쓰라린 좌절을 느끼겠지.'

아내의 모습을 가만히 지켜보던 고 대리는 가슴이 미어진다. 그러다 아이 생각이 나서 가슴이 찢어진다.

"여보, 잘 잤어? 안 추워? 힘들지? 조금만 힘내자. 의사 선생님도 아이 상태 많이 괜찮아졌다고 했으니까…. 그리고 오늘부턴 집에 들어가서 자. 당신도 몸 좀 추슬러야지. 우리 가족이 당신 얼마나 믿는데."

비록 미안하단 말은 못 해도 아내를 걱정하는 마음은 진심이다. 고 대리가 그 진심을 담아 말을 건네 보지만, 아내는 아무런 대꾸가 없다. 그저 물끄러미 의자에 기대앉아 있는 그를 올려다본다. 그는 아내의 그 눈빛이 그의 날 선 마지막 말들에 상처받은 원망의 눈빛 같기도 하고, 직장에서 잘린 그의 속내를 다 알고 있다는 듯 동정하는 눈빛 같기도 하다. 뭐가 됐든 아내의 눈빛이 버거워진 그는 서둘러 말을 돌린다.

"여보, 그리고 그때 말했던 중간 정산 말이야. 그건 내가 어떻게 내긴 했는데, 그래도 앞으로 남은 병원비 내려면 보험 환급금을 최대한 빨리 받아야 할 것 같아. 그래서 그거 먼저 좀 신청하려고 하는데, 당신이 이따 집에 가서 관련 서류 좀 출력해다 줄래? 서류 다운로드하는 방법은 내가 알려줄게."

"응."

아무런 감정도 없는 다 타서 말라 버린 듯한 목소리로 아내가 짧게 답한다. 그리고 그 대답을 끝으로 고 대리를 알 수 없는 눈길로 올려다보던 초점 없는 눈빛을 마침내 거둔다.

그렇게 아내를 집으로 보내고 얼마 지나지 않아 아이 면회 시간이 되어 그는 홀로 중환자실로 들어간다. 새하얀 적막 속에 갇힌 채 삑삑거리는 의료 장비 소리만이 아직 딸이 생사의 갈림길에서 사투 중임을 알려 주고 있다. 그는 딸이 누워 있는 침상 옆에 작은 의자를 갖고 가 걸터앉는다. 눈에 넣어도 안 아플 딸의 얼굴을 물끄러미 내려다본다. 아무리 닦아 줘도 떨어지지 않는 피딱지가 덕지덕지 붙어 있다.

'차라리 내가 여기 누워 있었으면 좋겠다. 이렇게 고통 속에 갇혀 있는 딸을 보고 있을 바에는 백 번, 천 번 내가 아팠으면 좋겠다.'

이런 아빠의 마음을 아는지 모르는지 딸의 눈은 오늘도 어제와 같이 고요히 감겨 있다.

회사에 다니는 동안 바쁘다는 핑계로 함께 있어 주지 못했던 미안함이 먼저 차오르고, 회사에서 잘리고 도배 일을 하는 동안 같이 시간을 보내며 자신에게 활짝 웃어 주던 딸의 행복한 얼굴이 스쳐 간다. 그러다 갑자기 앞으로 계산해야 할 병원비 생각이 나더니, 그 돈을, 아이를 살릴 그 돈을 구하려면 직장을, 그것도 돈을 최대한 많이 벌 수 있는 직장을 최대한 빨리 구해야 한다는 생각이 목을 졸라 온다.

'언젠가 좋은 날 오겠죠.'

숨이 막혀 답답해하고 있는 그의 머릿속에 분리수거 남이 했던 그 말이 떠오른다. 신기하게도 그 말이 떠오르자, 뒤죽박죽 했던 머릿속이 이 병원처럼 새하얗게 백지가 되어 버린다. 그는 긴 숨을 깊게 한 번 들이마시고, 다시 물끄러미 딸아이의 얼굴을 바라본다.

저 삑삑대는 의료 장치가 딸아이는 아직 괜찮다고 안도감을 주는 것 같아 불편한 감사함이 느껴진다. 그리고 그 기계 화면에 표시되고 있는 위아래로 그려지는 심장 박동 그래프 속에서 눈도 뜨지 못한 채 어떻게든 살아 내려고 애쓰는 작은 천사의 몸부림도 느껴진다.

야속한 30분의 면회 시간이 얼마나 남았는지 확인하기 위해 그가 핸드폰을 꺼내 든다. 신기하게도 병원에서 이렇게 딸과 아내와 있는 동안에는 핸드폰이 아무 문제 없이 잘만 작동하고 있다. 도배 일 하러 다닐 때는 그렇게 말썽이었는데, 정말 이상한 일이다. 핸드폰 시계를 보자 면회 시간이 얼마 남지 않았다. 마음이 착잡하다. 보고 싶으면 아무 때나 볼 수 있던 소중한 이를 고작 30분만 볼 수 있다는 건 너무 잔인한 일이다.

시간을 확인한 고 대리가 핸드폰을 다시 집어넣으려는데, 아직 화면에 정리되지 못한 채 아무렇게나 열려 있는 많은 알림 창들이 보인다. 그러다 그의 눈길이 그중 하나인 〈글세상〉 알림에 멈춘다.

'언젠가 좋은 날 오겠죠. 오늘이 바로 그 좋은 날일지도 모르죠.'

왠지 모르겠지만 다시 한번 분리수거 남의 그 말이 스쳐 지나간다. 그가 손가락을 움직여 〈글세상〉 알림을 터치한다. 그러자 그동안 그곳에 남겼던 글 목록이 화면에 떠오른다.

면회 시간이 얼마 안 남아서 딸의 얼굴을 한 번이라도 더 봐야 한다는 걸 잘 알면서도, 왜인지 그의 손가락은 무심하게 지난 글들을 하나씩 누르기 시작한다. 그렇게 자신의 지난 시간들이 하나씩 하나씩 눈동자에 비치기 시작한다.

〈짤려서 미안해〉

제일 먼저 도서관에서 아무렇게나 써 댔던 첫 번째 글이 보인다. 그 안에는 전 직장에서 믿었던 검정 붕대 직장 동료들의 되먹지 못한 작별 인사를 끝으로 길바닥으로 내팽개쳐진 자기 모습이 있다.

그다음으로는 하루 종일 가련한 구둣발을 꾹꾹 눌러 가며 길거리를 떠도는 가짜 직장인의 한숨 가득한 발걸음이, 그리고 어떻게 그렇게나 옳은 말만 해 대는지 불편하기만 했던 분리수거 남의 '허허' 웃음소리가, 그리고 자신을 위해 일자리를 제안해 주는 찐동생의 모습이, 거기에 뭣도 없으면서 죽어도 싫은 박 전무와 일하지 않겠노라며 불같이 화를 내는 자기 모습이 보인다.

또 딸아이의 피아노 학원 위치도 몰라 헤매던 못난 아빠의 모습과, 처음 해 보는 도배 일에 지쳐 어두운 곳에 몸을 숨기고 멍하니 밤하늘만 올려다보던 사내의 모습이, 그리고 분명 파란 꽃을 샀는데 아내의 붉은 피에 물들어 속상해서 기분이 꽃 같아진 남편의 모습이 스쳐 지나간다.

비록 실수투성이지만, 그렇게 사랑하는 가족과 울고 웃으며 진짜 행복을 찾으려고 무던히도 애쓰는, 듬직해지려 노력하는 가장의 글이 그의 눈동자에 비춰 계속해서 올라간다.

"당신의 한숨, 그 깊이를 이해할 순 없겠지만, 괜찮아요. 내가 안아 줄게요. 정말 수고했어요."

이상하게도 어젯밤 자판기 앞에서 들은 그 노랫말이 귓가에 울리는 것만 같다.

그렇게 글을 다 보고 나자, 그는 이 마지막 글과 그동안 써왔던 비참하고, 되지도 않을 허황된 희망의 기록만 가득한 것 같은 지난 모든 글을 싹 다 지워 버리고, 당장이라도 찐동생의 회사를 다시 찾아가 싹싹 빌며 제발 돈 벌게 해 달라고, 우리 딸아이 병원비 좀 벌 수 있게 도와달라고 구걸해야 하는 거 아닌가 싶은 생각이 든다. 하지만 이도 저도 할 수가 없다. 분명 자신은 어른이고, 아빠고, 남편인데, 아무것도 할 수가 없다. 그게 너무 고통스럽다.

핸드폰 시계가 면회 시간이 고작 3분 남았음을 알린다. 그는 황급히 핸드폰을 시야에서 내려 그 너머에 누워 있는 딸의 얼굴을 바라본다. 조금이라도 더 봐야 된다. 아까와 똑같이 미동도 없이 누워 있는 딸의 모습에 또 눈물이 차오른다.

혹시나 그 눈물이 딸에게 들킬까 무서운 그는 얼른 고개를 숙여 핸드폰을 다시 한번 보고, 한 번이라도 더 보려고 다시 고개를 들어 딸아이 얼굴을 본다. 꾹 참으려고 했는데 기어코 눈물이 새어 나온다.

그렇게 한 번 더 핸드폰과 딸아이를 번갈아 본다. 그리고 다시 한번 더. 그러다 한동안 멍하니 딸아이의 얼굴에 시선이 멈춘다. 눈에서 하염없이 눈물이 흐른다.

그런데 갑자기 그의 손가락이 핸드폰을 집어 들더니 화면 구석에 있던 앱 하나를 화면에 띄운다. 그 앱 안에는 예전 직장 다닐 적 거래처 사람들의 쓸쓸한 이름이 새겨진 명함 500개가 소리 없이 숨죽이고 있다.

그의 손가락이 한 번 움직인다.
〈삭제하시겠습니까?〉
그의 눈이 한 번 깜빡인다.
한줄기 눈물이 흘러내린다.
그의 손가락이 다시 한번 화면을 누른다.
〈네〉
그의 눈이 다시 한번 깜빡인다.

그렇게 깜빡이고 다시 뜬 그의 눈동자에는 가족의 행복을 희생하라고, 그게 맞는 거라며 늘 그렇게 당연한 듯 떠들어 대던 새까만 이름들이 사라져 있었다. 그리고 바로 그때,

"아… 빠…?"

어디선가 딸의 목소리가 나지막이 들려온다. 그토록 바라왔지만 믿기지 않는다는 듯, 눈물에 잠겨 버린 고 대리의 눈이 힘겹게 딸을 찾는다. 언제 깨어났는지 맑은 눈동자를 반짝이며 딸아이가 그를 바라보고 있다. 언제나 그랬듯 다 괜찮을 거라는 따뜻한 눈빛으로.

언젠가
좋은 날 오겠죠

"아, 맞다! 여보 잠깐만 기다려 줘. 나 뭐 좀 사야 해!"

나는 운전하다 잠시 갓길에 차를 세운다. 오늘은 마침내 지긋지긋했던 병원을 떠나는 날, 바로 딸아이의 퇴원 날이다. 나는 아내와 딸과 함께 집으로 향하던 중 잊은 것이 생각나 차에서 내려 걸음을 재촉한다.

'음… 먼저 〈고기 먹는 니가 제일 예뻐〉부터 가자.'

"사장님, 안녕하세요! 오랜만에 뵙는 느낌적인 느낌이! 하하. 여기 소고기 부위별로 싹 주세요. 한 20만 원어치 적당히 섞어 주세요. 새우살, 부채살, 살치살, 안창살, 꽃등심, 안심 다요."

나는 의기양양하게 소리친다. 예전 그때처럼 정육점 주인은 여러 가지 서비스를 챙겨 준다. 나는 감사하다는 말을 남기고 서둘러 밖으로 나온다.

'자, 그다음은… 〈기분이 꽃 같네!〉로 가야지!'

나는 소고기가 든 묵직한 검정 봉지를 손에 들고 보란 듯이 당당하게 꽃집 문을 열고 들어간다.

"저기 있는 파란 꽃 위주로… 아니다. 음… 그 옆에 빨간 꽃도 적절히 섞어서 10만 원어치 정도의 꽃바구니로 하나 해 주세요. 무조건 예쁘게. 바로 되죠?"

예전 앙금이 남아서였을까. 조금 전 정육점 갔을 때와는 달리, 나는 인사도 없이 조금은 까칠한 말투로 주문한다.

"와! 사장님 그때 그… 꽃 살지 소고기 살지 고민하셨던 그분 맞죠? 어디 어디… 가만 보니 그쪽 손에 든 묵직한 봉지는 소고기 같은데, 맞죠? 거기에 이렇게 꽃까지요? 멋지세요! 가족들이 엄청 좋아하시겠다. 이 시대의 멋진 로맨티스트시네요!"

당연히 날 기억 못할 줄 알았는데 먼저 아는 척하고, 소고기까지 알아봐 주니 괜히 어깨가 으쓱으쓱 기분이 좋아진다. 역시 돈이 좋긴 좋다. 아, 물론 돈은 없다. 현실적으로 따져 보자면, 나는 여전히 직장을 못 구했고, 변변치 않은 도배라는 막일이나 하며 간신히 하루 벌어 하루 먹고 사는 막노동자에 불과하니까.

그렇지만 그게 뭐 어떻다는 건가?

이렇게 사랑하는 아이의 퇴원 길을 든든히 지켜줄 수 있고, 그날을 기념하기 위해 예뻐진다는 소고기도 잔뜩 살 수 있고, 꽃 같은 기분으로 예쁜 꽃도 살 수 있다. 뭐, 내일이면 찍힌 카드값에 조금은 후회할지도 모르겠지만, 지금 이렇게 돈을 써서 나와 나의 가장 사랑하는 이들을 행복하게 해 줄 수 있다면 그걸로 됐다. 그거면 충분하다.

"네~ 오늘 너무너무 좋은 날이거든요. 그리고 운수도 너무 좋을 거 같은 날이라 고기도 잔뜩 사고, 예쁜 꽃도 이렇게 사네요, 하하!"

내가 이렇게 호탕하게 웃어 본 게 얼마 만인지. 내 웃음소리에 나도 기분이 좋아지는 느낌이다.

나는 소고기와 꽃바구니를 양손에 가득 움켜쥐고, 그 어느 때보다 환한 웃음을 지으며 달려간다. 차 안에서 놀란 토끼 눈으로 나를 바라보고 있는 내 편을 향해.

꿈꿀 수 있어
행복해

괜찮다고 했는데 이웃끼리 그러는 거 아니라며 기어코 집에 선물까지 들고 찾아온 분리수거 남의 가족과 꽤나 시끌벅적한 퇴원 축하 파티를 방금 마쳤다. 언제나 그렇듯 파티가 끝나고 나면 평소와 같은 공간인데도 어색한 적막이 남는 것 같다. 아내와 아이는 어느새 잠들어 집 안이 더 고요하다. 나는 아직 파티의 여운이 남아서인지 잠이 오지 않아 서재에 왔다. 의자에 걸터앉으니 책상 위 켜져 있는 컴퓨터 모니터 화면이 눈에 들어온다.

'나이 탓인가? 분명 껐는데 이게 왜 켜져 있지? 이것도 습관이라니까. 음… 오랜만에 〈글세상〉이나 들어가 볼까?'

꽤 오랜만이었지만, 익숙한 손놀림으로 나는 〈글세상〉을 열어 아직 〈발행〉하지 않은 그동안의 내 글들을 다시 하나 하나 읽어 보기 시작한다.

"아! 이때 이런 생각도 했었네. 나도 참 찌질하다, 찌질해. 근데 이런 것까지 글로 써서 공개하고 그래도 되는 건가? 하하, 좀 민망한데…. 응? 근데 이건 뭐지? 내가 이런 것도 썼었나?"

〈제목: 항상 고생하는 고마운 당신께〉

제목만 읽었을 뿐인데 왜인지 내 손가락이 예전 언젠가처럼 갑자기 떨리기 시작한다. 눈동자도 그때처럼 심하게 흔들린다. 이 글은 아내가 쓴 글이었다. 아내가 언제 여기에 이렇게 써 놓은 건지 모르겠지만, 글의 첫 문장을 보자마자 나의 흔들리는 눈동자 안에는 눈물이 차오른다. 그렇게 아내의 마음을 읽어 내려가자 기어코 눈물이 쏟아지기 시작한다. 아무리 닦아도 멈추지 않는 눈물이 또다시 한동안 흘러내렸다. 나는 아내의 글을 읽고, 또 읽고, 한 번 더 읽고, 다시 한번 더 읽고서야 간신히 흐려진 눈동자를 닦아 냈다. 또다시 미안하고, 또다시 고마워진다. 그렇게 한동안 텅 빈 마음으로 나처럼 텅 빈 화면을 보고 있는데, 바로 그때 갑자기 우측 아래 알림창에서 메일 도착 알림이 번쩍인다.

〈작가님께 출간 제안 메일이 도착했어요.〉

보낸 이: 도서출판 예랑북스

"이건 뭐야?"

나는 눈물을 훔치며 메일을 클릭해 본다.

그러고 보니 분리수거 남이 예전에 〈글세상〉을 통해 출판사들이 작가에게 출간 제안을 하는 경우가 있다고 했던 기억이 난다.

"헉! 설마 이게 그건가? 내게도 이런 기회가? 누가 장난치는 거 아냐? 흐음… 예랑북스…? 어디서 들어 본 거 같은데….˝

심장이 쿵쾅대며 빠르게 뛰기 시작한다. 그리고 머리는 뭔가를 생각해 내려는 듯 쌩쌩 돌아가기 시작한다. 손가락은 그런 심장과 머리를 향해 너네 뭐하냐며, 그냥 바로 클릭해서 보면 되는 거 아니냐고 비웃으며 메일을 열어 젖힌다.

안녕하세요, 작가님!

잘 지내시죠? 저 이호랑입니다.

아! 기억 못하실 수도 있겠네요.

그때 도서관에서 <작고 소중한 우리의 삶을 출간하는 독서모임> 작출모에서 인사드렸습니다.

제가 개인적으로 일이 좀 있어서 그때 이후로 뵙질 못했는

데 잘 지내셨는지 모르겠네요.^^

　이번에 우연히 <글세상>에서 작가님께서 쓰신 『수상한 퇴근길』 글을 보게 되었습니다.

　와!! 작가님 이러실 수 있어요?

　처음 뵀던 그때는 아무것도 모르는 순진한 고등학생 얼굴을 하고 계시더니, 이렇게나 깊이 있는 글을 쓰시는 작가님이 그때 제가 뵀던 그분이란 사실에 너무 놀랐습니다.

　제가 진작 알아봤어야 했는데.

　부디 너무 늦지 않았길 바라며 정식으로 제안드립니다.

　작가님의 원고인 『수상한 퇴근길』을 저희 출판사에서 정식 출간했으면 합니다.

　그럼, 답장 기다릴게요!

　답장은 부디 YES 세 글자였으면 합니다.

　아! 물론 부담 갖진 마시고요.^^

　　　　　"작고 소중한 보통의 삶을 출간합니다."

　　　　　　　　　　도서출판 예랑북스

　　　　　　　　　　대표 이 호 랑 배상

　"아… 그때 그 도서관에서 뵀던 그 모임장이라던 단발머리 그 사람인가? 흠음… 근데 이거 진짠가? 보이스피싱 뭐

408

그런 거 아냐? 나한테 이런 일이 생긴다고? 혹시 나… 천재 작가? 하하!"

원래 평범한 사람은 가슴 설레는 일을 당하면 의심부터 하게 된다.

그 의심이 의문으로 바뀌고,

그 의문은 갑자기 설렘으로,

그 설렘은 알 수 없는 확신으로 연결된다.

"으음… 그럼 시킨 대로 이렇게 YES라고 치고, 그냥 전송 하면 되겠지? 에라, 모르겠다~. 〈전송〉 클릭!"

항상 고생하는
고마운 당신께

제목: 항상 고생하는 고마운 당신께

오빠! 안녕? 헤헤. 이거 보고 깜짝 놀랐지?

나도 지금 엄청 놀랐어!

오빠가 시킨 대로 보험 서류 떼려고 컴퓨터 켜서 이것저것 눌러 보며 끙끙대고 있는데 이 <글세상>이 열려 있더라고. 보려고 본 건 아니라는 나름의 변명이야! 분명 오빠가 서류 떼는 방법을 차근차근 알려 줬는데도, 나도 나이가 들었는지 아니면 사회생활을 오래 안 해서인지 컴퓨터 다루는 게 좀 어렵네. 그래도 어찌어찌해서 오빠가 말한 건 방금 다 다운로드 완료했으니 걱정하지 마! 내가 누구야? 멋진 오빠의 훌륭한 아내잖아. 헤헤^^

오빠, 근데 나 정말 놀랐다!

나 사실... <글세상>에서 이『수상한 퇴근길』꾸준히 보던 완전 애독자거든! 내 필명은 미미! 아름다울 미에 아름다울 미! 아름답고 또 아름다운 나랑 딱 잘 어울리지?^^; 예전부터 나 같은 애기 엄마들 사이에서 이 <글세상> 플랫폼이 꽤 유행이었거든. 물론 글재주 없는 나는 작가 신청은 엄두도 못 내고 그냥 눈팅으로 다른 사람들 사는 얘기나 볼 겸, 책 본다 생각하고 나름 틈틈이 보고 있었어.

그중에서도 이『수상한 퇴근길』보면서 사실... '와! 이 남자 진짜 찌질하다. 그냥 처음부터 솔직히 아내한테 말했으면 아내가 용서해 주고, 둘이 같이 으쌰으쌰 힘내자고 했을 텐데... 그게 부부니까!'라고 생각했거든.

근데, 맙소사! 이 글을 쓴 작가가 내 남편이었을 줄이야. 뜨악! 나 진짜 너무너무 놀랐어. 그러면서 한편으로는 내 남편이 소설의 주인공이고, 그 여주인공이 나라는 사실에 괜히 마음이 콩닥콩닥 뛰는 거 같기도 하고.

아~ 역시 글재주가 없으니까 뭔가 얘기가 산으로 가는 것 같다.ㅠㅠ

오빠... 그러니까 내가 이 글에 오늘 하고 싶은 말은,

회사에서 정리해고당하고 혼자 그렇게 많이 고생했는데, 그동안 단 한 번도 내게 미안하다고 말하지 않아서, 나는 사실... 오빠

에게 정말 고마워.

뭐... 어쩌면 사람들은 이해 못 하겠다고 할 수도 있지만, 나는 살면서 미안하다는 말이 조금은 무책임한 말이라고 생각했거든. 뭐랄까... 미안하다고 하면 그걸로 끝인 거 같잖아. '미안해. 하지만 바뀔 건 없어.' 이런 느낌이랄까?

근데 오빠는 미안하다고 말하는 대신 혼자서 어떻게든 오빠 자신을, 그리고 아내인 나와 우리 아이를, 우리 가족을 지키기 위해 온몸으로 매 순간 노력하고 고민하면서 가장의 고독을 혼자 견디고 있었잖아.

정말 고생 많았어, 내 사랑. 고맙고, 또 고마워. ^^

난 오빠 상황이 어떻든 늘 오빠를 응원하는 사람이야. 당연히 그래야지. 오빠를 처음 만났을 때부터, 음... 아냐, 이건 뻥이다.^^; 음... 그래! 결혼식에서 날 보며 세상 다 가진 듯한 제일 행복한 얼굴로 헤헤 웃고 서 있던 신랑인 오빠에게 내가 한 걸음 한 걸음 다가갈 때부터, 난 그렇게 하기로 결심했으니까 당연히 그래야지. 난 그러라고 있는 사람인걸. 언제나 오빠 편인 사람! 그리고 당연히 나한테 오빠도 그런 사람이고. 하나뿐인 내 편!

그러니 세상이 오빠를 아무리 힘들게 해도 절대 나한테 미안 해하지 않아도 돼. 그리고 나도 오빠한테 늘 미안한 게 많은 아내인걸.

근데 오빠! 내가 비밀 하나 알려 줄까? 오빠도 들으면 진짜 깜짝 놀랄걸? 내가 글은 별로 못 써도 반전 매력은 넘치는 여자잖아! 헤헤. 뭐냐면...

사실 나 오빠 회사에서 잘린 거 안 지 꽤 됐다!

어때? 이 정도 반전이면 조회수 좀 폭발할 것 같지 않아? ^^;

음... 원래 안 그러던 사람이 매일 정시에 칼퇴근해서 오는 것부터 수상하잖아. 그러다 건강보험 자격변경 우편물 온 날 확실히 알았지. 그거 회사 그만두면 자동으로 지역 가입자로 변동되는 거 나도 예전에 다 겪어 봐서 알고 있었거든. 뭔가 그 종이 쪼가리 한 장이 참 별거 아닌 것 같으면서도, 이제 직장이 없어졌다는 걸 새삼 실감하게 된달까? 그랬던 것 같아, 나는. 물론 아주 오래전이긴 하지만. 그래서 단번에 알았지. 사실 그날 오빠 오기 전까지 그 서류를 손에 쥐고 별별 생각이 다 들더라. 오빠 퇴근하고, 아니 퇴근한 척하고 돌아오면 어떻게 대해야 하나, 모른 척해야 하나, 솔직히 안다고 해야 하나. 괜히 눈물이 날 거 같았어. 물론 그때 내 모른 척이 성공한 거 같긴 하지만....^^;

늘 잘 닦아 반짝이던 구두가 아닌, 어디를 헤매다 오는 건지 흙먼지 묻은 구둣발로 돌아오는 오빠를 보면서 마음이 아팠어. 그래서 나도 뭔가 해야 될 것 같아서 김밥 가게 아르바이트도 하고, 마트 계산대에서 캐셔도 해 봤는데... 역시 어렵더라. ㅠㅠ

아! 그래서 내가 오빠 구두 매일 열심히 닦아 놓은 거 알아? 몰랐지? 헤헤.

내 남편! 어디 가서 기죽으면 안 되니까! 으쌰으쌰!^^

으... 나도 오빠처럼 글 잘 쓰면 내 마음을 잘 전할 수 있을 텐데... 써 놓고 보니 뭔가 엉망이다.

그래도 내 마음 알지?

항상 고생하는 내 사랑. 정말 고생 많았어.

그리고 그동안 미안하다고 하지 않고 묵묵히 힘내고 견뎌 줘서 고마워.

아, 그래! "미안해!" 대신 우리 앞으로는 "잘할게!"라고 하자! '미안해'보다는 책임감 있는 세 글자인 것 같지 않아? 헤헤.^^

나도 더 잘할게. 아니, 내가 더 잘할게!

PS. 작가님! 제가 요 <글세상>에 숨겨 놓으신 비공개 글도 몰래 다 훔쳐봤어요! 작가님의 숨겨 놓은 글을 먼저 본 최초의 독자가 된 이 '미미'는 너무너무 행복합니다. 앞으로도 좋은 글 많이 써 주실 거죠? 기대할게요! 나만의 소중한 작가님!^^

아, 이렇게 PS라고 추신 남기니까 나 너무 옛날 사람 같다. 그치? 헤헤 ^^;

내 사랑, 사랑해~♡^^

—사랑하는 아내가—

작가의 말

『수상한 퇴근길』이 책이 보통의 삶을 지켜내기 위해 힘내서 살아가고 있는 여러분의 바쁜 하루 끝, 낯설고 익숙한 길 위에서 잔잔한 울림으로 닿길 희망합니다.

이 여정을 함께해 주신 모든 독자 여러분께 진심으로 감사드립니다.

그리고 특히 김경표, 고나은, 글지안, 김명자, 김명희, 김수영, 김예슬, 도희선, 럽소울, 박새미, 박태현, 서장우, 앞니맘, 양별, 어나오, 여지연, 이지숙, 이인영, 장관수, 전수은, 정용문, 정원찬, 정이흔, 정세흔, 조광조, 천유, 최광희, 최지현, 최혜만, 홍나연 님 등 늘 처음처럼 큰 응원 주시는 분들과 저의 모든 가족, 그리고 사랑하는 시현이와 해준이에게 특별한 감사의 마음을 전합니다.

2025년 봄
한태현